CAROL ANDERSON

DER GÄRTNER

Roman

Aus dem Amerikanischen
von Michael Koseler

PAVILLON VERLAG
MÜNCHEN

PAVILLON TASCHENBUCH
Nr. 02/0124

Titel der Originalausgabe
FLOD TIDE

Umwelthinweis:
Dieses Buch wurde auf
chlor- und säurefreiem Papier gedruckt.

Taschenbuchausgabe 03/2001

Der Pavillon Verlag ist ein Unternehmen der
Heyne Verlagsgruppe, München
http://www.heyne.de
Printed in Germany 2001
Umschlagillustration: Bavaria Bildagentur/VCL, Gauting
Umschlaggestaltung: Nele Schütz Design, München
Gesamtherstellung: Elsnerdruck, Berlin

ISBN: 3-453-17656-1

1. KAPITEL

Sommer 1924

Nach einer sternhellen Nacht in den östlichen Fischgründen kehrte mit der steigenden Flut ein Fischerboot zum Hafen zurück. Als es langsam durch das Labyrinth der Salzmarschen segelte, fiel der Schatten von Albion House auf das kleine Boot – ein sicherer Anhaltspunkt, daß man nicht mehr als ungefähr eine Meile von zu Hause entfernt war.

Im umfriedeten Garten von Albion House schritt Rachel Ingram gerade vorsichtig über das ungleichmäßig gewachsene Gras. Sie blieb kurz stehen, um das vorübersegelnde Boot zu beobachten, stellte jedoch fest, daß sich ihre Aufmerksamkeit wie von selbst auf jenen Teil des Gartens richtete, in dem Daniel Grey arbeitete. Sobald sie ihn erspäht hatte, vermochte sie den Blick nicht mehr von ihm zu wenden. Sein Oberkörper, der im Sonnenlicht glänzte, als sei er eingeölt worden, war einfach prächtig. Winzige Schweißperlen glitzerten zwischen den muskulösen Schulterblättern des jungen Mannes, während er sich zwischen den Bäumen und Sträuchern bewegte. Er wirkte wie eine geschmeidige Katze.

Während sie zwischen den verkrüppelten Kiefern stand und ihn betrachtete, stellte Rachel erschreckt fest, daß ihr das Wasser im Mund zusammenlief. Sie errötete. Es überraschte sie, daß ihr Verlangen sich so unverhohlen offenbarte. Ein Teil von ihr sehnte sich danach, Daniel in die Arme zu nehmen und mit der Zunge über seine schimmernde Haut zu fahren. Sie schluckte mühsam. Dann riß sie sich zusammen und rief seinen Namen.

Der junge Mann drehte sich um und beschrieb mit der Sense einen Bogen, der etwas Hypnotisches hatte. Als er sie näher kommen sah, hob er zum Gruß die Hand. Sie hielt das Tablett mit Getränken ein Stück höher. Er grinste und lehnte die Sense gegen einen Strauch. Dann nahm er sein Hemd auf und zog es an, während er auf sie zuging.

»Morgen, Mrs. Ingram. Hier draußen ist es heute ganz schön heiß. Allmählich sieht aber alles schon besser aus, finden Sie nicht?« Er hob die Hand, um seine Augen abzuschirmen und einen prüfenden Blick auf den Garten zu werfen, bevor er sich mit den Fingern durch das lange, von der Sonne gebleichte Haar fuhr. »Eine herrliche Aussicht haben Sie hier.«

Rachel lächelte und setzte das Tablett auf der Steinmauer ab, die den Garten gegen die dahinterliegenden Dünen und den Strandhafer abgrenzte. »Ich hab' mir gedacht, daß Sie vielleicht etwas Limonade möchten.«

Er nickte dankbar.

Als sie näher trat, konnte sie seinen Geruch wahrnehmen, einen scharfen, feinen Moschusduft, der sie erbeben ließ. Sie war ihm so nahe, daß sie in der Grube unterhalb seines Adamsapfels einzelne Schweißperlen erkennen konnte. Seine braungebrannte Haut hob sich eindrucksvoll von dem ausgeblichenen baumwollenen Arbeitshemd ab. Rasch sah sie weg und folgte seinem Blick, der über die Dünen und das Bootshaus hinweg in Richtung Meer schweifte.

»Es ist wirklich nicht nötig, daß Sie bei dieser Hitze weiterschuften, Daniel.« Ihre Stimme geriet ins Stocken, als sie seinen Namen aussprach, während ihre Fantasie ihr einen Streich spielte und eine köstliche Alternative zur Gartenarbeit entwarf. »Warum kommen Sie nicht später am Tag wieder her? Dann ist es bestimmt kühler.«

Der junge Mann schüttelte den Kopf. »Mein Stiefvater hat heute abend noch einen anderen Job für mich. Wenn's geht, würde ich die Sache hier gern zu Ende bringen.« Während er sprach, nahm er ein Glas vom Tablett. Dann schaute er zu dem breiten Rasenstreifen hinüber, den er schon abgemäht hatte. »Es gibt noch eine Menge zu tun. Der Herbst kommt schneller, als man denkt.«

Er kippte die kalte Limonade in einem Zug hinunter. Die Nähe seines Körpers und die Hitze, die er ausströmte, machten Rachel schwindlig. Sie vermied es, ihm in die Augen zu sehen, und warf statt dessen einen Blick auf seinen muskulösen Leib. Sein Hemd, dessen offener Ausschnitt blonde Haarkräusel umrahmte, ließ jede Rundung und Schwellung hervortreten. Seine Taille und seine Hüften waren ziemlich schmal, was die Breite seiner Schultern hervorhob. Seine Hosen aus Englischleder betonten die Länge seiner Beine.

Rachel, die etwas verspürte, das auf nicht ganz geheure Weise an Hunger erinnerte, schwang sich neben ihm auf die Mauer. Sie genoß den wildromantischen Blick über die Dünen, aber auch die Gelegenheit, näher an Daniel heranzukommen. Sie versuchte, den Moment hinauszuzögern, da sie wieder ins Haus zurückmußte, zurück in ihr Atelier, zurück zu dem Gemälde, das sie am Morgen desselben Tages begonnen hatte – ein neues Bild von einem prachtvollen jungen Mann, den die Sonne geküßt hatte.

Sie starrte auf die vom Wind aufgewühlte Sandwüste hinunter und errötete über die Intensität ihres Verlangens, das eine eigenartige Mischung von Gefühlen in ihr hervorrief. Ein Teil von ihr hoffte, daß Daniel nichts merken würde, während ein anderer Teil sich danach sehnte, daß er das immer stärker werdende Bedürfnis in ihrem Leib spürte. Der warme Sommerwind zerrte spielerisch an ihrem Haar, was sie noch mehr aus der Fassung brachte.

»Haben Sie noch einmal darüber nachgedacht, ob Sie im Herbst als Lehrer arbeiten wollen?« fragte sie, um ihre Gedanken von der Lust, die in ihr brannte, abzulenken. »Ich bin sicher, daß Sie ohne weiteres eine Stelle bekommen würden. Ich schreibe Ihnen auch gern eine Empfehlung, wenn Sie glauben, daß Ihnen das weiterhilft.«

Daniel schüttelte den Kopf. »Vielen Dank, Mrs. Ingram, aber Ted, mein Stiefvater, ist absolut dagegen. Es war meine Mutter, die wollte, daß aus mir ein Bücherwurm wird. Ich habe Ihnen doch erzählt, daß sie das Schulgeld bezahlt hat, damit ich die Comptons School besuchen konnte.« Er grinste und wischte sich die Hände an einem Lappen ab, der in seinem Gürtel steckte. »Er hat jeden Penny davon nur widerwillig herausgerückt. Ich würde meinen, daß ich das Geld inzwischen doppelt, wenn nicht dreifach abgearbeitet habe. Es hätte meiner Mutter das Herz gebrochen, zu erfahren, daß Ted mich zwingt, für die Gentry als Gärtner zu arbeiten.« Er hielt inne, eine leichte Röte überzog sein Gesicht. »Nichts für ungut!«

Rachel tat seine Entschuldigung mit einer Handbewegung ab. »Ist schon in Ordnung. Mir scheint aber, daß das eine schreckliche Vergeudung von Talent ist.«

»Eines Tages vielleicht ...«, sagte er mit einem Anflug von Bedauern in der Stimme. Dann lehnte er sich lässig neben ihr gegen die Mauer, kaum mehr als einen Atemzug von ihr entfernt. Der Geruch seines Körpers bewirkte, daß die feinen Härchen in ihrem Nacken sich aufstellten. Es kostete sie große Mühe, halbwegs die Fassung zu bewahren.

Schließlich stammelte sie: »Warum heben Sie sich, wo es doch so heiß ist, die restlichen Mäharbeiten nicht für Montag auf? Auf ein paar Tage mehr kommt es wirklich nicht an.« Sie warf ihm einen Blick aus den Augenwinkeln zu, und er grinste.

»Macht Ihnen das wirklich nichts aus?« Während er sprach, beugte er sich zu ihr herüber.

Den Bruchteil einer Sekunde lang glaubte sie, er wolle sie küssen, und spürte, wie alle ihre Nervenenden glühend heiß wurden und aufflammten. Der Schock verschlug ihr den Atem. Doch er stellte nur das leere Glas aufs Tablett zurück.

Rachel, die befürchtete, ihre Stimme könne sie verraten, schüttelte den Kopf. »Nein, wirklich nicht, das paßt mir ausgezeichnet«, sagte sie, während sie sich von der Mauer gleiten ließ.

»Wie Sie meinen, Mrs. Ingram. Wenn Sie wirklich nichts dagegen haben, daß ich früher Feierabend mache, werde ich jetzt aufräumen.« In seiner Stimme klangen immer noch Zweifel an.

»Ihren Lohn habe ich oben im Haus.«

Es gab noch etwas, das sie hatte fragen wollen, etwas, das sie brennend gern vorschlagen wollte – ein quälend aufreizender Gedanke, der ihr im Hinterkopf herumspukte.

Während sie durch den Garten zum Haus zurückging, schulterte Daniel bereits mit gebeugten Knien und angespannten Muskeln die Sense. Sie holte tief Luft und bahnte sich einen Weg durch das wild wuchernde Unkraut und Gras. Dabei bemerkte sie, daß die Knöchel ihrer Hände, mit denen sie das Tablett festhielt, weiß hervortraten. Der Sommerhimmel über ihr war von hypnotischem, fantastischem Blau.

Als sie das Haus erreichte, klingelte das Telefon. Rachel fluchte und rannte zum Apparat, der in der Eingangshalle stand.

»Hallo, hier Carfax-Staithe eins-null-drei.«

»Hallo, Schätzchen, ich bin's. Ich wollte mich nur vergewissern, ob es dabei bleibt, daß ich dieses Wochenende zu Besuch komme.«

»Kann ich dich zurückrufen, Anthea?« sagte Rachel rasch.

»Du hörst dich an, als stündest du unter emotionaler Hochspannung.« Eine Pause trat ein, dann war am anderen Ende der Leitung ein Kichern zu hören. »Oh, nein, doch nicht etwa der Gärtner, Rachel? Nicht dein süßer kleiner Junge?«

Rachel schnaubte wütend und bedauerte es zutiefst, daß sie Daniel ihrer Freundin Anthea gegenüber erwähnt hatte. Sie schaute die Halle hinunter und ließ ihren Blick auf den kühlen, einladenden Schatten ruhen – im Albion House war alles still und ruhig.

»Nein, noch nicht und vielleicht überhaupt nicht, wenn du nicht auflegst.« Sie machte eine Pause und fragte sich, wer im örtlichen Fernsprechamt wohl gerade mithören mochte.

»Ach, komm, erzähl doch ...«, sagte Anthea.

»Jetzt nicht«, entgegnete Rachel barsch, als sie das leise Klicken der sich öffnenden Hintertür hörte. Sie knallte den Hörer auf die Gabel, schnappte sich einen Stapel Handtücher und eilte in Richtung Küche, bevor sie der Mut verließ.

Daniel war gerade in die Küche getreten. Nach der Hitze im Garten war das Zimmer angenehm kühl und dunkel. Inmitten der Schatten schienen ihn seine Körperwärme und seine Jugend wie eine diffuse Aura zu umgeben. Rachel brachte es nicht fertig, den Blick von seinem hinreißenden Körper zu wenden, und spürte, wie eine Welle der Zärtlichkeit und des Verlangens sie durchströmte. Lächelnd nahm sie einen Umschlag vom Tisch.

»So, bitte sehr«, sagte sie, indem sie auf ihn zutrat, »da ist alles drin.«

Daniel runzelte die Stirn, als er las, was vorn auf dem Umschlag stand.

»Sie haben mich auch für den Nachmittag bezahlt, obwohl ich früher Feierabend mache.«

Rachel zuckte die Achseln. »Ich weiß, aber machen Sie sich darüber keine Gedanken. Sie können nächste Woche ein oder zwei Stunden extra arbeiten, um die Zeit nachzuholen.«

Er nickte und schob den Umschlag nachlässig in die Gesäßtasche seiner Hose.

Rachel, die merkte, wie ihr das Herz bis zum Hals schlug, zögerte einen Augenblick. Momente des Zögerns lassen alle Zweifel und Ängste Macht über einen gewinnen. Wenn sie es noch länger aufschob, würde Daniel Grey sich umdrehen und gehen.

Was soll denn das? flüsterte eine leise Stimme in ihrem Hinterkopf.

Sie schloß kurz die Augen, schob alle Zweifel beiseite und sagte völlig ungezwungen: »Vielleicht möchten Sie sich noch waschen, bevor Sie gehen. Ich habe Ihnen ein paar saubere Handtücher mitgebracht, und auf dem Herd ist heißes Wasser.«

Daniel starrte sie an, während sie eine Schüssel unter dem Spülbecken hervorzog. »Sie haben ja selbst gesagt, daß Ihnen bei der Arbeit im Garten heiß geworden ist. Hier ...« Sie zeigte auf die Handtücher und den Wasserkrug, die sich nebeneinander auf dem Küchentisch befanden.

Der junge Mann schien Bedenken zu haben. Schließlich wußten sie beide, daß Rachel die Hausherrin war und keine Dienstmagd, die sich um die vorübergehend angeheuerten Arbeitskräfte zu kümmern hatte. »Wissen Sie bestimmt, daß es Ihnen nichts ausmacht?«

»Ganz bestimmt.«

Sie drehte sich um und eilte in den Hauptteil des Hauses zurück. Als sie in der Halle war, machte sich in ihrem Bauch ein leises Angstgefühl bemerkbar, das jedoch auch mit einem Hauch stolzen Triumphs einherging.

Einige Sekunden später blickte Rachel verstohlen durch die offene Tür und sah zu, wie der junge Mann sein Hemd ablegte. Er bewegte sich anmutig in der kühlen Küche hin und her, goß heißes Wasser in die Emailleschüssel, füllte Wasser aus dem Kessel in den Krug nach und fügte kaltes hinzu, damit das Ganze die richtige Temperatur hatte. Sie wartete, bis er anfangen wollte, sich zu waschen. Dann zog sie einen Riegel Seife aus der Tasche. Nachdem sie tief Luft geholt hatte, ging sie wieder in die Küche zurück und lächelte selbstsicher, obwohl ihr gar nicht so zumute war.

»Ich habe vergessen, Ihnen das hier zu geben«, sagte sie mit unsicherer Stimme. Daniel errötete und griff hastig nach einem Handtuch, um seine nackte Brust zu bedecken.

Während sie sprach, streckte sie die Hand aus. Daniel trat näher. Einen Augenblick lang berührten sich ihre Finger. Unwillkürlich stöhnte sie auf. Das war die Berührung, die sie sich in ihren Fantasien vorgestellt hatte, das war der Körper, nach dem es sie in ihren Träumen gelüstete. Die Hitze, die der Körper des jungen Mannes ausstrahlte, betörte sie, und ohne nachzudenken, strich sie mit der Hand über die ebene Fläche seiner Brust.

Daniel schaute sie an. Sein Atem ging flach, seine Augen waren plötzlich weit aufgerissen und voll Unruhe. Sie lächelte ihn beruhigend an und hob die Hand, um sein Gesicht zu berühren. Es schien, als hätten ihre Finger einen eigenen Willen. Ein tiefer, gutturaler Seufzer entrang sich seiner Kehle, und er neigte sich ihrer Liebkosung entgegen. Sanft streichelte sie sein Kinn entlang – und zu ihrem Entzücken rieb er sich an ihrer Hand, ergriff sie und preßte sie gegen sein Gesicht.

Rachel schluckte mühevoll. Alle ihre Nervenenden standen in Flammen. Tief im Innern konnte sie den drängenden Rhythmus ihres Pulses spüren und war sich jedes Atemzugs bewußt, der in ihrer Brust aufstieg. Sie blickte zu Daniels klaren blauen Augen hoch. Trotz der Sonnenbräune war sein Gesicht bleich, seine Miene hatte etwas Verkrampftes. Ihre Körper waren nur einen Herzschlag voneinander entfernt. Als sie nach unten sah, konnte Rachel erkennen, wie stark sein Schwanz gegen die ausgeblichene Hose drückte. Sie blickte ihn lächelnd an.

»Entschuldigen Sie vielmals, Mrs. Ingram«, stammelte er, während seine Blässe plötzlich einer dramatischen Röte wich. Verwirrt trat er von ihr weg und blickte nach links und rechts. »Vielleicht sollte ich doch lieber gehen. Entschuldigen Sie bitte.«

»Es ist alles in Ordnung«, flüsterte sie und ergriff seinen Arm. »Was immer du tust, entschuldige dich nicht dafür, Daniel.« Ihr Griff wurde fester. »Das ist genau das, was ich will.« Sie holte tief Luft und zügelte die Worte, bevor sie sie aussprach. »Ich will dich.«

Ihr Geständnis überraschte sie fast so sehr wie Daniel, doch sie wußte, daß sie die Situation im Griff behalten mußte, denn sie befürchtete, daß Daniel sich andernfalls umdrehen und davonlaufen würde. Sie hatte den entscheidenden Schritt getan, und es gab kein Zurück mehr. Sie trat näher an ihn heran, spürte die Mischung aus Angst und Verlangen, die ihn erfüllte, und berührte, auf den Zehenspitzen stehend, seine Lippen ganz leicht mit den ihren. Ihr Kuß war kaum mehr als ein Hauch – eine Liebkosung zaghaftester Art. Daniel erbebte. Sie hob die Hand, um wieder seine Brust zu streicheln. Unter ihren Fingerspitzen konnte sie das erregte Klopfen seines Herzens spüren; der animalische Geruch seiner Haut ließ sie vor Begierde fast vergehen.

»Es ist alles in Ordnung«, wiederholte sie. Seine Augen waren so weit und so unergründlich wie der Ozean. Sie begann, mit dem Finger die Konturen seiner vollen, fast femininen Lippen nachzuzeichnen, die sich unter ihrer Berührung öffneten. Die Spitze seiner Zunge streifte ihren Finger. Sie stöhnte und schloß die Augen. Plötzlich stürzte er sich auf sie. Sie spürte die starke Hitze seines Körpers durch ihre dünne Bluse, spürte, wie er in seiner ganzen Größe direkt vor ihr stand, und einen Augenblick lang waren ihre Finger zwischen seinen und ihren Lippen gefangen, als er gierig seinen Mund auf den ihren preßte.

Sein Ungestüm überraschte sie, als seine Zunge versuchte, sich zwischen ihre Lippen zu schieben. Seine Küsse waren eine hinreißende Mischung aus sanfter Liebkosung und heftigem, ungeduldigem Drängen. Sie wimmerte und öffnete ihm die Lippen, damit seine Zunge ihren Mund erkunden konnte. Ihre Sinne waren erfüllt vom süßen Geschmack seiner Küsse. Er roch nach Sonne und Meer, und während sich in ihr alles drehte, wurde ihr klar, daß sie sich nichts sehnlicher wünschte, als sich mit ihm zu vereinigen.

Als er seine Hände unter das dünne Gewebe ihrer Bluse schob, leistete sie keinen Widerstand. Sie merkte, wie ihre Haut unter seiner Berührung prickelte, spürte jede Schwiele, jede rauhe Stelle an seinen Fingerspitzen auf ihrem Fleisch. Um ihr eigenes Verlangen unter Kontrolle zu halten, schob sie ihn sanft von sich weg.

»Wir haben viel Zeit, Daniel, und brauchen nichts zu überstürzen«, sagte sie atemlos. »Meine Haushälterin und Molly sind mit ihrer Arbeit schon fertig. Außer dir und mir ist niemand im Haus.« Ihre Stimme war kaum mehr als ein Flüstern.

Er runzelte die Stirn. Sein Gesichtsausdruck verriet seine Unsicherheit, obwohl seine Augen dunkel waren und die Pupillen sich zu unergründlichen, funkelnden Juwelen erweitert hatten. Sie schaute auf die Schüssel hinunter, die auf dem Tisch stand. Er folgte der Richtung ihres Blicks.

»Warum läßt du mich dich nicht waschen?« flüsterte sie und tauchte die Seife, die sie immer noch umklammert hielt, ins Wasser.

»Wenn du das möchtest«, gurrte er.

Er ließ das Handtuch neben die Schüssel fallen und wartete darauf, daß sie anfing. Leicht zitternd rieb Rachel die Seife schaumig und begann seine Brust einzuseifen, wobei ihre Finger die straffen Muskeln kneteten. Daniel zu berühren war himmlisch. Sie konnte seinen Schweiß riechen und die unmittelbar unter seiner Haut vibrierende Erregung spüren. Er stöhnte, als ihre Hände sich weiter nach unten arbeiteten, seine Brustwarzen umkreisten und sachte über die feinen blonden Härchen auf seinem Bauch strichen.

»Oh, mein Gott«, murmelte er mit vor Erregung heiserer Stimme, während er sich unter ihrer Berührung instinktiv hin- und herbewegte. Sie erbebte. Die unausgesprochene Drohung seines Verlangens fügte dem Ganzen ein Aroma von Gefahr hinzu, das sie in all ihren Fantasien nicht vorausgesehen hatte.

»Möchtest du mich gern anfassen, Daniel?« flüsterte sie.

Er zögerte. Es fiel ihm schwer, den Blick von ihr zu wenden.

»Du kannst es ruhig tun. Ich werde nicht weglaufen«, sagte sie leise. Sie ließ die Seife ins Wasser fallen und begann ihre Bluse aufzuknöpfen. Dann ließ sie sie von den Schultern gleiten, um ihren schlanken Körper seinem Blick darzubieten. Mit Freuden bemerkte sie, daß er mühsam schluckte und sich die Lippen leckte. Seine Augen wanderten automatisch zur üppigen Rundung ihrer vollen Brüste und zu den aufgerichteten dunklen Brustwarzen. Sie sah, wie er erzitterte und vor wollüstiger Erregung vibrierte. Sie ließ ihre Bluse auf den kalten, gefliesten Fußboden fallen. Keiner von beiden achtete darauf.

Sie trat vor ihn hin, ergriff seine Handgelenke und führte seine Hände zu ihrem Körper. Er liebkoste ihre Brustwarzen, die unter seinen Fingern hart wie Kirschkerne wurden.

»Mrs. Ingram?« In seiner Stimme lag ein Anflug von Angst.

»Rachel«, verbesserte sie ihn sanft. Dann sagte sie zögernd: »Bist du sicher, daß du es tun möchtest, Daniel?«

Einen Augenblick lang verlor er die Fassung. An die Stelle des jungen Mannes trat vorübergehend ein unsicherer, nervöser Junge.

»Du erwartest doch nicht, daß ich erst um Erlaubnis frage?« entgegnete er, während seine Finger fortfuhren, mit ihren Brüsten zu spielen. Seine tiefe Stimme schwankte.

Sie schluckte. Dann schüttelte sie den Kopf und legte die Hand auf den dicken Ledergürtel, der seine Taille umspannte. »Nein, das tue ich nicht«, flüsterte sie. »Aber ich will mir nichts nehmen, was du mir nicht bereitwillig gibst. Ich will, daß du dir sicher bist, es zu wollen.«

Die Augen des jungen Mannes blitzten auf, während sie die silberne Gürtelschnalle öffnete und sich an den Knöpfen seines Hosenschlitzes zu schaffen machte.

»Oh, natürlich bin ich mir sicher«, flüsterte er, warf den Kopf zurück und gab sich ihr ganz hin.

Sie konnte den Puls in seiner Kehle klopfen sehen und reckte sich hoch, um die Zunge in die Vertiefung an seinem Halsansatz gleiten zu lassen. Seine Haut schmeckte genau so, wie sie es sich vorgestellt hatte. Der salzige Geschmack ließ sie erzittern, und als ihre Brüste seinen feuchten, von der Sonne geküßten Körper streiften, gab sie ein Wimmern von sich. Mühelos vermochten ihre drängenden Finger die Knöpfe seiner Hose zu öffnen. Sie preßte ihre Lippen erneut gegen seine Kehle und fuhr mit der Zungenspitze darüber. Sie legte die Hände auf seine Hüften, um seine Hose über die straffen Gesäßbacken nach unten zu schieben. Dabei streiften ihre Brustwarzen den feinen Haarflaum, der seinen Leib bedeckte. Die Empfindung elektrisierte sie förmlich.

Nachdem ihre drängenden Finger seinen Schwanz befreit hatten, schnellte dieser ungeduldig nach vorn und preßte sich, erpicht darauf, von ihr berührt zu werden, gegen ihren Bauch. Sie hörte auf, Daniel zu küssen, und sah zu ihm hoch. Sein Gesicht war gerötet, und einen kurzen Moment lang blickte er verlegen drein. Lächelnd ließ sie den Finger um die pulsierende Spitze seines erigierten Geschlechts kreisen.

»Du bist sehr, sehr attraktiv«, flüsterte sie.

Er seufzte und schob sich ihrer Liebkosung entgegen. Seine glatte Vorhaut fühlte sich unter ihren Fingerspitzen wie gesponnene Seide an.

»Zieh dich aus«, murmelte sie, »laß mich deinen ganzen Körper waschen.« Rachel drehte sich ein wenig zur Seite und entledigte sich ihrer restlichen Kleidung, die sie sachte auf den gefliesten Fußboden gleiten ließ.

Daniel beobachtete sie mit funkelnden dunklen Augen. Sie fand, daß er unglaublich verletzlich und jung aussah. Sie hob die Schüssel vom Tisch und stellte sie neben ihn auf den Fußboden. Ohne ein Wort zu sagen, streifte er seine Stiefel und seine Hosen ab und trat in das Waschbecken.

Nachdem sie kurz die Augen geschlossen hatte, ergriff sie die Seife und begann, sich mit den Händen seine muskulösen Waden und Schenkel hochzuarbeiten. Als sie seinen Schwanz einseifte, zitterte er. Seine Lust spiegelte die ihre wider. Sie wußte, daß sie feucht war, und mit jeder Sekunde, die verstrich, steigerte sich ihre Erwartung und ihre Erregung. Daniels Schaft pulsierte unter ihren Fingerspitzen, als besäße er ein eigenes Leben.

Ihre Hände glitten seinen Schwanz auf und ab. Das Seifenwasser ließ seine Haut wie Eis glitzern. Obwohl sie nicht mehr klar denken konnte, merkte sie, daß Daniel sich schnell dem Höhepunkt näherte. Sie hielt inne, erhob sich und goß aus dem Krug Wasser nach, das sie über ihn fließen ließ. Als sie sich umdrehte, um den Krug aus dem Kessel nachzufüllen, merkte sie, wie er hinter sie trat. Dann spürte sie den Druck seines starken, muskulösen Körpers gegen ihren Rücken, spürte, wie sein Bauch sie berührte und sein erigierter Penis sich gegen ihre Gesäßbacken preßte. Einen Augenblick lang fühlte er sich heiß an, fast als hätte er Fieber, dann verscheuchte die kühle Luft die Hitze, die er ausstrahlte.

Die folgenden Momente waren atemberaubend und bescherten ihr ein überwältigendes Gemisch von Empfindungen. Seine Hände glitten über ihren Rücken und ihre Schultern und stahlen sich schließlich nach vorn, um ihre Brüste zu umspannen. Sie schob sich ihm entgegen und rieb ihre Gesäßbacken gegen sein steil aufgerichtetes, pulsierendes Geschlecht. Während sie Seele und Körper seinen Liebkosungen öffnete, machte sie eine leichte Bewegung, damit er seine Hände zwischen ihre Beine schieben konnte. Sie beugte sich etwas weiter nach vorn und bewegte sich so, daß ihre Hände den seinen begegneten. Er stieß ein Keuchen aus, als ihre Finger seinen Schwanz ergriffen und sich fest um ihn schlossen. Nachdem sie ihn gestreichelt hatte, führte sie ihn in ihren Körper ein.

Als sich ihre Scheide straff um ihn schloß, schien Daniel aus einem Traum zu erwachen. Seine Hände gerieten in fieberhafte Bewegung, umspannten und umkreisten ihre Brüste, kneteten und preßten die prallen Rundungen, während er mit dem Finger über die zusammengezogene Haut um ihre Brustwarzen fuhr. Sie gab ein leises, kehliges Stöhnen von sich, lehnte sich gegen ihn zurück und ließ ihn die Erkundung ihres Körpers fortsetzen. Sie fühlte sich wie betrunken von seinen Liebkosungen. Warum hatte sie so lange gewartet?

Daniel begann, sich rhythmisch hin und her zu bewegen, und stieß seinen Schwanz tief in ihre pulsierende Möse. Sie spürte, wie ihre eigene Erregung zunahm und in dem heißen, duftenden Naß, das sie beide zu überschwemmen drohte, Ausdruck fand. Sie schloß die Augen und konzentrierte sich auf die Wellen der Lust, die unablässig ihren Bauch durchströmten. Sie warf den Kopf zurück und schrie verzückt auf, als Daniels Finger sich immer weiter nach unten bewegten, über ihre schmale Taille glitten, über die sanfte Rundung ihres Bauches strichen und schließlich auf die glühend heiße Knospe ihrer Klitoris zustrebten. Er war bereits kurz vor dem Höhepunkt, und sie wußte, daß sie alles wollte, was er ihr geben konnte. Im allerletzten Moment, als sie merkte, daß der Damm gleich brechen würde, entzog sie sich ihm und drehte sich in seinen Armen um.

Einen Moment lang blickte der junge Mann schokkiert drein; dann sah er sie ungläubig an. Sie lächelte, schaute auf seinen steil aufgerichteten Schwanz hinunter und holte tief Luft, bevor sie ihn wieder mit den Fingern umschloß. Er stöhnte auf, als sie seine Vorhaut langsam zurückschob und die angeschwollene, scharlachrote Eichel freilegte, während sie ihre andere Hand zwischen seine Beine schob, um seinen prallen Hodensack zu umspannen. Er zitterte, leistete aber keinen Widerstand, als sie ihn näher an sich heranzog. Langsam ließ sie sich auf die Knie nieder und nahm seinen Schwanz in den Mund. Der junge Mann stieß einen Laut des Erstaunens aus.

Ihre Lippen schlossen sich fester um die geschwollene Schwanzspitze, saugten und lutschten daran, während ihre Finger den Schaft auf- und abglitten und so die Bewegung ihrer Lippen wiederholten. Sie wußte, daß es nicht mehr lange dauern würde, bis er die Beherrschung verlor. Er begann sich wieder zu bewegen, und während er rhythmisch gegen ihre Lippen stieß, wurden seine Bewegungen immer automatischer. Sie konnte die erste salzige Absonderung schmecken, die seinen Orgasmus einleitete, dann geriet er plötzlich in heftige Zuckungen.

Sie packte seinen Schaft an der Wurzel und ließ das Ende seines Schwanzes aus ihrem Mund gleiten, so daß der Bogen seines heißen Samens ihre Brust traf und über die runden Kugeln ihrer Brüste spritzte.

Die Sekunden vergingen, und eine kurze Weile lang schienen sie beide zu erstarren. Daniel brach den Bann, indem er sie hochzog und an sich drückte. Dann öffnete er langsam die Augen, als erwache er aus tiefem

Schlaf. Heftigste Gefühle unterschiedlicher Art spiegelten sich in seinem Gesicht wider. Sie blickte ihn beruhigend an und nahm seine Hand.

»Das war erst der Anfang«, sagte sie leise, während sie das silbrig glänzende Zeugnis seiner Lust abwischte. »Komm mit. Wir haben noch viel Zeit, bis du gehen mußt.« Sie hielt ihn immer noch bei der Hand, während sie die beiden dicken Handtücher vom Tisch nahm. Sie spürte, wie ihr der heiße Saft zwischen den Beinen herabrann. Sie sehnte sich danach, Daniel zu zeigen, wie viele schöne Dinge sie noch miteinander machen konnten.

»... mein Gott, und was ist dann passiert?« fragte Anthea Leven gespannt. Rachels älteste Freundin beugte sich vor, um ihre Zigarette an dem Kandelaber anzuzünden, der zwischen Schalen voll Sommerblumen in der Mitte des Eßzimmertischs stand.

Rachel schob ihren Stuhl zurück und drehte ihr Weinglas zwischen den Fingern hin und her. Die Facetten des Kristalls warfen das Kerzenlicht in allen Farben des Regenbogens zurück. Sie wandte sich Anthea zu und lächelte leicht.

»Für jemand, der behauptet, es sei widerwärtig und grenze ans Melodramatische, daß ich meinen Gärtner begehre, zeigst du ein bemerkenswertes Maß an Interesse. Oder ist das nur deine morbide Neugier?«

Anthea schnaubte verächtlich und atmete kräftig aus; silberne Schwaden von Zigarettenrauch wirbelten durch die Luft um sie herum.

»Es ist meine *Pflicht*, dir zu sagen, daß es schrecklich ist, Schätzchen. Vernünftige Freunde müssen einem solche Dinge sagen, etwa zum Beispiel: ›Das wird alles unter Tränen enden, die Sache hat keine Zukunft‹, und wie die gräßlichen Gemeinplätze sonst noch lauten.

Doch vorläufig will ich noch kein Urteil abgeben.« Sie grinste. »Zunächst einmal ist es eine verdammt gute Geschichte. Erzählst du mir jetzt, wie du den Rest des Nachmittags verbracht hast?«

Rachel zuckte die Achseln und hob ihr Glas an die Lippen. Der rubinrote Wein spiegelte das goldene Kerzenlicht wider. Sie dachte an das neue Bild, an dem sie oben im Atelier arbeitete, ein lebensgroßes Porträt Daniels. Letzten Endes war es ihr egal, ob Anthea ihr Verhalten billigte oder nicht. Sie wandte ihre Aufmerksamkeit wieder ihrer Freundin zu.

»Glaubst du die Dinge, die du gesagt hast, *wirklich?*« fragte Rachel leise.

Anthea nickte. »Ich fürchte, ja. Es ist ja nicht so, daß ich dir nicht alles Gute wünsche. Ich möchte wirklich, daß du glücklich bist, Schätzchen. Im tiefsten Innern beneide ich dich vermutlich sogar; aber diese Liebesaffäre riecht nach einer totalen Katastrophe, Rachel. Wirklich und wahrhaftig, Schätzchen, ich sag's, wie's ist. Du solltest zusehen, dich hier mit Leuten aus deiner eigenen Schicht anzufreunden. Mit zivilisierten Menschen.« Sie zögerte einen Moment. »Es muß in Carfax Staithe doch ein paar nette Leute geben. Leute deines Schlages. Du gibst dir einfach keine Mühe, sie kennenzulernen. Du solltest öfter ausgehen.«

»Daniel ist sehr attraktiv«, sagte Rachel mit Entschiedenheit.

Anthea schnaubte verächtlich. »Oh, das bezweifle ich gar nicht, aber was werden seine Leute sagen, seine Freunde, wenn sie die Sache herausfinden? Der Gedanke ist geradezu unerträglich. Du bist gesellschaftlich erledigt, wenn die Sache bekannt wird.«

Rachel schnitt eine Grimasse. »Ich hatte nicht die Absicht, ins Dorf zu rennen und sie jedem auf die Nase zu binden.«

Anthea zog einen Flunsch. »Sei nicht so naiv, Rachel. Solche Dinge finden die Leute zwangsläufig heraus, das ist immer so. Er ist fast noch ein Junge ...«

»Herrgott noch mal, er ist zwanzig. Er ist kein Kind mehr«, entgegnete Rachel aufgebracht.

Anthea verzog das Gesicht und griff nach ihrem Glas. »Und du bist vierunddreißig, Rachel. Das ist ein großer Altersunterschied. Warum läßt du mich dich nicht mit jemand zusammenbringen, der altersmäßig besser zu dir paßt und natürlich auch aus deiner eigenen Gesellschaftsschicht kommt? Es ist ja nichts dagegen einzuwenden, wenn die Herren der Schöpfung ihre Dienstmädchen verführen, aber mit einem Faktotum ins Bett zu gehen, das gehört sich wirklich nicht.«

Rachels Gesichtszüge wurden hart. »Irgendein langweiliger Mann mittleren Alters wäre also besser für mich, ja? Da bin ich anderer Ansicht, Anthea.«

Anthea schnitt eine Grimasse und drückte ihre Zigarette im Aschenbecher aus. »Seit du dieses verdammte Haus geerbt hast, bildest du dir ein, in einer eigenen Welt zu leben. Du wirst langsam zur Einsiedlerin.«

Rachel lachte und schenkte sich Wein nach. »Also wirklich, Anthea! Du bist doch diejenige, die Albion House als Schlupfloch benutzt, um sich von der Wirklichkeit zurückzuziehen. Das ist bereits das dritte Wochenende, daß du dich selbst hierher eingeladen hast. Außerdem stimmt das nicht. Auf dem Lande brauchen die Leute einfach länger, um Fremde zu akzeptieren – das ist alles.«

»Dazu wird es aber nicht kommen, wenn deine Beschäftigung darin besteht, deinen Gärtner zu verführen.«

Rachel seufzte. »Ich werde vorsichtig sein. Außerdem gewöhnen sich die Leute allmählich daran, daß ich hier wohne. Letzte Woche habe ich einen Brief von einem meiner Nachbarn bekommen, der sich mir auf diese Weise vorgestellt hat.«

Antheas Augen leuchteten auf. »Das hört sich schon besser an. Ist er Junggeselle? Was wollte er? Hat er dich zum Abendessen eingeladen?«

Rachel kicherte. »Um Himmels willen, nein. Er will wissen, ob ich bereit wäre, ihm die Anlegestelle für sein Segelboot zu vermieten.«

Anthea verdrehte die Augen. »Das zählt ja wohl kaum als gesellschaftlicher Erfolg. Du solltest eine Dinnerparty geben oder ...« Als sie Rachels widerwilligen Gesichtsausdruck sah, hielt sie inne. »Aber immerhin ist es so etwas wie ein erster Schritt. Was hast du ihm mitgeteilt?«

»Er wird mich nächste Woche aufsuchen.«

Anthea lächelte. »Na schön, dann fängst du also an, dich einzuleben. Aber – und das ist ein sehr, sehr großes Aber – du mußt richtige Pläne für ein richtiges Leben machen. Es ist nicht gesund, wenn du dich hier in der hintersten Provinz vergräbst.«

Rachel lachte und nahm einen weiteren Schluck Wein. »Sagt wer? Ich habe gerade ein Haus geerbt, das ich wirklich liebe, und André hat mir soviel Geld hinterlassen, daß es für mein ganzes Leben reicht. Und ...« Sie zögerte und starrte in ihr Glas.

Anthea lächelte sanft. »Und du kommst allmählich darüber hinweg, daß du ihn verloren hast?«

Rachel verzog das Gesicht und sah Anthea unverwandt an. »Ich habe ihn nicht verloren, Anthea, er ist gestorben. Albion House zu erben, das ist der einzige helle Stern an einem sehr dunklen Himmel gewesen.«

Anthea nickte. »Aber warum bist du hierhergekommen? Das Haus in London wäre doch besser für dich – wenn du einen richtigen Tapetenwechsel brauchst, wie steht es mit Andrés Besitzung in Kenia? Du könntest es dir leisten, dir irgendwo etwas zu kaufen, das dir wirklich gefällt. Meine Güte, Mädchen, du hast unendlich viele Möglichkeiten. Ich jedenfalls hätte mir als Wohnort nicht diese öde Gegend ausgesucht.«

Rachel sagte nichts. Sie konnte einfach nicht die Worte finden, um zu erklären, warum es wichtig war, daß sie etwas Eigenes hatte, etwas, das endlich ihr allein gehörte und nicht das Geringste mit ihrer Ehe mit André Ingram zu tun hatte.

Anthea seufzte. »Na schön. Was ist denn nun mit diesem Jungen?«

»Daniel? Daniel ist etwas Wunderbares, das ich mir gönne, und vermutlich ist es töricht von mir, das zu tun; da hast du wohl recht. Aber ich will ihn haben, Anthea. Warum kannst du das nicht verstehen? Bisher habe ich mir nie etwas genommen, das ich haben will, und zwar einzig und allein deshalb, weil ich es haben will.«

Anthea durchquerte das Eßzimmer. Draußen hoben sich die Dünen schwarz und scharf umrissen gegen den goldenen Abendhimmel ab. Hier und da funkelten am farbenprächtigen Himmelszelt schon die ersten Sterne. Durch die offenen Fenster trug eine warme Brise das Geräusch des Meeres heran, das den fernen Strand liebkoste. Anthea seufzte. Wie herrlich es doch in Albion House war ... Tischlampen und Duftkerzen erhellten das Eßzimmer, und obwohl es tagsüber heiß gewesen war, hatte Rachel im Kamin ein Feuer aus Treibholz angemacht.

»Du brauchst Daniel nicht, Rachel«, sagte Anthea langsam. »Du brauchst einen richtigen Mann. Jemand von deinem Schlag. Kreativ, geistreich ...«

»Du meinst einen potentiellen Ehemann.«

»Nicht unbedingt.«

»Lüg mich nicht an, Anthea. Du kannst mich nicht zum Narren halten. Mein ganzes Leben lang habe ich das getan, was sich gehört. Jetzt werde ich zur Abwechslung einmal tun, was ich will. Ich habe André geheiratet, weil meine Eltern darauf bestanden.« Sie machte eine Pause. »Du kannst dir gar nicht vorstellen, wie einsam ich mit ihm in all den Jahren war, Anthea. Diesmal werde ich bekommen, was ich haben will.«

»Glaubst du nicht, daß das selbstsüchtig ist?«

»Nein, das glaube ich nicht. Ich habe nicht vor, jemanden zu verletzen.«

»Und was ist mit deinem süßen kleinen Daniel?«

»Ihn am allerwenigsten. Die einzige Person, die dabei wahrscheinlich verletzt wird, bin ich. Ich meine, wie lange wird er denn eine alte Frau im Bett haben wollen?«

»Du bist nicht alt«, fuhr Anthea sie an.

»Nein, für einen Mann von vierzig bin ich das nicht, aber kannst du dich erinnern, wie das mit zwanzig war? Jeder über fünfundzwanzig war für uns senil. Ich war zwanzig, als ich André geheiratet habe, und er fast fünfzig – heute kommt mir das obszön vor. Nein, wenn sich aus dieser Liaison jemand mit gebrochenem Herzen davonschleichen wird, dann ich. Ich und mein albernes, törichtes Herz. Soll ich nach Kaffee klingeln, oder möchtest du noch ein Glas Wein?«

Anthea seufzte und drehte sich langsam um. »Kaffee, Schätzchen, aber versprich mir, daß ich dir den tollen Mann vorstellen darf, den ich letzte Woche auf Pippa Hollidays Dinnerparty kennengelernt habe. Er wird nächste Woche aus geschäftlichen Gründen in der Stadt sein. Ich gebe dir mein Wort, daß er einfach wunderbar ist, ganz dein Typ. Vertrau mir, Rachel. Warum kommst du nicht mit mir nach London, um wieder einmal ein paar Tage in zivilisierter Gesellschaft zu verbringen? Wir alle vermissen dich schrecklich. Zur Zeit ist jeder eifrig damit beschäftigt, die Abfolge der Wochenendpartys für den Sommer zu planen.« Sie zog einen Flunsch. »Bitte sag ja, Schätzchen. Ich liebe es doch so sehr, Leute miteinander zu verkuppeln.«

Wider Willen mußte Rachel über Anthea lachen, als die Haushälterin mit dem Kaffee hereinkam. »Wenn du so erpicht darauf bist, warum besorgst du dir dann nicht selbst einen Mann?«

Anthea griff sich an die Brust und tat so, als stöhne sie vor Entsetzen. »Was? Ich soll mich mit einem begnügen, wenn ich alle haben kann? Nein, meine Süße, Heiraten ist nichts für mich. Ich gehöre wirklich nicht zu den Leuten, die heiraten.«

Am Sonntag nachmittag fuhren Rachel und Anthea zusammen nach London, nachdem sie Rachels neues Auto am Bahnhof abgestellt hatten. Am Montag abend wurde Rachel in einem überfüllten, verräucherten Nachtklub demjenigen vorgestellt, der nach Antheas Dafürhalten der ideale Mann für sie war. Rachel verlor jede Lust, als er sich vorstellte und Anthea und sie zur Bar geleitete. Schon nach einem einzigen Drink zog Anthea sich diskret zurück und zwinkerte ihr verschwörerisch zu, als sie sich verabschiedete. »Ich werde nicht aufbleiben, bis du kommst«, waren ihre letzten Worte.

Als der Kellner ihnen mitteilte, daß ein Tisch frei geworden sei, seufzte Rachel und folgte ihrem Begleiter in den schwach erleuchteten Speisesaal.

»Nun, Mrs. Ingram, Rachel – darf ich Rachel zu Ihnen sagen? Anthea hat mir erzählt, Sie seien Malerin.«

Rachel lächelte und stocherte in dem äußerst mittelmäßigen Abendessen herum, während der ideale Mann einen detaillierten Bericht über die Krankheiten und Beschwerden, die er schon gehabt hatte, zum besten gab. Reumütig fragte sie sich, warum sie sich wieder einmal von Anthea hatte überreden lassen.

Einige Zeit später lächelte ihr Begleiter sie an und rückte ein Stück näher. Trotz des gedämpften Lichts im Speisesaal konnte sie sehen, daß sein Toupet nicht ganz zur Farbe seiner eigenen Haare paßte.

Als der Kellner die Rechnung brachte und kurz bevor ihr Begleiter hätte vorschlagen können, in seinem Hotel noch etwas zu trinken, zog sie sich aus der Affäre. Sie wünschte ihm eine gute Nacht, führte als plausible Entschuldigung die lange Heimreise an, fuhr mit einem Taxi zum Bahnhof und erwischte gerade noch den letzten Zug nach Norfolk.

Anthea hatte ihr zwar angeboten, bei ihr zu übernachten, doch obwohl Rachel hundemüde war, verlangte es sie nach der vertrauten Umgebung ihres Schlafzimmers im Albion House; sie sehnte sich danach, vom sanften Rauschen des Meeres geweckt zu werden.

Lange nach Mitternacht kam der Zug an. Die Lichter Londons lagen endlich weit hinter ihr. Rachel eilte über den Bahnhofsplatz, warf den Motor ihres Autos an und machte sich auf den Heimweg. Die einsame Küstenstraße schlängelte sich wie ein silbernes Band unter dem schwarzen Himmel dahin. Es war schon früher Morgen, als Rachel mit ihrem kleinen Auto endlich über die schmale Zufahrtsstraße zum Albion House fuhr. Auf dem ganzen Nachhauseweg hatte sie sich vorgestellt, Daniel würde sie vielleicht erwarten; die Vorstellung seines attraktiven sonnengebräunten Körpers half ihr, sich während der stundenlangen Fahrt die Zeit zu vertreiben.

Sie hatte es geschafft, Anthea über den Rest des Nachmittags, den sie mit Daniel verbracht hatte, im ungewissen zu lassen. Jetzt, als sie in der sinnlichen Dunkelheit der Meeresnacht auf das Haus zufuhr, ließ sie sich von ihren Erinnerungen heimwärts geleiten …

Aus der Küche hatte sie Daniel in ihr Schlafzimmer geführt, das im obersten Stock des Hauses lag. Es war ein riesiger, sonnendurchfluteter Raum. Das Meer warf schimmernde Reflexe auf die Decke, die wie gesponnene Seide glitzerten. An einer Seite führten Türen auf einen Balkon, von dem aus man aufs Meer blicken konnte. Die Türen standen auf, um die kühle Brise hereinzulassen, und die großen Vorhänge aus feinstem Musselin blähten sich wie volle Segel. Die Mitte des Raums wurde von einem Himmelbett eingenommen, dessen Bettzeug weiß und rein wie jungfräulicher Schnee war. Sie hatte sich umgedreht und Daniel voller Verlangen angeblickt. Dann ließ sie ihr Handtuch langsam zu Boden fallen.

Mit zwei langen Schritten durchquerte er den Raum. Diesmal hielt er sich nicht zurück, sondern suchte mit seinen Lippen nach den ihren und ließ seine Hände über ihren erwartungsvollen Körper gleiten. Es schien, als hätte er neue Kraft gewonnen und sei zum Äußersten entschlossen, als er sie in Richtung Bett drängte. Abermals verspürte Rachel jenen leichten Schauder der Angst und fühlte sich vom Ungestüm des jungen Mannes fast überwältigt.

Feuchte, goldene Haarsträhnen legten sich wie ein Heiligenschein um seinen Kopf und gaben ihm das Aussehen eines Racheengels. Dann preßte er seine Lippen fest auf die ihren und suchte nach ihrer Zunge. Tief drang seine Zunge in ihren Mund ein, immer tiefer, so daß ihre Lippen zum Zerreißen gespannt waren.

Sie wußte, daß sie immer mehr die Beherrschung verlor. In ihren Fantasien hatte sie sich vorgestellt, wie sie Daniel in der Liebeskunst unterweisen würde, doch all das war vergessen, als er sie auf die weiche weiße Fläche des Bettes drückte. Sie legte sich zurück. Während seine Hände auf ihren Hüften ruhten, hielt er, zwischen ihren gespreizten Beinen stehend, einen Augenblick inne, um sie zu betrachten. Sie merkte, wie sein Blick über ihren entblößten, von Verlangen erfüllten Körper wanderte, als wolle er sich das, was er sah, genau einprägen. Als sein Blick ihre Möse erreicht hatte, ließ er sein Handtuch zu Boden gleiten. Sein prachtvoller Schwanz war bereits erigiert. Als seine Finger über ihren Venushügel strichen, stöhnte sie auf.

Sanft öffnete er ihren Leib und erkundete ihn mit zärtlicher Neugier. Sie stieß ein heftiges Keuchen aus, denn sie erwartete, gleich seinen in sie gleitenden Schaft zu spüren. Statt dessen kniete er jedoch zwischen ihren Beinen nieder. Mit funkelnden Augen blickte er zu ihr hoch. Sie schaute ihm tief in die Augen und spürte, daß er wieder unsicher geworden war.

»Ja«, flüsterte sie. »Ich weiß, was du machen willst. Küß mich, bitte ...«

Ohne weiteres Vorspiel glitt seine Zunge zwischen die Blütenblätter ihres Geschlechts, das er mit den Fingern auseinanderspreizte, um sie an den intimsten Stellen küssen zu können. Nach Atem ringend, hob sie ihm ihre Hüften entgegen. Sein Können verblüffte und entzückte sie, und einen Moment lang fragte sie sich, an welchem hübschen Mädchen vom Lande er sich wohl geübt hatte, um so perfekt zu werden.

Sie war bereits erregt und feucht. Seine Küsse fachten das schwelende Feuer in ihrem Körper an. Als seine Finger tief in sie hineinglitten, wußte sie, daß er ihr Verlangen schmecken und die nach Moschus duftende Hitze ihres Körpers riechen konnte. Ihre Muskeln reagierten unverzüglich und schlossen sich fest um ihn. Seine Zungenspitze machte die geschwollene Knospe ihrer Klitoris ausfindig, die er mit den Lippen umschloß und zärtlich knabbernd küßte. Jetzt loderte ein Ring von Flammen in ihr auf, starke Wellen der Lust durchströmten ihren ganzen Körper. Vor Wonne schrie sie auf und zog ihn näher.

Sanft berührten seine Lippen die kleine Knospe und sogen daran. Jeder Kuß, jede saugende Liebkosung machte sie wahnsinnig und ließ sie fast das Bewußtsein verlieren. Sie stöhnte und wand sich hin und her, feuerte ihn an, packte ihn bei den Haaren, vergrub die Finger in seinen Locken, zog ihn immer fester, immer näher an sich heran. Während sie sich unter ihm wand, schoß die Erregung in einer glühendheißen Welle durch ihren Körper. Sie hörte, wie sie seinen Namen rief und ihn schließlich bat aufzuhören, da ihre Lust gesättigt war. Als Daniel den Kopf zurückzog, öffnete sie die Augen.

Auf seinem Gesicht malten sich Triumph und Entzücken. Rachel lächelte schläfrig und streckte ihm einladend die Arme entgegen. Langsam kroch er hoch und auf sie zu. Sie stöhnte leise, als sie sein Gewicht auf ihren Schenkeln, seine Körperwärme auf ihrem heißen, erregten, prickelnden Fleisch spürte. Sie stemmte sich mit den Ellbogen hoch, als sie merkte, wie sein Schwanz an den pulsierenden Lippen ihres Geschlechts Einlaß begehrte. Mit immer noch diamanten strahlenden Augen blickte er hoch und sah sie an. Dann grinste er. Abermals fiel ihr auf, wie jung und verletzlich er aussah, obwohl er gleichzeitig sehr begehrenswert wirkte.

»Du hast das alles geplant, nicht wahr?« flüsterte er, ohne vorwurfsvoll oder ängstlich zu klingen. Seine Stimme drückte lediglich Freude aus. Sie schob sich näher an ihn heran.

»Ja«, gurrte sie und fuhr mit den Fingern seinen Schaft entlang. Er erbebte und rollte sich neben sie aufs Bett, damit sie besser an seinen muskulösen, sonnengebräunten Körper herankam. Fieberhaft ließ sie ihre

Hände umherschweifen und weidete sich an seiner Schönheit und seiner Vitalität. Seine großen Augen waren dunkel und hatten etwas Hypnotisches. Zart, fast ehrfürchtig berührten seine Lippen die ihren.

Sie drückte ihn auf das gestärkte weiße Laken zurück und setzte sich rittlings auf seine Brust, wobei ihr Geschlecht feuchte, duftende Küsse auf seine Haut preßte. Zwischen ihren Schenkeln konnte sie spüren, wie seine Hitze zunahm. Sein Verlangen überwältigte sie fast. Behutsam rutschte sie zurück, bis sie mit gespreizten Beinen auf seinen Hüften saß. Dann hob sie ihren Unterleib an, um seinen Schwanz in sich einzuführen.

Verzückt sah Daniel zu, wie Rachel seinen Schaft gegen die empfindliche Haut ihrer Innenschenkel rieb. Sogleich merkte sie, wie ihr Körper sich ihm öffnete. Einige Sekunden lang schmiegte sich die Spitze seines Schwanzes zwischen ihre äußeren Schamlippen. Mit geschlossenen Augen warf sie den Kopf zurück, um den Moment voll auszukosten. Dann ließ sie sich ganz langsam auf ihn nieder.

Er hob seine Hüften an und bäumte sich ihr entgegen. Das schiere Vergnügen, ihn in sich zu fühlen, verschlug ihr den Atem. Die Empfindung teilte sich jedem Molekül ihres Fleisches mit. Sie hatte den Eindruck, als sei sie ganz von Daniel erfüllt. Sie hätte weinen können vor Freude. Sie war dem Orgasmus immer noch so nahe, daß die nachträglichen Wellen der Erregung nach wie vor ihr Geschlecht zusammenzogen und ihre inneren Muskeln Daniels dicken Phallus umspannten und daran zogen, während er immer tiefer in sie eindrang.

Zunächst bewegten sie sich ganz langsam. Sie rieb ihren Körper gegen den seinen und fühlte sich belohnt, als sie ihn stöhnen hörte. Seine Finger und sein Mund waren überall, saugend, leckend, streichelnd. Sie wimmerte vor Lust, und als sie einen gemeinsamen Rhythmus gefunden hatten, merkte sie, wie ihre Erregung mit jedem Stoß wieder aufflammte. Sie blickte auf Daniels Gesicht hinunter. Seine Augen waren geschlossen, seine Miene wirkte fast engelhaft, als er sie wieder und wieder aufspießte. Rachel spürte, wie in ihr erneut die Hitze aufstieg. Sie schob die Hände unter Daniels Gesäßbacken, damit er noch tiefer in sie eindringen konnte. Sein Gesicht wirkte angespannt und konzentriert.

Er war so attraktiv, so begehrenswert, daß es sie fast gelüstete, ihn mit Haut und Haaren aufzuessen. Rachel lächelte, führte einen neuen Gegenstoß aus und ließ eine ihrer Hände zwischen ihre Beine gleiten. Nachdem sie ihren Körper ein wenig angehoben hatte, schob sie die Hand zwischen sich und Daniel und umfaßte die Wurzel seines Schaftes, um mit ihren Fingern einen unwiderstehlichen Gegenrhythmus hervorzubringen. Daniels Augen blitzten auf, und an seinem Gesichtsausdruck erkannte sie, daß er sich nicht länger zurückhalten konnte. Nach Atem ringend, bäumte er sich auf, so daß sie in freudiger Überraschung aufschrie. Tief im Innern spürte sie, wie sein Schwanz gleich einem pochenden Herzen pulsierte und sie bis zum Rand mit Lust erfüllte. Einen Augenblick später ließ ihr eigener Höhepunkt sie beide erbeben.

Erschöpft sank Daniel auf das Bett zurück. Rachel küßte ihn auf die Lippen, was er mit einem trockenen, schwachen, schläfrigen Kuß beantwortete. Seine Augen waren vor Müdigkeit bereits ganz klein. Sie lächelte und rollte sich von ihm herunter, ließ aber seinen Kopf in der Beuge ihres Armes ruhen. Innerhalb von Sekunden war er, Beine und Arme um sie geschlungen, eingeschlafen. Seine jungenhafte Wärme war wohltuend und rührend zugleich. Er kuschelte sich noch stärker an sie, und, ohne es zu wollen, schloß Rachel die Augen und ließ sich von ihrer Erschöpfung in den Schlaf tragen.

Als sie erwachte, war es spät am Abend. Die Sonne hatte ihren Lauf vollendet und warf dunkle, samtige Schatten auf den Schlafzimmerfußboden. Daniel war bereits gegangen, hatte sie aber weiterschlafen lassen. Auf das Schränkchen neben dem Bett hatte er einen kleinen Strauß wilder Blumen, gepflückt in ihrem Garten, gelegt. Sie nahm die Blumen in die Hand und starrte aufs Meer hinaus. Einige Sekunden lang war ihr Verlustgefühl fast unerträglich.

Als Rachel jetzt, da das kräftige Schwarz der Meeresnacht sie gegen die Wirklichkeit abschirmte, an dieses Gefühl zurückdachte, zitterte sie. Behutsam lenkte sie ihr Auto über den letzten Abschnitt des schmalen Damms. Eindringliche Bilder von Daniels sonnengebräuntem, muskulösem Körper erfüllten ihren Geist und verscheuchten die letzten Erinnerungen an den langweiligen Abend, der hinter ihr lag.

In der Ferne konnte sie jenseits der Dünen Albion House sehen. In einem Fenster im oberen Stockwerk brannte eine Lampe – ein einladendes Leuchten in der Finsternis. Das Licht ihrer Scheinwerfer fiel auf die Wellenkämme der hereinkommenden Flut. Die Lichter eines kleinen Bootes, das die Flut nutzte, um durch die Hauptfahrrinne ins Meer zu gelangen, verliehen der Finsternis ein seltsam magisches Flair, als es direkt unter den Mauern von Albion House entlangzusegeln schien.

Um das Haus herum plätscherte das Meer flüsternd und raunend über den Sand. Erschöpft schleppte sich Rachel nach oben und schlüpfte ins Bett, um von Daniel

Grey und seinen leidenschaftlichen Liebkosungen zu träumen.

Draußen fuhr das Boot vorsichtig zwischen den Sandbänken hindurch, und während sie vorübersegelten, hielt der Kapitän auf der Backbordseite nach der dunklen, massiven Silhouette von Albion House Ausschau.

2. KAPITEL

Als Rachel am nächsten Morgen vom Rauschen des Meeres geweckt wurde, war es schon spät. Sie streckte sich und schlüpfte aus dem Bett. Vom Balkon aus konnte sie Daniel im Garten unten arbeiten sehen. Er hatte damit begonnen, das letzte Viertel des verwilderten Gartens in Ordnung zu bringen. Sie war versucht, seinen Namen zu rufen. Gerade als ihr der Gedanke durch den Kopf ging, schaute er auf und hob die Hand zum Gruß. Lächelnd winkte sie zurück und überlegte dabei, wie es wohl sein würde, wenn sie einander gegenüberstanden, obwohl es Daniels Gesichtsausdruck nach vielleicht nicht ganz so peinlich sein würde, wie sie sich vorgestellt hatte.

Die Grenze zwischen Fantasie und Wirklichkeit zu überschreiten war ein gefährliches Spiel. In mancher Hinsicht vermochte Rachel immer noch nicht ganz zu glauben, daß sie es gewagt hatte, diesen Schritt zu machen. Seit dem Tod ihres Mannes hatte ihr Leben darin bestanden, zu arbeiten und sich um Albion House zu kümmern. Gelegentlich hatte sie mit Männern zu Abend gegessen, die ihre Freunde für geeignet hielten, die sie sich selbst aber nicht ausgesucht hätte, so daß das Ganze von vornherein unter einem ungünstigen Stern stand.

Nachdem sie ins Schlafzimmer zurückgegangen war, zog Rachel sich rasch an. Sie hatte plötzlich große Lust, an dem neuen Gemälde im Atelier weiterzuarbeiten. Sie eilte in die Küche hinunter und stellte den Kessel auf den Herd. Kaum kochte das Wasser, da klingelte das Telefon.

Rachel stöhnte unwillig. Zweifellos war das Anthea, die wissen wollte, wie der vorhergehende Abend verlaufen war. Wer sollte es zu dieser Tageszeit sonst sein? Sie rannte in die Halle, riß den Hörer von der Gabel und klemmte ihn unters Kinn.

»Guten Morgen. Bitte stör mich jetzt nicht, Schätzchen. Ich rufe dich später zurück«, sagte sie kurz angebunden.

»Entschuldigen Sie vielmals, Mrs. Ingram«, antwortete eine unbekannte männliche Stimme. »Wäre es Ihnen lieber, wenn ich später noch einmal anrufe?«

Rachel errötete. »Oh, das tut mir leid, entschuldigen Sie bitte. Ich habe Sie für jemand anderen gehalten. Wer spricht denn da?«

»Julian Morton. Wir kennen uns noch nicht, aber ich habe Ihnen vor kurzem geschrieben. Störe ich Sie wirklich nicht?«

Mühsam erlangte Rachel die Fassung wieder. »Nein, überhaupt nicht. Was kann ich für Sie tun?« Rachel zermarterte sich das Hirn und versuchte sich zu erinnern, was in Mortons Brief gestanden hatte.

»Ich rufe nur an, um mich zu vergewissern, ob es Ihnen nach wie vor paßt, wenn ich heute morgen vorbeikomme. Da sie mich nicht angerufen haben ...« Julian Mortons Stimme war tief und hatte etwas Hypnotisches. »Ich kann Sie aber auch gern zu einer anderen Zeit aufsuchen, falls Sie gerade beschäftigt sind.«

Rachel wurde erneut rot. Sie konnte sich einfach nicht erinnern, daß sie ihn hatte anrufen sollen, um ihre Verabredung zu bestätigen.

»Nein, nein«, stammelte sie, »das ist schon in Ordnung. Bitte entschuldigen Sie mich jetzt, Mr. Morton. Ich stehe heute morgen ein bißchen unter Zeitdruck.«

Erst als sie Julian Morton eingeladen und aufgelegt hatte, wurde ihr klar, daß sie sich beim besten Willen nicht erinnern konnte, warum er sie aufsuchen wollte. Sein Brief befand sich noch in ihrem Schreibtisch. Sie mußte ihn unbedingt noch einmal lesen, bevor er kam.

Als sie wieder in der Küche war und den Tee aufgoß, klopfte es an die Tür. Sie blickte zur Uhr hoch und stellte mit Erstaunen fest, daß es fast zehn war. Julian Morton hatte gesagt, er werde gegen elf vorbeikommen. Rachel öffnete die Tür. Daniel stand auf der Veranda und hob sich gegen das strahlend helle Sommersonnenlicht ab. Sofort loderte ein Verlangen in ihr auf, das alle Gedanken an Julian Morton, seinen Brief und seinen Besuch verscheuchte.

»Komm herein«, sagte sie mit sanfter Stimme. »Wie geht es dir denn?«

Daniel nahm seinen Strohhut ab und trat zögernd durch die Tür. Seine Miene schwankte zwischen Freude und Besorgnis.

Sie lächelte. »Keine Bange. Mir sind weder Hörner noch ein Schwanz gewachsen, seit wir uns das letztemal ...« *Gesehen haben,* wollte sie sagen, doch statt dessen stieg ein Schwall intensiver erotischer Erinnerungen an ihren gemeinsamen Nachmittag in ihr auf. Errötend wandte sie sich ab.

»Warum kommst du nicht ganz herein? Ich mache gerade eine Kanne Tee. Möchtest du auch eine Tasse?« fragte sie, während sie von der Tür wegtrat.

Mit langen, selbstsicheren Schritten durchquerte er die Küche und zog einen Hocker unter dem Tisch hervor. Rachel beugte sich über den Tisch, um ihm eine Tasse mit Untertasse zu reichen. Dabei berührten sich ihre Finger ganz leicht. Sie schluckte mühsam, als sie merkte, wie ihr Verlangen stärker wurde. Während sie dem jungen Mann in die Augen schaute, sah sie wieder seine Sehnsucht, aber auch seine Unsicherheit. Sie streckte die Hand aus und streichelte seine Finger.

Seine Augen wurden plötzlich dunkel wie der Himmel bei einem Sommergewitter, und er packte ihre Hände, um sie an seine Lippen zu führen. Rachel hielt den Atem an.

»Seit Tagen denke ich nur an dich«, flüsterte er. »Ich hatte solche Angst, daß du mich nicht mehr hier sehen willst.« Er schüttelte den Kopf. »Ich habe ständig gedacht, daß ich mir vielleicht alles nur eingebildet habe, oder, was noch schlimmer wäre, daß ich zu weit gegangen bin – daß ich falsch verstanden habe, was du möchtest.« Er hielt inne und blickte zu ihr hoch.

»Ach, Daniel«, sagte sie leichthin, da sie seine Angst, zurückgewiesen zu werden, spürte. »Warum, um Himmels willen, denkst du denn so etwas?«

Während er immer noch ihre Hände festhielt, stand er auf und zog sie zu sich. Fast wäre Rachel voll Panik zurückgewichen, so sehr überwältigte sie die Intensität seines Verlangens. Seine starken Arme schlossen sich um sie und preßten ihren Kopf gegen seine Schulter. Er roch nach Meer.

»Das alles geht doch nicht, nicht wahr?« flüsterte er heiser. »Das kann doch gar nicht gehen. Das habe ich mir das ganze Wochenende gesagt – aber ich begehre dich so sehr.«

Sie merkte, wie die Panik ihr die Kehle zuschnürte. Was hatte sie da bloß in Gang gesetzt? Sein Verlangen war unverblümt und eindeutig. Seine Hände wanderten zu ihren Schultern hoch, während er den Mund leidenschaftlich in die Wölbung ihres Halses preßte. Sie wußte, daß sie die Macht hatte, seinen Liebkosungen mit einem einzigen Wort Einhalt zu gebieten, und einen Augenblick lang überlegte sie, ob es vielleicht besser wäre, ihn wegzuschieben.

In ihren Fantasien, ihren dunklen leidenschaftlichen Träumen war er immer ihr williger, aufmerksamer

Sklave gewesen, gelenkt und beherrscht von ihrer Stimme und den Bedürfnissen ihres Körpers. Jetzt, in der Wirklichkeit ihrer vom kühlen Morgenlicht erfüllten Küche, sah alles ganz anders aus. Der lebendige, atmende, vor Lust und Leidenschaft brennende Daniel Grey war weit beunruhigender, als sie sich je auszumalen vermocht hätte – eine Erkenntnis, die sie erregte. Ihr gemeinsamer Nachmittag kam ihr jetzt ebenfalls wie einer ihrer Träume vor, obwohl sie wußte, daß das, was sie in Gang gesetzt hatte, keine Fantasie, kein Spiel mehr war. Der Nervenkitzel und die Angst steigerten ihre Erregung.

Daniel preßte sich stärker gegen sie. Ihr Körper sehnte sich danach, von ihm berührt zu werden, auch wenn ihr Verstand noch Widerstand leistete. Als seine Finger an den Knöpfen ihrer Bluse zerrten, machte sie keinen Versuch, ihn davon abzuhalten. Er riß ihr das dünne Gewebe herunter, während er die empfindliche Haut auf ihren Schultern und am Schlüsselbein mit heißen Küssen bedeckte. Seine von der Arbeit rauhen Hände umfaßten ihre Brüste, seine gierigen Finger liebkosten ihre Brustwarzen, die unter seiner Berührung sofort hart wurden. Die Empfindung ließ sie aufstöhnen. Unerbittlich machte er weiter. Als seine Finger zu den Knöpfen ihres Rockes hinunterglitten, hatte sie das Gefühl, als ertrinke sie, als schlügen die Wellen seiner Begierde über ihr zusammen.

Er zerrte den Stoff über ihre Hüften und riß heftig am Rockbund, um ihren Körper weiter zu entblößen. Jetzt protestierte sie und zappelte hin und her, doch seine drängenden Küsse brachten sie zum Schweigen.

»Bitte, Daniel, bitte …«, wimmerte sie, von Empfindungen überflutet, ohne genau zu wissen, ob sie ihn bat, aufzuhören, oder anflehte, weiterzumachen. Als sie versuchte, sich von ihm wegzuschieben, und sein

Gesicht zwischen die Hände nahm, spürte sie unter ihren Fingerspitzen seinen heftig klopfenden Puls. Das Verlangen, das sie in seinem Gesicht sah, drohte sie mit sich fortzureißen. Wie konnte sie daran denken, ihm zu widerstehen, wenn sie ihn mit jeder Faser ihres Körpers so sehr begehrte? Sie stürzte sich in die Flut der Leidenschaft und ließ ihre Lust die Kontrolle übernehmen. Während sie die Hände unter sein Hemd schob und mit den Fingern über die straffen Muskelstränge fuhr, gab sie sich völlig dem Verlangen hin, das sie beide erfüllte.

Als er seine Hände auf ihre Taille legte, um sie herumzudrehen und in Richtung Tisch sanft nach unten zu drücken, erhob sie keinen Widerspruch. Als sie über die Schulter zurückblickte, sah sie die Lust in seinen Augen, sah eine heftige düstere Erregtheit, die sie erzittern ließ. Seine animalische Wildheit, seine Jugend, seine Attraktivität brachten ihr Blut in Wallung. Seine Finger strichen über die feuchten Falten ihres Höschens, streichelten ihre Gesäßbacken und preßten sich, Einlaß begehrend, gegen ihre äußeren Schamlippen. Sie wußte, daß der Stoff ihres Höschens bereits feucht von ihrem Liebessaft war. Sie konnte seine abgehackten Atemzüge hören, als er mühsam versuchte, sich mit einer Hand auszuziehen. Gern hätte sie sich umgedreht, um ihm dabei zu helfen, hielt sich aber zurück, da sie es nicht riskieren wollte, den Zauber, den seine Liebkosungen auf sie ausübten, zu brechen.

Seine Finger kreisten über den rasch immer feuchter werdenden Stoff, der ihn von seinem Ziel trennte, und das Hin und Her dieser Bewegungen ließ sie erwartungsvoll erzittern. Plötzlich griffen seine Finger unter den Saum ihres Höschens und rissen es herunter, so daß sie völlig nackt war. Sie wimmerte. Ihr ganzes Bewußtsein war auf seine Berührung konzentriert, ihr

Körper verlangte nach ihm. Sie erbebte, als seine Lippen sich gegen ihre Wirbelsäule preßten und ihre Schultern mit feuchten Küssen bedeckten. Seine Hände bewegten sich nach vorn, um ihre Brustwarzen zu liebkosen, bevor sie weiter nach unten glitten und über ihren straffen, sonnengebräunten Bauch strichen. Dann grub er seine Finger in das Fleisch ihrer Schenkel. Seine heißen feuchten Lippen hauchten Küsse auf ihre Haut, seine Zunge wanderte über ihren Rücken.

Instinktiv bewegte sie sich und schob sich ihm entgegen. Ihre Schenkel öffneten sich, und sie drückte die Hüften durch, damit er in sie eindringen konnte. Als seine Finger ihre äußeren Schamlippen auseinanderzogen, konnte sie den Moschusduft seiner Erregung riechen und schrie wollüstig auf, als sein Schwanz ihre Gesäßbacken streifte. Abermals drückte sie die Hüften durch. Ihr feucht schimmerndes Geschlecht öffnete sich ihm noch weiter, als verlange ihr ganzes Wesen danach, zu spüren, wie sein mächtiger Schwanz in sie glitt. Sie fühlte seinen heißen Atem auf ihrer Haut und schrie leise auf, als er sich den Weg durch die geschwollenen, empfindlichen Hautfalten ihres Geschlechts bahnte. Er preßte den Daumen auf die pralle Knospe ihrer Klitoris, und als die erste, brausende Woge der Lust durch ihren Körper strömte, wußte sie, daß sie rettungslos verloren war.

Jenseits des Damms warf Julian Morton, der in seinem neuen Roadster saß und das Hin und Her der hereinkommenden Flut beobachtete, gerade einen Blick auf die Uhr. Das Wasser stand bereits ziemlich hoch und füllte die gewundenen, von Sandbänken eingefaßten Fahrrinnen der östlichen Salzmarschen. Er fluchte leise vor sich hin und konsultierte die Karte, die zusammengefaltet auf dem Beifahrersitz lag. Das Albion House, das auf einem Vorgebirge lag, war deutlich gekennzeichnet, ebenso die kleine private Anlegestelle, die sich an der in eine der Fahrrinnen reichenden Landzunge befand. Julian hob seinen Feldstecher. Jenseits der verschlungenen Fahrrinnen und der Salzmarschen lag die glitzernde graue Wasserfläche der Nordsee, und dahinter wiederum die holländische Küste, die man in wenigen Stunden mit dem Segelboot erreichen konnte.

Rachel Ingrams Reaktion am Telefon hatte ihn ziemlich verwirrt. Man hatte ihm erzählt, sie sei scheu, fast eine Einsiedlerin.

Während er dem unerbittlichen Steigen der Flut zusah, überlegte er, ob es vielleicht besser wäre, seinen Besuch auf einen anderen Tag zu verschieben. Er wollte auf keinen Fall, daß das hereinkommende Wasser ihm den Rückweg abschnitt. Da der Hafen weit weg lag, war die Küstenstraße fast menschenleer, obwohl zwischen den Dünen ein, zwei Spaziergänger zu sehen waren. Julian stieg aus dem Auto. Es war vielleicht besser, wenn er zu Fuß hinüberging. Eine fröhliche Stimme riß ihn aus seinen Gedanken.

»Guten Morgen. Was für ein wunderschöner Tag!«

Julian drehte sich um. Ein älterer Mann mit einem Labrador kam zwischen den Dünen hervor. Als er sich dem Auto näherte, tippte er zum Gruß an seinen Hut.

Julian, der leicht verärgert war, weil man ihn in seinen Überlegungen gestört hatte, zwang sich zu einem Lächeln.

»Guten Morgen.«

»Ein wunderbarer Ausblick, nicht wahr?«

Julian beschloß, sich die Situation zunutze zu machen. »In der Tat. Sagen Sie, wohnen Sie hier in der Gegend?«

Der Gesichtsausdruck des Mannes gab zu verstehen, daß dies der Fall war.

»Ich würde nämlich gern wissen, ob der Damm überflutet wird, wenn die Flut hereinkommt.«

Der Mann schüttelte den Kopf und musterte Julian von oben bis unten. »Mr. Morton, nicht wahr? Der neue Besitzer von Medsham Hall?«

Julian nickte und streckte die Hand aus. »Ganz recht. Und Sie sind ...«

Der alte Mann lächelte. »Derek Farnham, Reverend Farnham. Ich bin der Pfarrer von Carfax-Staithe, zur Strafe für meine Sünden.« Er machte eine Geste in Richtung des Damms. »Er wird nicht sehr oft überschwemmt; manchmal im Frühjahr, gelegentlich bei Stürmen, wie ich gehört habe, aber sonst bleibt er weit über der Hochwassermarke.« Er machte eine Pause und sah Julian erneut an. »Sie wissen doch wohl, daß das da drüben ein Privatgrundstück ist? Das ist kein öffentlicher Weg. Der Damm führt zum Albion House hinüber.«

Julian nickte. »Ja, ich weiß. Ich habe dort drüben heute morgen eine Verabredung. Ich wollte es bloß nicht riskieren, daß die Flut mir den Rückweg abschneidet.«

Der alte Mann lachte. »Was denn? Sie haben was dagegen, bei unserer reizenden Mrs. Ingram festzusitzen? Sie ist Malerin, wissen Sie. Eine ziemlich berühmte, wie ich gehört habe, obwohl ich noch nie eines ihrer Bilder gesehen habe.«

Julian grinste. »Ob berühmt oder nicht, ich habe trotzdem was dagegen, da drüben festzusitzen.«

Der alte Mann zog seinen Hund an der Leine zurück und nickte. »Nun, da brauchen Sie sich wohl keine Sorgen zu machen, Mr. Morton. Die Flut erreicht erst heute nachmittag ihren Höchststand, und wir rechnen nicht damit, daß sie heute sehr hoch ist. Vielleicht sehen wir Sie einmal in der Kirche, wenn Sie sich erst eingelebt haben?«

Julian nickte. Nach dem Austausch der üblichen Höflichkeitsfloskeln steuerte der alte Mann, seinen Hund hinter sich herziehend, wieder auf die Dünen zu. Julian blickte ihm nach und sah, wie er den Strand entlangging. Dann beschloß er, das Risiko einzugehen, und fuhr, nachdem er wieder ins Auto gestiegen war, langsam über den Damm. Da es für seine Verabredung noch zu früh war, wollte er, sobald er drüben war, das Auto irgendwo abstellen und einen Spaziergang auf der Landzunge machen, um sich ein bißchen umzusehen.

Der Damm erwies sich als kürzer, als er angenommen hatte, und als er sich Albion House näherte, erkannte er, daß das, was er auf der Karte für offenes Dünengelände gehalten hatte, in Wirklichkeit Teil des Anwesens war. Der Damm, der vom Wasser zum Garten führte, stieg ziemlich steil an, und als Julian oben angekommen war, konnte er in der Ferne neben der Anlegestelle sogar die Überreste eines Bootshauses sehen. Der Blick von der Küste aus hatte ihn allerdings nicht auf das Haus vorbereitet.

Wie ein Schoner, der allein zwischen den hügeligen Dünen einhersegelte, stieg im morgendlichen Licht über den letzten wirbelnden Schwaden weißen Seenebels Albion House auf. Die glänzenden Fenster des Hauses starrten aufs offene Meer hinaus. Die dem Land zugekehrte, mit Schindeln verkleidete Seite war mit Kletterpflanzen bedeckt, während seltsame Türmchen und Balkone noch zu dem eigentümlichen nautischen Aussehen beitrugen. Jenseits der niedrigen Stützmauer des Gartens erstreckte sich eine ausgedehnte, mit Strandhafer bewachsene Sandfläche, die über die ramponierten Wellenbrecher hinausreichte und in die Salzmarschen auslief. Der einzige Weg, auf dem man die Dünen und die dahinterliegende Anlegestelle erreichen konnte, führte durch Rachel Ingrams Garten. Julian rückte sich die Krawatte zurecht und dachte noch einmal über das, was er vorhatte, nach – es würde einfach nicht angehen, daß man ihn auf einem Privatgrundstück erwischte, wo er nichts zu suchen hatte.

Frustriert warf er einen weiteren Blick auf die Uhr. Es war gerade zwanzig nach zehn. Er seufzte und parkte auf einer halbrunden, mit struppigem Gras bewachsenen Sandfläche dicht unterhalb der Mauern von Albion House. Vielleicht sollte er es riskieren, Rachel Ingram jetzt gleich aufzusuchen. Das Schlimmste, was passieren konnte, war, daß sie ihn wieder wegschickte, weil er zu früh gekommen war. Er würde einfach erklären, daß er damit gerechnet hatte, mehr Zeit zu brauchen, um zu ihr zu gelangen.

Während er sein Auto abschloß, überlegte er kurz, wie Rachel Ingram wohl sein mochte. Das eigenartige, düstere Haus, das über ihm aufragte, ließ darauf schließen, daß sie eine exzentrische, vertrocknete alte Jungfer war. Niemand, der im Vollbesitz seiner geistigen Kräfte war, würde so weit von allem entfernt, vergraben in der tiefsten Provinz, leben wollen. Er schnitt eine Grimasse, denn ihm war klar, daß die Vorurteile, die er als Städter hatte, sich bemerkbar machten. Das Leben auf dem Lande war wirklich nichts für ihn.

Nirgendwo schien jemand zu sein. Der riesige Vordergarten war kaum mehr als eine ausgedehnte Fläche, auf der verkümmertes Gras wuchs und die mit vom Wind verbogenen Bäumen bestanden war. Während er langsam um das Haus herumging, lächelte Julian vor sich hin. Es kam ihm so vor, als wäre Albion House, vernachlässigt und still wie das Grab, eigens für eine verrückte alte Frau erbaut worden.

Die Hintertür des Hauses stand einen Spaltbreit offen. Als er näher ging, konnte Julian leise Geräusche wahrnehmen, die von drinnen kamen. Irgend etwas am

Klang der Geräusche ließ ihn den Begrüßungsruf, der ihm auf der Zunge lag, unterdrücken. Statt dessen schlich er näher heran. Als er durch den Türspalt spähte, konnte er im Halbdunkel seltsame Bewegungen ausmachen. Als seine Augen sich den Lichtverhältnissen angepaßt hatten, mußte Julian einen Laut des Erstaunens unterdrücken. Ein junger blonder Mann, so nackt und schön geformt wie eine Skulptur, führte heftige, gegen den Tisch gewandte Bewegungen aus.

Julian brauchte ein paar Sekunden, um die zweite Gestalt zu erkennen. Vor dem jungen Mann befand sich eine schlanke, dunkelhaarige Frau, die ebenso eifrig bei der Sache war wie er. Sie war nach vorn gebeugt, ihr Rücken dem jungen Mann zugekehrt. Ihre festen Gesäßbacken klatschten rhythmisch gegen seine muskulösen Schenkel. Die Geräusche, die Julian gehört hatte, waren die leisen, animalischen Laute der Lust, die die Frau von sich gab, während sie die Stöße ihres Partners erwiderte. Julian, dem das Wasser im Munde zusammenlief, beobachtete, wie ihre runden, vorstehenden Brüste hin und her schaukelten, als der junge Mann immer tiefer in sie eindrang. Mit geschlossenen Augen stemmte sie sich gegen den Tisch, um sich seiner köstlichen Attacke hinzugeben.

Julian merkte, wie ihm die Luft wegblieb. Mit heftigen Bewegungen arbeitete die Frau in der Küche den Stößen des jungen Mannes entgegen, preßte sich an ihn und wand sich hin und her. Sie flehte ihn an, ihr Geschlecht zu berühren. Der Ton ihrer Stimme war eindringlich, heiser und erregt. Julian spürte eine warme, vertraute Regung in der Leistengegend, als die Wirkung des Bildes, das sich ihm bot, sich bemerkbar machte. Er schluckte mühevoll und warf rasch einen Blick in die Runde, um festzustellen, ob er allein war. Ihm war unbehaglich zumute, und er kam sich töricht vor, war aber außerstande, den Blick von den beiden Liebenden zu wenden. Die Frau ließ ihre Finger in die tiefe Spalte ihres Geschlechts gleiten und fing an, sich selbst zu streicheln. Verblüfft stieß Julian ein Zischen aus, obwohl er befürchtete, sich dadurch zu verraten.

In der Dunkelheit drinnen näherte sich die Frau dem Höhepunkt. Hektisch arbeiteten ihre Finger, um sie beide zum Orgasmus zu bringen. Plötzlich krümmte sich ihr Rücken, ihr Gesicht verzerrte sich, und ihr ganzer Körper schien sich dem jungen Mann entgegenzubäumen. Julian bemerkte, daß ihr Liebhaber die Beherrschung verlor, während er von neuem zustieß, um mit wilden, heftigen Bewegungen immer tiefer in den Körper der Frau einzudringen.

Nach Luft ringend, riß Julian sich von seinem Beobachtungsposten an der Tür los und lehnte sich gegen die Mauer, um wieder zu sich zu kommen, während ihm die Röte und die Hitze ins Gesicht stiegen und das vergebliche Pulsieren seines erigierten Penis ein schmerzhaftes Gefühl in der Leistengegend hervorrief. Ohne sich umzusehen, eilte er zu seinem Auto zurück. Die erotische Szene in der dunklen Küche hatte sein Vorhaben, Rachel Ingram aufzusuchen, vorübergehend verdrängt.

Da er immer noch befürchtete, daß man ihn hören könnte, fuhr Julian so leise wie möglich vom Albion House über den Damm zurück, um bis elf zu warten – Flut hin, Flut her; er wollte sich auf keinen Fall dabei erwischen lassen, wie er die beiden Liebenden beobachtete.

Im Albion House stöhnte Rachel leise unter Daniels Gewicht, als er erschöpft auf sie sank. Ihr ganzer Körper zuckte und bebte infolge der Nachwirkungen ihres gemeinsamen Orgasmus. Tief in ihrem Innern konnte sie immer noch Daniels Kontraktionen spüren, und diese Empfindung ließ sie zufrieden aufseufzen. Seine breite Brust war glitschig von Schweiß.

Tiefes Schweigen herrschte, bis Daniel schließlich ächzte und behutsam aus ihr glitt. Sie drehte sich ihm zu. Im Halbdunkel der Küche waren seine Augen unergründlich.

»Ich bin mir nicht ganz sicher«, sagte er mit sanfter Stimme, »ob ich mich entschuldigen sollte.«

Verblüfft blickte sie zu ihm hoch. Ihr Körper war noch warm und schmerzte noch von seinen Liebkosungen. »Entschuldigen?«

Er sah plötzlich ungeheuer verletzlich aus. »So etwas habe ich nie zuvor für eine Frau empfunden. Ich wollte sicher sein, daß das letztemal keine einmalige Sache war, daß das Ganze kein schlechter Scherz ist.« Er errötete vor Verlegenheit. »Wir beide wissen, daß es nicht richtig ist. Ich arbeite für dich ...« Seine Stimme erstarb.

Rachel war vom Tisch gestiegen und hatte begonnen, ihre Sachen zusammenzusuchen. Sie erstarrte und blickte zu Daniel hinüber, wie betäubt von dem, was er gesagt hatte. Seine Worte taten ihr weh.

»Meinst du, ich würde dich benutzen?« fragte sie mit schwankender Stimme. »Ich kann nicht glauben, daß du das annehmen könntest.«

Daniel zuckte die Achseln. »Ich dachte, es sei vielleicht ein Scherz. Ich habe mich gefragt, ob du deinen Freunden davon erzählen würdest ...«

Rachel wurde puterrot, als ihr das Gespräch mit Anthea einfiel. Während sie Daniel anstarrte, durchzuckte es sie plötzlich schmerzlich. Vielleicht hatte er recht. Sie hatte ihn bereits verraten. Tränen stiegen ihr in die Augen.

»Wie konntest du das annehmen? Glaubst du das

wirklich?« flüsterte sie. »Merkst du denn nicht, daß es kein Scherz ist? Es entsetzt mich, daß du glaubst, ich könnte so grausam sein.«

Der junge Mann wurde knallrot. Im Halbdunkel sah Daniel eher wie zwölf als wie zwanzig aus und ähnelte einem Engel voll erotischer Ausstrahlung. Seine schönen, wie gemeißelten Züge verrieten nichts von seiner wilden animalischen Natur.

»Aber ich weiß doch wirklich nicht, wie du bist«, sagte er leise. »Ich hätte nie gedacht, daß jemand wie du mir Beachtung schenkt.« Er lachte gezwungen. »Nicht auf diese Weise.« Seine Stimme verlor sich.

Rachel fummelte mit den Knöpfen ihrer Bluse herum. Sie war verlegen und empfand Unbehagen.

Der junge Mann drehte sich um. Als ein Sonnenstrahl, der durch das Fenster kam, auf ihn fiel, trat sein attraktives Profil deutlich hervor. Rachels Herz krampfte sich zusammen. Sie kam sich unglaublich verletzlich vor und fragte sich, was in aller Welt sie da bloß in Gang gesetzt hatte. Zum erstenmal hatte sie echte Bedenken, weil sie ihren Begierden gestattet hatte, den Bereich der Fantasie zu verlassen und Wirklichkeit zu werden. Daniel mußte sie wie eine lebenserfahrene Frau vorkommen, die sich vergnügte, wie und wann es ihr gefiel. Er betrachtete sie nicht als unerfahrene, treue Witwe, sondern als lüsterne Sirene. Das Bild, das er von ihr hatte, entsetzte sie ebenso wie seine Befürchtung, sie könnte ihn vielleicht nur benutzen.

Aber – sagte eine leise Stimme in ihr – hatte sie nicht genau das getan? Welche Chance konnte es für eine Beziehung zwischen ihnen geben? Für einen jungen Mann aus der Arbeiterklasse und eine gebildete Frau, die fast alt genug war, um seine Mutter zu sein. Vielleicht war Anthea näher an der Wahrheit dran gewesen, als sie ahnte. Rachel erkannte, daß sie in ihren Fantasien nie übers Schlafzimmer hinausgekommen war – sie hatte in Daniel immer nur ein Lustobjekt gesehen, nie einen lebendigen Menschen.

»Ich habe dich immer beobachtet«, fuhr Daniel fort, »und bei mir gedacht, wie schön du bist – und daß du etwas Besonderes bist.«

Sie blickte zu ihm hinüber und zwang sich zu einem Lachen, um das in ihr aufsteigende Gefühl der Panik zu unterdrücken. »So etwas Besonderes bin ich gar nicht, Daniel, ich bin nur eine Frau – und das Ganze ist kein Scherz.« Sie zögerte, als ihr die tiefe Kluft, die in puncto Bildung und Alter zwischen ihnen bestand, schmerzlich bewußt wurde.

Daniel lächelte. Dann blickte er zur offenen Küchentür hin. »Ich glaube, ich sollte mich anziehen und mit der Gartenarbeit weitermachen.«

Sie war so mit ihren eigenen Gedanken beschäftigt gewesen, daß sie kaum bemerkt hatte, daß Daniel noch nackt war. Sein sonnengebräunter Körper mit den makellosen, wie gemeißelten Konturen, den straffen Muskelsträngen und dem dunklen Haarteppich um sein erschöpftes Geschlecht war atemberaubend. Sie schluckte mühsam. Trotz ihrer Unsicherheit konnte es keinen Zweifel daran geben, daß Daniel einfach hinreißend war, daß er den Stoff darstellte, aus dem Fantasien gewoben wurden; ihr fiel das angefangene Bild ein, das sich in ihrem Atelier befand.

»Nein, warte, Daniel. Bevor du gehst, möchte ich dich etwas fragen. Würdest du für mich sitzen?«

Der junge Mann, der gerade angefangen hatte sich anzuziehen, grinste, als sei jetzt zwischen ihnen alles einfach und unkompliziert.

»Du meinst Modell sitzen?«

Sie nickte bloß, da sie befürchtete, ihre schleichenden Ängste zu verraten, wenn sie etwas sagte.

»Wenn du möchtest«, sagte er. »Du meinst, für eines deiner Bilder?«

Rachel drehte sich um und füllte den Kessel nach. »Ja, genau das meine ich. Ich werde dich nach dem gleichen Tarif bezahlen wie für die Gartenarbeit. Das wird uns die Gelegenheit geben, miteinander zu reden und einander besser kennenzulernen. Vielleicht könntest du deine Arbeitszeit auf die beiden Jobs verteilen.«

Er trat näher zu ihr und ließ seine Hände ungezwungen um ihre Taille gleiten. »Meinst du nicht eigentlich drei Jobs?« gurrte er leise, während sein Mund an der Wölbung ihres Halses knabberte. Die Intimität seines Tons und seiner Berührung ließ sie erbeben.

So unerfahren er auch sein mochte, sie wußte, daß Daniel die Macht spürte, die die Tatsache, daß sie ihn begehrte, auf sie ausübte. Es wäre viel einfacher, ihn jetzt wegzustoßen, ihre Autorität wieder geltend zu machen, die Zügel fest in die Hand zu nehmen, doch statt dessen drehte sie sich um und schmiegte sich in seine sonnengebräunten Arme, ohne Widerstand zu leisten, als er ihr Gesicht anhob und sie leidenschaftlich auf die Lippen küßte. Völlig unbefangen in seiner Nacktheit, zog er sie an sich, so daß die Gerüche seines Geschlechts, des Meeres und der Sonne ihre Sinne erfüllten. Sie schloß die Augen, schob alle Ängste beiseite und gab sich ihm hin.

3. KAPITEL

Kurz nach elf klingelte Julian Morton an der Vordertür von Albion House. Er war ziemlich verblüfft, als die junge Frau, die er zuvor in der Küche gesehen hatte, ihm öffnete. Sie war jetzt exzentrisch gekleidet und trug einen bis zu den Waden reichenden Samtrock sowie eine Bauernbluse, was ihr ein zigeunerhaftes Aussehen verlieh.

Er nahm seinen Hut ab, um seine Verwirrung zu überspielen. »Guten Morgen, Miß. Mein Name ist Julian Morton. Ich werde erwartet. Ich habe um elf eine Verabredung mit Mrs. Ingram«, sagte er forsch. »Ich wäre Ihnen dankbar, wenn Sie ihr sagen könnten, daß ich da bin.«

Die Frau lächelte freundlich. »Guten Morgen. Sehr erfreut, Sie kennenzulernen, Mr. Morton. Ich bin Rachel Ingram. Ich hoffe, Sie verzeihen die Formlosigkeit, aber meine Haushälterin kommt nur an drei Tagen in der Woche, und das Dienstmädchen besucht gerade seine Mutter, so daß ich heute meine eigene Hausangestellte bin. Möchten Sie nicht hereinkommen?« Als sie näher trat, um ihm die Hand zu schütteln, sah Julian, daß ihr sonnengebräuntes Gesicht von einer leichten Röte überzogen war, und er meinte, den Körpergeruch des jungen Mannes wahrnehmen zu können, der sich mit ihrem Parfum vermischte.

Als er auf der anderen Seite des Dammes im Auto gesessen hatte, war Julian zu der Überzeugung gekommen, daß es die Hausangestellte gewesen war, die er bei ihren sexuellen Vergnügungen erwischt hatte. Deshalb war er ein wenig erstaunt und gleichzeitig entzückt, als er feststellte, daß er in Wirklichkeit die Herrin von Albion House beobachtet hatte.

Rachel Ingram gab ihm mit einer Geste zu verstehen, ihr ins Haus zu folgen. Völlig gelassen führte sie ihn in die Eingangshalle und nahm ihm seinen Strohhut ab. Ihre langen dunklen Haare waren zu einem Knoten geschlungen. Einzelne Strähnen hatten sich selbständig gemacht, was ihren Gesichtszügen ein mädchenhaftes, verletzliches Aussehen verlieh. Immer noch lächelnd, geleitete sie ihn in ein elegantes Wohnzimmer mit Blick auf den Garten und bot ihm Kaffee an.

»Nun, Mr. Morton«, sagte sie, als sie mit einem Tablett aus der Küche zurückkam, »wir bekommen hier draußen nur selten Besuch. Womit kann ich Ihnen dienen?«

»Wir?« fragte er höflich, während er die Tasse, die sie ihm reichte, nahm.

Rachel Ingram errötete ein wenig. Dann lachte sie. »Entschuldigung, das war die Macht der Gewohnheit. Ich bin Witwe, aber diese elementaren gesellschaftlichen Feinheiten wird man am schwersten los.«

Julian lächelte und sprach ihr sein Beileid aus.

Der goldhaarige junge Mann in der Küche ist also weder ihr Ehemann noch ihr Lebenspartner, dachte er. Aus dem Garten konnte er das leise Zischen einer Sense hören und stand auf, um aus dem Fenster zu blicken.

»Sie haben ein ganz tolles Haus, Mrs. Ingram. Leben Sie schon lange hier?«

Rachel nickte. »Danke. Ich habe das Haus letztes Jahr von meiner Großmutter geerbt. Ich habe es immer für einen ziemlich verwunschenen Ort gehalten, so wie es hier draußen steht, inmitten der Dünen und Salzmarschen. Oft frage ich mich, was das für ein Mann war, der das Haus gebaut hat. Schließlich ist das hier praktisch eine Insel.«

Julian nickte, obwohl seine ganze Aufmerksamkeit nicht Rachels Worten, sondern der Art und Weise, in der sich ihr Körper bewegte, galt. Sie war so geschmeidig und schlank wie eine Tänzerin. Er bemühte sich, sich auf die Unterhaltung zu konzentrieren. »Haben Sie keine Angst, vom Festland abgeschnitten zu werden?«

Rachel schüttelte den Kopf. »Eigentlich nicht. Als Kind habe ich hier immer den Sommer verbracht, und ich kann mich nicht erinnern, daß in der ganzen Zeit der Damm je völlig überflutet war.«

Eine merkliche Gesprächspause trat ein. Julian wurde klar, daß er Rachel Ingram anstarrte und daß sie darauf wartete, daß er etwas sagte. »Sie sind also schon ein Jahr hier?« stieß er hervor.

»Sechs Monate. Und Sie? Leben Sie hier in der Gegend?«

Julian zupfte an seinem Blazer herum. »Wir sind letzten Monat nach Medsham Hall gezogen. Vielleicht haben Sie das Haus oben an der Küstenstraße schon einmal gesehen.« Die Unterhaltung verlor ihren Schwung, da Julian ein ständiger Strom von erotischen Bildern durch den Kopf ging. Er hustete, bemühte sich, seine Gedanken unter Kontrolle zu bringen, und beschloß, zur Sache zu kommen. »Also, ich bin auf Empfehlung des Lotsen vom Carfax Quay hier. Er hat mir vorgeschlagen, mich wegen der Anlegestelle und des alten Bootshauses an der Landspitze da drüben mit Ihnen in Verbindung zu setzen.« Er machte eine Geste in Richtung Meer.

Rachel nickte. »Ach ja, jetzt erinnere ich mich. Sie sind der Gentleman mit dem Segelboot.«

Julian beobachtete, wie ein auffallend blonder junger Mann in Arbeitskleidung durch den Garten ging.

»Offenbar haben Sie noch einen anderen Besucher, Mrs. Ingram.«

Julian meinte zu sehen, wie sie errötete, und empfand angesichts ihrer momentanen Verlegenheit eine seltsame Freude. Er war sich sicher, daß der blonde junge Mann derjenige war, den er zuvor in der Küche gesehen hatte.

»O nein, das ist mein Gärtner Daniel«, sagte sie hastig. »Er versucht, etwas gegen das Chaos dort draußen zu tun. Eine ziemlich mühselige Angelegenheit, fürchte ich.«

Julian zwang sich, einen neutralen Gesichtsausdruck beizubehalten. Der junge Mann war also ihr Gärtner. Er war erstaunt, brachte es aber fertig, fortzufahren: »Er sieht recht tüchtig aus. Äh … Wo waren wir stehengeblieben? Ach ja, die Anlegestelle. Zur Zeit liegt mein Boot in den Salzmarschen bei Carfax vor Anker, aber das ist alles andere als ein ideales Arrangement. Wir müssen jedesmal, wenn wir es benutzen wollen, mit einem Skiff hinausrudern, und die Wartung und alles, was dazugehört, wäre viel einfacher, wenn es irgendwo einen festen Liegeplatz hätte. Der Lotse hat gesagt, die Fahrrinne hier sei tief genug für ein Boot dieser Größe. Er meinte, Sie selbst hätten kein Boot.«

Rachel lächelte freundlich. »Nein, habe ich auch nicht. Ich müßte erst noch darüber nachdenken, aber im Prinzip habe ich nichts dagegen. Wie oft benutzen Sie denn Ihr Boot?«

Julian zuckte die Achseln. »Ab und zu für einen Tagesausflug, meistens am Wochenende. Zwischendurch müßte es ein bißchen gewartet werden, angestrichen und so. Ich verspreche Ihnen, daß wir Sie in Ihrer Abgeschiedenheit kaum stören würden.« Er warf einen Blick auf Rachels Gesicht, und ihm fiel ein, was ihm der Gemeindepfarrer erzählt hatte. »Einer der Dorfbewohner hat mir gesagt, Sie seien eine Malerin.«

Rachel wurde rot. »Das ist richtig. Die Lokalzeitung hat leider einen Artikel über mich gebracht, als ich hierhergezogen bin. Es überrascht mich, daß sich überhaupt noch jemand daran erinnert.«

Julian beugte sich vor und sagte mit sanfter Stimme: »Ich glaube, Sie sind zu bescheiden, Mrs. Ingram.« Als die leichte Röte in Rachels Wangen zurückkehrte, fühlte er sich belohnt. Sie war wirklich entzückend.

»Man hat mir gesagt«, fuhr Julian fort, indem er auf das, was der Pfarrer ihm erzählt hatte, zurückgriff, »Sie seien sehr gut und recht berühmt. Ich komme mir wie ein Banause vor, weil mir Ihr Name nichts sagte. Wir sind eifrige Sammler, meine Schwester und ich. Vielleicht könnten wir irgendwann einmal einige Ihrer Arbeiten sehen?«

Rachel schenkte sich eine Tasse Kaffee ein. »Ich würde mich geschmeichelt fühlen.« Ihr Ton war eher höflich als begeistert. Julian sah sich genötigt, es auf andere Weise zu versuchen – er wollte Mrs. Rachel Ingram durchaus besser kennenlernen.

»Meine Schwester und ich sind neu hier, und deshalb kennen wir leider noch nicht viele Leute aus der Gegend. Vielleicht hätten Sie Lust, einmal mit uns zusammen zu Abend zu essen?«

»Wie es scheint, sind wir beide Neuankömmlinge, Mr. Morton.«

Wie deutlich sie seiner Einladung auswich – Julian Morton war hingerissen.

»Offenbar. Ich glaube, wir Außenseiter sollten zusammenhalten.«

Sie lächelte. »Wenn Sie mich jetzt bitte entschuldigen würden, Mr. Morton, ich habe heute vormittag ziemlich viel zu tun. Ich bin gern bereit, Sie anzurufen, sobald ich wegen der Anlegestelle eine Entscheidung getroffen habe.«

Sie stand auf und gab ihm auf diese Weise zu verstehen, daß ihre Unterredung beendet war. Julian konnte nicht umhin, die Rundung ihrer Brüste zu bemerken, die sich gegen die dünne Baumwollbluse preßten, und dachte daran, wie er sie vorhin gesehen hatte – leidenschaftlich gerötet, mit harten und dunklen Brustwarzen. Er schloß die Augen und versuchte, das Bild zu verdrängen, doch statt dessen hörte er sie im Geiste stöhnen und ihren jungen Liebhaber anflehen, ihr nasses, klaffendes Geschlecht zu streicheln.

»Einverstanden. Das wäre großartig. Und danke, daß Sie mich so kurzfristig empfangen haben.«

Rachel war bereits vorangegangen, um ihn hinauszuführen. Als sie die Tür erreichte, blickte sie über die Schulter zurück. Sie sah exquisit aus, während sie so im Türrahmen stand, und Julian wußte, daß er einen Weg finden mußte, um sie zu besitzen. Sie war erstaunlich und erregte ihn auf eine Weise, wie er es seit Jahren nicht verspürt hatte. Es mußte herrlich sein, die Hitze ihres willigen Körpers zu fühlen, der sich unter ihm hin und her wand. Er sehnte sich danach, jeden Zentimeter ihres schlanken, zarten Leibes zu erkunden, sie wieder und wieder zu nehmen, sie dazu zu bringen, daß sie nach mehr verlangte ...

Während Rachel ihn durch die schattigen Korridore von Albion House führte, focht der neben ihr gehende Julian einen inneren Kampf aus und versuchte, das, was ihn eigentlich hergebracht hatte, wieder die Oberhand gewinnen zu lassen. Er mußte unbedingt einen Weg finden, um noch ein bißchen länger bleiben zu können.

Als sie zur Vordertür gelangten, sagte Julian: »Es kommt Ihnen vielleicht furchtbar aufdringlich vor, aber ob ich einige Ihrer Arbeiten wohl gleich sehen könnte?« Verzweifelt suchte er nach einem plausiblen Grund für diese Eile.

»Wissen Sie«, stammelte er, »meine Schwester Petra

hat nämlich bald Geburtstag, und ich werde es wohl kaum schaffen, vorher noch in die Stadt zu fahren, da ich mich um den Landsitz kümmern muß. Sie schwärmt für Malerei. Vielleicht haben Sie etwas, das sich als Geschenk eignen würde?«

Rachel starrte ihn an. Dann lächelte sie. Julian wurde rot. Die Begründung kam ihm weit hergeholt und unwahrscheinlich vor. Sicher würde Rachel Ingram das genauso empfinden.

»Wenn es zu viele Umstände macht«, fuhr er fort, ohne ihr in die Augen zu blicken, »geht es natürlich nicht, das sehe ich ein. Falls Sie jetzt zuviel zu tun haben, könnte ich ja ein andermal wiederkommen.«

Nach einigen Sekunden schüttelte sie den Kopf. »Nein, selbstverständlich macht es keine Umstände. Wenn Sie mir bitte folgen würden. Zu meinem Atelier geht es hier entlang.« Sie führte ihn durch das Haus zurück, bis sie in einen kleinen Hof hinter dem Gebäude kamen. Sie lächelte, als sie ihn durch eine weitere Tür geleitete. »Das Atelier liegt mehr oder weniger separat. Man kann zwar auch vom Hauptgebäude aus hingelangen, aber dies ist der schnellste Weg – hier hoch bitte.«

Der Treppenabsatz, den sie am Ende der engen Treppe erreichten, ging in einen großen, sonnendurchfluteten Raum über. Von allen Zimmern in Albion House hatte man eine grandiose Aussicht, und Rachels Atelier stellte keine Ausnahme dar. Julian Morton schlenderte zu dem breiten Fenster hinüber und schaute hinaus. Der Blick ging in nordöstliche Richtung über das Labyrinth der Salzmarschen, die das Gebäude umgaben. Unter ihnen befand sich Rachels Garten, und dahinter, an einem künstlichen Vorsprung, die schmale Anlegestelle, die ihn hierhergeführt hatte. Es war erstaunlich, dachte er, daß etwas so Prosaisches ihm die Tür zu Rachel Ingrams Leben geöffnet hatte.

Überall befanden sich die Dinge, die ein Maler für seine Arbeit braucht: Staffeleien, Pinsel, Stapel von gespannter Leinwand, zum Schutz in Tücher eingehüllt, eine große, ziemlich abgenutzte Werkbank, auf der Zeichenmaterial herumlag. Im ganzen Zimmer roch es nach Terpentin und Leinöl.

Julian drehte sich wieder um und sah Rachel an. »Was für ein wunderbares Atelier! Kein Wunder, daß Sie Malerin geworden sind. Dieser Ausblick würde jeden inspirieren.«

Sie durchquerte das Zimmer und gesellte sich zu ihm. »In Wirklichkeit ist es eine arge Ablenkung. Ich muß mich immer zusammenreißen, um mich auf meine eigentliche Arbeit konzentrieren zu können, statt das Wasser und den Himmel zu betrachten. Mein Großvater war Aquarellmaler und hat sich das Atelier bauen lassen, als er sich hierher zurückzog. Nun, ich habe ein, zwei Sachen hier, die vielleicht geeignet sind.« Sie hielt nachdenklich inne. Dann zog sie ein kleines Aquarell aus einem offenen Regal. Es war eine schlichte, zart getuschte Wiedergabe des Blicks, den man vom Atelierfenster aus hatte.

Julian lächelte anerkennend. »Wie ich sehe, lassen Sie sich manchmal durchaus vom Ausblick ablenken. Das ist sehr schön.«

Rachel lachte. »Ich dachte, da Sie gerade nach Carfax gezogen sind, möchte Ihre Schwester vielleicht ein Bild mit lokaler Szenerie. Oder würden Sie etwas vorziehen, das man schneller als echten Ingram erkennt?«

Julian legte das Aquarell ins Regal zurück. »Ich schäme mich wirklich. Mir war nicht klar, daß Sie eine Berühmtheit sind.«

»Schwerlich eine Berühmtheit. In Amerika bin ich ziemlich bekannt, hier weniger. Ich habe immer die Bücher meines Mannes illustriert. Warten Sie, hier ist etwas, das sich vielleicht besser eignet und typischer für meinen Stil ist.«

Sie zog eine ungerahmte Leinwand aus den Bildern, die gegen die Wand gelehnt waren. Julian nahm ihr das Gemälde ab, auf dem eine antike Landschaft mit windgepeitschten Bäumen und Sturmhimmel dargestellt war. Der Stil war naiv, die Farben kräftig und leuchtend wie Juwelen. In der Mitte befand sich ein Einhorn, auf das ein Sonnenstrahl fiel.

Julian starrte Rachel an. Die Ausdruckskraft des Bildes verblüffte ihn. »Das ist einfach toll – und ganz anders als das Aquarell.«

Rachel lächelte bescheiden. »Glauben Sie, es könnte Ihrer Schwester gefallen?«

Julian nickte stumm. Es war fast zu gut, und einen Augenblick lang befürchtete er, seine Stimme könne verraten, warum er noch hatte bleiben wollen – aus Gründen, die nichts mit Malerei zu tun hatten. Etwas von diesem Kaliber hatte er gewiß nicht erwartet.

»Das wäre genau das Richtige«, sagte er schließlich. »Falls Sie genau wissen, daß Sie es verkaufen wollen.«

Rachel nickte. »Doch, ja. Ich habe mehrere mit dem gleichen Thema gemalt.«

Julian legte das Gemälde behutsam auf die Werkbank. »Es würde mich sehr interessieren, einige Ihrer anderen Arbeiten zu sehen.« Den Satz hatte er sich ausgedacht, kurz bevor sie die Treppe hochgegangen waren. Jetzt stellte er überrascht fest, daß er tatsächlich meinte, was er sagte.

Rachel lächelte, fast als ahnte sie, daß er den Moment des Abschieds hinauszögerte. Die Luft zwischen ihnen knisterte vor Spannung.

»Sind Sie sicher, daß ich Sie nicht langweile, Mr. Morton?«

Julian verzog das Gesicht. »Bitte nennen Sie mich Julian.«

Er sah sich im Zimmer um. Keines von Rachels Gemälden hing an der Wand. Sie standen alle gegen die Wand gelehnt oder lagen übereinander in den Regalen. In der Mitte des Raums befand sich eine Staffelei mit einer großen, gespannten Leinwand, die mit einem Tuch verhüllt war.

»Was ist mit dem Bild da?«

Rachel tat es mit einer Handbewegung ab. »Das ist eine Arbeit, die ich gerade angefangen habe, im Moment kaum mehr als eine grobe Skizze. Hier finde ich vielleicht etwas, was Sie interessieren könnte ...«

Sie fing an, die anderen Gemälde durchzusehen, als sei sie erpicht darauf, seine Aufmerksamkeit von dem Bild unter dem Tuch abzulenken.

Julian näherte sich der Staffelei. »Darf ich einen Blick darauf werfen?«

Zu seiner Überraschung wurde Rachel, die bis zu dem Moment völlig gelassen gewesen war, rot und setzte zu einem Protest an. Neugierig hob Julian das Tuch hoch, ohne auf eine endgültige Antwort zu warten, und grinste breit.

Das Bild war, wie sie gesagt hatte, nicht mehr als eine Skizze, aber trotzdem war es ein Bild, das große Leidenschaft ausdrückte. Sie hatte ein lebensgroßes Porträt des jungen Mannes begonnen. Seine zerzausten blonden Haare waren miteinander verflochten und verwandelten sich, während sie sich über die Leinwand ausbreiteten, auf magische Weise in die Stengel von Pflanzen. Sein schöner, von Schatten umspielter Körper verschmolz in feinen Abstufungen mit den Bäumen. Rachel hatte ihren jungen Liebhaber in eine sexuelle Ikone inmitten einer erotisch wirkenden antiken Waldlandschaft verwandelt.

Julian wandte sich wieder Rachel zu. In seiner Fantasie sah er vor sich, wie der junge Mann ihren herrlichen Körper umarmte.

Als könne sie die Gedanken, die Julian durch den Kopf gingen, lesen, nagte Rachel nervös an ihrer Lippe. Ihre Augen waren plötzlich dunkel und glasig. Als sie sprach, war ihre Stimme unsicher, und sie vermied es, ihn anzusehen.

»Ich habe Ihnen ja gesagt, daß es nur eine Skizze ist«, murmelte sie verlegen. »Wenn Ihnen das Gemälde mit dem Einhorn gefällt, kann ich es für Sie rahmen lassen.«

Julian trat näher zu ihr und genoß ihre Verlegenheit, in die sich Verletzlichkeit mischte.

»Ich bitte tausendmal um Entschuldigung, aber ich muß sagen, Ihr neuestes Werk ist wirklich fantastisch«, erwiderte er mit sanfter Stimme. »Mit etwas so Schönem werden Sie sicher berühmt.«

Rachel blickte zu ihm hoch. »Eigentlich sollte es sonst niemand zu Gesicht bekommen«, sagte sie mit ruhiger Stimme.

»Ich bitte um Vergebung. Ist es ein privater Auftrag?« fragte Julian hinterhältig.

Rachel nickte; sie griff die Erklärung begierig auf. »Ja, ein privater Auftrag. Nun, wenn Sie glauben, daß Ihnen das Einhorn gefällt, dann lassen Sie uns wieder nach unten gehen. Zweifellos sind Sie ein vielbeschäftigter Mann, Mr. Morton.«

»Julian.«

Sie nickte und huschte wie ein erschrecktes Kaninchen von ihm weg. Julian lächelte in sich hinein und deckte die Skizze des jungen Mannes wieder zu. Es würde ihm großes Vergnügen bereiten, Rachel Ingram nachzustellen und sie zu verführen.

Unten in der Halle erlangte Rachel rasch ihre Fassung wieder. Julian Morton ging langsam hinter ihr her.

»Rufen Sie mich doch an, sobald das Gemälde gerahmt ist. Dann komme ich vorbei und hole es ab«, sagte er im Plauderton. »Und wir sollten wirklich über den Preis sprechen.«

Rachel nickte. »Haben Sie eine Karte?«

»Natürlich. Entschuldigung. Die hätte ich Ihnen schon früher geben sollen. Hier.« Julian öffnete seine Brieftasche und reichte Rachel seine Visitenkarte. Auf der dicken, cremefarbenen Pappe stand lediglich *Julian C. Morton,* in schwarzen, erhabenen Buchstaben, darunter eine Telefonnummer.

Rachel warf einen kurzen Blick auf die Karte, bevor sie sie auf ein Beistelltischchen legte.

Er spürte, daß sie ihn loswerden wollte. Trotzdem blieb er an der Tür stehen und versuchte, ihren Blick aufzufangen.

»Ob Sie wohl noch einmal über meine Einladung, irgendwann mit uns zu Abend zu essen, nachdenken könnten? Ich wäre entzückt, wenn Sie sie annehmen würden, als kleine Dankesgeste für Petras Geschenk.«

Rachel zögerte. »Ich bin nicht sehr gesellig …«, sagte sie, während sie ihm seinen Hut reichte.

Julian lächelte. »Bitte, ich bestehe darauf. Petra und ich finden das gesellschaftliche Leben in Carfax furchtbar öde. Es wäre ein echtes Vergnügen, zur Abwechslung eine fröhliche Gesellschaft zu haben. Nun sagen Sie schon, daß Sie kommen werden. Wie wäre es mit diesem Freitag?«

Rachel lachte. »Als fröhliche Gesellschaft würde ich mich kaum bezeichnen.«

Julian grinste. »Unsinn. Besser als unsere neuen Nachbarn werden Sie allemal sein. Am Samstag hatten wir sie zum Abendessen eingeladen. Sie haben nur vom Wetter und von den Fischpreisen geredet.« Er hielt inne und ergriff ihre Hand. Es entzückte ihn, sie endlich berühren zu können. »Ein Nein lasse ich nicht gelten.«

Nach einer kurzen Pause blickte Rachel mit einem Lächeln zu ihm hoch. »Wenn das so ist, komme ich gern«, sagte sie, indem sie ihre Hand wegzog. »Ich werde mich vorher über die Fischpreise informieren, damit ich Small talk machen kann.« Dann ließ sie Julian zur Tür hinaus.

Als er die Ecke des Gebäudes erreicht hatte, drehte Julian sich um und warf einen Blick auf Albion House. Rachel Ingram schritt gerade über den Rasen und ging auf ihren prächtigen jungen Heiden zu. Julian lächelte in sich hinein. An sein kostspieliges Boot und daran, daß er die Anlegestelle mieten wollte, dachte er gar nicht mehr. Was für eine seltsame Sache doch das Schicksal ist, überlegte er, während er in das Auto stieg. Er durfte nicht vergessen, Petra davon in Kenntnis zu setzen, daß sie bald Geburtstag hatte. Nachdem er den Motor angelassen hatte, fuhr er über den Damm zurück, ohne auf die Flut zu achten, die links und rechts von den verwitterten Steinen immer höher stieg.

»Wie ist es denn gelaufen?« gurrte Anthea etwa eine Stunde, nachdem Julian gegangen war, durchs Telefon.

Rachel lachte. »Wie ist was gelaufen?«

»Dein Rendezvous. Als du letzte Nacht nicht zu mir in die Wohnung gekommen bist, habe ich gedacht ...« Antheas Stimme erstarb und ließ eine verschwörerische Frage in der Luft zurück.

»Ich bin nach Hause gefahren. Wie in aller Welt konntest du bloß annehmen, dieser gräßliche Mann sei mein Typ? An Positivem gibt es zu berichten, daß ich gerade einen meiner Nachbarn kennengelernt habe. Den, der mir neulich geschrieben hat.«

»Doch nicht den mit dem Boot?«

Rachel kicherte. »Daß du dich daran noch erinnerst. Du bist wirklich ein pfiffiges Kerlchen. Er ist vorbeigekommen, um mit mir über die Benutzung der Anlegestelle zu sprechen, hat ein Gemälde gekauft und mich zum Abendessen eingeladen.«

Diesmal war es Anthea, die kicherte. »Meine Güte, der geht aber ran. Vielleicht kommt das von der frischen Landluft. Wie ist er denn so?«

Rachel lächelte. »Du wärst mit ihm einverstanden. Er ist in den Vierzigern, sieht vornehm aus, ist groß und hat ein raubvogelartiges Gesicht mit interessanten Augen.« Sie lächelte und machte es sich auf dem Stuhl neben dem Telefon gemütlich. »Die er nicht von mir wenden konnte – er hat schwer mit mir geflirtet.«

An anderen Ende der Leitung hörte man Anthea lachen. »Hört sich an, als sei er perfekt. Wann findet das Dinner statt?«

»Freitag abend, aber du brauchst dir keine Sorgen um meine Tugend zu machen. Anscheinend wohnt seine Schwester bei ihm.«

Anthea stöhnte. »Ist ja lästig! Ich muß Schluß machen. Pip ist gerade aufgekreuzt, um mich zu Langmores zum Lunch auszuführen, und tigert hin und her wie ein Raubtier im Käfig. Ich rufe dich im Lauf der Woche wieder an.«

Singend fuhr Julian Morton die breite Auffahrt von Medsham Hall hoch und hielt an. Er beschloß, das bröckelnde Mauerwerk, die fehlenden Dachziegel und die Fensterrahmen, von denen die Farbe abblätterte – all die Dinge, die seit seiner Ankunft in dem verdammten

Haus seine ganze Aufmerksamkeit in Anspruch genommen hatten – zu ignorieren.

Nachdem er dem wartenden Butler sein Jackett und seinen Hut in die Arme geworfen hatte, eilte er, zwei Stufen auf einmal nehmend, die Treppe zum ersten Stock hoch, wobei er seine volltönende Baßstimme mühelos in ein klangvolles Pfeifen übergehen ließ. Als er den Treppenabsatz erreicht hatte, öffnete sich eine Tür, und seine Schwester Petra, bekleidet mit einem Morgenrock aus grauer Seide und einer perlenbesetzten Kappe, starrte ihn an. Sie tat einen langen Zug an ihrer Zigarettenspitze, als er auf sie zukam.

»Na?« sagte sie in neckischem Ton. »Du siehst aus wie eine Katze, die sich gerade über die Sahne hergemacht hat. Darf man dem dümmlichen Grinsen in deinem Gesicht entnehmen, daß du die Anlegestelle benutzen kannst?«

Julian drückte ihr einen Kuß auf beide Wangen. »Besser, meine Liebe – viel, viel besser.« Als er an ihr vorbeiging, zog er seine Krawatte auf und nahm sie ab. In Petras Zimmer lag ein schlankes Mädchen von Anfang Zwanzig auf einer Chaiselongue unterhalb des Fensters. Sie trug ein hauchdünnes, cremefarbenes Spitzenhemd, cremefarbene Strümpfe und schmale graue Schuhe. Jede Linie und Kurve ihres schlanken Körpers war zu erkennen. Als Julian hereinkam, machte sie keine Anstalten, sich zu bedecken.

Julian hob die Hand zum Gruß. Dann wandte er sich wieder Petra zu.

»Izzy ist noch hier? Ich dachte, deine kleine Prinzessin wollte heute morgen nach London zurück?« fragte er, während er den Stöpsel aus einer Karaffe auf dem Sideboard zog und sich einen Drink einschenkte.

Das Mädchen auf der Chaiselongue streckte sich lüstern. Ihre Bewegungen waren geschmeidig und ließen unzählige sexuelle Möglichkeiten ahnen. Durch das dünne Hemd konnte Julian ihre Brüste erkennen, die klein wie halbe Pfirsiche, aber mit kecken, kirschkerngroßen Warzen besetzt waren.

Als sie sich auf den Bauch rollte, sagte sie mit piepsiger Stimme: »Weißt du, Julian, ich kann sprechen.«

Julian grinste. »Als nächstes wirst du mir noch erzählen, daß du auch lesen und schreiben kannst, Izzy.«

Petra starrte ihn wütend an. »Bei einem Mann ist Eifersucht eine häßliche Schwäche«, fauchte sie. »Es ist so, daß ich Izzy eingeladen habe, den Rest der Woche zu bleiben.«

Julian neigte den Kopf zur Seite. »Verstehe. Und beabsichtigt die liebliche Izzy, sich Kost und Logis zu verdienen, indem sie dem Herrn des Hauses zu Diensten steht, oder schenkt sie ihre Gunst nur der kessen kleinen Schwester des Hausherrn?«

Die auf der Chaiselongue liegende Izzy zog einen Flunsch. »Warum redet ihr zwei immer so über mich, als sei ich gar nicht da?«

Petra und Julian wandten sich ihr zu, während Petra fortfuhr: »Sie mag keine Männer. Die sind eklig und grob und wollen ihr immer Dinge einstecken.«

Julian schnaubte wütend. »Was heißt hier Dinge? Abgesehen davon finde ich es schrecklich, sie brachliegen zu lassen, denn sie ist ein kleines Zuckerpüppchen. Wenn ich nun verspreche, die Anzahl der Dinge, die ich in sie einstecken will, auf – sagen wir – zwei oder drei zu begrenzen, würde sie dann mit mir schlafen?«

Petra grunzte verächtlich und goß sich einen Drink ein. »Das möchte ich bezweifeln. Aber du bist ganz schön aufgekratzt – wie ist denn dein Treffen mit Mrs. Ingram verlaufen?«

Julian machte es sich in seinem Sessel bequem und

schloß die Augen. Sofort sah er vor sich, wie Rachel Ingram nackt über dem Küchentisch lag. Er zitterte.

»Besser, als ich mir vorgestellt hatte. Sie ist rundum perfekt – oh, übrigens, sie kommt Freitag abend zum Dinner, und du hast Geburtstag, falls sie danach fragen sollte. Ich wollte gerade sagen, du wirst sie mögen, hoffe aber eher, daß das nicht der Fall sein wird.«

Petra schnitt eine Grimasse und ließ sich neben Izzy auf der Chaiselongue nieder. Lässig legte sie die Hand auf eine der winzigen Brüste des Mädchens und streichelte die kleine Spitze unter der cremefarbenen Seide. Izzy stöhnte leise.

Julian seufzte. »Warum läßt du mich nie mit deinen Freundinnen spielen?«

»Weil du bereits alles andere hast, Schätzchen«, sagte Petra mit einem Grinsen. »Ein Mädchen muß auch irgendeine Kleinigkeit haben, die ihm selbst gehört.«

Julian verzog das Gesicht. »Herzlichen Dank. Ich bekomme eine Bruchbude und ein Treuhandvermögen, das so fest angelegt ist, daß es mir finanziell die Luft abschnürt, während du den ganzen Spaß hast. Komm schon, Petra, leih mir Izzy eine Stunde oder so aus. Ich habe ein dringendes Bedürfnis, das gestillt werden muß. Was ich brauche, ist ein therapeutischer Fick.«

Petra lachte. »Du gehst einem wirklich auf die Nerven, Julian. Such dir selbst eine Freundin, Izzy ist schon vergeben.« Als wolle sie ihre Worte unterstreichen, ließ sie ihre Hand nach unten gleiten und strich über den Bauch des Mädchens. Unverzüglich öffneten sich Izzys Beine, und Petras Hand legte sich auf ihr Geschlecht. Julian stöhnte und verzog das Gesicht.

»Ich verspreche auch, sie nicht kaputtzumachen. Du hast sie schließlich die ganze Woche. Nun komm schon, Petra, sei kein Spielverderber. Nur dies eine Mal.«

Petra seufzte. »Na schön, aber nicht zu lange. Ich fahre jetzt in die Stadt, und wenn ich zurückkomme, möchte ich sie gewaschen und hübsch zurechtgemacht vorfinden. Laß dir ja nicht einfallen, mich noch einmal darum zu bitten.«

Julian grinste und streckte Izzy die Hand entgegen. »Komm, meine Süße. Laß uns auf mein Zimmer gehen. Petra will sich fertigmachen, um auszugehen, und außerdem ist mein Bett viel, viel größer als ihres.«

Petra steckte eine neue Zigarette in die Spitze und zündete sie an. »Von deinem Ego ganz zu schweigen«, sagte sie mit gedämpfter Stimme.

Izzy seufzte und rutschte von der Couch. Julian packte sie bei der Hand, bevor Petra sich eines anderen besinnen konnte, und führte das Mädchen den Korridor entlang.

Als sie in seinem Zimmer waren, kostete es Julian wenig Mühe, um Izzy zu überreden, sich auszuziehen. Während er sie sanft auf die Stirn küßte, schob er seine Finger unter die dünnen Träger ihres Hemds und streifte es ihr ab.

Trotz der Weichheit und der Wärme ihres willigen kleinen Körpers fand er es schwer, sich zu konzentrieren. Jedesmal, wenn er die Augen schloß, verwandelten sich Izzys Gesicht und Körper in das Gesicht und den Körper von Rachel Ingram. Izzy war schlank, doch im Gegensatz zu Rachel hatte sie einen fast jungenhaften Körper, und ihre Taille und ihre schmalen Hüften gingen nahezu unmerklich ineinander über. Ihr Geschlecht war mit feinem, weißblondem Kräuselhaar bedeckt, das kaum die rosafarbene, feuchte Spalte ihrer Möse verbarg. Ihre winzigen Brüste liefen, wie er erwartet hatte, in köstliche kleine pinkfarbene Spitzen aus. Eine davon liebkoste er mit seinen Lippen und sog sie in seinen Mund. Izzy zitterte, und trotz Petras Behauptung, daß sie weibliches Fleisch vorziehe, stöhnte sie auf höchst überzeugende Weise.

Sachte führte Julian sie zum Bett und legte sie zwischen die zerwühlten weißen Bettücher. Ihre zarte Haut hatte fast dieselbe Farbe wie die Laken. Das mochte zwar, so dachte er bei sich, während er langsam sein Hemd aufknöpfte, ein therapeutischer Fick sein, doch es gab gewiß keinen Grund, etwas zu überstürzen.

Izzys große braune Augen beobachteten ihn mit schläfriger Neugier. Ihre Beine waren gespreizt, die Knie angezogen, so daß er einen Blick auf den feuchten kleinen Schatz zwischen ihren Schenkeln werfen konnte. Sie grinste ihn an und fuhr sich mit ihrer Zunge, die rosafarben wie die einer Katze war, über die Lippen, als er aus seiner Hose stieg. Ihr Blick glitt hungrig über die pulsierende Kurve seines erigierten Schwanzes.

»Ich dachte, du magst keine Männer, Izzy«, sagte er, während er sich vorbeugte, um sie direkt oberhalb ihres Geschlechts zu küssen. Sie duftete himmlisch. Er ließ seine Zunge weiter nach unten gleiten, drückte ihre Schamlippen auseinander und fuhr über ihre Klitoris. Der intensive Geruch ihres Körpers erfüllte all seine Sinne.

Wimmernd reckte sich Izzy seiner Zunge entgegen. Ihre Finger krallten sich in seine Haare und zogen ihn näher, so daß er das Gefühl hatte, in sie hineingezogen zu werden.

»Petra möchte, daß die Leute das glauben«, stöhnte sie, während sie ihre Beine breiter machte, damit Julian sie besser erkunden konnte, »aber das einzige, was ich, ehrlich gesagt, nicht ertragen kann, ist, ignoriert zu werden – und das könnt ihr beide wirklich gut.«

Er hob den Kopf und schürzte die Lippen, um auf ihre Lustknospe zu blasen, während er mit den Fingern über ihre fleischigen äußeren Schamlippen fuhr. »Du kannst dich wohl kaum darüber beklagen, daß ich dich gerade ignoriere.«

Izzy keuchte und wand sich unter seinen Fingern hin und her. »Nur weil du etwas von mir willst. Aber ich muß zugeben, daß du das sehr gut machst – o ja, faß mich da noch mal an.«

Julian grinste und fuhr mit dem Fingernagel über das Häutchen, das ihre Klitoris schützte. Sie stöhnte zustimmend.

»Du solltest Petra wirklich dankbar sein«, sagte er, während er fortfuhr, sie zu streicheln. »Ich habe früher stundenlang zugesehen, wie sie ihre Freundinnen verführt hat.«

Er ersetzte seinen Finger durch die Zunge und leckte und umkreiste ihre Lustknospe, indem er seine Hände unter ihre mageren Gesäßbacken schob, um sie seinem Mund entgegenzuheben. Der Effekt setzte sofort ein. Izzy bäumte sich hoch, drängte ihm ihre Muschi entgegen und stöhnte erregt.

Wenn bloß alle therapeutischen Maßnahmen so unterhaltsam wären, dachte Julian, als er mit seiner Zunge tiefer glitt. Sie schmeckte köstlich. Als er einen Finger in sie hineinschob, stellte er mit Entzücken fest, daß sie nicht nur erstaunlich eng war – ihre Möse knabberte an ihm wie das Maul eines hungrigen Fisches –, sondern auch so feucht und heiß, daß es ihm den Atem verschlug. Während ihr Körper unter seinen Lippen zuckte und ihre Schenkel fest gegen seinen Kopf gepreßt waren, spürte er, daß nicht viel erforderlich sein würde, um sie zum Höhepunkt zu bringen. Immer wieder leckte er sie und preßte seine Nase gegen ihre Klitoris, damit seine Zunge tief in sie eindringen konnte.

Als er meinte, sie werde gleich soweit sein, ließ er sie auf das Bett sinken. Zornig schmollend blickte sie zu ihm hoch.

»Nicht aufhören«, murmelte sie. »Mir kommt's gleich.«

Julian grinste. »Ich weiß. Vertrau mir ruhig. Ich weiß, was ich tue.« Während seine eine Hand noch auf ihrer Taille ruhte, drückte er mit der anderen ihre Schenkel auseinander und führte seinen Schwanz in sie ein. Das Gefühl, wie ihr Körper sich öffnete und sich dann um ihn schloß, war so wunderbar, wie er erwartet hatte.

Er stieß tiefer; ihr Geschlecht fühlte sich wie feuchter Samt an. Während er sich rhythmisch hin- und herbewegte, beugte er sich vor und drückte einen Kuß auf ihre beiden kecken kleinen Brustwarzen. Sie keuchte und hob die Beine, um sie um seine Taille zu schlingen. Behutsam ließ er seine Hand über ihren Bauch gleiten, um die kleine Knospe, die ihr so gute Dienste leistete, ausfindig zu machen; er fuhr fort, sie zu reiben und zu streicheln, bis die arme Izzy vor Lust schluchzte.

Tief in ihrem Innern spürte er die erste Kontraktion, die ihren Orgasmus ankündigte, dann wiederholte sich das Gefühl und steigerte sich zu einer Reihe von intensiven Kontraktionen, so daß es ihm vorkam, als hätte ihn eine Faust gepackt und melke ihn leer. Julian ließ alle Selbstbeherrschung fahren, warf den Kopf zurück und überließ sich dem puren Vergnügen, das ihm Izzys Körper bereitete. Schwer atmend stieß er immer wieder zu, und gerade als es so schien, als seien alle seine Gedanken, alle seine Reflexe auf seinen Schwanz konzentriert, der sich tief in die warme, feuchte Höhle zwischen Izzys Beinen gegraben hatte, tauchte vor Julians innerem Auge plötzlich das Gesicht Rachel Ingrams auf, die sich mit ihrem attraktiven jungen Gärtner verlustierte.

Dieses Bild intensivierte jede Empfindung, jedes Gefühl derart, daß er sich fragte, ob er vielleicht vor Lust sterben würde. Als die Wellen über ihm zusammenschlugen, konnte er sich gerade noch so weit beherrschen, daß er nicht ihren Namen hinausschrie. Schließlich rollte er sich von Izzy herunter und sank schwitzend und atemlos neben ihr aufs Bett.

Das kleine blonde Mädchen grinste. Dann küßte sie ihn sanft auf die Nase.

»Das war nicht schlecht«, sagte sie mit schläfriger Stimme. »Eigentlich schade, daß ich bald in Petras Zimmer zurückgehen muß.«

Julian stöhnte unwillig. »Solltest du aber lieber tun. Sie würde es mir nie verzeihen, wenn ich dich ihr abspenstig mache.«

4. KAPITEL

Rachel wischte sich die Hände an einem Lappen ab und trat zurück, um die Fortschritte, die Daniels Porträt gemacht hatte, abzuwägen. Julian Mortons Lob hatte ihr geschmeichelt, auch wenn sie ein wenig konsterniert gewesen war, als er das Abdecktuch entfernt hatte. Wenn man sich ansah, wie das Werk sich entwickelte, wurde einem klar, daß er recht hatte – wenn es fertig war, würde es etwas Besonderes sein. Daniel, der in der Ecke des Ateliers auf einem Podest saß, räkelte sich wie eine Katze. Ein Sonnenstrahl fiel auf seinen muskulösen Körper und verlieh ihm einen fast überirdischen Glanz.

Rachel tauchte ihren Pinsel in ein Glas mit Terpentin, um ihn von Farbe zu säubern.

»Warum machst du nicht einmal eine Pause?« sagte sie, indem sie nach einem seidenen Morgenrock griff, der über einem Stuhl hing. »Ich werde nach Tee klingeln.«

Daniel gähnte. »Ich hätte nie gedacht, daß Stillsitzen so anstrengend ist.« Er stand auf und massierte sich den Nacken, um die verspannten Muskeln zu lockern. Mit geschlossenen Augen reckte und streckte er sich erneut. Rachel war fasziniert. Er sah aus wie ein Wesen aus der griechischen Sagenwelt. Während sie ihn anstarrte, hörte sie, ohne daß es ihr ganz bewußt wurde, das Telefon klingeln. Es läutete zweimal, dann verstummte es.

Kurz darauf rief Mrs. Weirs, die Haushälterin, von unten: »Mrs. Ingram? Sie werden am Telefon verlangt. Ein Herr namens Morton. Soll ich ihm sagen, er möchte später noch einmal anrufen?«

»Nein, ich komme schon«, erwiderte Rachel rasch und riß ihren Blick von dem nackten jungen Mann los. »Und würden Sie bitte Molly mit einer Kanne Tee hochschicken, Mrs. Weirs?«

Auf der anderen Seite des Zimmers wickelte Daniel sich in den Morgenrock. Seit ihrer Rückkehr aus London hatte Rachel ihn jeden Nachmittag Modell sitzen lassen. In unserem Fall hat Vertrautheit ganz gewiß nicht zu Verachtung geführt, dachte sie mit einem ironischen Lächeln. Das einzige Problem war, daß ihre Haushälterin und das Dienstmädchen sich im Haus befanden, so daß sie und Daniel keine Gelegenheit gehabt hatten, zusammenzusein, weil sie befürchten mußten, gestört zu werden. Die Spannung in ihrem Körper war inzwischen fast unerträglich.

Rachel eilte die Treppe hinunter, über den Hof und in die Halle; dann nahm sie den Hörer auf. »Hallo?«

Julian Morton lachte. »Hallo, Rachel. Ich habe schon gedacht, daß Sie vielleicht zu beschäftigt sind, um mit mir zu sprechen. Ich rufe nur an, um Sie daran zu erinnern, daß wir heute abend zum Dinner verabredet sind.«

Rachel lächelte. »Als ob ich das vergessen würde! Um welche Zeit essen wir?«

»So um neun. Ich hole Sie gegen acht mit dem Auto ab, damit wir uns vorher auf der Terrasse noch ein paar Cocktails genehmigen können.«

»Sehr freundlich von Ihnen, Julian, aber das ist wirklich nicht nötig. Ich kann mit meinem eigenen Auto kommen.«

Julian lachte erneut. »Vor allem ist es nicht nötig, so verdammt selbständig zu sein, Rachel. Gönnen Sie mir doch das Vergnügen. Ich habe gerade ein tolles neues Auto gekauft und möchte es gern ausprobieren.«

Rachel lächelte. »Wenn das so ist, nehme ich Ihr Angebot an. Das Bild für Ihre Schwester habe ich rahmen lassen und bringe es mit.« Sie machte eine Pause. »Ihre Schwester wird heute abend doch auch da sein?«

»Trauen Sie mir etwa nicht?« Julian lachte glucksend. Nach einer kurzen Pause fügte er hinzu: »Natürlich wird sie da sein. Petra freut sich darauf, Sie kennenzulernen. Ihr Ruf wird also so rein bleiben wie frischgefallener Schnee.« Bevor Rachel etwas entgegnen konnte, fuhr er fort: »Was mich zu meinem nächsten Punkt bringt, nämlich zu Ihrem jungen Gärtner.«

Rachel merkte, wie ihr die Röte ins Gesicht stieg. »Was ist mit ihm?« fragte sie leise. Es war merkwürdig, daß er von ihrem Ruf zu Daniel überging. Klang Julians Stimme irgendwie belustigt? War der lokale Klatsch bereits bis zu Julian Morton gelangt?

»Ich suche jemand, der hier in Medsham Hall einige Arbeiten ausführt. Einen weiteren Job könnte er wohl nicht übernehmen?«

Rachel seufzte erleichtert und sagte: »Keine Ahnung. Er arbeitet für Ted Grey, der alles mögliche macht, überall im Dorf – Gartenarbeit, Bauarbeiten, was gerade so anfällt.«

Julian gab einen nachdenklichen Laut von sich. »Hört sich an, als sei das genau der Mann, den ich suche. Die Adresse von diesem Grey haben Sie wohl nicht parat?«

Rachel runzelte die Stirn. »Ich glaube, er wohnt in der Church Lane. Meine Haushälterin hat ihn mir empfohlen. Ich kann sie ja fragen.« Sie hielt inne und warf einen Blick in Richtung Atelier. »Wenn Sie wollen, kann ich auch meinen Gärtner bitten, Grey Bescheid zu sagen.«

»Wenn das keine Umstände macht.«

Rachel schüttelte den Kopf. »Überhaupt nicht.«

»Dann will ich Sie nicht länger von Ihrer Arbeit abhalten. Wir sehen uns heute abend um acht.«

Rachel lächelte. »Ich freue mich drauf.«

Als sie den Hörer wieder auflegte, erschien ihr Dienstmädchen mit dem Tee. Rachel nickte dankend. »Danke, Molly, ich nehme das Tablett selbst hoch.«

Molly zog eine Augenbraue hoch, als Rachel ihr das Tablett abnahm. Rachel war sich sicher, daß weder ihre Haushälterin noch ihr Dienstmädchen es billigten, daß Daniel für sie Modell saß, und fragte sich, was für Geschichten wohl schon im Dorf herumerzählt wurden.

Als sie wieder nach oben kam, saß Daniel am Fenster und schaute aufs Meer hinaus. Als er ihre Schritte hörte, blickte er auf und raffte den Morgenmantel am Ausschnitt zusammen, um seine Brust zu bedecken. Da er sah, daß es Rachel war, lächelte er.

»Ich dachte, es sei Molly oder Mrs. Weirs. Es würde sich nicht schicken, wenn sie mich so sähen.« Seine Stimme erstarb. »Du weißt schon, was ich meine«, fügte er rasch hinzu, als erwarte sie eine Erklärung.

Als Rachel das Tablett auf die Werkbank stellte, kam ihr schlagartig zu Bewußtsein, daß der Ausdruck in Mollys Gesicht vielleicht gar keine Mißbilligung gewesen war, sondern Neid. Molly war siebzehn oder achtzehn, stand Daniel altersmäßig also viel näher als sie selbst. Es wäre das Natürlichste von der Welt, wenn sie sich beide zueinander hingezogen fühlen würden. Rachel holte tief Luft.

»Du hast völlig recht. Magst du Molly?« Schon während sie das sagte, erkannte Rachel, daß ein kleines grünäugiges Monster unaufgefordert aus einem dunklen Winkel ihrer Seele gekrochen war.

Daniel grinste. »Darüber habe ich eigentlich noch nicht nachgedacht. Sie ist ja fast noch ein Kind. Als ich angefangen habe, hier zu arbeiten, kam sie alle naselang in den Garten, um mir etwas zu trinken zu bringen oder um zu fragen, ob ich auch etwas zum Abendbrot hätte. Dabei hat sie mich immer schmachtend angesehen ...« Er verstummte und errötete heftig. »Aber ich will nicht, daß sie deshalb Ärger bekommt.«

Rachel blickte weg und begann den Tee einzuschenken. Daniel trat hinter sie und schlang seine Arme um ihre Taille. Er knabberte an ihrem Ohr und fuhr ihr mit der Zunge über den Nacken. Sie zitterte.

»Warum fragst du das? Machst du dir Sorgen? Molly ist doch nur ein albernes kleines Mädchen«, gurrte er.

Rachel schloß die Augen; ein albernes kleines Mädchen, das unter anderen Umständen durchaus Daniels Geliebte hätte sein können. Sie sträubte sich nicht, als Daniel sie herumdrehte und ihr einen zarten Kuß auf die Lippen gab. Sie konnte die Hitze seines Körpers durch den dünnen Morgenmantel spüren und stöhnte leise. Er war einfach wunderbar. Und unwiderstehlich.

Er machte sich daran, ihre Bluse aufzuknöpfen. »Meine Mutter hätte dein Dienstmädchen Molly als frivoles Frauenzimmer bezeichnet. Was sie von dir gehalten hätte, Mrs. Ingram, weiß ich nicht.« Seine Stimme hatte einen neckenden Klang. »Immerhin, wenn sie noch am Leben wäre, wäre ich vielleicht doch Lehrer geworden – dann wäre alles nicht so schlimm. Der Schullehrer und die Malerin.«

Rachel, die sich bemühte, nicht ganz die Beherrschung zu verlieren, warf rasch ein: »Ach, übrigens, ich kann dir und deinem Stiefvater vielleicht Arbeit vermitteln. Der Mann, der gerade angerufen hat, Julian Morton, sucht ein Faktotum.«

Daniel ließ sich durch ihre Worte nicht von seinen Liebkosungen abbringen. Er umspannte ihre Brüste und strich mit den Daumen über ihre Brustwarzen, die sofort hart wurden. Rachel hielt den Atem an.

»In Ordnung«, flüsterte er. »Ich sag's ihm, wenn ich

ihn sehe.« Er hob ihr Kinn an und küßte sie leidenschaftlich. Seine Zunge begehrte Einlaß in ihren Mund. Rachel wollte protestieren – das war zu gefährlich, die Dienstboten konnten sie überraschen, die Ateliertür stand noch auf –, brachte es aber nicht fertig. Jede Faser ihres Körpers sehnte sich danach, Daniel in den Armen zu halten. Als sie seinen Kuß erwiderte, glitten seine Hände von ihrer Taille zu den Schenkeln. Während seine Zunge ihren Mund erkundete, zog er ihren Rock langsam hoch und entblößte nach und nach ihre Beine. Sie stöhnte und streifte ihm den Morgenrock von den Schultern. Während sie seine salzig schmeckende Haut beleckte, genoß sie es, seinen kräftigen Körper zu spüren.

Er lächelte. In seinen Augen brannte die Leidenschaft. Dann hob er sie auf den Rand der Werkbank. »Oder ziehst du es vor, daß ich Gärtner bin, Mrs. Ingram?« fragte er mit einem hinterhältigen Grinsen. »Magst du mich, weil ich kräftig und ungehobelt und derb bin?«

Sie lächelte ihn an, während ihr ein Schauder der Lust über den Rücken lief. »Ich glaube«, sagte sie mit zitternder Stimme, »daß ich dich in jedem Fall begehren würde, ganz gleich, was du bist.« Sie streichelte seine Brustwarzen, und es erregte sie, wie sie unter ihren Fingerspitzen hart wurden. Sein Finger schob sich zwischen ihre Schenkel, um über ihren Venushügel zu streichen. Seine Berührung ließ unzählige Flammen in ihr auflodern.

»Das ist schön«, gurrte er.

Rachel stöhnte und hob das Gesäß, damit er ihr das Höschen herunterstreifen konnte; die Küsse, die er ihr unablässig auf Hals und Nacken drückte, brachten ihre Haut förmlich zum Glühen.

»Du fühlst dich wunderbar an«, sagte er mit erstickter Stimme.

Sie wußte, daß sie bereits feucht war. Von dem Moment an, als Daniel ins Atelier gekommen war und sich ausgezogen hatte, waren ihre Gedanken fast ausschließlich darauf ausgerichtet, wie es sein würde, über seine breite Brust zu streichen, seine vollen Lippen zu küssen und seinen pulsierenden Schwanz tief in sich zu spüren.

Er schob ihren Rock bis zur Taille hoch und ließ seinen Daumen zwischen ihre Schamlippen gleiten, um die dort verborgene kleine Lustknospe ausfindig zu machen.

»Oh, ja«, murmelte sie, als er fündig geworden war, »faß mich da an, das ist wunderbar.« Die Worte kamen ihr wie von selbst über die Zunge.

Daniel wich ein Stück zurück. Seine Augen waren dunkel und voller Erwartung.

»Dein Wunsch ist mir Befehl«, flüsterte er. »Sag mir, was du möchtest, dann mache ich es.« Während er sprach, öffnete er die Lippen ihres Geschlechts noch weiter, damit er die weichen Hautfalten erkunden konnte. Seine Daumen strichen erneut über ihre Klitoris, was sie vor Lust erschaudern ließ. Sacht schob er sie zum Rand der Bank.

»Laß mich deine Brüste sehen«, hauchte er mit heiserer Stimme. Mit zitternden Fingern streifte sich Rachel ihre Bluse von den Schultern. Dann zog sie das weiße Hemdchen, das sie trug, ebenfalls herunter. Er grinste.

»Mein Gott, du bist so wunderschön, noch mehr könnte ich dich gar nicht begehren, ob ich nun Lehrer bin oder Gärtner«, flüsterte er und sog heftig an einer ihrer Brustwarzen. Die Empfindung katapultierte Rachel zum Rand des Abgrunds. Wild riß sie am Gürtel seines Morgenrocks, ihre Hände arbeiteten, als hätten sie einen eigenen Willen. Sein Schwanz, den sie unter dem dünnen Stoff spürte, war bereits steinhart und schnellte ihr entgegen wie eine Rapierklinge.

Das Wasser lief ihr im Mund zusammen, als sie ihn mit den Fingern umschloß, ihn näher zog und in sich einführte. Als sein Schwanz die empfindlichen inneren Blütenblätter ihrer Möse streifte, durchströmte sie ein solches Lustgefühl, daß sie befürchtete, ohnmächtig zu werden.

Daniel brauchte keine weitere Ermunterung und schob seinen Schaft vorsichtig in sie hinein, mit den Händen ihre Gesäßbacken packend, damit er sie noch näher ziehen konnte. Rachel überließ sich blindlings ihrem Verlangen und schlang ihre Beine um seine Hüften, so daß sich ihre Gegenstöße Daniels rhythmischen Bewegungen genau anpaßten. Während seine Finger immer noch ihre Klitoris bearbeiteten, vergrub er das Gesicht zwischen ihren Brüsten und wärmte und benetzte mit seinem Atem ihre Haut.

Es kam ihr vor, als sei es schon eine Ewigkeit her, seit sie ihn zum letztenmal in sich gespürt hatte. Die Zärtlichkeit und das Glücksgefühl, die sie in Wellen durchströmten, waren von einer flammenden Lust begleitet, die zwischen ihren Beinen brannte. Immer wieder stieß der junge Mann zu, immer wieder brachte er sie an den Rand der Bewußtlosigkeit, bis sich schließlich keiner von beiden mehr beherrschen konnte. Keuchend stürzten sie kopfüber in ein brodelndes, schäumendes Meer der Lust.

Als alles vorbei war, war Rachel von der Intensität der Empfindungen, die Daniel in ihr hervorgerufen hatte, so betäubt, daß sie kaum atmen konnte.

Er küßte sie zärtlich. Dann zog er seinen erschöpften Schwanz aus ihrem Leib. Rachel empfand es wie einen Verlust, als sie ihn freigeben mußte.

»Glaubst du, der Tee ist inzwischen kalt?« fragte er mit einem Grinsen.

Sie lachte und zog sich den Rock wieder über die

Hüften. »Höchstwahrscheinlich – außerdem glaube ich, daß die Sitzung für heute beendet ist. Nach allem wäre ich wohl kaum in der Lage, einen Pinsel zu halten.«

Daniel schmiegte sich an sie und bedeckte sie, ihre Lippen suchend, mit einem Schauer verspielter Küßchen. »Dann mußt du eben am Montag fleißiger arbeiten.«

Rachel blickte ihm gerade in die von Leidenschaft erfüllten blauen Augen und fragte sich, wie sie das ganze Wochenende ohne ihn auskommen sollte. Sie überlegte, ob sie es wagen konnte, ihm vorzuschlagen, schon vor Montag zu ihr zu kommen. Leidenschaft und Entzücken malten sich in seinem Gesicht. Wie hatte sie sich auf etwas einlassen können, das möglicherweise äußerst kompliziert und zur Sucht werden konnte ... Mühsam kämpfte sie gegen die Befürchtungen an, die in ihr aufzusteigen und sie zu übermannen drohten.

»Da hast du recht«, sagte sie mit gespielter Munterkeit und entzog sich seiner unwiderstehlichen Umarmung. »Hier ...« Sie wandte sich dem Tablett mit den Teeutensilien zu und schenkte für jeden eine Tasse ein. Auch was den Tee betraf, so hatte er recht – er war kalt.

Ted Grey, Daniels Stiefvater, zügelte die braune Stute und kletterte von seinem Karren. Während er die Zügel an einem Pfosten des Gartenzauns festband, sah er sich um. Auf Albion gab es noch eine Menge zu tun. Rachel Ingram hatte gesagt, sie wolle einen ordentlichen Garten haben, und er würde dafür sorgen, daß sie einen bekam – zum angemessenen Preis.

Wenn er noch einen Sommer für die reizende Mrs. Ingram arbeitete, konnte er sich vielleicht einen Lieferwagen leisten, und wenn die Gerüchte, die im Dorf über Daniel kursierten, stimmten – wer weiß, was der Junge dann alles für sich herausschlagen konnte.

Ted grinste und strich sich mit der Hand über die Stoppeln an seinem Kinn. Nun ja, die Leute klatschten gern, und die Leute in Carfax-Staithe waren wie alle Dorfbewohner – wenn es nichts zu erzählen gab, dann erfand man etwas. Vermutlich war an der ganzen Geschichte gar nichts dran – was jammerschade wäre. Einem gutaussehenden jungen Burschen wie Daniel konnte kaum etwas Besseres passieren, als bei einem reichen Weibsbild den Hengst zu spielen.

Er selbst hatte es ja nicht anders gemacht, als er im alten Herrenhaus oben gearbeitet hatte. Ted verzog das Gesicht, als ihm das Ganze wieder einfiel. Miß Stapleford war wesentlich älter als Rachel Ingram gewesen und bei weitem nicht so attraktiv. Wenn er ihre trockene Furche gepflügt hatte, hatte er immer die Augen schließen und an die Kellnerin im Grey-Mare-Pub denken müssen. Als das alte Mädchen gestorben war, hatte sie ihm für die Dienste, die er ihr geleistet hatte, immerhin ein bißchen etwas hinterlassen.

Ted zog seine Hose ein Stück höher, schob die Ärmel seines kragenlosen Hemdes zurück und ging den Kiesweg entlang, der zum Lieferanteneingang auf der Rückseite des Gebäudes führte. Die Sonne hatte ihren höchsten Stand bereits weit hinter sich gelassen. Er zog seine Taschenuhr aus der Weste. Zeit, daß er und der Junge nach Hause kamen, obwohl er ein bißchen zu früh dran war. Wenn Mrs. Weirs nicht da war, würde ihm Molly vielleicht eine Kanne Tee machen.

Er grinste lüstern. Wenn Daniel gescheit war, würde er es beiden besorgen. Ein verdammt hübsches kleines Ding war diese Molly, mit ihren großen wippenden Brüsten und dem breiten, lächelnden Mund. Einige Sekunden lang stellte Ted sich vor, wie er seinen Schwanz zwischen Mollys prächtigen Titten hin und her schob – ein angenehmer Gedanke. Er verspürte eine vertraute, keineswegs unangenehme Regung in der Leistengegend.

Nachdem er seine Mütze abgesetzt hatte, klopfte Ted an den Rahmen der offenen Küchentür. Molly, die am Spülbecken mit etwas beschäftigt war, blickte auf und sah ihn mit mürrischem Gesichtsausdruck an.

»Was willst du denn hier, Ted Grey?« fuhr sie ihn an. »Ich bin schwer beschäftigt.«

Ted tat so, als sei er schmerzlich berührt. »Also, so redet man doch nicht mit Leuten, die älter sind als man selbst. Bei deinem Gesicht wird ja die Milch sauer. Ich will Daniel abholen. Ist er hier irgendwo?«

Molly schnaubte verächtlich und trocknete sich die Hände an der Schürze ab. »Er ist immer noch oben bei Mrs. Ingram, und ich werde ganz sicher nicht nach oben gehen, um ihn zu holen, falls du das im Sinn hattest.«

Ted grinste. »Man weiß nie, was man vielleicht vorfindet, was, Molly?« sagte er mit hinterhältigem Grinsen. »Ist der alte Drachen da?« Er schaute nach links und rechts und spähte in die dunklen Ecken der Küche.

»Du meinst Mrs. Weirs? Nein, sie ist schon nach Hause. Die Dame oben ist heute abend zum Dinner eingeladen, deshalb ist Mrs. Weirs früher gegangen. Und ich darf die ganze Arbeit allein machen. So eine alte Kuh.«

Ted trat in die Küche und zog einen Stuhl unter dem Tisch hervor.

»Wie wäre es dann mit einer Kanne Tee, mein Schatz, während ich auf meinen Jungen warte? Ich werde dir Gesellschaft leisten, bis er aufkreuzt. Ein hübsches Mädchen wie dich darf man schließlich nicht allein lassen. Ist doch schlimm, wenn sich keiner um dich kümmert.«

Molly knallte die Emailleschüssel in den Schrank unterhalb des Spülbeckens, doch Ted merkte, daß seine Komplimente ihr schmeichelten.

»Du hast vielleicht Nerven, Ted Grey. Ein Täßchen Tee möchte er. Ist ja wohl nicht zu fassen!«

Er zuckte die Achseln. »Ich hab' Daniel schon oft gesagt, er soll mal mit dir ausgehen. Ich hab' zu ihm gesagt: Wieso kümmerst du dich eigentlich nicht um Molly? Bist du blind oder was? Das hübscheste Mädchen im ganzen Dorf! Das muß man sich mal vorstellen. Da arbeitet einer mit einem solchen Mädchen zusammen und lädt es noch nicht mal zu einem Spaziergang ein ...«

Molly wurde knallrot und stellte den Kessel auf den Herd.

Ted nutzte den kleinen Vorteil, den er errungen hatte, aus. »Ich hab' zu ihm gesagt, eines Tages wird irgendein attraktiver Typ daherkommen und sie dir vor der Nase wegschnappen.« Er machte eine Pause, während seine Augen hungrig über den üppigen Körper des Mädchens glitten. Es mußte wunderbar sein, ihren zuckenden Leib unter sich zu spüren. Er zog eine Augenbraue hoch. »Ich würde dich ja einladen, mit *mir* auszugehen, aber du bist viel zu hübsch, um dich in einen alten Knaben wie mich zu verknallen.«

Molly kicherte. Dann sah sie ihn verstohlen durch ihre langen Wimpern hindurch an. Mit Entzücken stellte er fest, daß ihre Wangen immer noch gerötet waren.

»Ich wußte nicht, daß Daniel mich überhaupt schon bemerkt hat«, sagte sie, schlug aber gleich einen anderen Kurs ein: »So alt bist du doch gar nicht.«

Ted lächelte. »Alt genug, mein Schatz. Aber andererseits weiß ein älterer Mann genau, was er tut. Wir wissen, was eine Frau braucht und was sie sich wünscht. Jede Frau wird dir bestätigen, daß ich recht habe. Junge Männer machen es und sind nur auf ihr eigenes Vergnügen aus, während ein alter Hase wie ich es sich erlauben kann, sich Zeit zu nehmen.« Er hielt inne, um seine Worte wirken zu lassen, ohne dabei den Blick von Molly zu wenden. »Ein Typ wie ich kann ein Mädchen wie dich zum Glühen bringen, weißt du. Es wird dir so gut gefallen, daß du nach mehr verlangst ...«

Einen Augenblick lang fragte er sich, ob er mit seinen Worten zu weit gegangen war. Molly war wie erstarrt stehengeblieben, doch dann grinste sie und nahm zwei Tassen aus dem Regal über dem Herd.

»Stimmt das?« fragte sie.

Ted nickte. Er bemerkte, daß ihre Brustwarzen hart geworden waren und wie zwei Fingerhüte aufreizend gegen ihr dünnes Baumwollkleid drückten. Bevor er das Gespräch fortführen konnte, hörte er aus dem Haupthaus Stimmen.

Molly blickte auf, und sofort stellte sich ihr mürrischer Gesichtsausdruck wieder ein.

»Offenbar ist Mrs. Ingram für heute mit deinem Daniel fertig«, sagte sie in sarkastischem Ton. »Du bekommst also doch keinen Tee. Eigentlich schade, denn es ist auch noch leckerer Biskuitkuchen da.«

Die Küchentür öffnete sich, und einen Augenblick lang standen Daniel und Rachel Ingram zusammen im Türrahmen. In diesem kurzen Moment erkannte Ted, daß alle Gerüchte der Wahrheit entsprachen. Rachel Ingram trug eine Bluse aus weichem Batist und einen langen grauen Rock. Ihre leicht gebräunte Haut war von einer tiefen, kräftigen Röte überzogen, und ihre Augen funkelten wie der Mond, der sich im Wasser widerspiegelt. Aus dem Haarknoten, der ihre feinen Gesichtszüge einrahmte, hatten sich etliche Strähnen gelöst. Ihr ganzer Körper schien vor Lust und Verlangen zu schimmern. Ted merkte, wie ihn die Gier überkam. Im Vergleich zu Rachel Ingram war Molly nur ein billiges, glänzendes Spielzeug.

Daniel, sein Stiefsohn, stand direkt hinter der Herrin des Hauses, doch nichts an seinem Verhalten ließ auf Unterwürfigkeit schließen. Seine Augen hatten den abgeklärten Glanz erschöpfter Leidenschaft, sein Körper war völlig entspannt. Teds Verlangen nach Rachel wurde von rasender Eifersucht verdrängt. All das bemerkte Ted Grey in dem kurzen Moment, der verstrich, während Rachel die Tür öffnete und wahrnahm, daß er am Küchentisch saß.

Als sie ihn erblickte, wurde ihr Gesichtsausdruck sofort zurückhaltender.

»Guten Abend, Mr. Grey«, sagte sie freundlich. »Sind Sie gekommen, um Daniel abzuholen? Ich hoffe, wir haben Sie nicht zu lange warten lassen. Hat Molly Ihnen eine Tasse Tee angeboten?«

Ted lächelte und stand auf, wobei er sich fragte, ob ihm wohl die Stimme versagen würde.

Molly, die am Herd stand, runzelte die Stirn. »Ich mache ihm gerade eine, gnädige Frau.«

Rachel lächelte. »Sehr schön.« Dann sah sie Ted wieder an. »Ich habe heute nachmittag mit dem Gentleman gesprochen, dem Medsham Hall gehört. Er sucht jemand, der einige kleinere Arbeiten für ihn erledigt, und ich habe ihm Ihren Namen gegeben. Ich hoffe, Sie haben nichts dagegen.«

Ted schüttelte den Kopf. »Überhaupt nicht, Mrs. Ingram, überhaupt nicht. Es schmeichelt mir sehr, daß Sie an mich gedacht haben. Es freut mich zu hören, daß Sie mit den Diensten, die wir Ihnen leisten, zufrieden sind.«

Rachel errötete ganz leicht, was Ted ungemein ergötzte. Wie bei Molly konnte er es sich nicht verkneifen, seinen Vorteil auszunutzen. »Wir legen nämlich Wert darauf, unsere Kunden zu befriedigen, nicht wahr, Daniel?«

Sein Stiefsohn wurde purpurrot und nickte. »Ich geh' nur schnell mal raus, um meine Jacke zu holen«, murmelte er.

Rachel Ingram schien es weniger Schwierigkeiten zu bereiten, Fassung zu bewahren.

»Der Gentleman heißt Julian Morton«, sagte sie leise. »Wenn Sie mich jetzt bitte entschuldigen würden.« Sie schaute Daniel kurz an. »Ich sehe Sie dann nächste Woche.«

Als sie auf dem Karren saßen und nach Hause fuhren, stellte Ted Grey fest, daß er seine Gedanken nicht von Rachel Ingram losreißen konnte. Eine Frau ihres Kalibers war für einen Jungen wie Daniel viel zu schade. Er ließ die Zügel locker und zog einen Jutesack unter dem Sitz hervor.

»Da«, sagte er barsch, »mach mir mal 'ne Flasche Bier auf, Dan. Ich hab' heute eine ordentlich trockene Kehle.«

Daniel nahm ihm den Sack ab und kramte darin herum. Ted hätte seinen Stiefsohn gern zu Rachel befragt, besann sich aber eines Besseren. Er hatte eine andere Idee, die nach und nach Gestalt annahm, während das Pferd langsam über den Damm und von dort zum Strand hinunter trottete.

»Ich hab' mir gedacht, wir machen heute abend im Cutter Inn Zwischenstation und genehmigen uns ein paar Bierchen, bevor wir nach Hause fahren. Vielleicht könnten wir auch dort Abendbrot essen.«

Daniel schüttelte den Kopf. »Ohne mich, Ted. Ich kann ja vom Gasthaus zu Fuß heimgehen. Ich bin völlig geschafft, ehrlich gesagt.«

»Wie du willst«, erwiderte Ted, den Ton des Triumphs in seiner Stimme unterdrückend. »Aber dann mußt du dir selbst was zu futtern besorgen, wenn du nach Hause kommst.«

Daniel nickte.

Ted ließ den Zügel auf den Rücken des Pferdes klatschen, um es zu einer flotteren Gangart anzuspornen. Daniel war ein großer Methodist – wie seine Mutter, Gott hab' sie selig. Vom Trinken hielt der Junge eigentlich nichts, und wenn er tatsächlich einmal mit Ted in den Pub ging – was selten vorkam –, bestand er darauf, sich erst zu waschen und umzuziehen. Der Cutter Inn lag am Hafen, nicht allzu weit vom Albion House entfernt. Ted setzte sich aufrecht. Wenn Daniel erst einmal zu Hause war, würde er Mrs. Ingram vielleicht noch einen kleinen Besuch abstatten.

Er nahm Daniel die Flasche ab, umschloß den Flaschenhals mit den Lippen und kippte das Bier in sich hinein. Vielleicht würde er Rachel Ingram fragen, was für ein Spielchen sie mit dem jungen Daniel treibe. Wenn er großes Glück hatte, würde sie ihm vielleicht anbieten, es ihm zu zeigen. Ted grinste und nahm einen weiteren Schluck Bier. Für sein Alter sah er nicht schlecht aus, und ein proletarischer Fick war schließlich so gut wie der andere. Und wenn sie von ihm nichts wissen wollte, konnte er es ja noch einmal bei Molly, den kleinen Dienstmädchen, versuchen.

Dem neben ihm sitzenden Daniel, den das sanfte, rhythmische Hinundherschwanken des Karrens einlullte, fielen allmählich die Augen zu. Ted knallte erneut mit den Zügeln. Daniel zuckte zusammen und setzte sich aufrecht hin.

Ted warf seinem Stiefsohn einen Seitenblick zu und sagte: »Hast einen harten Tag hinter dir, was, mein Junge?«

Daniel, der starr geradeaus blickte, nickte.

Ted grinste. »Also, ich weiß nicht recht – ihr jungen Leute habt einfach kein Stehvermögen. Sieh lieber zu, daß du nach Hause kommst, und geh früh ins Bett. Du brauchst nicht aufzubleiben, bis ich komme. Es wird sicher ziemlich spät werden.«

Julian Morton saß an seinem Toilettentisch und unternahm einen weiteren Versuch, seine Smokingschleife in die richtige Form zu bringen. Die hinter ihm stehende Petra, die ein exquisites Hemdkleid aus grüner Seide trug, legte ihre Zigarette im Aschenbecher ab und sagte: »Laß mich einmal.«

Julian drehte sich um. »Ein neues Kleid?«

Petra zog einen Flunsch. »Wie gefühllos von dir, das zu bemerken. Ja ... stimmt. Ich mußte etwas Neues haben, alles andere habe ich bis zum Überdruß getragen.«

Julian zog die Augenbrauen hoch.

»Sieh mich nicht so an, Julian. Außerdem war es nicht allzu teuer, und das Ganze geschieht zu deinem Nutzen.«

»Wie das?«

Petra zog die Schleife fest. »Um deinen Gast zu beeindrucken. Wenn sie mich danach fragt, sage ich, daß ich es zum Geburtstag bekommen habe.«

Julian schnaubte wütend. »Haben wir es auch geschafft, beim heutigen Abendessen das Gesicht zu wahren?«

Petra sog nachdenklich an den Zähnen. »Das habe ich Izzy machen lassen. Sie und diese Landpomeranze, die du als Köchin eingestellt hast, haben vorzügliche Arbeit geleistet. Ich weiß bloß nicht, wie lange es mir noch gelingt, aus nichts etwas zu machen.« Sie hielt inne, den Blick immer noch auf seine Schleife gerichtet. »Wir brauchen neues Porzellan und neues Tafelsilber. Ich hoffe, deine Mrs. Ingram merkt nicht, daß nichts zusammenpaßt. Übrigens, wie ist sie denn so?«

Julian stand auf und zog seinen Smoking an.

»Unkonventionell, wunderschön und den Erkundigungen nach, die ich in der Nachbarschaft eingezogen habe, anscheinend ziemlich reich ...«

»Und was noch?«

Julian goß sich und Petra ein Glas Sherry ein. »Verwitwet.«

Petra lachte. »Ach, Schätzchen, du bist so berechenbar.«

Julian grinste. »Unsere Mrs. Ingram allerdings nicht. Als ich das erstemal das Vergnügen hatte, sie zu sehen, lag sie in der Küche auf dem Tisch und ließ sich von ihrem Faktotum bewußtlos vögeln.«

Petra starrte ihn an. »Ist das ein Scherz?«

Julian leerte sein Glas. »Glücklicherweise nicht.«

Petra starrte ihn immer noch an. »Mein Gott, dann hol sie bloß schnell her. Ich dachte schon, ich würde in Carfax an Langeweile sterben.«

Julian füllte ihre Gläser nach. »Vielleicht ist das auch der Grund, warum Mrs. Ingram sich mit ihrem Gärtner eingelassen hat. Ich werde versuchen, ihre Motive zu ergründen.«

»Und zweifellos anstelle von ihm dich selbst anbieten?«

Julian stellte sich in Positur, den Handrücken gegen die Stirn gepreßt. »Du weißt, wie ich mich immer aufopfere, liebste Petra. In meiner Eigenschaft als Gutsherr werde ich versuchen, die arme unglückliche Waise aus den Klauen dieser Frau zu retten, und mich selbst ins Schwert stürzen.«

Petra kicherte. Dann stieß sie prustend hervor: »Julian, du bist absolut unmöglich.«

Rachel Ingram warf einen Blick in den Spiegel, bevor sie ihr Kleid anzog. Das kurze graue Hemdkleid war über und über mit Perlen besetzt, hatte Spaghettiträger und einen mit Fransen versehenen Saum. Wie sie mit Bedauern feststellte, war es das einzige ihrer Kleider, das man annähernd für modisch halten konnte. Sie hatte auch ihre langen Haare beibehalten, als die meisten modebewußten Frauen sich die Haare hatten abschneiden lassen, um Pony- oder Pagenfrisuren zu tragen. Nachdem sie ihre Aufmachung durch zwei Ohrringe vervollständigt hatte, setzte sie sich vor die Frisierkommode, um einen Hauch von Rouge und Lippenstift aufzulegen und ihre Augenlidränder mit einer Spur schwarzer Tusche nachzuzeichnen. Sie nahm eine Parfumflasche und sprühte sich ein wenig Kölnischwasser hinter die Ohren. Während sie in den Spiegel blickte, stellte sie fest, daß sie an Daniel dachte.

Das Klingeln der Türglocke riß sie aus ihren Gedanken. Sie wartete zwei Sekunden und lauschte angestrengt, um zu hören, ob Molly zur Tür gegangen war. Es war noch nicht einmal ganz halb acht – Julian konnte es also kaum sein. Abermals klingelte es; Molly war offensichtlich woanders. Rachel wickelte sich in eine seidene Stola und eilte auf den Treppenabsatz hinaus, von wo sie sah, wie ihr Dienstmädchen gerade durch die Halle zur Vordertür huschte.

Sie konnte zwar nicht erkennen, wer der Besucher war, hörte aber, was Molly sagte.

»Du hast vielleicht Nerven. Hier ist nicht der Lieferanteneingang, weißt du.«

Irgend etwas, das der Besucher entgegnete, brachte Molly zum Kichern. Dann drehte sie sich um und eilte, als sie Rachel sah, die Treppe hoch. Als sie den Treppenabsatz erreicht hatte, blickte Molly über die Schulter zurück und schaute nach unten in die Halle.

»Ted Grey ist da, gnädige Frau. Er sagt, er wolle Sie sprechen. Soll ich ihn hereinlassen, oder soll er zur Hintertür gehen?«

Rachel seufzte. Ted Grey war Opportunist – was konnte er von ihr wollen?

»Führ ihn ins Wohnzimmer, Molly. Ich bin gleich fertig.«

»Wie Sie wünschen, gnädige Frau. Soll ich den Sherry bringen?«

Rachel lächelte, als sie sich vorstellte, wie sich ein Sherryglas in Ted Greys Pranke ausnehmen würde. »Nein, danke, Molly. Ich glaube kaum, daß das ein Höflichkeitsbesuch ist, und außerdem bin ich sicher, daß Mr. Grey eher für Bier zu haben ist.«

Molly nickte. »Davon hat er allem Anschein nach schon einiges intus.«

Als Rachel nach unten kam, hatte Ted Grey seine Mütze abgenommen und es sich im Wohnzimmer gemütlich gemacht, wo er in einem der großen Sessel neben der Terrassentür lümmelte. Als Rachel eintrat, sprang er hastig auf.

»Guten Abend, Mr. Grey. Wie schön, daß Sie noch einmal vorbeigekommen sind. Was kann ich für Sie tun?«

Zu ihrer Überraschung grinste Ted Grey. Er hatte etwas leicht Beunruhigendes an sich, so daß Rachel sich fragte, ob es klug gewesen war, Molly in die Küche zurückzuschicken.

»'n Abend, Mrs. Ingram«, sagte er mit gedämpfter Stimme. »Nett von Ihnen, mit mir zu sprechen. Ich bin gekommen, um mich mit Ihnen über Daniel zu unterhalten.«

Eine leise Furcht befiel Rachel. Seine Stimme hatte einen verschwörerischen Klang.

»Verstehe«, sagte sie forsch. »Nun, ich kann über seine Arbeit nicht klagen. Ich bin äußerst zufrieden mit dem, was er im Garten gemacht hat.«

Ted Grey kam ein paar Schritte näher. »Und wie

steht es mit dem, was er im Haus gemacht hat?« fragte er mit einem anzüglichen Grinsen.

Rachel erstarrte. Sein Atem stank nach Bier. Seine dunklen Augen hatten einen betrunkenen, lüsternen Glanz. Was sie außerdem beunruhigte, war die Vorstellung, daß Daniel Ted Grey von ihrer Beziehung erzählt hatte. Aber das konnte sie einfach nicht glauben.

»Was hat Daniel Ihnen erzählt?« fragte sie so ruhig, wie sie es vermochte.

Ted schnaubte verächtlich. »Der? Gar nichts hat er mir erzählt, der verschwiegene kleine Scheißer. Aber es wird allerlei geredet, und als ich Sie heute abend mit ihm gesehen habe, wußte ich, daß an den Gerüchten was dran ist.« Er trat noch näher. »Wenn ich geahnt hätte, daß Sie ihn für eine solche Arbeit brauchen, Mrs. Ingram, hätte ich ihn nicht hergeschickt.« Er hob die Hand und berührte ihre Wange. »Ich würde nie wissentlich einen Jungen losschicken, um Männerarbeit zu machen.«

Rachel war so bestürzt, daß sie wie angewurzelt dastand. Ted Greys Hand strich kurz über ihren Hals, dann ließ er sie wieder sinken.

»Ich glaube«, sagte Rachel mit unsicherer Stimme, »Sie sollten lieber gehen, Mr. Grey. Wie ich sehe, haben Sie getrunken. Ich werde Ihre Unverschämtheit also dem Bier zuschreiben und kein weiteres Wort darüber verlieren. Bitte gehen Sie jetzt, bevor Sie sich noch mehr vergessen.«

Zu ihrem Entsetzen lachte Ted. »Ihr Frauen seid doch alle gleich. Ihr sagt nein, wenn ihr eigentlich ja meint. Ihr Frauen aus der Gesellschaft seid am schlimmsten – müßt eure Würde wahren, nicht wahr? Schließlich schickt es sich nicht, zuzugeben, daß man sich gern mal von einem Proleten durchvögeln läßt. Wir müssen doch ein echter Hochgenuß für euch sein nach all den tuntigen Schlappschwänzen. Sie brauchen sich keine Sorgen zu machen, Lady, ich werde Ihr Geheimnis nicht ausplaudern.«

Während er noch sprach, stürzte er sich auf sie, riß sie an sich und preßte die Lippen auf ihren Mund. Rachel rang nach Luft. Es fiel ihr schwer, das, was passierte, für wirklich zu halten. Ted legte die Hand auf ihren Busen und begrapschte mit seinen dicken Fingern ihr zartes Fleisch. Verzweifelt versuchte Rachel, ihn wegzustoßen. Er schob das Bein zwischen ihre Schenkel, während sein Mund an ihren Lippen knabberte und seine Zunge Einlaß begehrte.

Schließlich schaffte Rachel es, sich von ihm loszureißen.

»Wie können Sie es wagen!« zischte sie, während sie ihr Kleid wieder in Ordnung brachte. Ihre Augen funkelten vor Wut. »Was unterstehen Sie sich? Verlassen Sie sofort mein Haus ...«

Ted grinste und wischte sich mit dem Handrücken über den Mund. »Sie können sagen, was Sie wollen. Ihren Typ kenne ich. Die Leute im Dorf wissen, was Sie für eine Frau sind – und wenn sie es noch nicht wissen, werden sie es sehr bald erfahren.«

Rachel merkte, wie sich ihr Magen zusammenkrampfte. »Wie meinen Sie das?« fragte sie mit unsicherer Stimme. »Wenn das ein Versuch sein sollte, mich zu erpressen, Mr. Grey, dann haben Sie sich die Falsche ausgesucht. Es ist mir völlig egal, was die Leute von mir halten.«

Ted zuckte die Achseln. »Das sagen Sie so, aber Carfax ist klein, und Gerüchte verbreiten sich dort schnell.« Sein Blick glitt langsam über ihren Körper. »Und sehen Sie sich doch mal an. Sie sind ganz außer Atem und völlig erhitzt. Sie brauchen mir gar nicht erst zu sagen, wie sehr Ihnen so was gefällt – ich weiß Bescheid. Wenn Sie sich ein bißchen sträuben, können Sie sich hinterher einreden, daß ich mir etwas genommen habe, das Sie mir nicht geben wollten, aber wir beide wissen, daß das eine Lüge wäre. Ich glaube, Sie sind ein Mädel, das einen gestandenen Mann braucht und kein Jüngelchen. Ich könnte Ihnen meine Zunge in Ihre Muschi stecken und Sie lecken, bis Sie um Gnade flehen. Ich könnte Sie richtig auf Touren bringen, Mrs. Ingram – und was das betrifft«, sagte er, während er beide Hände über die beeindruckende Wölbung in seiner Hose legte, »so kann ich Ihnen versichern, Lady, daß das ein Schatz ist, um den man sich bemühen sollte. Es lohnt sich.«

Rachel fuhr sich mit der Hand übers Haar. Ihr Blick war fest auf Ted Greys schwitzendes rotes Gesicht gerichtet.

»Verschwinden Sie«, zischte sie. »Sonst hetze ich Ihnen die Polizei auf den Hals.«

Ted schnaubte verächtlich. »Und was wollen Sie denen sagen? Daß Sie meinen Stiefsohn bewußtlos ficken und in die Luft gegangen sind, als ich Ihnen vorgeschlagen habe, den alten Ted auch mal ranzulassen?« Er grinste. »Falls die bei mir aufkreuzen, werde ich es ihnen schon selbst sagen.« Ted nahm seine Mütze, die auf der Armlehne des Sessels lag. »Sie brauchen mich nicht zur Tür zu bringen. Und geben Sie mir Bescheid, falls Sie doch auf mein Angebot zurückkommen wollen. Es wäre mir ein Vergnügen, Ihnen gefällig zu sein ...«

Nachdem er gegangen war, stand Rachel zitternd mitten im Wohnzimmer.

Molly öffnete die Tür. »Sind Sie in Ordnung, Mrs. Ingram?«

Rachel holte tief Luft und nickte. »Ja, danke, Molly.

Ich gehe nur rasch nach oben, um mich weiter fertigzumachen. Bitte sagen Sie mir Bescheid, wenn Mr. Morton kommt.« Ohne dem Mädchen in die Augen zu sehen, eilte sie mit wild pochendem Herzen nach oben.

5. KAPITEL

Als Julian Morton im Albion House ankam, stellte er überrascht fest, daß Rachel noch nicht fertig war. Noch mehr überraschte ihn ihr Aussehen, als sie schließlich die Treppe herunterkam. Obwohl sie bezaubernd aussah, lag ein höchst seltsamer Ausdruck in ihren Augen, den er nur als gehetzt bezeichnen konnte. Sie entschuldigte sich für ihre Saumseligkeit.

»Möchten Sie einen Drink, bevor wir aufbrechen?«

Julian lächelte. »Warum nicht?« Er zögerte einen Moment. »Sie sehen so aus, als könnten Sie einen gebrauchen. Ist alles in Ordnung?«

Rachel lächelte, aber er spürte, daß ihre gute Laune nur aufgesetzt war.

»Ja, danke. Ich habe bloß einen ziemlich anstrengenden Tag hinter mir.« Ihre Stimme klang unsicher, und er bemerkte, daß ihre Hände zitterten, als sie zwei große Brandys eingoß.

Julian machte es sich in einem Sessel gemütlich. »Sind Sie sicher? Wenn Sie sich nicht wohl fühlen, können wir das Dinner auch ohne weiteres auf einen anderen Abend verschieben.«

Rachel hob die Hand, um ihn zum Schweigen zu bringen. »Mir geht es wirklich gut, Julian«, sagte sie mit Nachdruck. »Ich hole nur schnell mein Umhängetuch und das Gemälde für Ihre Schwester, dann können wir uns auf den Weg machen.« Als sie ihm gerade das Glas reichen wollte, hielt sie inne und blickte zu ihm hoch. Ihre Augen standen voll Tränen. »Ich hatte gerade eine häßliche Auseinandersetzung mit einem Mann aus dem Dorf. Er schien der Ansicht, ich sei ...« Sie zögerte, als sei ihr bewußt, daß sie eine unsichtbare Grenze der Schicklichkeit überschritt.

»Ja?« fragte der neugierig gewordene Julian, um sie zum Weitersprechen zu ermutigen.

Rachel holte tief Luft, dann lachte sie. »Er schien der Ansicht, ich sei auf der Suche nach einer romantischen Liaison. Das war alles sehr unerquicklich, und ich bin noch ein bißchen durcheinander.«

»Verstehe«, entgegnete Julian. Er mußte unbedingt herausfinden, wem es da noch in den Sinn gekommen war, Rachel Ingram nachzustellen.

»Und was die Sache noch schlimmer machte«, fuhr Rachel mit unsicherer Stimme fort, »am Schluß seines ziemlich primitiven Antrags hat er sich auch noch auf mich gestürzt.«

Julian unterdrückte ein Lächeln und blickte statt dessen empört drein, wie es sich gehörte. »So ein Lump. Kein Wunder, daß Sie so bleich aussehen. Ich hoffe, Sie haben ihn in seine Schranken gewiesen?«

Rachel seufzte und nahm einen großen Schluck Brandy. »Ich habe ihm mit der Polizei gedroht.«

»Bravo«, sagte Julian. »Das höre ich mit Genugtuung. Soll ich ihn mir einmal vornehmen?«

Rachel errötete. »Ich glaube, das ist nicht nötig, aber danke für das Angebot. Ich bin sicher, daß der Fall erledigt ist. Wenn Sie mich jetzt entschuldigen würden ... Bitte machen Sie es sich bequem, während ich meine Sachen hole. Dann können wir sofort aufbrechen.«

Julian erhob sich. »Natürlich.«

Er sah Rachel hinterher und nahm einen Schluck aus seinem Glas. Ihr Gesicht war leicht gerötet, sie wirkte erhitzt und erregt. Julian fragte sich, wer ihr unwillkommener Verehrer gewesen sein mochte. Es leuchtete ihm durchaus ein, daß ein solcher Mann es riskierte, Mrs. Ingram gegenüber zudringlich zu werden – die

Beute wäre zweifellos den Versuch wert. Gleichwohl vermutete er, daß sie auf einen bedachtsameren Annäherungsversuch positiver reagieren würde.

Als Rachel mit ihrer Stola über dem Arm zurückkam, eilte er auf sie zu, um ihr beim Umlegen zu helfen. Während er dicht hinter ihr stand, konnte er ihr Parfum riechen und einen kurzen Blick auf ihre Brüste werfen, die sich unter dem Kleid wölbten. Ein Schauder überlief ihn. Dann legte er sanft seine Arme um sie. Er merkte, wie sie erstarrte, ließ sich aber nicht beirren.

»Bitte halten Sie mich nicht für dreist, meine Liebe, aber Sie machen den Eindruck, als könnten Sie ein bißchen Trost gebrauchen.« Er sprach mit gedämpfter Stimme. »Vermutlich stehen Sie unter Schock.« Er spürte, wie ihre Verkrampfung nachließ, und drehte sie herum, so daß ihr Kopf auf seiner Schulter ruhte. »Beruhigen Sie sich erst einmal, meine Liebe. Das muß wirklich scheußlich für Sie gewesen sein.«

Als sie ihm gestattete, sie an sich zu ziehen, spürte er den leichten Druck ihrer hart werdenden Brustwarzen. Bevor Rachel dazu kam, nachzudenken oder zu protestieren, hob er behutsam ihr Kinn an und küßte sie zärtlich auf die Lippen.

Sie erbebte und wich ein Stück zurück. »Ich möchte bezweifeln, daß das eine sonderlich gute Idee ist«, sagte sie mit belegter Stimme.

Julian lächelte. »Unsinn. Sie können mir ruhig vertrauen.« Er ergriff ihre Hand. »Lassen Sie uns den Brandy austrinken. Dann fahren wir nach Medsham Hall, geben Petra ihr Gemälde und nehmen ein wundervolles Abendessen zu uns. Dabei werden Sie Ihr unangenehmes Erlebnis schon vergessen.«

Rachel lächelte und schmiegte sich bereitwillig in seine Arme. »Und haben Sie vor, mich noch einmal zu trösten?«

Julian zog sie fest an sich und hauchte ihr einen Kuß auf den Mund. »Darauf können Sie sich verlassen, meine liebe Mrs. Ingram.«

Trotz Julians dezentem Kuß hatte Rachel, als sie in Medsham Hall ankamen, nicht die Absicht, sich verführen zu lassen. Medsham Hall erwies sich als prächtiger Fantasiebau, dessen großartige Proportionen und dessen beeindruckende Silhouette im Widerspruch zum ziemlich heruntergekommenen Interieur standen.

Julians Schwester Petra und ihre Freundin, ein attraktives kleines Geschöpf namens Izzy, begrüßten sie an der Tür. Rachel bemerkte sofort, daß Izzy und Petra mehr als nur Freundinnen waren. Petra umarmte Rachel herzlich und reichte ihr von dem Tablett, das der Butler trug, einen Champagnercocktail.

»Kommen Sie doch ins Wohnzimmer und erzählen Sie mir alles über sich«, sagte sie, während sie einen großen Schluck aus ihrem Glas nahm. »Julian hat mir berichtet, Sie seien Malerin.«

Julian nahm Rachel das eingepackte Bild ab und reichte es seiner Schwester. »Das ist sie in der Tat. Alles Gute zum Geburtstag, Petra.«

Rachel lächelte. »Sie werden sich gleich selbst ein Urteil bilden können. Das ist nämlich eins von meinen Bildern.«

Petra setzte sich auf eine schäbige Chaiselongue und riß das Papier ab. Nachdem sie das Gemälde betrachtet hatte, sah sie Rachel und Julian an, die immer noch mitten im Zimmer standen.

»Das ist einfach wunderbar.« Sie machte eine Pause, während sie das Packpapier entfernte. »Ich erkenne den ...« Petra hielt erneut inne, da ihr allmählich ein Licht aufging. »Ich habe ein Buch, in dem ein ganz ähnliches Bild ist. Meine Güte, Sie sind doch nicht etwa *die* R. Ingram, die Illustratorin?«

Rachel nickte.

Petra stand auf und hielt das Bild mit ausgestreckten Armen vor sich. »Das hättest du mir aber wirklich sagen müssen, Julian. Rachel ist nämlich berühmt.«

Julian legte den Arm zwanglos um Rachels Schultern. »Ich glaube, es gefällt ihr.«

Petra lachte. »Gefallen ist gar kein Ausdruck. Ich bin absolut hingerissen.«

»Laß mich auch mal sehen«, sagte Izzy. Das kleine blonde Mädchen schlängelte sich unter Petras ausgestreckten Armen hindurch, um das Gemälde zu betrachten, und dabei küßte Petra zu Rachels Verblüffung das Mädchen direkt auf den Mund. Izzy kicherte und erwiderte den Kuß. Das kam so unerwartet, daß Rachels Magen sich zusammenkrampfte.

»Das ist das schönste Geschenk, das ich je erhalten habe«, fuhr Petra, zu Rachel gewandt, fort. »Ich glaube, da ist noch mehr Champagner angesagt.«

Bereitwillig ließ Rachel sich das Glas vom Butler nachfüllen, und als sie sich auf das Sofa setzte, nahm Julian neben ihr Platz. Izzy und Petra betrachteten immer noch das Gemälde. Während sie es gemeinsam bewunderten, legte Petra den Arm um Izzys Taille. Rachel stellte fest, daß die Zärtlichkeiten, die die beiden Frauen austauschten, sie seltsam aufwühlten.

Julian drückte einen Kuß auf Rachels Schulter. »Ich wußte, daß es ihr zusagen würde.«

Rachel drehte sich zur Seite und sah ihn fest an. »Ich dachte, Petra sei als Anstandsdame hier.«

Julian lachte. »Wer, Petra? Gute Güte, wie kommen Sie denn darauf? Sie hat die Moral einer streunenden Katze. Nun, wie ist es, wollen wir auf die Terrasse gehen, oder möchten Sie lieber hierbleiben und zusehen, wie die beiden sich betrinken und einander begrapschen?«

Rachel schüttelte ungläubig den Kopf. Dann lächelte sie. »Als Sie mich heute abend abgeholt haben, habe ich gedacht, Sie seien so etwas wie ein Ritter in glänzender Rüstung, der gekommen ist, mich zu retten.«

Julian tat so, als sei er gekränkt. »Ich? Ganz bestimmt nicht. Oh, nein, ganz entschieden nicht. Ich bin ein Charmeur und ein Wüstling – ein Genußmensch reinsten Wassers. Ich bin einzig und allein auf Verführung und Unzucht aus. Ich hatte sehr gehofft, in Ihnen einen verwandten Geist zu finden.«

Rachel kicherte. »Wie in aller Welt kommen Sie denn darauf?«

Julian zuckte die Achseln. »Nennen wir es Intuition. Lassen Sie uns nach draußen auf die Terrasse gehen.«

Arm in Arm begaben sie sich durch die Terrassentür in den verwilderten Garten. Weiter unten, jenseits der hügeligen Felder und der Dünen, lag das Meer. Der Blick, den man von hier aus hatte, war äußerst eindrucksvoll.

»Wunderschön ist es hier«, sagte Rachel entzückt, als sie sich gegen die Balustrade lehnte, die die Terrasse vom Garten abgrenzte.

Julian stöhnte. »Oh, verdammt, ich wünschte, das hätten Sie nicht bemerkt. Für meinen Geschmack ist das Ganze ein bißchen zu bukolisch. Straßen und Dächer sind mir lieber.«

»Aber ich denke, Sie sind gerade erst hierhergezogen?«

Julian, der hinter ihr stand, trat ein Stück näher und legte seine Hände links und rechts von Rachel auf die Balustrade, so daß er sie praktisch in der Zange hatte.

»Die Erbfolge kann eine furchtbar unbarmherzige Sache sein, meine Liebe. Medsham Hall wird für meine

Familie treuhänderisch verwaltet, und ich war unglücklicherweise der nächste Erbe.« Er streifte ihren Nacken mit seinen Lippen. »Meine Güte, Sie riechen aber gut. Ob ich Sie wohl überreden könnte, mit mir zu spielen?«

Rachel drehte sich um, so daß ihre Gesichter kaum mehr als ein paar Zentimeter voneinander entfernt waren.

»Mit Ihnen zu spielen? Also wirklich, Julian, ich weiß gar nicht, was Sie meinen. Ich bin eine ehrbare Witwe«, sagte sie in festem, wenn auch nicht ganz ernstem Ton. Daß Julian Morton ihr den Hof machte, war äußerst schmeichelhaft, denn er sah sehr gut aus. Seine humorvollen Verführungsversuche waren das perfekte Gegengift zu Ted Greys ungezügelten Grapschereien.

»Oh«, sagte er, als sei er entmutigt. Dann küßte er sie zärtlich. »Nun machen Sie schon. Sagen Sie bitte, daß Sie mit mir spielen wollen.«

»Was schwebt Ihnen denn so vor?«

Julian grinste triumphierend. »Was immer Sie wollen. Worauf haben Sie denn Lust? Ich könnte den willigen Sklaven einer grausamen, gefühllosen Herrin spielen, oder Sie könnten eine Nymphe darstellen und ich könnte, von Ihrer Schönheit bezaubert, im Garten Jagd auf Sie machen.«

Rachel konnte nicht mehr an sich halten und brach in schallendes Gelächter aus. »Ist das Ihr Ernst?«

»Mein blutiger Ernst. Aber kommen Sie«, sagte er und faßte ihre Handgelenke, »solche Entscheidungen trifft man nicht mit leerem Magen. Lassen Sie uns hineingehen und essen und Ihre Verführung bei einer Flasche guten Rotweins besprechen. Petra hat sicher einige wundervolle Ideen.«

Zum Dinner gab es eine Unmenge guten Weins, und Rachel stellte fest, daß sie immer gelöster wurde, je weiter der Abend voranschritt. Petra und Julian waren ausgelassene Gastgeber, und der Wein floß in Strömen, doch trotz des fröhlichen Gelächters spürte Rachel, wie die Tischrunde von einer eigenartigen Spannung befallen wurde. Julians scherzhafte Bemerkungen zum Thema Verführung schienen nach und nach aus dem Bereich der Fantasie in die Zone klar umrissener Möglichkeiten überzuwechseln.

»Fesselspiele«, sagte Petra, die ein weiteres Glas Wein leerte, während die anderen ihren Nachtisch aßen. »So was finde ich ganz toll – all die wunderbaren Ledersachen mit Nieten und das Knallen der Peitsche. Einfach herrlich.«

Rachel, die bisher ziemlich schweigsam gewesen war und lieber ihren Gastgebern zugehört hatte, sagte: »Mein Mann mochte solche Fesselspiele.«

Julian sah sie mit funkelnden Augen an. »Tatsächlich? Wie faszinierend! Aber wichtiger ist natürlich die Frage, ob Ihnen diese Spielchen auch gefallen haben.«

Rachel schüttelte den Kopf. »Eigentlich nicht. André war in mancher Hinsicht ein wundervoller Mann, aber er war auch sehr herrisch. Ich konnte mich nie …« Sie verstummte, als sie bemerkte, daß die anderen sich ihr zugewandt hatten und ihr gespannt zuhörten. Sie wurde rot und wünschte, ein bißchen weniger getrunken zu haben. »Ich fand das Ganze unmöglich.«

Julian grinste und klatschte in die Hände. »Damit ist die Sache klar. Ich werde Sie die Wonnen der Unterwerfung lehren.«

Rachel merkte, wie ihr das Blut aus dem Gesicht wich. »Also, ich glaube nicht …«, setzte sie an.

Julian hob die Hand, um sie zum Schweigen zu bringen. »Keine Widerrede. Ich bestehe darauf. Aber zunächst muß ich Ihnen einige zweckdienliche Fragen stellen. Finden Sie mich attraktiv?«

Rachel nickte. Ihr Unbehagen wurde durch die seltsam übermütige Stimmung ausgeglichen, die im Speisezimmer herrschte.

»Gut. Und angenommen, man würde uns einander in aller Form vorstellen – zum Beispiel bei Fenleys in London, bei Champagnercocktail und langweiligen Appetithäppchen –, würden Sie dann, wenn wir uns danach regelmäßig treffen, nach einiger Zeit mit mir schlafen?«

Rachel starrte ihn erstaunt an. Sie hätte es nie für möglich gehalten, mit jemand ein solches Frage-und-Antwort-Spiel zu spielen.

Der Wein machte sie mutig, deshalb nickte sie. »Vermutlich. Nach einiger Zeit, ja.«

Julian sprang vom Tisch auf und klatschte erfreut in die Hände. »Prima. Dann beschleunigen wir diesen Prozeß ein bißchen. Und jetzt kommen Sie. Ich kann es kaum erwarten.«

Rachel starrte Petra an. »Ist das sein Ernst?«

Petra lächelte und hob ihr Glas an die Lippen. »Sein blutiger Ernst.«

Julian, der bereits an der Tür stand, winkte Rachel heran. »Ich habe gesagt, kommen Sie.«

Rachel erhob sich. »Das ist absoluter Wahnsinn.«

Als sie neben ihn trat, zog Julian sie an sich und küßte sie heftig. »Nein, nein, mein Schatz«, flüsterte er, »absoluter Wahnsinn ist das nicht, sondern himmlischer Wahnsinn.«

Er packte sie bei den Handgelenken und führte sie nach oben. Was ihr im Speisezimmer noch wie ein ziemlich albernes, wenn auch gefährliches Spiel vorgekommen war, wurde jetzt rasch zu etwas anderem. Als sie die Tür zu seinem Schlafzimmer erreichten, blieb Rachel abrupt stehen.

»Julian«, sagte sie mit heiserer Stimme, »ich weiß wirklich nicht recht, ob ich das tun möchte.«

Er runzelte die Stirn und fuhr mit dem Finger über die Wölbung ihrer Brüste, an die sich der dünne Stoff ihres Abendkleids schmiegte.

»Bitte enttäuschen Sie mich oder sich selbst nicht«, murmelte er. »Ich kann Ihnen so viele wundervolle Dinge zeigen, Sie müssen mich nur gewähren lassen.« Er trat noch näher und machte den Knopf am Ausschnitt ihres Kleides auf. Mit beunruhigender Ungeniertheit streifte er ihr das Kleid von den Schultern, während er ihren Hals und ihr Schlüsselbein mit Küssen bedeckte. Trotz ihrer Ängste spürte Rachel, daß ihr Körper reagierte.

Sein herrisches Verhalten erinnerte sie stark an André. Sie erschauerte – Julian Morton war nicht mit André zu vergleichen, und von ihren Liebesspielen mit Daniel wußte sie, daß Männer nicht unbedingt die Oberhand haben mußten. Sie starrte Julian an und überlegte, ob die vielen Jahre ihrer Ehe sie so programmiert hatten, daß sie in einer Situation, in der ein Mann die Führung übernahm, reagierte, ohne nachzudenken. Ein beunruhigender Gedanke.

Julian schob das Kleid weiter nach unten, wobei er ihr auch die Träger ihres Hemdchens von den Schultern streifte. Zärtlich umfaßte er ihre festen Brüste und hob sie nacheinander an seine Lippen, um auf jede der harten Spitzen ein fast harmloses Küßchen zu drücken. Trotz ihrer Ängste merkte Rachel, wie in ihrem Körper eine Hitzewelle aufstieg.

»Mein Gott«, gurrte er, »du bist einfach hinreißend.« Dabei zerrte er ihr das Kleid über Taille und Hüften, während ihr Hemd zurückblieb und ihre schmale Taille wie eine seidene Schärpe umgab. Rachels erster Impuls war, sich zu bedecken; trotz des Umstands, daß ihr Körper nach Befriedigung verlangte, war sie keineswegs völlig enthemmt.

»Julian, bitte«, stammelte sie. Julian blickte zu ihr hoch, während er das Kleid über ihre Schenkel zog.

»Ach, nun komm schon, meine Liebe«, flüsterte er. »Wir beide wissen, daß du das willst. Ich kann es in deinen Augen sehen.«

Rachel erstarrte, als er sich hinkniete und sein Gesicht gegen ihr weißes Seidenhöschen preßte. Sie sah nach oben, um dem durchdringenden Blick seiner dunklen Augen zu entgehen, und keuchte, als er sich mit dem Gesicht in ihren Venushügel wühlte. Sein Atem erwärmte ihre Haut, so daß sie erneut ächzte. Dann preßte er die Lippen gegen ihr Höschen und leckte mit der Zunge über den dünnen Stoff.

Atemlos versuchte sie, wenigstens einen Bruchteil ihrer Selbstbeherrschung zu bewahren, wußte aber, daß es unmöglich war.

Julian Morton konnte sein Glück kaum fassen: Rachel entsprach in jeder Hinsicht seinen Vorstellungen und übertraf sie sogar. Langsam zog er ihr das Höschen herunter und entblößte ihre üppigen, vollen Schamlippen. In jeder Phase dieser theatralischen Verführung fragte er sich, ob sie ihm Einhalt gebieten und einen Rückzieher machen würde, aber offensichtlich hatte er sie unterschätzt. Er überlegte, ob sie vielleicht von Natur aus zur Unterwürfigkeit neigte.

Während er immer zuversichtlicher wurde, schob sich seine Zunge zwischen die fleischigen äußeren Schamlippen, um ihr Juwel ausfindig zu machen. Ihre Klitoris glich einer winzigen, prallen Olive. Entzückt bemerkte er, wie sie erbebte, als er die geschwollene Erhebung beleckte, während weiter unten seine Finger in die enge feuchte Spalte eindrangen. Sie schmeckte und roch himmlisch. Langsam löste er sich von ihr und stand auf. Ihre Augen waren zu tiefen dunklen Kristallteichen geworden. Er zitterte vor Erwartung, als er sie so halb bekleidet vor sich sah. Ihre Brüste waren nackt, obwohl das Hemd sich noch um ihre Taille schlang. Ihre Strümpfe, die von Strumpfbändern gehalten wurden, hatte sie noch an, ebenso ihre hochhackigen Knöpfstiefel – Gott, die Frau war so verlockend wie eine reichgedeckte Tafel. Das Wasser lief ihm im Mund zusammen, als er sie, ohne ein Wort zu sagen, zum unteren Ende des Himmelbetts führte, das die Mitte des Zimmers einnahm.

Sie stand da und sah mit schimmernden Augen zu, wie er zwei Krawatten aus dem Schrank nahm. Dann band er ihre Handgelenke an den beiden Pfosten am Fuß des Bettes fest. Zu gern hätte er sie nach früheren Liebhabern gefragt – was für andere Männer hatten bereits das Privileg genossen, eine Bresche in diese exquisiten Kurven zu schlagen?

Erst als sie festgebunden war, merkte er, wie sie von einer leisen Furcht befallen wurde. Mit zwei weiteren Krawatten machte er ihre Fußgelenke fest; in weniger als fünf Minuten hatte er es geschafft, daß sie völlig hilflos und ihm ausgeliefert war. Als er zurücktrat, bemerkte er, wie ihre Haut sich mit einer feinen Röte überzog, und sah, wie ihr erregtes, stoßweises Atmen ihre Schultern zucken ließ. Da wußte er mit Sicherheit, daß sie diesen köstlichen Trip schon einmal gemacht hatte.

Er ließ seine Hände über ihre Brüste gleiten. Ihre Brustwarzen waren so hart wie kleine Edelsteine.

»Nun, Rachel«, gurrte er, »offensichtlich bist du bereit, mit mir zu spielen.«

Sie blickte über die Schulter und sah ihn an. Ihr Gesicht war bleich und hatte wieder den gehetzten Ausdruck, den er zu Beginn des Abends dort wahrgenommen hatte.

»Ich habe Angst«, sagte sie mit dünner Stimme.

Julian lächelte. »Dafür gibt es keinen Grund, meine Liebe. Ich garantiere dir, daß es dir ebensoviel Genuß bereiten wird wie mir. Hat dein Mann dich gern gefesselt?«

Rachel erzitterte und nickte.

Julian lächelte und küßte sie sanft auf die Schulter. »Und wie ich deinem Ausdruck entnehme, hat es dir wenig Vergnügen bereitet – richtig?« Die Vorstellung, wie ein gesichtsloser Rohling von Ehemann sie fesselte und gegen ihren Willen nahm, bereicherte Julians Fantasie um eine weitere Dimension. »Nun, meine Liebe, du brauchst dir keine Sorgen zu machen. Heute abend bist du in den Händen eines *maestro.* Da war doch noch etwas – ach ja.«

Er nahm ein Taschentuch vom Toilettentisch und verband Rachel die Augen. Als er den Knoten festzog, merkte er, wie sie vor Angst und Erwartung zitterte. Auf ihrer Oberlippe hatte sich eine Schweißperle gebildet. Ohne Zögern knöpfte er sich die Hose auf und legte ihr den Arm um die Taille, um sie an sich zu ziehen.

Ihr Körper war heiß und herrlich willig. Als er seine Finger in ihr Geschlecht steckte, entfuhr ihm ein Laut des Entzückens. Rachel war so naß, daß der Saft ihre Schenkel hinunterlief. Als er ihre Klitoris streichelte, konnte er fast die Wellen der Lust sehen, die von seinen Fingerspitzen ausgingen.

Unfähig, ihm zu widerstehen, gab Rachel sich stöhnend seinen Liebkosungen hin. Ihre Brüste waren gerötet, ihre Brustwarzen hart. Er rollte und drehte sie zwischen den Fingerspitzen hin und her, bis sie vor Lust schluchzte.

»Du siehst wunderschön aus«, flüsterte er ihr ins Ohr. »Hinreißend. Aber vielleicht hast du jetzt genug, vielleicht möchtest du, daß ich aufhöre?«

Rachel erbebte und preßte sich heftig gegen seine Hände und seinen Körper. »Nein, bitte nicht«, flüsterte sie, »bitte hör nicht auf – fick mich, fick mich jetzt – bitte ...«

Julian lachte. »Oh, wie schön Sie bitten können, und was für schmutzige Ausdrücke Sie kennen, Mrs. Ingram.«

Mit zitternden Händen führte er seinen Schwanz in die herrliche nasse Höhle zwischen ihren Schenkeln ein und brachte ihn mit einem einzigen Stoß ans Ziel.

Sie wimmerte und schob sich ihm entgegen. Er spürte, daß sich tief in ihrem Innern ihr Geschlecht um ihn schloß wie eine Faust. Seine Finger glitten wieder nach vorn, um die Lustknospe zwischen ihren äußeren Schamlippen zu streicheln. Als er das empfindliche Häutchen berührte, stieß sie einen kehligen Laut aus und drängte sich seinem Schwanz noch weiter entgegen. Im Gleichklang mit ihm begannen ihre Hüften sich wie flüssige Seide hin und her zu bewegen.

Er meinte zu spüren, daß dies der Moment war, da sie jegliche Selbstbeherrschung verlor und sich ihm völlig hingab. Unaufhörlich folgte Stoß auf Gegenstoß, und Julian merkte, daß ihre Erregung der seinen Schritt für Schritt entsprach. Mit Mühe brachte er es fertig, die Wellen der Lust, die gegen ihn anbrandeten, einzudämmen, doch plötzlich merkte er, wie sie mitten in der Bewegung erstarrte. Er konnte fast sehen, wie der Orgasmus gleich einer Flutwelle in ihr anschwoll. Unfähig, sich länger zu beherrschen, stürzte Julian sich in den Abgrund und ließ sich von seiner Lust in ein dunkles, mondbeschienenes Meer tragen.

Als Molly in der Küche von Albion House gerade die restliche Wäsche zusammenlegte, hörte sie, wie jemand an die Küchentür klopfte. Bevor sie dazu kam, zur Tür zu gehen, ging diese auf, und sie erblickte Ted Grey. Er grinste und hielt ihr eine Flasche hin.

»Du machst Überstunden, Mädel«, sagte er. »Hab' mir gedacht, du möchtest dir vielleicht ein bißchen die Kehle anfeuchten.« Er grinste wölfisch.

Molly grinste ebenfalls. »Hast du mich vielleicht erschreckt. Ich dachte, du bist längst weg«, sagte sie.

Ted nahm sich einen Stuhl und öffnete die Flasche, während sie zwei Gläser aus dem Schrank holte. Er würde behutsam vorgehen müssen. Molly war noch jung, und er wollte sie nicht kopfscheu machen.

Nachdem Rachel Ingram ihn hinausgeworfen hatte, war er wieder zum Cutter Inn gegangen, um einige Gläser Bier zu trinken. Während er an der Bar gestanden hatte, waren seine Gedanken immer wieder zum Albion House zurückgekehrt. Er hatte gehofft, Rachel Ingram sei inzwischen vielleicht heimgekehrt, doch er war nur auf Molly gestoßen, als er rasch einen Gang ums Haus gemacht hatte. Er hatte sie eine Weile beobachtet und erst geklopft, als sie mit ihrer Arbeit fertig war. Sein Puls hatte sich um einiges beschleunigt, als er durchs Küchenfenster gesehen hatte, wie ihre vollen Brüste den Stoff ihrer Dienstmädchentracht spannten, während sie ungezwungen hin und her ging, sich streckte und bückte.

Molly warf einen Blick auf den Stapel Wäsche, den sie gebügelt und ordentlich auf dem Küchentisch aufgeschichtet hatte.

»Das müßte ich eigentlich noch wegpacken«, sagte sie.

Ted zog den neben ihm stehenden Stuhl unter dem Tisch hervor und klopfte einladend darauf. »Dafür ist nachher noch Zeit genug«, sagte er, während er ihr ein volles Glas reichte.

Molly nahm einen kräftigen Schluck Bier. Dann sah

sie ihn unter gesenkten Augenlidern hervor an. Um ihre vollen Lippen spielte ein schalkhaftes Lächeln.

»Nach was?« fragte sie und setzte sich, ohne den Stuhl zu beachten, vor ihn auf den Tisch.

Ted grinste. Vielleicht würde das Ganze gar nicht so schwer sein, wie er gedacht hatte. Er streckte die Hand aus und begann, die Knöpfe ihres Kleides aufzumachen. Mit jedem Knopf, der aufging, zeigte sich ein bißchen mehr pralles rosiges Fleisch.

»Tja, nach was wohl?« sagte er mit belegter Stimme.

Molly kicherte und huschte davon. In provozierender Pose lehnte sie sich gegen den Küchenherd und begann, die Knöpfe selbst aufzumachen, wobei sie Ted unverwandt anblickte.

»Oh, ich weiß genau, worauf du aus bist, Ted Grey«, sagte sie mit sinnlicher Stimme. »Das wußte ich schon, als du das erstemal hier aufgekreuzt bist. Mrs. Weirs, die Haushälterin, hat mich vor dir gewarnt. Ich weiß auch, daß du Rachel Ingram gefickt hättest, wenn es nach dir gegangen wäre, aber da das nicht der Fall war, bist du wieder zu mir gekommen.«

Ted hatte ein flaues Gefühl in der Magengrube und fragte sich, ob seine Motive immer so offenkundig waren.

Molly öffnete ihr Kleid und entblößte ihre vollen Brüste. Sie waren rund wie Landbrote, mit dunklen, vorspringenden Brustwarzen. Er merkte, wie ihm der Unterkiefer herunterklappte. Sie strich sich mit dem Finger über eine der Spitzen, die sofort hart wurde.

»Was glotzt du denn so, Ted? Du wirst mir doch nicht erzählen wollen, daß du nicht weißt, was man mit einer willigen Frau macht? Wir sind nicht alle wie Rachel Ingram, weißt du. Warum kommst du nicht her zu mir? Du hast mir was von älteren Männern erzählt – wie lange ist es her, seit du eine jüngere Frau gefickt hast?« sagte sie verschmitzt. Sie hob den Rock und entblößte ihre mächtigen prallen Schenkel. »Oder bist du einer von den Männern, die sich mit Angucken zufriedengeben?«

Ted leckte sich die Lippen, stand auf und schob den Stuhl weg, den Blick fest auf Mollys üppigen Körper geheftet.

Rachel öffnete die Augen und stellte erstaunt fest, daß sie zusammengerollt neben Julian Morton in dessen Doppelbett lag. Sie konnte sich beim besten Willen nicht daran erinnern, losgebunden worden zu sein, oder daran, daß sie mit ihrem Gastgeber, diesem talentierten Verführer, unter die Decke geschlüpft war. Es wäre leicht gewesen, ihr Verhalten auf den Wein zurückzuführen, den sie zum Abendessen getrunken und der zweifellos ihre Hemmungen abgebaut hatte, doch in Wirklichkeit war es so, daß sie Julians virtuosen Akt genossen hatte. Ihr ganzer Körper glühte noch vor lauter Befriedigung. Sie legte sich in die weißen Kissen zurück und starrte zu der reichverzierten Decke hoch.

Was in aller Welt war mit ihr geschehen? Von einem leisen Schuldgefühl und einer gewissen Befangenheit abgesehen, war ihr klar, daß sie alles, was passiert war, genossen hatte und daß die hemmungslose Hingabe, die Julian in ihr entfesselt hatte, sie erregte.

Ihre Bewegungen weckten Julian. Er drehte sich um und schob den Arm unter ihre Schultern. Dann zog er sie näher, um sein Gesicht gegen ihre Brüste zu schmiegen. Ohne aufzublicken, sagte er: »Nun, meine Liebe, hat dir unser Spielchen gefallen?«

Rachel wurde rot, während seine Lippen sich um eine ihrer Brustwarzen schlossen. »Ja und nein«, erwiderte sie leise.

Julian zog den Kopf zurück und grinste. »Eine typisch weibliche Antwort.« Er stützte sich auf den Ellbogen, damit er sie ansehen konnte, was Rachel die Möglichkeit gab, ihn genauer zu betrachten. Seine Brust war breit und in der Mulde zwischen den Brustwarzen leicht behaart. Ein Streifen dunklen Haarflaums zog sich über den Bauch und verschwand unterhalb der Bettdecke. Das gedämpfte Licht schmeichelte seinen scharfgeschnittenen Gesichtszügen, so daß er aussah wie ein Pirat oder ein Straßenräuber aus alter Zeit.

Er hob den Finger, um die Konturen ihrer Lippen nachzuzeichnen. »Gib zu, daß ich dir genau das gegeben habe, was du wolltest.«

Rachel erschauerte. Dann lächelte sie. »Ja, stimmt, aber was mich beunruhigt, ist, daß mir nicht klar war, *daß* ich es wollte.« Sie zog sich die Bettdecke über die Brust. »Das geht alles viel zu schnell.«

Julian verzog das Gesicht. »Ach, bitte, sag doch nicht so etwas. Es war wunderbar, hinreißend. Er fügte schelmisch hinzu; »Ich würde es gern noch einmal machen.« Während er sprach, ergriff er ihre Hand und führte sie unter die Bettdecke. Ihre Finger streiften seinen Schwanz, der steif wie eine Zeltstange war. Er gab ihn ihr in die Hand.

»Da kannst du sehen, was du angerichtet hast«, sagte er mit einem lässigen Grinsen. »Mein fester Freund hier ist genauso begeistert von dir wie ich. Seiner Ansicht nach geht das alles gar nicht zu schnell. Im Gegenteil«, fuhr Julian fort, während er sie animierte, mit der Hand an seinem Schaft auf und ab zu gleiten, »seiner Ansicht nach bist du nicht schnell genug.«

Rachel schüttelte ungläubig den Kopf. »Hör auf, Julian! Ich kenne dich kaum, und ich kann es einfach nicht fassen, daß ich mit dir im Bett gelandet bin ...« Ihre Stimme erstarb.

Julian zog einen Flunsch. »O Rachel, nun sag bitte

nicht, daß alles ein schrecklicher Irrtum war und daß du wünschtest, du hättest mich nie kennengelernt. Das würde mir furchtbar weh tun – besonders während du meinen Schwanz in der Hand hast.«

Rachel lachte, sie konnte nicht anders. »Nein, das will ich gar nicht sagen. Ich weiß bloß nicht, ob ich zu so etwas bereit bin. Solch ein Typ Frau bin ich nicht. Es gehört nicht zu meinen Gewohnheiten, mit Männern, die ich praktisch nicht kenne, ins Bett zu hopsen.«

Julian stöhnte unwillig und wandte sich wieder ihren Brustwarzen zu, während seine Hand über ihre Schenkel glitt. Sie wußte, daß sie immer noch naß war, und widerstand der Versuchung, die Beine zu spreizen und ihn weitermachen zu lassen. Er sah sie an und runzelte die Stirn.

»Gewissensbisse? Ein plötzlicher Anfall von Reue?« Er legte seine Hand auf die ihre und animierte sie erneut, seinen pulsierenden Schwengel zu reiben, indem er es ihr vormachte. »Du bist wirklich ein herzloses Geschöpf. Ich habe eine Idee. Wie wäre es, wenn wir diese ganze Sache als Akt der Nächstenliebe betrachten? Laß uns annehmen, daß du die Beschwerden eines alten Mannes linderst.«

Seine Finger schoben sich langsam zwischen ihre Schenkel, und als sein Daumen ihre Klitoris berührte, loderte das Feuer, das er vor einer Weile entzündet hatte, von neuem auf. Verzweifelt versuchte sie, sich gegen ihre Empfindungen zu wehren, schaffte es aber nicht. Seine eifrigen, drängenden Finger brachten sie dazu, langsam die Beine zu öffnen.

Julian grinste. »Außerdem habe ich gedacht, daß ihr unkonventionellen Malerinnen alle zügellos seid und die Leidenschaft eurer Muse euch von einem Liebhaber zum nächsten überwechseln läßt, damit ihr die nackten, animalischen Wurzeln der menschlichen Natur erkunden könnt. Also die, die ich bisher kennengelernt habe, waren jedenfalls alle so.«

Rachel lächelte. Wenn er aufgehört hätte zu reden, wäre sie der Versuchung erlegen. Nun aber entzog sie sich ihm sanft. »Vielleicht hast du einfach nur Glück gehabt. Bis vor kurzem habe ich außer mit meinem Mann nie mit jemand geschlafen.« Julian starrte sie an. Es schien, als blicke er ihr direkt in die Seele. »Aber jetzt, da er tot ist«, sagte sie, ohne Julian anzublicken, »habe ich jemand anderen kennengelernt.«

»So ein Glückspilz. Jemand, den ich kenne?«

Rachel wurde rot. »Nein«, sagte sie mit Nachdruck. Julian war der letzte, von dem sie gewollt hätte, daß er hinter die Sache mit Daniel kam.

Julian seufzte und rollte sich auf den Rücken. »Ich weiß nicht, soll ich nun furchtbar beeindruckt oder furchtbar enttäuscht sein. Ich dachte, du seist eine von diesen wunderbar leichtlebigen Frauen, vor denen mich meine Freunde gewarnt haben.«

Teils amüsiert, teils gekränkt starrte Rachel ihn an. »Was fällt dir denn ein!«

Julian lachte. »Sei nicht so spießig. In Anbetracht der Umstände schien das durchaus zu passen. Erzähle mir was von deinem Mann, oder ist es grob und gefühllos, wenn ich nach ihm frage?«

Rachel schüttelte den Kopf, obwohl sie nicht genau wußte, ob die Gebärde ihre wahren Gefühle widerspiegelte. »Nein, das ist nicht grob und gefühllos, aber mir kommt es so vor, als sei das alles schon ewig lange her, obwohl er erst seit achtzehn Monaten tot ist. André war wesentlich älter als ich. Und ich nehme an, daß er wohl zu den leichtlebigen Leuten zählte.« Sie machte eine Pause, um ihre Ehe kurz durch die Brille ihrer jetzigen Erfahrung zu betrachten. »Ich bin sicher, daß er mich aus ziemlich finsteren sexuellen Gründen geheiratet hat. Ich war fast noch ein Kind und äußerst naiv. Mein Vater arbeitete als Angestellter in Andrés Verlag. Damals konnte ich schon recht gut zeichnen und malen, und André fand das heraus und forderte mich auf, ihm einige meiner Arbeiten zur Begutachtung zu bringen. Im nachhinein ist mir klar, daß er mich praktisch gekauft hat. Nach sechs Monaten haben wir geheiratet.« Sie hielt inne und blickte zu Julian hoch. »Heute weiß ich auch, daß André jahrelang die Beziehungen zu seinen Geliebten und zu Prostituierten aufrechterhalten hat ...« Sie verstummte, weil ihre Gefühle sie so überwältigten, daß ihr die Stimme zitterte.

Julian starrte sie an. »Und was war mit dir?«

Rachel lachte, um ihren Schmerz und den Schwall der Erinnerungen zu verbergen, die in ihr aufstiegen und sie zu überfluten drohten. »Ich mache mir keine Illusionen. Ich mag seine Frau gewesen sein und bin mir sogar sicher, daß er mich auf seine Weise geliebt hat, aber in Wirklichkeit war ich nur ein talentiertes Schoßtier, das in einem goldenen Käfig lebte und dem allerlei Tricks beigebracht wurden, um seinen Herrn zu erfreuen.«

Julian schob sich von ihr weg, zog einen Morgenmantel an und schwang sich aus dem Bett. »Möchtest du vielleicht Tee?« fragte er, während er mit nackten Füßen über den Fußboden patschte.

Rachel nickte. Sie vermochte es kaum zu glauben. Es schien ihn völlig kaltzulassen, daß sie ihm ihr Herz ausgeschüttet hatte. Er zog an der Klingelschnur neben dem Toilettentisch.

»Gut.«

Rachel bemühte sich, nicht ganz die Fassung zu verlieren. »Deswegen ist all dies ...« Sie hob die Hände und machte eine Geste, die das Zimmer und die Ereignisse, die darin stattgefunden hatten, einschloß. »... völlig untypisch für mich. Ich fürchte, daß ich zu weit gegangen bin und überstürzt gehandelt habe.«

Julian grinste sie über die Schulter hinweg an. »Mach dir keine Sorgen, das ist unser kleines Geheimnis. Ich werde es auch niemand verraten, nur Petra vielleicht und Izzy und einigen meiner engsten Freunde. Sag mal, möchtest du über Nacht bleiben, oder soll ich dich lieber nach Hause fahren, sobald wir Tee getrunken haben?«

Rachel zögerte so lange, daß Julian hinzufügen konnte: »Wie immer du dich entscheidest – für weitere Liebesspiele haben wir natürlich noch Zeit, bis du gehst oder bis ich dich ins Gästezimmer bringe, falls du bleiben möchtest.«

Rachel lachte. »Julian, besteht nicht die Möglichkeit, daß wir mit unserer Beziehung ganz von vorn anfangen? Ich glaube wirklich, das geht alles zu rasch.«

Er lachte. »Glaubst du? Schade. Aber wenn du es wünschst, können wir es natürlich so machen. Was hältst du davon, wenn ich dich morgen früh aufsuche, um mit dir über die Anlegestelle zu sprechen? Oder hättest du es lieber, wenn ich dir schreibe und mich förmlich vorstelle?«

Rachel lächelte.

Julian hob sein Hemd vom Boden auf. »Vielleicht solltest du das anziehen, bevor der Butler kommt. Ich habe keine Ahnung, wo dein Hemd geblieben ist.«

Rachel blickte nach unten – es hing ihr immer noch um die Taille, wie eine warme feuchte Binde.

Julian kroch ins Bett zurück und zog ihr sein Hemd zärtlich über die Schultern.

»Du bist wirklich wunderschön, weißt du«, flüsterte er, während er durch den weichen Baumwollstoff ihre Brüste streichelte. Das Hemd roch nach Männerschweiß und Kölnischwasser, ein feiner, unwiderstehlicher

Duft. Rachel erbebte und wehrte sich nicht, als er sie an sich zog. Er küßte sie ganz zart, während seine Hand unter die Bettdecke glitt und sich auf ihr Geschlecht legte.

»Sag, daß du über Nacht bleibst, Rachel. Du mußt auch nicht ins Gästezimmer«, murmelte er. »Laß dir gesagt sein, daß ich froh bin, daß alles so schnell gegangen ist. Ich verspreche dir aber auch, daß wir morgen reinen Tisch machen und ganz von vorn anfangen.«

Das Angebot war zu verführerisch, als daß man ihm hätte widerstehen können. Sanft zog Julian sie weiter nach unten, indes seine Finger in den weichen Falten ihrer Möse wahre Wunderdinge verrichteten.

»Was ist mit dem Butler?« flüsterte sie, als sein Schwanz gegen ihren Schenkel stieß.

»Der ist nicht mein Typ«, erwiderte Julian, als er sich auf sie legte.

6. KAPITEL

Rachel war erleichtert, als Julian ihr vorschlug, sie vor dem Frühstück nach Hause zu fahren; sie hätte kaum den Nerv gehabt, Petra und Izzy am Tisch gegenüberzusitzen. Der Butler war wenige Minuten, nachdem sie und Julian mit ihren Liebesspielen begonnen hatten, gekommen und durch die geschlossene Tür hindurch beauftragt worden, in einer Stunde Tee und Toast zu bringen. Als er wiederkam, befanden sich Julian und Rachel in einem halbwegs schicklichen Zustand, waren jedoch ein wenig außer Atem.

Die Sonne ging gerade auf, als Julian mit seinem Auto auf den Damm fuhr, der zum Albion House hinüberführte. Unterwegs hatte keiner von ihnen etwas gesagt. Als jetzt im Morgennebel Albion House vor ihnen auftauchte, drehte Julian sich zu Rachel um.

»Als du gesagt hast, du möchtest, daß wir ganz von vorn anfangen – war das dein Ernst?«

Rachel nickte. »Ja. Was letzte Nacht passiert ist, war wirklich viel zuviel auf einmal und ging viel zu schnell.«

Julian verzog das Gesicht. »Ach, Rachel, das ist doch bloß Zeitverschwendung. Heißt das vielleicht, du wirst mich zum Tee einladen, und wir müssen uns damit begnügen, einander verliebt anzustarren, während wir unsere Gurkensandwiches verzehren?«

Rachel unterdrückte ein Lächeln und machte ein strenges Gesicht. »Selbstverständlich, Julian. Wenn der Schicklichkeit Genüge getan und einige Zeit verstrichen ist, darfst du mich in die Kirche begleiten, mich zu Tanzveranstaltungen mitnehmen und lange, erfrischende Dünenwanderungen mit mir machen.«

»Ich würde dich viel lieber in den Sand schmeißen und dich bewußtlos vögeln«, murrte Julian. »Aber das dürfte jetzt wohl ausgeschlossen sein, denn erst muß ich dich ja besser kennenlernen.« Er rückte ein Stück näher. Trotz des humorvollen Tons merkte man, wie sehr er sie begehrte. Auch er sah im Licht des neuen Tages äußerst begehrenswert aus. Er trug das weiße Baumwollhemd, das er ihr in der Nacht übergestreift hatte. Am Kragen stand es offen, so daß einige dunkle Haarkräusel zu sehen waren. Seine graumelierten Haare waren ungekämmt und zerzaust. Alles an ihm, einschließlich seines herrischen Gehabes, stellte ein verlokkendes Angebot dar, das man schwer ausschlagen konnte. Seine Hand legte sich auf ihren Schenkel und glitt weiter nach oben, um durch das Abendkleid die Konturen ihres Geschlechts zu erkunden.

Sanft schob Rachel seine Hand weg. »An deiner Stelle würde ich mich lieber auf die Straße konzentrieren. Der Damm ist hier ziemlich schmal.«

Julian gab ein theatralisches Stöhnen von sich. »Wenn ich geduldig bin und mich auf diesen absurden Handel einlasse, wann kann ich dann endlich wieder mit dir schlafen? Und was für Garantien habe ich? Sollte ich vielleicht darauf bestehen, etwas Schriftliches in Händen zu haben? Was ist, wenn ich versuche, mich anständig zu benehmen? Vielleicht sollte ich dich auch darauf hinweisen, daß ich verdammt langweilig bin, wenn ich mich zivilisiert verhalte – und wenn du in der Zwischenzeit mit jemand anderem durchbrennst?«

Seine gespielte Besorgnis brachte Rachel zum Lachen. Gleichzeitig empfand sie jedoch ein unbändiges Verlangen, was sie überraschte. Wie konnte sie sich, wenn man es realistisch betrachtete, das Vergnügen versagen, das Julians Körper ihr nach den Ereignissen der letzten Nacht bieten konnte? Sie warf ihm einen Seitenblick zu, holte tief Luft und versuchte, ihre Gedanken zu ordnen.

»Ich sage ja nicht, daß wir nicht miteinander schlafen können, sondern daß ich dich besser kennenlernen möchte. Mein Verhalten letzte Nacht war völlig untypisch für mich. Ich bin keine ... Ich bin keine ...« Sie verstummte, da es ihr nicht gelang, ein passendes Wort zu finden, das beschrieb, was sie meinte.

Julian grinste. »Ich weiß, was du nicht bist, Rachel, da kannst du ganz sicher sein. Sieh mal, dein Gärtner ist offenbar schon auf dem Weg zur Arbeit – zweifellos will er früh anfangen. Soll ich ihn mitnehmen?«

Rachel errötete vor Entsetzen, als sie aufblickte und durch die Windschutzscheibe sah, wie Daniel mit gesenktem Kopf den Damm entlangging. Als das Auto auf gleicher Höhe mit ihm war, wandte er sich zur Seite und starrte in den Wagen. Rachel merkte, daß sie noch röter wurde und ihr Unbehagen zunahm. Das Gesicht des jungen Mannes war völlig ausdruckslos, als er zum Gruß an den Hut tippte.

Sie warf Julian, der amüsiert lächelte, einen Blick aus den Augenwinkeln zu.

»Heute wird es sehr heiß werden«, stammelte sie. »Vielleicht hat er deswegen gedacht, es sei besser, früh anzufangen.«

Julian nickte. »Tadellose Einstellung. Ich mag Leute, die ihre Arbeit ernst nehmen.«

Rachel meinte, einen sarkastischen Unterton aus seiner Stimme herauszuhören.

Als sie Albion House erreicht hatten, stellte Julian den Motor ab und wandte sich ihr zu. »Ich hoffe, der Abend, den du in Medsham Hall verbracht hast, hat dir gefallen. Es war mir ein großes Vergnügen, dich zu Gast zu haben. Vielleicht läßt sich das Ganze irgendwann einmal wiederholen.«

Rachel warf einen Blick zurück. Durch die Heckscheibe konnte sie sehen, wie Daniel sich dem Haus näherte. »Danke«, sagte sie rasch. »Es war wunderschön.«

Julian grinste und packte ihren Arm. »Wie höflich wir uns beide anhören – schrecklich. Ich dachte, das mindeste, was ich hätte erwarten können, sei ein Kuß. Oder tun wir bereits so, als sei letzte Nacht nichts passiert?«

Rachel beugte sich vor und küßte ihn flüchtig. Der Kuß war so kurz, daß er fast keusch wirkte. »Ich habe nicht die Absicht, so zu tun, als sei letzte Nacht nichts geschehen«, sagte sie mit gedämpfter Stimme. »Aber ich muß wirklich ins Haus, bevor mein Gärtner hier ist. Was soll er denn denken?«

Julian schnaubte verächtlich und zog sie fest an sich. »Was spielt es denn für eine Rolle, was er denkt?« murmelte er und küßte sie leidenschaftlich.

Rachel war hin- und hergerissen; einerseits wollte sie sich Julians Küssen hingeben, andererseits schnell ins Haus huschen. Julian packte sie noch fester und zog sie noch weiter an sich, so daß ihr kaum etwas anderes übrigblieb, als seine Küsse zu erwidern. Aus den Augenwinkeln sah sie Daniel um das Heck des Autos biegen, und ihr wurde ganz flau im Magen.

Sie befreite sich aus Julians Armen und sprang geradezu aus dem Wagen, um sich im Haus in Sicherheit zu bringen. Gerade als sie die Eingangstür erreichte, ging diese auf, und ihr Dienstmädchen trat heraus.

»Morgen, Mrs. Ingram«, sagte Molly mit verschmitztem Gesicht und musterte sie von oben bis unten. »Mir war doch so, als hätte ich ein Auto gehört.«

Rachel nickte bloß und eilte die Treppe hinauf, um sich in ihr Schlafzimmer zu begeben. Als sie den Treppenabsatz erreicht hatte, drehte sie sich um und blickte in die Eingangshalle hinunter. Das Mädchen starrte ihr mit wissendem Grinsen nach.

»Ich möchte jetzt nicht gestört werden.«

Molly nickte und eilte ins Dunkel des Hauses zurück, als fürchte sie, Rachel könne ihr eine Rüge erteilen.

Als sie im Schlafzimmer war, riß Rachel sich die Kleider vom Leib und zog einen Morgenmantel an. Mühsam versuchte sie, ihre Gedanken unter Kontrolle zu bringen. Sie fühlte sich schrecklich, weil Daniel gesehen hatte, daß sie mit Julian nach Hause gekommen war. Sie warf einen Blick in den Spiegel – sie sah sogar schuldbewußt aus. Ihr ganzer Körper roch nach Julian, ebenso ihr Haar und ihre Kleidung; selbst ihr Mund schmeckte noch nach seinen Küssen. Sie ging ins Badezimmer, wobei sie hoffte, daß Molly so verständig gewesen war, den Boiler anzulassen, und ließ sich Badewasser ein. Sie wollte sauber sein und noch ein paar Stunden schlafen, bevor sie Daniel gegenübertrat.

Das warme Wasser wusch alle Spuren von Julians Liebesbezeugungen von ihrem Körper ab, doch sie aus ihrem Gedächtnis zu tilgen war nicht ganz so einfach. Und was noch schlimmer war: Ihre Fantasie beschäftigte sich nur zu gern mit der Erinnerung an Julians Berührungen und an den unwiderstehlichen Rhythmus seines wieder und wieder in sie eindringenden Schwanzes. Diese Vorstellungen ließen ihr Verlangen derart heftig auflodern, daß Rachel fast versucht war, loszugehen, um Daniel ausfindig zu machen. Als sein Name ihr durch den Kopf ging, fand sie in die schmerzliche Wirklichkeit zurück.

Sie zog die Vorhänge vor, kletterte ins Bett und überließ sich dem Schlaf. Ihre Träume waren voll von turbulenten erotischen Bildern. Zuerst trat Julian auf und dann Daniel, dann eine wundervolle Kombination aus beiden Männern, und jeder versuchte mit aller Kraft, ihr neue, noch reizvollere Bereiche der Lust zu erschließen. Gerade als sie glaubte, ihre Fantasievorstellungen würden sie zum Höhepunkt bringen, drängte sich Ted Grey in ihre Traumwelt – Ted Grey, der sich auf sie stürzte und nach ihren Brüsten grapschte, während ihm der Geifer aus dem Mund lief. Sie erschauerte.

Halb wach, halb schlafend schob sie ihre Hände zwischen die Beine und versuchte fieberhaft, sich Erleichterung zu verschaffen, indem sie die kleine Knospe, die sie zum Orgasmus bringen würde, streichelte. Mit einer Hand bearbeitete sie ihre keck aufgerichteten Brustwarzen, mit der anderen ihre Klitoris. Es dauerte nur einige Sekunden, bis der Erlösung bringende Strudel sie fortriß, danach sank sie in einen tiefen, traumlosen Schlaf.

Julian Morton griff nach der Zeitung und streckte sich schläfrig, während der Butler das Frühstücksgeschirr abräumte. Bei Tageslicht sah das Speisezimmer schäbig und heruntergekommen aus. Julian rümpfte die Nase und versuchte, die Atmosphäre vornehmen Verfalls zu ignorieren. Es war noch nicht acht Uhr – für seine Verhältnisse früh am Tag –, und Petra und Izzy lagen zweifellos noch in tiefem Schlaf. Er überlegte kurz, ob Petra wohl bereit wäre, ihm Izzy für eine kleine Morgenunterhaltung auszuleihen. Seine Begegnung mit Rachel Ingram, so befriedigend sie auch gewesen war, hatte seinen Hunger in keiner Weise gestillt. Wie schade, daß sie darauf bestanden hatte, nach Hause zurückzukehren! Sie hätten einen wundervollen Tag zusammen verbringen können.

Er ließ seiner Fantasie die Zügel schießen. Wenn sie doch bloß geblieben wäre! Ihr Körper war genau so, wie er erwartet hatte – fest, warm, geschmeidig und weit williger, als er sich je hätte träumen lassen. Er würde natürlich ihren Wunsch, ihn besser kennenzulernen, respektieren – genau darauf baute er sogar.

Er lächelte, als ihm der Ausdruck in ihren Augen und die köstliche Hingabe, mit der ihr Körper auf seinen reagiert hatte, wieder einfiel. Wenn sie auch gesagt hatte, sie wolle ganz von vorn anfangen und ihn erst besser kennenlernen, so würde es ihr doch sicher schwerfallen, jetzt, da sie miteinander geschlafen hatten, ihm oder sich selbst die Lust, die ihnen zuteil geworden war, zu versagen. Sie war eine Frau, deren Verlangen sich unverhohlen kundtat, und sie brauchte einen energischen älteren Mann, der sie lenkte. Er hoffte, daß es in ihrem Fall zugehen würde wie bei der Büchse der Pandora und daß sie die Kontrolle über ihre Gelüste verlieren würde, sobald sie entfesselt waren.

»Entschuldigen Sie bitte, Mr. Morton«, sagte der Butler und riß ihn aus seinen Gedanken. »Ein Mr. Grey möchte Sie sprechen. Soll ich ihn hereinführen?«

Julian blickte hoch. »Grey?«

Der Butler nickte, wobei seine Gesichtszüge einen verächtlichen Ausdruck annahmen. »Ich glaube, ein hiesiger Handwerker, Sir. Er hat etwas davon gesagt, daß Sie jemand brauchen, der Reparaturen am Haus ausführt.«

Jetzt dämmerte es Julian. »Ach ja, den hat Mrs. Ingram empfohlen. Würden Sie ihn bitte ins Arbeitszimmer führen?«

Als Julian Ted Grey sah, wußte er sofort, daß der Mann ein Gauner war. Obwohl er respektvoll in der Mitte des Arbeitszimmers stand und seine Mütze bescheiden in der Hand hielt, ließ Julian sich nicht täuschen. Die dunkelbraunen Augen des Mannes spähten eifrig in dem dämmrigen Zimmer umher und nahmen jedes Detail auf.

»Guten Morgen, Mr. Grey. Wie nett von Ihnen, so rasch zu kommen. Möchten Sie nicht Platz nehmen?«

Ted Grey musterte ihn von oben bis unten. »Dem Aussehen dieses Hauses nach bin ich nicht rasch genug gekommen.«

Julian nickte grimmig. »Ich fürchte, mein Großonkel, der verstorbene Sir Charles, hat das Gebäude ziemlich herunterkommen lassen.«

Ted schnaubte empört. »Das kann man wohl sagen. Die Dachrinnen sind defekt, der Putz bröckelt ab, und das Dach ...«

Julian seufzte. »Ich weiß, ich weiß. Ich habe gehofft, daß Sie sich vielleicht überreden lassen, die Instandsetzung zu übernehmen.«

Ted Grey fixierte ihn mit seinen glänzenden Raubtieraugen. »Haben Sie gehofft?« sagte er naserümpfend. »Meine Bedingungen sind, daß Sie mich im voraus bezahlen – in bar. Ich habe das Gefühl, Mr. Morton, daß Sie gern Champagner trinken, sich aber nur Bier leisten können.«

Julian lachte. »Für einen Bauhandwerker, der Gelegenheitsarbeiten macht, sind Sie ganz schön unverschämt, Mr. Grey.«

Ted schnaubte verächtlich. »Kann schon sein, aber ich habe schon mit Leuten Ihres Schlages zu tun gehabt, Mr. Morton. Am besten legen wir die Karten gleich auf den Tisch. Wenn Sie das Geld hätten, um Medsham Hall ordentlich instand setzen zu lassen, würden Sie gar nicht daran denken, Leute wie mich anzuheuern.«

Julian klingelte nach dem Butler. »Was für ein scharfsinniger Mensch Sie sind, Mr. Grey. Vielleicht sollten wir einen kleinen Rundgang machen, um uns alles anzusehen, und dann bei einer Tasse Tee besprechen, was sich machen läßt, um die Schäden wenigstens notdürftig auszubessern.«

Ted nickte. »Gute Idee.«

Rachel wußte nicht genau, was sie geweckt hatte – ob eine Veränderung des Lichts oder ein Geräusch; sie vermochte es nicht festzustellen. Sie streckte sich und öffnete die Augen. Zu ihrer Überraschung stand Daniel neben dem Bett und blickte sie an. Seine Augen schienen im Dämmerlicht fast zu glühen. Seine zerzausten blonden Haare umrahmten sein schönes Gesicht, so daß er wie ein ätherisches Wesen aus einem Zauberland aussah. Einen Augenblick lang fragte sie sich, ob er ein Traumbild sei. Als sie sich bewegte, trat er näher. Automatisch zog sie die Bettdecke über die Brust.

»Daniel«, sagte sie und bemühte sich, ihre Stimme beherrscht klingen zu lassen. »Was machst du denn hier? Ich habe Molly doch gesagt ...«

Der Gesichtsausdruck des jungen Mannes ließ sie verstummen.

»Was ist denn los?« fragte sie, als ob es da noch einen Zweifel hätte geben können.

Daniel schnaubte verächtlich. »Ich habe dich mit diesem Mann gesehen. Ich habe gedacht, du gehörst mir«, sagte er mit dumpfer, trauriger Stimme.

Rachel starrte ihn an. Sie spürte, wie verletzt und verraten er sich fühlte. Sie schluckte mühsam und suchte nach ihrem Nachthemd; weil sie es eilig gehabt hatte, ins Bett zu kommen, hatte sie sich nicht die Mühe gemacht, es nach dem Bad anzuziehen.

»Bitte, Daniel«, sagte sie sanft. »Das ist wirklich nicht die Zeit oder der Ort, um ...«

Zu ihrer Überraschung stürzte der junge Mann sich auf sie und küßte sie heftig. Sie rang nach Atem. Unverzüglich reagierte jede Faser ihres Körpers, als sei sein Kuß ein Funke, der in trockenen Zunder fällt. Während er die Lippen auf ihren Mund preßte und mit der Zunge Einlaß begehrte, riß er ihr die Bettdecke aus den Händen und entblößte ihre Brüste.

»Ich habe gedacht, du gehörst mir«, wiederholte er. »Du mußt mich für einen fürchterlichen Einfaltspinsel halten. Du bist die ganze Nacht mit diesem Mann zusammengewesen – hat er dich auch gehabt?«

Rachel war wie betäubt. Wie konnte sie leugnen, was so offenkundig der Wahrheit entsprach?

»Daniel«, murmelte sie, hin- und hergerissen zwischen ihrem Schmerz und dem Verlangen, das seine ungezügelte Leidenschaft in ihrem Körper entfachte. »Bitte, laß das. Laß mich etwas anziehen, dann können wir miteinander reden.«

Seine Hände umspannten ihre Brüste, während sein Mund über ihren Hals und ihre Schultern glitt, bis seine Lippen sich über den dunklen Perlen ihres Busens schlossen. Stöhnend streckte sie ihren Körper seinen Liebkosungen entgegen, erstaunt, daß seine Berührung sie so leicht in Erregung versetzen konnte. Als sie sich ihm entgegendrängte, stieß er sie auf das Bett zurück.

»Du bist nicht besser als eine Hure, so, wie du mich hinters Licht führst! Muß ich dich mit einem anderen teilen?« sagte er entrüstet, während er ein Stück zurückwich, um sein Hemd aufzuknöpfen und an seiner übrigen Kleidung zu zerren. Rachel war so niedergeschmettert, daß sie kaum sprechen konnte.

»Ist das das Spielchen, das Sie spielen wollen, Mrs. Ingram – ein junger und ein älterer Mann, die nach Ihrer Pfeife tanzen?«

Ohne das Hemd schien sein Körper vor Vitalität zu glühen. Trotz der leisen Furcht, die sie verspürte, wußte Rachel, daß sie dem in ihr tobenden Verlangen nicht widerstehen konnte.

Mühsam brachte sie es fertig, etwas zu sagen. »Bitte hör zu. Was letzte Nacht passiert ist, war ein Irrtum, das habe ich Julian bereits gesagt ...« Sie hielt inne und überlegte, wie sie ihr Verhalten rechtfertigen konnte. »Ich habe zuviel getrunken, Daniel, ich …«

Der junge Mann brachte sie mit einem Schwall wütender Küsse zum Schweigen. Er schwang sich aufs Bett. Hektisch glitten seine Hände über ihren ganzen Körper, als versuche er verzweifelt, sie für sich selbst wiederzugewinnen.

Die Hitze und die Kraft seines Körpers, der sich so wild an sie preßte, ließen Rachel vor Lust stöhnen. Sie vergaß ihre Panik, fuhr mit den Händen über seinen muskulösen Rücken, zog ihn näher und genoß die Empfindung, als seine Haut die ihre berührte.

Er fummelte an seinen Hosen herum und riß sie sich herunter. Rachel spürte, wie sein Schwanz, der so hart und einschüchternd wie eine Eisenstange war, ihren Bauch streifte. Nachdem er sich seiner beengenden Kleidung entledigt hatte, zog er die Bettdecke beiseite. Verlangen, Wut und Schmerz erfüllten ihn, als er ihre Schenkel auseinanderdrückte und mit seinem Schwanz tief in sie eindrang. Sie schrie seinen Namen, als ihr Körper sich um ihn schloß, während er pausenlos zustieß. Automatisch kreuzte sie die Beine um seine Taille. Sein halsbrecherischer Rhythmus verdrängte alle Erinnerungen an Julian Morton und ließ eine Lust in ihr auflodern, die sie zu überwältigen drohte. Seine Wut und sein Schmerz töteten alle anderen Emotionen ab, so daß nur die nackte Leidenschaft übrigblieb.

Rachel kapitulierte und ließ sich in den namenlosen Mahlstrom ziehen. Stoß folgte auf Gegenstoß, während sie sich auf dem Bett herumwälzten wie wilde Tiere, die einen Kampf auf Leben und Tod austragen.

Zwischen ihren Beinen steigerte sich die Erregung. Starke Glutwellen durchströmten sie, zogen sich zusammen, intensivierten sich und bildeten sich immer wieder von neuem, während Daniel mit zurückgeworfenem Kopf und geschlossenen Augen unablässig seinen Schwanz in sie rammte, bis sie plötzlich die Flut nicht mehr zurückhalten konnte und der Damm brach. Höchste Lust entströmte der Stelle, wo ihre Körper sich vereinigten, und brauste durch ihr Bewußtsein wie eine Flutwelle.

Sie wußte, daß Daniel dasselbe empfand, und in dem Moment schien es, als seien sie die zwei Hälften eines einzigen Wesens, die sich, miteinander verschmolzen, auf einer endlosen Reise in Richtung Erlösung befanden, hin- und hergeworfen von den Wellen eines uralten Stroms. Doch schließlich glätteten sich die Wellen wieder, und Rachel fand, nach Atem ringend, in die Wirklichkeit zurück.

Kaum war alles vorüber, da wünschte Rachel, daß es ewig so weitergehen würde. In den heißen, leeren Räumen der Leidenschaft waren Worte oder Erklärungen, Schmerz- oder Schuldgefühle nicht nötig. Die Sprache der Empfindungen war die einzige Sprache, die sie brauchten.

Ohne ein Wort zu sagen, rollte Daniel sich von ihr herunter, schloß sie fest in die Arme und zog sie hoch, als hätte er Angst, sie loszulassen. Sie brachte es nicht fertig, ihm ins Gesicht zu blicken, da sie sich vor dem, was sie dort vielleicht sehen würde, fürchtete. Sie holte tief Luft und suchte nach Worten, die ihnen beiden Trost spenden würden, doch bevor sie etwas sagen konnte, klopfte es an die Schlafzimmertür.

»Mrs. Ingram? Sind Sie wach, gnädige Frau?« fragte Molly von draußen. »Ich weiß, daß Sie nicht gestört werden wollen, aber Miß Anthea ist gerade aus London angekommen. Ich habe sie ins Wohnzimmer geführt, aber sie sagt, sie wolle hochkommen und mit Ihnen reden.«

Rachel erstarrte. Dann räusperte sie sich: »Danke,

Molly. Würden Sie ihr bitte sagen, daß ich gleich unten bin?«

Sie drehte sich wieder Daniel zu, der sie mit seinen durchdringenden blauen Augen ansah. »Ich muß wirklich gehen«, murmelte sie.

Er sagte nichts. Einen Moment lang schien es, als stehe die Zeit still. Daniel streckte die Hand aus, um ihr Kinn entlangzufahren. Seine Berührung war so sanft, daß Rachels Herz sich zusammenkrampfte.

»Ich habe gedacht, du gehörst mir«, sagte er so traurig, daß Rachel die Tränen in die Augen stiegen.

»Oh, Daniel«, flüsterte sie und schloß die Augen, um nicht zu weinen. Er preßte sie fest an sich und bettete ihren Kopf gegen seine Schulter. Sie fühlte sich hilflos. Aus ihrem tiefsten Innern stiegen Wellen des Schmerzes und der Reue in ihr auf. Behutsam löste sie sich aus seinen Armen.

»Ich muß hinunter zu Anthea gehen«, sagte sie, »aber wir müssen uns noch unterhalten.«

Daniel schlüpfte aus dem Bett und nahm sein Hemd vom Boden auf.

»Glaubst du, wir hätten uns etwas zu sagen?« fragte er mit gedämpfter Stimme. »Hast du nicht bereits deine Wahl getroffen?«

Rachel kämpfte mit den Tränen. »Bitte nicht«, flüsterte sie. »So darfst du nicht gehen, Daniel. Ich will nicht, daß du mich haßt.«

Daniel lachte freudlos. »Ich hasse dich nicht, Rachel, das ist ja das Problem.« Er drehte sich zur Seite und sah sie über die Schulter an. »Mein Problem ist, daß ich dich liebe – und wir beide wissen, daß das einfach nicht geht. Dieser Mann, mit dem du letzte Nacht zusammen warst – es wäre geradezu perfekt, wenn er sich in dich verlieben würde und du dich in ihn.« Der junge Mann verstummte. Schmerz und Verlangen sprachen aus seinen

Augen. »Vielleicht wäre es besser für uns beide, wenn ich nicht mehr hierherkomme. Mit der gröbsten Arbeit bin ich im Garten fertig. Ted kann sicher jemand anderen herschicken, um den Rest zu erledigen.«

Rachel, die einen ziehenden Schmerz im Magen verspürte, starrte ihn an. »Bitte, geh nicht fort, Daniel. Komm heute nachmittag zu mir und sitz mir Modell. Dann können wir über alles sprechen«, sagte sie mit leiser, unsicherer Stimme.

Daniel knöpfte sich das Hemd zu. »Wie Sie wollen, Mrs. Ingram. Sie sind schließlich diejenige, die den Lohn bezahlt.«

Sein eisiger Ton erschütterte Rachel. Er zog seine Hose an. Dann nahm er seine Stiefel auf und schlüpfte zwischen den Vorhängen durch, um auf den Balkon zu treten. Als der Wind die Vorhänge aufblähte, sah sie, wie er über die steinerne Balustrade kletterte und verschwand. Dann brach sie in Tränen aus.

Ted Grey verstaute sein Notizbuch und seinen Bleistift wieder in der Jackentasche und sah zu, wie Julian Morton nach Tee klingelte. Ihr Rundgang war beendet. Ted machte es sich in einem Sessel in Julians Arbeitszimmer gemütlich und beschwor vor seinem geistigen Auge Miß Petra Morton herauf, der er auf dem oberen Treppenabsatz begegnet war. Sie hatte ein langes weißes Negligé getragen, das ihre hohen Brüste und das dreieckige Vlies zwischen ihren Beinen nur notdürftig verhüllt hatte. Und was das andere Mädchen anging, das er durch die offene Tür von Petra Mortons Schlafzimmer zu sehen bekommen hatte, wenn auch nur flüchtig – mit Mühe unterdrückte Ted ein Grinsen. Man brauchte wirklich kein Genie zu sein, um zu erraten, was zwischen den beiden ablief, obwohl er solche Frauen bisher nur auf Bildern gesehen hatte und noch nie in natura.

Das andere Mädchen hatte mit gespreizten Beinen auf dem Bett gelegen, nur mit einem kurzen Seidenhemdchen bekleidet. Ted lief das Wasser im Munde zusammen. Er konnte ihren verlockenden Venushügel deutlich vor sich sehen und stellte sich vor, wie die ziemlich herrische Miß Morton ihren Kopf zwischen diese kremigweißen Schenkel preßte.

»Nun«, sagte Julian, Ted aus seinen Träumereien reißend, »was meinen Sie?«

Ted blies nachdenklich die Backen auf und versuchte, seine Gedanken auf die vorliegende Angelegenheit zu konzentrieren. »Tja, ich kann vier Leute auftreiben, Handwerker aus verschiedenen Branchen, aber um ehrlich zu sein, Mr. Morton, was Sie wirklich brauchen, um das Haus wieder in Schuß zu bringen, ist ein großes Vermögen und eine ganze Armee von Leuten.«

Julian Morton zog eine Augenbraue hoch. »Wie Sie vorhin so scharfsinnig bemerkt haben, habe ich weder das eine noch das andere. Können Sie mir trotzdem helfen?«

Ted grinste. »Denke schon, aber ich muß Sie gleich warnen, Mr. Morton. Bei mir wird im voraus und bar bezahlt, nicht mit Schecks oder per Überweisung. Ich schätze, bevor der Winter anfängt, können wir das Haus wasserdicht machen, den Putz an den schlimmsten Stellen ausbessern und alles ein bißchen in Ordnung bringen. Es wäre zwar besser, es gründlich zu machen, aber ich kann das Haus wenigstens halbwegs instand setzen – zum entsprechenden Preis.« Er zog sein Notizbuch aus der Tasche, riß das Blatt heraus, auf dem er sich Aufzeichnungen gemacht hatte, und reichte es Julian.

»Das sind die Arbeiten, die sofort in Angriff genommen werden müssen – die Regenrinnen und die undichten Stellen im Dach. Mein Preis steht da unten.«

Julian nickte nachdenklich. »Wann können Sie anfangen?«

»Gleich Montag früh, wenn Sie mit dem Preis einverstanden sind.«

Julian seufzte. »Also abgemacht, Mr. Grey. Ich werde das Geld gleich am Montag von der Bank holen.«

Als Rachel nach unten ging, saß Anthea im Wohnzimmer und hatte es sich in einem Sessel gemütlich gemacht. Als sie Rachels Schritte hörte, blickte sie auf und grinste.

»Da bist du ja endlich. Ich wollte gerade nach oben kommen und dich aus dem Bett holen.« Sie machte eine Pause. »Du siehst ziemlich mitgenommen aus, Schätzchen, stimmt denn alles mit dir?«

Rachel schenkte sich aus der Kanne, die auf einem Tablett auf dem Sideboard stand, eine Tasse Tee ein. »Nein, aber ich werd's überleben. Was willst du hier?«

Anthea verzog das Gesicht. »Puh, bist du morgens immer so gereizt? Ich wollte eigentlich mit Peter Heath zu den Rawlingsons in der Nähe von Swaffham fahren. Deirdre hat alle zu ihrer Geburtstagsparty eingeladen. Jedenfalls sind Peter und ich uns unterwegs fürchterlich in die Haare geraten.« Sie grinste. »Es war wunderbar. Soviel Spaß habe ich schon lange nicht mehr gehabt. Er hat herumgebrüllt und geflucht – wenn er aufgebracht ist, ist er wie ein wütender Löwe. Deshalb habe ich mich am Bahnhof absetzen lassen und bin mit dem Milchzug hergekommen. Es war alles schrecklich dramatisch. Er ist ja so eifersüchtig.«

Rachel warf einen Blick aus dem Fenster. In der Ferne konnte sie Daniel sehen, der in der Nähe der Mauer, die die Dünen in Schach hielt, arbeitete.

»Willst du mich denn gar nicht fragen, worüber wir uns gestritten haben?« sagte Anthea entrüstet.

Rachel schüttelte den Kopf. »Nein, nicht heute morgen.«

»Du hast ja wirklich miese Laune. Bist du bei dem Mann, der das Boot hat, zum Abendessen gewesen?«

Rachel war gerade im Begriff, etwas zu sagen, als Anthea lachte und in die Hände klatschte.

Irgend etwas in Rachels Gesicht mußte sie verraten haben, obwohl sie keine Ahnung hatte, was es gewesen war.

»Du kleines Luder! Das gibt's doch nicht!« kreischte Anthea vergnügt. »Mein Gott, kein Wunder, daß du heute morgen so gräßlich aussiehst! Wie war es denn? Er hat doch nicht etwa einen behaarten Rücken? Behaarte Rücken kann ich nicht ausstehen. Ist er gut? Würde er mir gefallen?«

Rachel ließ sich in einen Sessel plumpsen und nahm einen Schluck Tee. »Ja, er würde dir sicher gefallen. Er ähnelt dir nämlich sehr.«

»Ich werde mir verkneifen, dich zu fragen, was das heißen soll«, sagte Anthea pikiert. »Ich wollte dich eigentlich fragen, ob ich ein paar Tage hierbleiben darf, aber jetzt bestehe ich darauf – wann kann ich ihn kennenlernen?«

Rachel seufzte. »Vielleicht überhaupt nicht. Ich habe ihm bereits gesagt, daß das, was letzte Nacht passiert ist, ein schrecklicher Irrtum war.«

Anthea schaute sie ungläubig an. »Ein Irrtum? Warum in aller Welt hast du denn das gesagt?«

»Ich hatte zuviel Champagner getrunken.« Rachel rieb sich die Augen. »Ach, ich weiß auch nicht. Ich will einfach, daß das Ganze mehr ist als eine bedeutungslose sexuelle Begegnung.«

Anthea zündete sich eine Zigarette an. »Die sind aber manchmal am allerbesten, Schätzchen. Also, wann kann ich ihn kennenlernen? Wie heißt er eigentlich?«

»Julian Morton.« Rachel seufzte und wandte sich Anthea zu. »Ich habe nichts dagegen, daß du ein paar Tage hierbleibst, aber nach dem Frühstück wirst du mich entschuldigen müssen. Ich möchte heute vormittag an einer bestimmten Sache weiterarbeiten. Glaubst du, du wirst etwas finden, um dir die Zeit zu vertreiben?«

Anthea stöhnte unwillig. »Ich werde sicher etwas finden, aber nur, wenn du mir versprichst, mir alles über Julian zu erzählen.«

Rachel nickte; sie hätte nahezu alles versprochen, um ihre Ruhe zu haben.

7. KAPITEL

Als Rachel endlich die Treppe zu ihrem Atelier hochstieg, war es fast Mittag. Anthea hatte ihr alles bis ins kleinste Detail erzählen wollen – von ihrem Krach mit Peter, von den Gästen der Wochenendparty, zu der sie unterwegs gewesen war, und deren Liebesaffären. Zunächst amüsierte es Rachel, daß Anthea unbekümmert annahm, sie kenne alle diese Leute oder interessiere sich für den Verlauf ihrer Affären, dann fand sie es ärgerlich. Ihr kurzer, stark zurechtgestutzter Bericht über den mit Julian Morton verbrachten Abend hatte Antheas Appetit angeregt; sie brannte darauf, ihn kennenzulernen.

Im Atelier hingegen war es angenehm still und friedlich. Die See war ruhig, in der Ferne hob sich ein Boot wie eine Sepiazeichnung gegen den Horizont ab. Das Sonnenlicht fiel auf die Töpfe mit Pinseln, die Farbtuben und die an die Wand gelehnten Bilder. Der vertraute Geruch von Terpentin und Leinöl hing in der Luft; in dieser Umgebung fühlte sich Rachel am wohlsten.

Während sie die Tür zumachte, fragte sie sich, ob Daniel wohl kommen und ihr Modell sitzen würde. Dann betrachtete sie das Porträt auf der Staffelei. Sie kannte seinen Körper inzwischen so gut, daß sie das Bild ohne weiteres aus dem Gedächtnis hätte vollenden können. In Antheas Gegenwart war es ihr leichter gefallen, nicht an Daniel und Julian zu denken, doch als sie jetzt vor dem Gemälde stand, fielen ihr die Gesichter und die Körper beider Männer in all ihren attraktiven Details wieder ein.

Rachel schloß die Augen und versuchte, Ordnung in

ihre konfusen Gedanken zu bringen – was sollte sie bloß tun? Sie wollte Daniel auf keinen Fall verletzen. Als sie die Augen wieder öffnete, nahm sie die Palette von der Werkbank und quetschte ein bißchen Farbe darauf. Vielleicht ließ ihre Verwirrung nach, wenn sie malte.

Unten im Wohnzimmer nahm Anthea eine Zeitschrift in die Hand und blätterte sie gelangweilt durch, ohne dem Inhalt viel Beachtung zu schenken. Vielleicht war es doch keine allzu gute Idee gewesen, hierherzukommen, obwohl es ihrer Ansicht nach eine wundervoll theatralische Geste gewesen war, in den Zug zu springen und Peter Heath, dem vor Überraschung und Empörung der Mund offenstand, einfach stehenzulassen. Als sie gerade aus dem Fenster blickte und überlegte, ob sie einen Spaziergang über die Dünen machen sollte, hörte sie ein Auto vorfahren. Vielleicht war das Peter Heath, der sie hier aufgestöbert hatte – was für eine romantische Vorstellung! Nachdem sie schnell ihre Frisur im Spiegel überprüft hatte, eilte Anthea in die Eingangshalle hinaus und stieß mit Rachels Dienstmädchen Molly zusammen. Das Mädchen beäugte sie mißtrauisch.

»Erwarten Sie jemand, Miß?«

Anthea war ein wenig durcheinander. »Einen Freund«, sagte sie knapp und wartete, bis Molly die Tür geöffnet hatte. Draußen im Sonnenlicht stand eine elegante, makellos gekleidete blonde Frau, die ein blaßblaues Kleid im Matrosenstil und einen dazu passenden blauen Strohhut trug.

»Guten Tag«, sagte sie mit kultivierter Stimme und trat in die dämmrige Halle. »Würden Sie bitte Mrs. Ingram sagen, daß Miß Morton da ist.«

Molly zögerte einen Moment lang. Anthea trat vor.

»Guten Tag. Mrs. Ingram ist zur Zeit leider beschäftigt. Kann ich Ihnen behilflich sein?« Anthea lächelte und streckte die Hand aus. »Ich bin eine Freundin von Rachel. Anthea Leven ist mein Name. Sie sind sicher Julians Schwester? Erwartet Rachel Sie?«

Als Petra Mortons Blick sie traf, spürte Anthea, wie ihr ein reizvoller Schauder über den Rücken lief. Die blonde Frau hatte die Augen einer Raubkatze. Der Druck ihrer Hand verstärkte sich, und sie lächelte freundlich, obwohl dieses Lächeln nicht ganz den kühlen, abschätzenden Blick, den sie auf Antheas Körper warf, zu verbergen vermochte.

»Nein, keineswegs. Ziemlich dumm von mir, daß ich nicht vorher angerufen habe, aber ich bin einfach auf gut Glück vorbeigekommen. Ich wollte Rachel fragen, ob sie nicht mit mir einen Happen zu Mittag essen möchte, aber wenn sie zu beschäftigt ist ...« Petra Morton deutete mit einer Handbewegung an, daß sie wieder gehen wolle, obwohl die Gebärde nicht sehr überzeugend wirkte. Erneut verspürte Anthea das besagte Kribbeln; Frauen wie Petra war sie schon früher begegnet, und in welche Richtung Petras Geschmack ging, schien ihr ziemlich klar. Petra sah toll aus, obwohl sie eher ein attraktives als ein schönes Gesicht hatte. Irgend etwas an ihrem Verhalten verstärkte die eigenartigen Empfindungen, die Anthea in ihrem Bauch verspürte.

Anthea zeigte in Richtung Wohnzimmer. »Warum kommen Sie nicht herein? Rachel arbeitet zur Zeit in ihrem Atelier, wird später aber herunterkommen. Vielleicht möchten Sie so lange warten. Molly könnte uns sicher schnell etwas zu essen machen.« Anthea lächelte. »Um ehrlich zu sein – ich wäre froh, Gesellschaft zu haben. Viel kann man hier nicht unternehmen.«

Petra verdrehte die Augen. »Mein Gott, Sie haben so

recht. Julian und ich langweilen uns zu Tode. Deshalb haben wir uns auch so gefreut, Rachel kennenzulernen.« Sie sah sich in dem behaglich eingerichteten Wohnzimmer um. »Sind Sie sicher, daß mein Besuch Ihnen keine Umstände macht? Ich könnte auch später wiederkommen.«

»Nein, überhaupt nicht. Wir essen hier, Molly.«

Molly rümpfte mißbilligend die Nase und verschwand in die Halle.

Petra setzte sich auf den Platz, auf den Anthea zeigte, und fixierte sie mit ihren großen aquamarinfarbenen Augen. »Und was treiben Sie so, Miß Leven? Sind Sie auch Malerin?«

Anthea beugte sich vor und nahm eine Zigarette aus ihrer Handtasche. »Nein – und es wäre mir lieber, wenn Sie Anthea zu mir sagen würden. Nun, ich glaube, man könnte mich wohl als Genießerin bezeichnen.« Sie beobachtete Petras Reaktion. »Ich bin eigentlich nur hierhergekommen, um mich an einem Mann zu rächen, der sich wie der letzte Flegel benommen hat. Leider ist der Schuß wohl nach hinten losgegangen, und ich sitze hier fest, statt auf der Wochenendparty der Rawlingsons zu sein.« Sie hielt inne, wobei sie Petra Morton unverwandt anblickte. »Im Gegensatz zu Rachel, die schrecklich fleißig und tugendhaft ist, bin ich eine ziemlich zügellose Partygängerin, der jegliches Schamgefühl fehlt.«

Petra lachte, wobei ihre Augen eine Nuance dunkler wurden. »Was für ein wundervolles Zusammentreffen! Ich bin wirklich froh, daß ich vorbeigekommen bin«, sagte sie mit gedämpfter Stimme. »Ich bin sicher, daß wir uns irgendwo schon einmal begegnet sind. Haben Sie nicht gesagt, Sie wollten zu den Rawlingsons? Meinen Sie etwa Deirdre und Ralph?«

Anthea nickte. Unwillkürlich fragte sie sich, warum Petra beschlossen hatte, Rachel aufzusuchen. Es sprang förmlich ins Auge, daß Petra Morton etwas anderes als ein gemeinsames Mittagessen im Sinn gehabt hatte, als sie hierhergekommen war.

Während sie im Wohnzimmer ein improvisiertes Picknick veranstalteten, gingen sie ihre gemeinsamen Bekannten durch und sprachen von den Jagdgesellschaften, den Bällen und Wochenendpartys, an denen sie beide teilgenommen hatten; aber Anthea merkte deutlich, daß die ganze Zeit über eine unterschwellige, schwer greifbare Spannung zwischen ihnen herrschte. Als der Wein ihr die Zunge gelockert hatte, beugte Anthea sich über den kleinen Tisch, um Petras Glas nachzufüllen, und fragte:

»Warum wollten Sie Rachel eigentlich besuchen? Ich hätte nicht gedacht, daß sie Ihr Typ ist.«

Petra lachte. »Sind meine Neigungen so auffällig? Ich weiß selbst nicht recht, warum ich gekommen bin. Ich glaube, Julian ist ziemlich verknallt in sie, und letzte Nacht ...« Sie hielt hob das Weinglas an die Lippen. Ihre Augen funkelten amüsiert. »Hat Rachel Ihnen von letzter Nacht erzählt?«

Anthea lächelte verschwörerisch. »Das brauchte sie gar nicht. Das konnte ich ihr vom Gesicht ablesen.«

»Nun, ich war ein bißchen neidisch – warum sollten die Männer immer den ganzen Spaß haben? Als ich aufwachte, verspürte ich das unwiderstehliche Bedürfnis, hierherzukommen und sie zu verführen. Sie ist sehr attraktiv. Julian und ich finden wohl den gleichen Typ Frau anziehend.« Petra verzog das Gesicht und nahm eine Zigarette aus dem Etui, das Anthea ihr hinhielt. »Obwohl das beinahe nach Inzest klingt.«

Anthea lehnte sich im Sessel zurück und ließ ihrem Mund eine lange Rauchfahne entweichen. »Ich möchte bezweifeln, daß Rachel sonderlich scharf auf weibliches Fleisch ist.«

Petra lachte. »Ich würde annehmen, daß sie es noch nie ausprobiert hat. Sie ist ziemlich naiv, aber das macht vermutlich einen Teil ihres Charmes aus. Auf dem ganzen Weg hierher habe ich hin und her überlegt, wie ich sie überreden könnte, mit mir ins Bett zu gehen. Haben Sie je versucht, sie zu verführen?« Sie beugte sich vor und strich Anthea mit ihrem langen lackierten Fingernagel über die Wange. »Ich würde schrecklich gern erfahren, wie weit Sie dabei gekommen sind.«

Anthea unterdrückte ein erwartungsvolles Zittern. »Nein, der Gedanke ist mir nie gekommen. Rachel war immer wie eine verbotene Frucht für mich. Ich glaube, sie hat keine Ahnung, daß ich mich für sie interessieren könnte.« Sie lächelte. »Außerdem war sie durch ihre Heirat mit André Ingram, einem gräßlichen Langweiler, jahrelang tabu. Er stellte sich zwar gern vor, daß wir drei zusammen ins Bett gehen würden – natürlich nur, wenn Rachel nicht dabei war –, aber ich glaube, daß es viel genußvoller für ihn war, wenn sie naiv und unschuldig blieb. Ich glaube, er dachte, eine diskrete Dreierbeziehung könnte sie verderben.«

Petra grinste. »Sie haben mit André Ingram, Rachels Ehemann, geschlafen?« fragte sie mit kaum verhohlenem Erstaunen.

Anthea nickte. »Ja, leider, jahrelang – vor und nach seiner Heirat mit Rachel. Darauf bin ich nicht sonderlich stolz, aber ich war keineswegs die einzige. Er hatte einen ganzen Harem von männlichen und weiblichen Bewunderern. Über André habe ich damals Rachel kennengelernt. Er war ein äußerst seltsamer Mann.« Sie machte eine Pause und zog an ihrer Zigarette. »Er wollte immer Herr der Lage sein – ich glaube, das erregte ihn mehr als alles andere. Einmal hat er mich in ein Pariser Bordell mitgenommen, sich dort in einen Sessel gesetzt und zugesehen, wie eine absolut erstaunliche

Farbige mich verführte. Ohne jede Regung saß er da und sah zu, wie diese mollige Frau mich liebkoste.« Anthea seufzte. »Damals war ich noch sehr jung. Er hat immer jüngere Frauen bevorzugt.«

Petra rückte näher und zeichnete mit der Fingerspitze die Konturen von Antheas Mund nach. »Und hat Ihnen das Ganze gefallen?«

Anthea lächelte. Dann nahm sie Petras Hand und fuhr mit der Zunge über ihren Handteller.

»Ich fand es wunderbar«, gurrte sie. »Es war das erstemal für mich, und ich war sehr nervös, aber diese Frau wußte genau, was sie tat. Ich glaube, so etwas habe ich seitdem nicht wieder empfunden. Während sie mich küßte und streichelte, konnte ich sehen, wie André uns beobachtete – es war unglaublich erotisch. Ich kann mich noch erinnern, daß ihr Körper nach Zimt und Sandelholz roch. Als sie mit mir fertig war, stand André auf und bezahlte sie – und dann ging er mit mir Mittag essen, ohne ein Wort über das, was passiert war oder was ich dabei empfunden hatte, zu verlieren.« Anthea machte eine Pause und errötete leicht, als die Erinnerungen an das kleine Pariser Bordellzimmer, das riesige Bett mit seinem Gestell aus Metall und den süßen, schier überwältigenden Duft ihrer ersten Liebhaberin in ihr aufstiegen. Die Erinnerung weckte ihre Leidenschaft. Sie blickte Petra an, wohl wissend, daß ihr Gesicht ihre Erregung verriet. »Vielleicht sollten wir nach dem Lunch einen kleinen Spaziergang machen«, sagte sie mit gedämpfter Stimme.

Petra nickte. »Eine zauberhafte Idee«, entgegnete sie mit verschmitztem Lächeln.

Julian Morton sah den Butler finster an. »Was heißt hier, Petra ist mit meinem neuen Auto weggefahren?«

Der Mann neigte den Kopf. »Ich bitte vielmals um

Vergebung, Sir, aber Miß Petra hat gesagt, sie wolle nachmittags wegfahren, doch ich sollte Sie nicht stören. Ich hatte keine Ahnung, daß Sie den Wagen brauchen.«

Julian schnaubte wütend. Nicht genug damit, daß Petra sein verdammtes Auto gestohlen hatte, Izzy hatte auch noch sein Angebot, gemeinsam dem Bettsport zu frönen, abgelehnt, weil sie an Kopfschmerzen litt. Julian schob die Hände in die Taschen und tigerte auf und ab. Er hatte vorgehabt, zum Albion House zu fahren und Rachel zu einer Spazierfahrt einzuladen. Wo konnte Petra bloß hin sein – und aus welchem Grund? Er wandte sich wieder an seinen Butler. »Hat sie Ihnen gesagt, wo sie hinwill?«

Der Mann sah ihn mit leerem Blick an. Julian stieß einen theatralischen Seufzer aus. Allein in Medsham Hall festzusitzen war die reine Hölle.

»Ach ja, und Mr. Smith-Bourton hat angerufen, während Sie oben waren, Sir. Er hat mich gebeten, Ihnen auszurichten, daß er und die anderen wie geplant morgen kommen würden.«

Julian nickte. »Sehr schön. Zumindest werden Tippy und seine Clique ein bißchen Leben in diese öde Bude bringen«, sagte er. »Können Sie dafür sorgen, daß der Daimler bereit steht?«

Der Butler nickte und entfernte sich. Weil er ständig an Rachel und das gemeinsame Abendessen gedacht hatte, war Julian ganz entfallen, daß er einige seiner Freunde eingeladen hatte, am Sonntag zum Lunch zu kommen. Es war geplant, mit dem Boot hinauszufahren – vielleicht konnte er Rachel überreden mitzukommen.

Julian verabscheute den soliden, nicht mehr ganz neuen Daimler seines Großonkels. Albion House schien völlig verlassen, als er das Auto im Schutz der Mauern parkte. Eines erregte jedoch sofort seine Aufmerksamkeit – die vertraute Silhouette seines neuen roten Roadsters, der im Schatten abgestellt war. Petra, dachte er verdrossen. Was, zum Teufel, machte sie im Albion House?

Bevor er aussteigen und Nachforschungen anstellen konnte, bog eine junge Frau, die sich gerade ihre Handschuhe anzog und den Hut zurechtrückte, um die Ecke des Gebäudes. Sie sah Julian überrascht an. Dann musterte sie ihn mit Interesse.

»Entschuldigen Sie, bitte«, sagte Julian und zeigte auf das kleine rote Auto. »Ist meine Schwester hier?«

Die junge Frau, offensichtlich eine Hausangestellte, zog nachdenklich die Nase hoch. »Sind Sie Mr. Morton?«

Julian nickte. Die junge Frau war ziemlich attraktiv, wenn auch auf eine dralle, bäuerliche Weise. Als er sie prüfend anschaute, errötete sie ein wenig. Wirklich ein ganz bezauberndes Geschöpf.

»Ja, der bin ich«, sagte er und nahm den Hut ab.

Er sah, wie die Augen der jungen Frau amüsiert aufblitzten.

»Sie macht gerade einen Spaziergang in den Dünen.« Sie drehte sich um und zeigte auf die Sandhügel, die sich hinter der Anlegestelle und dem Bootshaus erhoben. »Vor einer halben Stunde sind sie aufgebrochen.«

»Danke«, sagte er. Einen Moment lang fragte sich Julian, ob Petra Absichten auf Rachel hatte. Zuzutrauen wäre es ihr, und je länger er darüber nachdachte, desto überzeugter war er davon, daß seine Schwester aus diesem Grund hierhergekommen war. Ein anderes Motiv fiel ihm nicht ein. Sonst würde Petra nicht freiwillig über einen menschenleeren Strand wandern. Das Dienstmädchen hatte sich umgedreht und ging auf den Damm zu. Julian grinste. Dann machte er sich auf den Weg zu den Dünen. Hübsches kleines Ding, dachte er bei sich, ich darf nicht vergessen, Rachel nach ihr zu fragen.

Es dauerte zehn Minuten, bis er seine Schwester aufgespürt hatte, und weitere zwei Minuten, bis ihm klargeworden war, daß es sich bei der Frau, die sich so entzückend unter dem großen Sonnenschirm hin- und herwand, nicht um Rachel Ingram handelte.

Bis auf ein weißes Seidenhemdchen, das bis zur Taille hochgeschoben war, war die andere Frau nackt. Petra kauerte auf einer Decke zwischen ihren Beinen und fuhr mit ihrer langen, geschickten Zunge über den Hügel ihrer klaffenden Möse. Ihre nassen Schamhaare schimmerten im Schatten des Sonnenschirms. Julian verspürte eine angenehme Regung in der Leistengegend und ließ sich nieder, um das Schauspiel zu genießen.

Die Frau gab ein gutturales Lachen von sich und schob sich Petra immer wieder entgegen, so daß deren Zunge in einem unwiderstehlichen Rhythmus über die Lustknospe ihrer Partnerin glitt. »Hm«, murmelte diese. »Gott, ist das schön!«

Petra lachte, was verzerrt klang, da ihr Mund auf den Körper der anderen Frau gepreßt war.

Gerade als Julian einen günstigen Blickwinkel gefunden hatte, löste sich die andere plötzlich von ihrer Partnerin und rollte sich auf den Bauch. Nach einer Weile erhob sie sich und zog sich das Hemdchen aus. Petra, deren Lippen von den intimen Küssen noch feucht waren, ließ sich auf ihre Hacken nieder und musterte sie von oben bis unten.

»Du siehst aus wie eine Wassernymphe.«

Die Frau lächelte. »Tatsächlich?« sagte sie mit einem Anflug von Spott in der Stimme. »Ich hab' gedacht, du seist vielleicht enttäuscht, weil ich es bin und nicht Rachel, die sich hier mit dir verlustiert.«

Petra grinste wölfisch. »Wohl kaum. Ich möchte bezweifeln, daß sie auch nur halb so eifrig bei der Sache gewesen wäre. Komm her und laß dich anschauen.«

Langsam vollführte die Frau eine anmutige Drehung, bis sie wieder in Petras Reichweite war. Sie war groß und schlank, obwohl ihre Brüste voller waren, als Julian erwartet hatte; es waren erstaunlich schöne Brüste. Petra beugte sich vor und drückte einen Kuß auf das dunkle behaarte Dreieck ihrer neuen Freundin.

»Du riechst himmlisch, mein Kätzchen«, flüsterte sie. »Ich bin so froh, daß wir uns begegnet sind.«

Die Frau lachte und warf den Kopf zurück, als Petra sie bei den Gesäßbacken packte und die Lippen auf ihr Geschlecht preßte.

»Warum ziehst du dich nicht auch aus, Petra? Es ist herrlich, wenn der Wind einem über die Haut streicht«, stöhnte die Frau, während sie ihre Freundin bei den Haaren packte und noch fester an sich drückte.

Petra zog mit den Fingern die fleischigen äußeren Schamlippen auseinander und fuhr mit der Zunge über die Klitoris.

»Hm, das ist auch sehr schön«, murmelte die Frau. »Laß mich dich ausziehen, damit ich dir zeigen kann, wie schön das ist.«

Petra zog den Kopf zurück, obwohl ihre Finger an Ort und Stelle blieben. »Mußt du denn die ganze Zeit reden, Schätzchen?« fragte sie mit einem Lächeln.

Anthea, deren Augen vor Lust funkelten, blickte zu Petra hinunter. »Ach, nun komm schon, Petra, ich will dich auch anfassen. Hier kann uns doch niemand sehen«, gurrte sie und kniete sich hin. Ihre Finger machten sich eifrig an den Knöpfen von Petras Kleid zu schaffen. Dann streifte sie ihr das Oberteil von den schmalen Schultern und bedeckte ihre kecken kleinen

Brüste, deren Spitzen immer härter wurden, mit einer Unzahl heißer feuchter Küsse.

Petra stöhnte vor Lust. »Von da draußen könnte uns ein Kapitän mit dem Fernrohr beobachten«, sagte sie, indem sie einen Blick in Richtung Meer warf.

Anthea kicherte. »Die Vorstellung, daß uns jemand zusieht, stört mich eigentlich nicht. Hilf mir beim Aufhaken. Ich will nichts zerreißen, und meine Hände zittern so.«

Es schien nur Sekunden zu dauern, bis sie beide nackt waren. Anthea streifte Petra langsam die Seidenstrümpfe herunter, wobei sie den Kopf gegen ihren Bauch und ihre Schenkel schmiegte.

Petra rollte sich auf die Seite. »Bist du jetzt befriedigt?« fragte sie und nahm eine aufreizende Pose ein. Mit dem Finger spielte sie an ihrer Brustwarze.

Anthea grinste. »Das wohl kaum.« Sie beugte sich vor und küßte Petra. Dann drehte sie sie behutsam auf den Rücken und stöhnte leise, als sie sie näher zog.

Nachdem sie sich rittlings auf ihre Gefährtin gesetzt hatte, drehte sie sich um, so daß sich ihr Geschlecht über Petras Mund befand. Als sie spürte, wie Petras Zunge ihren Körper zu liebkosen begann, beugte sie sich vor und wühlte den Kopf in das Dreieck feiner weicher Haare, das sich zwischen Petras schlanken weißen Schenkeln befand.

Petras Körper war hell wie Buttermilch; ihre äußeren Schamlippen, die ein Kranz weißblonder Härchen umgab, hatten einen zarten Elfenbeinton. Der feine Flaum reichte nicht hin, um die Konturen der Schamlippen zu verbergen. Anthea steckte den Finger zwischen die Lippen – innen waren die feuchten, duftenden Hautfalten so blaßfarben wie verwelkte Rosenblätter. Sie fuhr mit der Zunge die tiefe Spalte entlang und genoß den Geschmack nach Meer sowie den starken Duft.

Gierig sog sie an Petras Klitoris, die zu einer harten, prallen Knospe geworden war. Petra keuchte wollüstig, und kurz darauf spürte Anthea, wie der Mund ihrer Freundin sich um ihre eigene Lustknospe schloß, sie mit knabbernden Küssen bedeckte und sie leckte. Sie geriet in Ekstase. Als sie den Finger tief in ihre Möse steckte, spürte Anthea, wie Petras Körper sich um sie schloß. Er fühlte sich an wie flüssiger Samt und war so feucht und heiß, daß es ihr fast den Atem verschlug.

Petra ahmte ihre Liebkosungen nach. Anthea stieß ein Keuchen aus; die Lippen und die Finger beider Frauen schienen in einem magischen Gleichklang zu stehen, so daß jede Bewegung, jede Berührung Antheas von der anderen vorausgesehen und wiederholt wurde.

Anthea stöhnte und preßte sich gegen Petras Zunge. Sie wußte, daß sie sich jenem köstlichen Moment näherte, wo der Verstand aussetzt und nur der Instinkt übrigbleibt. Sie beugte sich tiefer nach unten und spürte, wie Petras Brüste kurz ihre Haut berührten. Die Empfindung rief ein Lustgefühl hervor, das sich nicht ignorieren ließ, und da wußte Anthea, daß sie nicht länger an sich halten konnte. Ihre Zunge schien wie von selbst zu arbeiten. Streichelnd und liebkosend bewegten sich ihre Finger hin und her, um die silbern schimmernden Bereiche von Petras exquisitem Körper zu erkunden. Immer weiter, immer tiefer drang sie vor. Sie hatte das Gefühl, als nehme sie an einem komplizierten Tanz teil, bei dem jede Bewegung, die sie machte, von ihrer Partnerin wiederholt, nachgeahmt und wiederaufgenommen wurde, ein Tanz, der sie immer weiter ins Reich der Lust führte.

Julian Morton, der in seinem Versteck zwischen den Dünen kauerte, beobachtete gebannt das Geschehen.

Als die ersten Wellen des Orgasmus durch die Körper der Frauen strömten, empfand er das so intensiv mit, als hätte er selbst einen Höhepunkt. Er mußte sich extrem beherrschen, um nicht laut aufzuschreien. Als die Frauen schließlich aufhörten und befriedigt auf die Decke sanken, saß er einige Minuten da – fast ebenso außer Atem wie die beiden Lustgenossinnen – und bewunderte ihre im Sonnenlicht liegenden Körper.

Beide Frauen schienen eine innere Zufriedenheit auszustrahlen, um die er sie maßlos beneidete; der nagende Hunger, den er in seinem eigenen Körper verspürte, war unbefriedigt geblieben. Petras Gefährtin war diejenige, für die er sich am meisten interessierte – seiner Schwester gegenüber empfand er lediglich Neid. Er fragte sich, wer die andere Frau sein mochte und, was noch wichtiger war, wie Petra es fertiggebracht hatte, sie – offenbar auf Anhieb – zu verführen.

Geduckt schlich er sich zum Albion House zurück. Vielleicht wäre Rachel Ingram, wenn man ihr gut zuredete, bereit, ihre absurde Abmachung zu vergessen und ihn von den peinigenden Beschwerden in seiner Leistengegend zu erlösen.

Rachel hörte, wie jemand die Treppe hochkam und die hinter ihr befindliche Ateliertür öffnete. Langsam wandte sie sich von dem gemalten Bild Daniel Greys ab und sah mit einem seltsamen Gefühl von Erleichterung, daß er leibhaftig vor ihr stand. Er war so begehrenswert und attraktiv, wie sie ihn in Erinnerung hatte, und dies auf eine Weise, die sie nie ganz auf der Leinwand wiederzugeben vermochte. Er sah erhitzt und müde aus, sein Gesichtsausdruck war unergründlich.

»Molly ist nach Hause gegangen«, sagte er mit tonloser Stimme, nachdem eine Weile spannungsgeladenes Schweigen geherrscht hatte.

Rachel nickte. Heute nachmittag hatte ihr Dienstmädchen frei.

»Ich habe mir gedacht, ich warte lieber, bis sie gegangen ist, bevor ich nach oben komme«, sagte er.

Rachel zeigte auf das Podest. »Bist du hier, um mir Modell zu sitzen?«

»Ich bin heute morgen hergekommen, weil ich es nicht ertragen konnte, bis Montag zu warten, um dich zu sehen ...« Er hielt inne und sah sie an. Wut und Schmerz erfüllten seine Augen. Rasch blickte sie weg; die Belohnung für seine Anhänglichkeit hatte darin bestanden, daß er sehen konnte, wie sie mit Julian nach Hause kam.

»Daniel«, sagte sie mit unsicherer Stimme, »ich wollte dir nicht weh tun. Das will ich nach wie vor nicht – warum sitzt du mir nicht Modell? Ich könnte nach unten gehen und uns Tee machen ...«

Der junge Mann schüttelte den Kopf. »Was ist mit deinen Gästen?«

Rachel nahm einen Lappen, um ihren Pinsel abzuwischen. Sie wünschte, es gäbe einen Weg, um diese merkwürdige Befangenheit zu überwinden, die ihr wie ein Gewicht auf der Brust lag.

»Anthea«, sagte sie mit ruhiger Stimme. »Sie ist für ein paar Tage zu Besuch gekommen.«

Daniel schnaubte wütend. »Die meine ich nicht, sondern die anderen. Ihre Autos stehen vor dem Haus.«

Rachel runzelte die Stirn. »Was für andere?«

Daniels Augen blitzten zornig auf. »Du weißt ganz genau, wen ich meine. Deinen Verehrer meine ich. Hat sich ja sehr beeilt, um wieder herzukommen. Ich dachte eigentlich, er sei hier oben bei dir.«

»Julian?« sagte Rachel ungläubig und bedauerte im gleichen Moment, seinen Namen ausgesprochen zu haben. »Er ist hier?«

»Ich dachte, das wüßtest du. Er und eine andere Frau. Sie ist schon vor einer Weile gekommen, und er ist vor etwa einer halben Stunde aufgekreuzt.«

Rachel ging zum Fenster. Draußen war niemand zu erblicken. Aus den Augenwinkeln sah sie, daß Daniel wieder gehen wollte.

»Halt«, sagte sie rasch, »bitte geh noch nicht. Ich möchte, daß du für mich Modell sitzt. Wir müssen miteinander reden.«

Der junge Mann starrte sie an. »Und was ist mit deinen Gästen? Willst du dich nicht um sie kümmern? Ich hätte gedacht, du möchtest unten bei ihnen sein.«

Rachel räusperte sich und überlegte fieberhaft, warum Julian so schnell wiedergekommen war. Sie hielt sich an der Werkbank fest, um nicht das Gleichgewicht zu verlieren, und suchte nach Worten, die ihre Verwirrung ausdrückten und seinen Schmerz lindern würden.

»Nein«, sagte sie leise. »Nein. Anthea kann sich ein Weilchen um die Mortons kümmern und die Gastgeberin spielen. Ich möchte hier oben bei dir sein.«

Sie sah, wie Daniels Augen vor Erleichterung leuchteten, und lächelte ihn an. Dann trat sie auf ihn zu und begann, langsam sein Hemd aufzuknöpfen. Ohne sich zu rühren, beobachtete er sie gespannt. Seine Augen wurden immer dunkler, als ein Knopf nach dem anderen aufging. Sie biß sich auf die Lippen und fuhr mit der Handfläche über seine Brust. Er roch nach Meer und Wind und männlicher Energie. Die Welle des Verlangens, die über ihr zusammenschlug, war so heftig, daß sie die Augen schloß und um Fassung rang.

»Es tut mir so leid, was letzte Nacht passiert ist, Daniel. Das war ein dummer Fehler. Das mußt du verstehen. Ich begehre dich doch so sehr«, keuchte sie. Sie traute sich kaum, die Worte laut auszusprechen, da sie befürchtete, sie könnten auf diese Weise ihre Kraft verlieren.

Daniel stöhnte und strich mit dem Finger über ihre aufgerichteten Brustwarzen, die sich unter ihrer Bluse abzeichneten. Es erstaunte sie, daß eine einzige Berührung seines Körpers, ein einziger Hauch seines Körperdufts sie so erregen konnte. Zwischen ihren Beinen machte sich die Lust bemerkbar, und sie wußte, daß sie bereits feucht wurde. Es war, als habe ihr Geschlecht einen eigenen Willen und lege eine Falle aus, um ihn darin zu fangen. Sie blickte in seine von Leidenschaft erfüllten blauen Augen. Ihr fehlten die Worte, um ihre Gefühle zu beschreiben, und sie hoffte inständig, daß er imstande sein würde, sie zu verstehen. Obwohl sein Gesichtsausdruck sich nicht änderte, wußte sie, daß er den unausgesprochenen Wunsch gehört hatte. Er schlang die Arme um ihre Taille und zog sie fest an die Brust, so daß sein Duft alle ihre Sinne überflutete.

Ihr Verlangen machte Rachel schwindlig. Er strich mit dem Finger unter ihrem Kinn entlang und hob ihr Gesicht an, um sie zu küssen. Sie stöhnte leise, schmiegte sich an ihn und gab alle Zurückhaltung auf, indem sie den Mund öffnete, damit seine Zunge zwischen ihre Lippen gleiten konnte. Sie verspürte ein Bedürfnis nach seinem Körper, das in ihren Füßen einzusetzen und wie ein glühender Wind durch sie hindurchzugehen schien. Fast war es so, als tue ihr Körper Buße für die Sünde, die sie begangen hatte, denn er sprach in einer Weise auf Daniel an, wie sie weder von Worten noch von Logik, noch von Reue hätte hervorgerufen werden können.

»Rachel? Bist du da oben, Rachel?«

Daniel sprang von ihr weg, als hätte er sich verbrüht.

Von unten im Hof war erneut Julian Mortons Stimme zu hören. »Hallo? Hallo? Ist jemand zu Hause?«

Daniel fuhr sich mit der Hand über den Mund, als

wolle er einen unangenehmen Geschmack wegwischen. Rachel stand mit rotem Gesicht wie angewurzelt da. Sie hörten beide, wie Julian die Treppe hochkam. Rachel packte Daniel beim Arm. »Bitte geh noch nicht«, flüsterte sie.

Bevor er antworten konnte, öffnete sich die Ateliertür.

»Ah, da bist du ja«, sagte Julian mit einem breiten Grinsen. »Ich hoffe, du hast nichts dagegen, daß ich einfach eingedrungen bin, aber das Haus ist so verlassen wie ein aufgegebenes Schiff.«

Er warf einen Blick auf Daniel, der nach wie vor neben Rachel stand. Der junge Mann sah aus, als setze er gerade zum Sprung an, um sich auf seinen Gegner zu stürzen. Sein Hemd stand immer noch bis zur Taille auf.

»Ich hoffe sehr, ich habe dich nicht gestört«, sagte Julian unbekümmert. »Ich wollte nur kurz bei dir vorbeischauen, und Petras Auto – oder vielmehr mein Auto – steht auf der Auffahrt. Hast du sie zufällig gesehen?«

Rachel schüttelte den Kopf. Sie spürte, wie Daniels nervöse Spannung sich in Zorn verwandelte.

»Wenn Sie mich heute nicht mehr brauchen, Mrs. Ingram«, sagte er mit gepreßter Stimme, »werde ich jetzt gehen.«

Rachel vertrat ihm den Weg. »Einen Moment bitte«, sagte sie rasch. Dann wandte sie sich Julian zu. »Geh doch schon nach unten ins Wohnzimmer. Ich komme bald nach, um uns eine Kanne Tee zu machen. Petra kann nicht sehr weit weg sein. Meine Freundin Anthea ist zur Zeit bei mir zu Besuch. Vielleicht machen sie einen Spaziergang.«

Julian nickte. Einen Augenblick lang ruhte sein Blick auf Daniel.

»Selbstverständlich, meine Liebe«, sagte er, während

er seinen Hut in den Händen hin und her drehte und nervös am Seidenband zupfte. »Es tut mir wirklich leid. Ich wollte dich nicht stören.« Als er sich zum Gehen wandte, trafen sich die Blicke der beiden Männer. Rachel bemerkte, daß Julian als erster wegschaute.

Nachdem die Tür sich geschlossen hatte, packte Daniel Rachel bei den Armen. Sein Griff war so hart, daß sie beinahe aufgeschrien hätte.

»Ist er das?« knurrte er.

Rachel nickte bloß. Sie war viel zu erschrocken, um sprechen zu können. Und was hätte sie auch sagen sollen? Daniel schien drohend vor ihr aufzuragen. Er zog sie an sich und küßte sie heftig. Rachel rang nach Atem. Wie eine Stichflamme loderte die Leidenschaft wieder in ihr auf.

Plötzlich riß er sich von ihr los. Seine Augen waren so dunkel und glänzend wie Pech. »Dann solltest du lieber nach unten gehen und ihm Tee machen«, sagte er.

Rachel starrte ihn an. »Aber ich will dich«, sagte sie mit unsicherer Stimme.

Daniel schnaubte verächtlich und begann sein Hemd zuzuknöpfen. »Ich weiß. Ich hätte heute nicht herkommen sollen. Ich komme am Montag wieder«, sagte er. Rachel mußte sich an einem Stuhl festhalten, um nicht zusammenzusinken. Sie wußte nicht recht, ob sie ihn gehen lassen oder ihn anflehen sollte zu bleiben. Er drehte sich noch nicht einmal nach ihr um, als er die Tür hinter sich zuzog. Als er weg war, starrte Rachel aufs Meer hinaus und begann zu zittern.

8. KAPITEL

»Deshalb habe ich gedacht«, sagte Julian, wobei er sich ein weiteres Stück Biskuitkuchen nahm, »daß du vielleicht mitkommen möchtest, Rachel, wenn wir morgen mit dem Boot hinausfahren. Ich will zusammen mit ein paar Freunden drüben auf der Sandbank picknicken. Sie kommen für ein, zwei Tage her, um die gute Landluft zu genießen.« Er lächelte die beiden anderen Frauen an. »Und ihr seid natürlich auch herzlich eingeladen.«

Als Rachel nach unten gekommen war, waren Petra und Anthea gerade von ihrem Spaziergang zurückgekehrt, so daß Rachel sich verpflichtet gefühlt hatte, allen Tee anzubieten, obwohl sie sich lieber in die Einsamkeit ihres Schlafzimmers geflüchtet hätte. Jetzt saßen sie im Wohnzimmer zusammen.

Petra stöhnte unwillig und zündete sich eine Zigarette an. »Ach, Julian, du weißt doch, daß mir auf deinem verdammten Boot immer schlecht wird. Nimm Izzy mit. Das würde ihr sicher gefallen.«

Anthea blickte fragend in die Runde.

»Sie ist ebenfalls bei uns zu Gast«, erklärte Julian. »Eine von Petras kleinen Freundinnen.«

Rachel bemerkte den listigen Blick, den Julian Anthea zuwarf, wußte aber nicht recht, was sie davon halten sollte.

Anthea nickte und sagte: »Ich fürchte, ich muß auch ablehnen, denn ich werde ebenfalls leicht seekrank.«

Petra wandte sich zu ihr. »Vielleicht sollten wir beide dann lieber zum Mittagessen gehen? Wir könnten die Küste entlangfahren und Station machen, wenn es uns irgendwo gefällt.«

Der vertrauliche Ton, in dem die beiden Frauen miteinander sprachen, überraschte Rachel. Sie fragte sich, ob Anthea und Petra sich bereits kannten, sagte aber nichts weiter.

»Dann ist ja alles klar«, meinte Julian. »Wir müssen uns so gegen acht am Kai treffen, um bei Flut auslaufen zu können.«

Rachel wollte gerade etwas sagen, als Anthea einwarf: »Ich könnte doch zum Kai fahren und Rachel absetzen. Du hättest doch bestimmt nichts dagegen, wenn ich mir dein Auto ausleihe, Rachel?«

Rachel hatte das Gefühl, als würde sie von ihren drei Gästen in die Enge getrieben. Sie schüttelte den Kopf und sagte: »Nein, dagegen habe ich überhaupt nichts, aber ich muß dich warnen, Julian. Ich werde auch ziemlich schnell seekrank.«

Julian lachte. »Unsinn. Es wird alles sehr lustig werden. Außerdem ist das wohl das mindeste, was ich tun kann, wenn das Boot hier vertäut werden soll. Ein kleiner Vorgeschmack dessen, was dich in Zukunft erwartet.« Mit entschlossener Miene stellte er den Kuchenteller auf den Tisch. »Eigentlich bin ich vorbeigekommen, um zu fragen, ob du vielleicht eine Spazierfahrt mit mir machen möchtest ...«

Bevor er seinen Satz beenden konnte, schüttelte Rachel energisch den Kopf. »Das ist lieb von dir, aber nein, danke. Im Atelier wartet noch eine Menge Arbeit auf mich, die ich erledigen möchte, bevor es dunkel wird.«

Petra erhob sich. »Dann sollten wir uns, glaube ich, auf den Heimweg machen, liebster Julian, damit wir uns wieder um Izzy kümmern können.«

Julian nickte, obwohl Rachel spürte, daß er eigentlich noch nicht gehen wollte.

Als sie weg waren, half Anthea Rachel, das Teegeschirr auf das Tablett zu räumen, und folgte ihr in die Küche.

»Er ist wirklich toll«, sagte Anthea, während sie das Tablett auf dem Abtropfbrett abstellte.

»Wie bitte?«

»Julian Morton, Schätzchen. Einen Besseren hätte ich dir gar nicht aussuchen können. Er ist genau der Richtige für dich, und man merkt, daß er in dich verknallt ist. Deshalb habe ich es auch abgelehnt, morgen mitzukommen. Dann habt ihr beide die Chance, allein zu sein.« Sie grinste und zog die Augenbrauen hoch, als sie das Geschirr ins Spülbecken stellte. »Du solltest dir wirklich Dienstboten anschaffen, die den ganzen Tag da sind. Solche Arbeiten bin ich nicht gewöhnt.«

Rachel schaute sie an. »Ich wünschte, du hättest dich entschlossen, auch mitzukommen. Er hat eine ganze Horde seiner Kumpane eingeladen, von denen ich keinen kenne. Kennst du die Mortons von früher?«

Anthea verzog das Gesicht. »Nur flüchtig. Warum? Und bevor du fragst: Nein, unter den Kerben an meinem Bettpfosten gibt es keine, die für Julian Morton steht.« Sie grinste erneut. »Was eigentlich schade ist. Er ist entzückend. Sag mal, mußt du tatsächlich noch im Atelier arbeiten oder war das bloß ein Vorwand, um sie loszuwerden?«

Rachel zog einen Stuhl unter dem Küchentisch hervor und setzte sich.

»Ich weiß nicht. Ich wollte nur Ruhe haben, um nachdenken zu können. Diese Sache mit Julian – das geht alles viel zu schnell. Ich habe das Gefühl, als würde ich in etwas hineingedrängt, zu dem ich eigentlich nicht bereit bin.«

Anthea setzte sich neben Rachel auf den Tisch und küßte sie sanft auf die Stirn.

»Ach, Rachel, warum denn nicht? Es ist nett, mit ihm

zusammenzusein, er ist attraktiv, und außerdem – machen wir uns nichts vor – hat er wesentlich mehr zu bieten als dein hübscher kleiner Gärtner, der heute wie ein Gespenst ums Haus geschlichen ist. Jedenfalls meine ich ihn gesehen zu haben.«

Rachel wurde rot. Ihr war so, als hätte Anthea ihr ins Gesicht geschlagen.

Anthea nahm eine Zigarette aus dem Etui und blickte sie an. »Du wirst doch wohl nicht im Ernst daran denken, dir einen Fang wie Julian Morton entgehen zu lassen, nur weil du dich ganz auf diesen Jungen konzentrieren willst? Da müßtest du ja verrückt sein!«

Rachel stöhnte gequält. »Die Sache geht mir einfach viel zu schnell. Außerdem ist alles sehr schwierig.«

Anthea schnaubte wütend. »Was ist daran denn schwierig? Du hast die Wahl. Entweder entscheidest du dich für einen absolut flotten Typ aus deiner eigenen gesellschaftlichen Schicht, der bis über beide Ohren in dich verliebt ist und offensichtlich Geld wie Heu hat, oder du verbringst dein Leben völlig isoliert im Albion House, zusammen mit deinem Goldjungen, dem Gärtner, denn dir ist doch hoffentlich klar, Rachel, daß du ihn nirgendwohin mitnehmen kannst. Für wen entscheidest du dich? Für den wunderbaren Julian oder für deinen prachtvollen kleinen Proleten, der völlig mittellos ist und eine Fischgabel nicht von einer Harke unterscheiden kann?« Sie machte eine Pause und blickte zur Decke hoch. »Nun komm schon, Rachel – man muß kein Genie sein, um sagen zu können, welcher von beiden besser für dich wäre.«

Rachel fuhr sich übers Gesicht und stellte sich vor, wie Daniels Körper sich auf ihr bewegte und sein warmer Atem über ihre Haut strich.

»Ganz so einfach ist es aus meiner Perspektive nicht. Ich will Daniel nicht weh tun.« Sie hielt inne. Sie hatte ihm bereits weh getan. Wie hatte sie sich bloß von Julian verführen lassen können? Sie seufzte. Lag es einzig und allein daran, daß er ein älterer Mann war, ein Mann, der sie auf seltsame Weise an André erinnerte, ein Mann, der es gewohnt war, das Sagen zu haben? Würde sie sich je von den Verhaltensmustern befreien können, die ihr Leben so lange beherrscht hatten? Als dieser Gedanke ihr durch den Kopf ging, sah sie vor ihrem geistigen Auge Daniel im Atelier stehen und erkannte, daß es noch einen anderen Grund gab. Daniel Grey hatte ihr dazu verholfen, sich ihres starken sinnlichen Charakterzugs bewußt zu werden, von dessen Existenz sie bisher nichts geahnt hatte. Er hatte dazu beigetragen, daß sie sich ihrer Sexualität bewußt wurde, hatte jedes kleinste Teilchen ihrer Seele elektrisiert und ein derart starkes Verlangen in ihr geweckt, daß es jeden Bereich ihres Lebens durchdrang. Daniel war ebensosehr die Ursache als auch das Opfer ihrer neuentdeckten Leidenschaft.

Sie holte tief Luft. »Niemand hat mich je das empfinden lassen, was er mich empfinden läßt. Es ist, als habe die Begegnung mit ihm mich verändert. Ich bin überzeugt, daß ich, wenn ich Daniel nicht begegnet wäre, letzte Nacht niemals mit Julian Morton geschlafen hätte. Es wäre mir noch nicht einmal in den Sinn gekommen. Es ist, als ob das Zusammensein mit Daniel mich frei gemacht hätte; er hat mir dazu verholfen, einen Teil meiner Person zu entdecken, von dessen Existenz ich bisher nichts gewußt habe.«

Anthea stieß einen theatralischen Seufzer aus. »Schätzchen, das kommt daher, daß gestohlene Früchte immer am süßesten schmecken. Das kannst du mir ruhig glauben. Dein prachtvoller Junge ist etwas Verbotenes, etwas nicht ganz Ungefährliches – und nach all den Jahren im Ehekäfig ist es doch kein Wunder, daß du dich nach etwas sehnst, das ein bißchen riskant ist. Aber mehr ist das Ganze nicht – ein bescheidener, kleiner, mit Gefahr verbundener Flirt. Jetzt ist es Zeit, wieder unter dem Zaun durchzukriechen, Schätzchen, zurück zu deiner eigenen Herde.«

Rachel seufzte. »Wenn ich mir bloß so sicher wäre wie du. Als ich mit André verheiratet war, gehörte ich ihm – ich war sein Besitz. Ich dachte und tat, was *er* wollte. Ob gesellschaftlich oder im Bett, er gab den Ton an, und ich bin ihm blind gefolgt, ohne zu begreifen, daß es auch anders gehen könnte.« Sie machte eine Pause und blickte zu Anthea hoch. »Erst als ich Daniel begegnete, wurde mir klar, was körperliche Liebe eigentlich bedeutet. In all den Jahren davor habe ich es nicht einmal geahnt. Wenn ich mit Daniel zusammen bin, bin ich kein Gegenstand, den man besitzt und benutzt. Wenn er mich berührt, möchte ich das, was ich empfinde, mit ihm teilen. Das ist etwas völlig anderes, als wenn man nur jemand zur Verfügung steht.«

Anthea lächelte. »Trotzdem habe ich recht. Verlaß dich drauf.«

Rachel schüttelte den Kopf. Plötzlich begriff sie, warum Julian sie an André erinnerte: beide nahmen sich einfach, was sie haben wollten, und wenn sie nicht aufpaßte, wenn sie mit Julian zusammenbliebe, konnte es leicht passieren, daß sie die Dinge, die sie gelernt hatte, wieder aus dem Blick verlor.

Anthea öffnete die Tür zum Anrichteraum. »Hat dein kesses kleines Dienstmädchen ein kaltes Abendbrot für uns vorbereitet, oder müssen wir uns selbst etwas kochen?«

Rachel starrte sie an und fragte sich, ob Anthea von dem, was sie gesagt hatte, überhaupt etwas mitbekommen hatte. »Du kannst doch nicht schon wieder hungrig sein. Wir haben gerade erst Tee getrunken.«

Anthea zog einen Flunsch. »Das kommt daher, daß ich mich langweile. Ich habe immer Hunger, wenn ich mich langweile. Ob ich einmal in der Speisekammer nachsehe?«

Kurz nach sechs am nächsten Morgen erwachte Rachel. Sie hatte einen Brummschädel. Als sie sich streckte, zuckte sie zusammen. Sie und Anthea hatten gestern den Weinkeller ihres Hauses geplündert und den Abend damit verbracht, Karten zu spielen und sich zu unterhalten. Sie fuhr sich vorsichtig mit der Zunge im Mund herum. Dabei fiel ihr mit einiger Bestürzung ein, daß sie Anthea zum Schluß bis ins kleinste Detail erzählt hatte, was in Medsham Hall passiert war.

Langsam kletterte sie aus dem Bett und begab sich in das Badezimmer nebenan. Vielleicht war Anthea zu betrunken gewesen, um sich an etwas zu erinnern. Rachel drehte den Hahn der Dusche auf und trat unter den eisigen Strahl.

Kurz vor acht kamen sie mit dem Auto am Kai an. Anthea hielt an, zuckte zusammen und bedeckte die Augen mit den Händen.

»Oh, mein Gott«, flüsterte sie mit kläglicher Stimme. »Ich muß wohl verrückt gewesen sein, als ich gesagt habe, ich würde dich herbringen.«

Rachel lächelte und zog sich den Hut über die Augen. Ihr ging es nicht viel besser als Anthea. Anthea spähte umher. »Wo ist denn bloß Julian? Ich hätte gedacht, daß er schon hier ist.«

»Ahoi, meine Damen«, rief eine bekannte Stimme. Die beiden Frauen blickten aufs Meer hinaus und sahen ein kleines Skiff, das geschickt in Richtung Küste gesteuert wurde. Mittschiffs saß Julian Morton. Seine Seemannsmütze, sein Blazer und seine weißen Hosen standen ihm prächtig. Er winkte begeistert, während der vor ihm sitzende Ruderer das Boot mit gleichmäßigen Schlägen an die Mole brachte.

»Guten Morgen, meine Damen«, sagte Julian, nahm seine Mütze ab und kletterte die Leiter zum Kai hoch. »Wir haben für unseren Ausflug den richtigen Tag erwischt, meint ihr nicht?«

Rachel fand zwar, daß er recht hatte, wünschte sich aber, etwas weniger getrunken zu haben. Der Morgenhimmel war von zartestem Azurblau, über dem Meer hing feiner weißer Nebel, den später die Sonne auflekken würde. Als Rachel aus dem Auto stieg, lächelte Julian sie an, nahm ihre Hand und küßte sie auf die Wange.

»Du siehst heute morgen wieder hinreißend aus. Die anderen sind schon an Bord. Bist du bereit?«

Rachel nickte ein wenig ängstlich. Julian lächelte.

»Wunderbar. Wir sehen dich dann später, Anthea. Ich hoffe, du amüsierst dich gut mit Petra. Schade, daß du nicht mitkommst.«

Er kletterte wieder ins Boot und streckte Rachel von unten die Hand entgegen.

»Komm schon. Die Zeit und die Gezeiten warten auf niemand. Paß auf, die Leiter ist glitschig.«

Schon als sie ablegten, wußte Rachel, daß sie einen Fehler gemacht hatte. Obwohl das Meer absolut ruhig war, war ihr immer noch flau im Magen, sobald das kleine Boot durch das Wasser pflügte; sie verwünschte sich, weil sie am Abend zuvor soviel getrunken hatte. Was sie auf dem Schiff erwartete, steigerte ihr Unwohlsein noch.

Als sie mit Julians Hilfe auf das Deck geklettert war, blickte sie erstaunt um sich. Längs der Reling stand eine ziemlich große Gruppe junger Männer und Frauen, die so aussahen, als würde das Ambiente eines Nachtklubs besser zu ihnen passen als das eines Segelschiffs. Julian kletterte nach ihr an Deck und gesellte sich zu Rachel. »Gestatte mir, dir meine Freunde vorzustellen.«

Aus einer offenen Tür tauchte Izzy auf, gefolgt von einem jungen Mann in weißem Hemd und weißer Hose. »Das Frühstück ist in zehn Minuten fertig«, sagte sie mit strahlendem Lächeln und nickte Rachel zum Gruß zu. Der hinter ihr stehende Mann grinste und schlang den Arm um ihre Taille. Rachel sah, wie er Izzy ein wenig herumdrehte und sie auf die Lippen küßte. Seine Finger stahlen sich über ihre Rippen und schlossen sich um ihre Brust.

Julian grinste. »Izzy kennst du ja schon – ihr gegenwärtiger Kavalier heißt Paul Thursford. Also, das ist mein alter Schulfreund Tippy Smith, das ist Lolly Cartwright ...« Rachel gab sich große Mühe, die Namen im Kopf zu behalten, während Julian sie über Deck führte. Dabei wurde ihr klar, daß Julian eine andere Vorstellung von einem Segeltörn hatte als sie selbst.

Beunruhigt blickte sie zum Kai hinüber; jetzt war es zu spät, wieder umzukehren.

»Ich glaube, ich werde nach unten gehen und Izzy ein bißchen helfen«, sagte sie, als das Schiff langsam aus dem Hafenbereich glitt.

Julian zuckte die Achseln. »Wie du willst, aber bleib nicht zu lange. Tippy macht gleich den Champagner auf.«

Rachel nahm keine Notiz von dem, was er sagte, und ging nach unten. Die in die Kombüse führende Treppe war recht steil. Im Vergleich zu draußen, wo die Morgensonne vom Himmel strahlte, war es drinnen dunkel. Rachel brauchte ein paar Sekunden, um sich auf das Dämmerlicht einzustellen. Es roch so stark nach gebratenem Speck, daß sich ihr der Magen umdrehte. Dann sah sie Izzy und Paul.

Er preßte das blonde Mädchen, dessen Hemdkleid bis über die Schenkel hochgerutscht war, gegen die Wand, während er sich mit den Händen eifrig zwischen ihren Beinen zu schaffen machte. Verblüfft beobachtete Rachel, wie er die Arme um sie legte und sie auf sich zog. Izzy, deren Augen geschlossen waren, stieß ein Keuchen aus, als sein Schwanz in sie eindrang. Ein Träger von Izzys leichtem Sommerkleid war ihr von der Schulter geglitten, so daß man eine winzige runde Brust sah. Paul, der inzwischen die richtige Balance gefunden hatte, legte die Hand auf Izzys Brust und fing an, im Kreis über die immer härter werdende Spitze zu streichen. Rachel brachte es nicht fertig, den Blick von den beiden zu wenden. Wie angewurzelt stand sie da und merkte, wie ihr die Röte ins Gesicht stieg, als Izzy anfing, sich wie wild zu bewegen, wobei ihre Hüften im gleichen Takt wie der Schiffsmotor hin und her gingen.

Als sich eine Hand auf Rachels Schulter legte, zuckte sie erschrocken zusammen. Julian Morton beugte sich über sie und küßte sie auf den Hals. Er ließ die Hand nach unten gleiten, um ihre Brust zu drücken. Rachel biß sich auf die Lippe – ihre Brustwarzen waren hart und wollten geküßt werden.

»Sieht so aus, als ob es mit dem Frühstück ein bißchen länger dauert«, flüsterte er mit einem Grinsen. »Warum kommst du nicht wieder auf Deck und trinkst mit uns ein Glas Champagner mit Orangensaft? Oder wollen wir lieber hier unten bleiben und es den beiden nachmachen?«

Vom Kai aus sah Anthea zu, wie das Boot den Hafen verließ. Dann ging sie zu Rachels Auto zurück. Ihre Kopfschmerzen waren in ein dumpfes Pochen übergegangen, und es gefiel ihr überhaupt nicht, daß sie jetzt den Motor des kleinen Roadsters anwerfen mußte. Deshalb war sie erleichtert, als sie unter den Leuten am Kai Daniel Grey, Rachels Gärtner, entdeckte. Sie winkte ihm zu, und er hob zum Gruß die Hand. Rachel hatte recht. Er war wirklich sehr attraktiv.

»Guten Morgen, Miß Leven«, sagte der junge Mann. »Sie sind ja schon früh auf den Beinen.«

Anthea stöhnte unmutig, lächelte ihn dann aber freundlich an. »Guten Morgen. Für meine Verhältnisse zu früh, um ehrlich zu sein. Ob Sie mir wohl behilflich sein könnten, das Auto in Gang zu bringen?« Sie holte die Kurbel aus dem Wagen, doch bevor Daniel die Hand ausstrecken konnte, nahm ihr ein älterer, stämmiger Mann die Kurbel ab. Er war um einen Kopf größer als Anthea und hatte funkelnde braune Augen sowie eine braungebrannte Haut, die ihm ein leicht ausländisches Aussehen verlieh. Als seine Finger sich um den Metallgriff schlossen, ging ihr flüchtig der Gedanke durch den Kopf, daß er früher ein attraktiver Mann gewesen sein mußte.

»Lassen Sie mich das machen«, sagte er, während er den Griff mit einen Lappen, den er aus der Tasche gezogen hatte, abwischte.

»Danke«, sagte sie überrascht. »Sehr nett von Ihnen.«

Der Mann scheuchte Daniel mit einer Handbewegung fort. Dann schaute er Anthea an.

»Mach ich doch gern, Miß. Ich bin Daniels Stiefvater. Ted Grey ist mein Name.« Er grinste und streckte die Hand aus. Nur ihre guten Manieren konnten Anthea dazu bewegen, ihm die Hand zu schütteln. Während er redete, glitten seine Augen wie rauhe Arbeiterhände über ihren Körper. Sein Händedruck dauerte ein wenig länger, als angebracht gewesen wäre. Anthea überlief es kalt.

»Ich bin Ihnen sehr dankbar, daß Sie mir helfen, Mr.

Grey«, sagte sie mit kühler Stimme und trat ein Stück von ihm weg.

Ted zog die Brauen hoch. »Keine Ursache! Wenn eine Dame Probleme hat, stehe ich nie untätig herum. Außerdem habe ich das Auto erkannt. Haben Sie Mrs. Ingram heute nicht dabei?«

Anthea schüttelte den Kopf. Es bereitete ihr Unbehagen, sich von diesem Mann in ein Gespräch ziehen zu lassen.

»Nein, sie macht heute einen Bootsausflug.« Sie zeigte in Richtung der Hafenausfahrt. »Mit Mr. Morton und seinen Freunden.«

Teds Grinsen wurde breiter. »Eine tolle Frau, unsere Mrs. Ingram.« Er schielte auf Antheas Brüste und leckte sich die Lippen. »Sie sind aber auch nicht ohne. Über Mrs. Ingram und meinen Jungen wissen Sie ja Bescheid, wie?«

Anthea stieß einen Laut des Erstaunens aus. »Wie bitte?«

Ted Grey kam ein Stück näher, ein belustigtes Funkeln in den Augen. »Mir gegenüber brauchen Sie sich nicht zu verstellen, Miß. Ich bin sicher, daß sie Ihnen alles bis ins kleinste Detail erzählt hat. Ihr Leute aus der Stadt seid doch alle gleich. Einsame Witwen und sexhungrige alte Jungfern – das kenne ich zur Genüge.« Während er sprach, strich er mit der Hand langsam über die Stange der Kurbel. Dann schob er sie in die dafür vorgesehene Buchse unter dem Kühler. Das Ganze wirkte unglaublich obszön. Anthea spürte, wie sich die Wut in ihr zusammenballte.

»Wie können Sie es wagen, so mit mir zu sprechen?« zischte sie und warf rasch einen Blick über die Schulter, um festzustellen, ob jemand ihren Wortwechsel mitbekommen hatte.

Ted zuckte die Achseln, spuckte in die Hände und

machte sich daran, den Motor anzuwerfen. Als er ansprang, riß Anthea ihm die Kurbel aus der Hand und stieg ins Auto.

Ted grinste. »Was denn? Noch nicht einmal danke schön wollen Sie sagen?« fragte er, gegen die Tür des Roadsters gelehnt.

Anthea warf ihm einen wütenden Blick zu. »Danke«, antwortete sie mit gepreßter Stimme.

»Sollten Sie mal etwas brauchen«, sagte er mit anzüglichem Grinsen, »ich bin immer gern bereit, einer Dame zu Diensten zu sein.«

Anthea setzte den Wagen in Gang. »Ich werd's mir merken«, fauchte sie und fuhr davon. Was sie eben erlebt hatte, war kaum zu glauben. Ted Grey war gefährlich. Sie fragte sich, ob Rachel wußte, was für ein Mann Daniels Stiefvater war.

An Bord seines Schiffs schenkte Julian Rachel gerade ein weiteres Glas Champagner ein und schlang den Arm um ihre Taille.

»Entspann dich«, sagte er mit sanfter Stimme. »In einer halben Stunde werden wir an der Sandbank anlegen. Bist du schon dort gewesen? Da ist es wie auf einer verlassenen Insel. Als Junge bin ich immer hinausgefahren, wenn ich bei meinem Großonkel zu Besuch war. Kiefern, ein goldgelber Sandstrand ...« Er verstummte. »Meine Güte, was ist denn los? Du bist ja ganz bleich.«

Rachel blickte zu ihm hoch. Die Atmosphäre auf Deck war extrem spannungsgeladen. Die anderen schienen unnatürlich nahe beieinander zu stehen, als ob sie alle ein bizarres erotisches Geheimnis miteinander teilten. Rachel fühlte sich so unbehaglich, daß ihr übel war.

»Julian, was geht hier vor sich? Das ist doch kein normaler Tagesausflug? Wir haben doch beide gesehen, was Izzy und dieser Mann unten in der Kombüse gemacht haben. Ich dachte, wir hätten ausgemacht, ganz von vorn anzufangen.«

Julian lächelte. »Werden wir auch. Ich dachte bloß, eine kleine Abwechslung würde dir vielleicht gefallen, um von deinen moralischen Grundsätzen einmal wegzukommen.«

Er hob ihr Gesicht an und küßte sie zärtlich. »Es wird nichts passieren, was du nicht willst. Das verspreche ich dir. Wir werden uns bloß ein bißchen amüsieren. Das ist alles.«

Rachel starrte aufs Meer hinaus; der Hafen war nur noch ein weißer Fleck in der Ferne, ein helles Funkeln inmitten der grünen und goldenen Farben der Küste. Sie konnte Albion House ausmachen, das am oberen Ende einer der zahlreichen Fahrrinnen Wache stand und zwischen den hügeligen Dünen wie ein gestrandeter Schoner wirkte. Vor ihnen erstreckte sich der Bogen des Sandriffs, das die Einheimischen als Sandbank bezeichneten, eine kleine, hufeisenförmige Insel mit einer seichten Bucht, die sich in der Mündung des U befand. Die Bucht war so flach, daß man, um nicht auf Grund zu laufen, um die Sandbank herumfahren mußte, damit man an Land gehen konnte. Bei sehr niedrigem Wasserstand konnte man vom Festland zur Insel hinüberlaufen, doch die Flut war so tückisch und kam so schnell herein, daß es einem unvorsichtigen Spaziergänger leicht passieren konnte, vom Festland abgeschnitten zu werden. Die Mitte der Insel war stellenweise mit Kiefern bewachsen.

Auf den letzten hundert Metern übernahm Julian das Steuer. Als einer von der Mannschaft an Land sprang, um das kleine Schiff an einem behelfsmäßigen Dock zu vertäuen, hatte Rachel das Gefühl, es lege sich ihr etwas Unsichtbares, das nahe bevorstand, wie ein Gewicht auf die Brust. Nachdem das Schiff festgemacht worden war, beeilten sich die Passagiere – insgesamt zehn oder zwölf –, an Land zu kommen. Jeder von ihnen war mit Decken und Picknickkörben bepackt. Sie eilten über den Sand und hielten auf die Kiefern zu. Der Ausblick vom Rücken der Sandbank war grandios, doch Rachel achtete kaum darauf. Gleich würde etwas passieren, das konnte sie spüren.

Julian nahm sie beim Arm. »Komm schon«, sagte er fröhlich, »trödle nicht so herum.«

Als alle den Schatten der Bäume erreicht hatten, nahm Julian seine Uhr heraus und sagte grinsend: »Also, meine Damen, ihr habt zehn Minuten Zeit, um euch davonzumachen; danach seid ihr alle Freiwild.«

Rachel starrte ihn an, während die anderen Frauen Freudenschreie ausstießen, schnell ihre Schuhe auszogen und hastig davonrannten, um sich hinter den Dünen und zwischen den Kiefern zu verstecken.

»Julian?« sagte Rachel, um eine Erklärung bittend.

Er zuckte gleichmütig die Achseln. »Nun schau nicht so mißbilligend drein. Wenn du nicht willst, brauchst du ja nicht mitzuspielen. Das hängt ganz von dir ab.«

Die anderen Männer waren damit beschäftigt, Dekken auszubreiten und Sonnenschirme aufzuspannen, doch ihre Geschäftigkeit konnte nicht über die Spannung und das Verlangen, die in der Luft lagen, hinwegtäuschen; sie brannten darauf, richtig loszulegen. Mit einem flauen Gefühl in der Magengrube blickte Rachel in Richtung der Bäume. Während die Sekunden verstrichen, merkte sie, wie ihr Adrenalinspiegel stieg. Ein kalter Schauder lief ihr über den Rücken. Die jungen Männer begannen unruhig zu werden und zählten die Zeit, bis sie die Verfolgung aufnehmen konnten – und ohne nachzudenken wußte Rachel plötzlich, daß sie nicht länger bei ihnen bleiben konnte. Sie schleuderte die Sandalen von den Füßen und rannte in Richtung der Bäume, als sei der Teufel hinter ihr her.

Doch sofort wurde ihr bewußt, daß das ein Fehler war, denn indem sie losrannte, ging sie auf Julians Spiel ein. Es war der nackte Wahnsinn, aber sie konnte nicht anders. Das Davonlaufen und die wachsende Angst schienen instinktive Reaktionen zu sein. Der Puls hämmerte ihr in den Ohren, als sie hakenschlagend zwischen den windschiefen Bäumen hindurchflitzte. Hier und da sah sie etwas Farbiges aufleuchten, wenn die Frauen, die vor ihr losgerannt waren, wie bunte Blätter auseinanderstoben, um nach einem Versteck zu suchen. Wenn sie zu weit lief, würde sie auf der anderen Seite des Kiefernwäldchens herauskommen und eine leichte Beute sein.

Hinter sich hörte sie wildes Kreischen und Johlen, dem sie entnahm, daß die Männer die Verfolgung aufgenommen hatten. Nach Atem ringend, sprang sie in eine Sandkuhle, die vollständig von Bäumen und einem Gewirr zersplitterter Äste umgeben war, und kauerte sich zusammen. Sie hoffte inständig, daß die Männer sie nicht bemerken und an ihr vorbeilaufen würden. Ihr Herz hämmerte wild gegen die Rippen, so laut, daß sie befürchtete, sich dadurch zu verraten. Den Kopf mit den Händen bedeckend, wartete sie …

»Hier bist du also«, sagte plötzlich über ihr eine Stimme. »Du bist Julians neue Freundin, nicht wahr? Rachel, ja? Versuch gar nicht erst wegzurennen, ich kann dich nämlich sehen. Komm lieber raus, sonst hole ich dich.«

Rachel schaute auf und blickte in das Gesicht eines der anderen Passagiere. Es war ein großer, hagerer Mann Ende Dreißig mit rotblondem Haar. Seine Augen funkelten vor Lust und Begierde, und während sie immer mehr in Panik geriet, kam ihr zu Bewußtsein, daß sie keine Ahnung hatte, wie er hieß – ein Gedanke, der ihr ziemlich lächerlich schien. Sie stand langsam auf und wich zurück, als er die Böschung herunterkletterte und auf sie zukam.

Als er noch zwei, drei Meter von ihr entfernt war, drehte sie sich plötzlich um und versuchte zu entwischen, doch zu ihrem Entsetzen stellte sie fest, daß sich hinter ihr ein weiterer Mann befand, Paul Thursford, der sich in der Kombüse mit Izzy vergnügt hatte. Er mußte sich von hinten an sie herangeschlichen haben, als der erste Mann mit ihr gesprochen hatte. Er stürzte sich auf sie, packte sie bei den Armen und wirbelte sie herum, so daß sie sich wieder dem Mann gegenübersah, der sie entdeckt hatte.

Da begann sie ernsthaft Widerstand zu leisten, als ob ihr Leben davon abhinge, obwohl sie sich gleichzeitig bewußt war, daß ihr Sträuben sie zutiefst erregte, eine Reaktion, die so primitiv und alt war wie die Jagd selbst. Der Rotblonde packte ihre Beine und riß sie hoch. Dann warfen sie sie auf den Sand.

Schwer atmend sagte Paul Thursford: »Offensichtlich haben wir da eine ganz Temperamentvolle erwischt, Perry. Willst du ihr zuerst die Ehre erweisen, oder soll ich anfangen?«

Perry wischte sich mit der Hand über den Mund. »Wie wäre es denn, wenn wir sie uns gleichzeitig vornehmen?«

Rachel erstarrte. »Was?« stieß sie entsetzt hervor.

Perry grinste zu ihr herunter. »Wir haben dich gefangen. Jetzt können wir mit dir machen, was wir wollen. So lauten die Regeln. Es sei denn, du erhebst Einspruch. In dem Fall ...« Er zuckte die Achseln und grinste Paul an. »Nicht daß sich schon jemand über uns beklagt hätte.«

Rachel war so entgeistert, daß es ihr die Sprache verschlug. Mit einem Schwung drehten sie die beiden auf den Bauch. Dann mußte sie sich hinknien und sich mit den Händen abstützen. Der hinter ihr stehende Paul Thursford schob die Hand zwischen ihre Schenkel und zog ihr Höschen herunter.

»Ein guter Fang, Perry«, murmelte er anerkennend.

Sie wußte, daß sie bereits erregt war, und keuchte auf, als er den Finger in sie steckte und freudig grunzte.

Perry öffnete unterdessen von vorn ihr Kleid, schob die Hand unter ihr Hemdchen, um nach ihren Brüsten zu greifen, und rollte die steifen kleinen Spitzen behutsam zwischen Daumen und Zeigefinger hin und her. Rachel schloß die Augen und erbebte; sie hatte gesehen, wie seine andere Hand sich an seinem Hosenschlitz zu schaffen machte, und ahnte, was ihr bevorstand.

Paul Thursford ließ seine Finger nach vorn gleiten, um ihre Klitoris zu streicheln, und schob dabei seinen Schwanz zwischen ihre Schenkel. Er keuchte lustvoll, als er sein Ziel erreichte. Rachel war wie betäubt. Ihr ganzer Körper zitterte und war erhitzt – sie konnte kaum glauben, was da vor sich ging. Etwas Warmes streifte ihre Wange, und ohne nachzudenken, öffnete sie den Mund, um Perrys Schwanz zwischen die Lippen zu nehmen. Er stöhnte leise und widmete sich wieder ihren pulsierenden Brüsten.

Halb amüsiert, halb lüstern sah Julian Morton, der zwischen den Bäumen am Rand der Sandkuhle stand, ihnen zu. Seine spröde Freundin kauerte zwischen den beiden Männern. Ihre Hände und ihr Mund arbeiteten harmonisch zusammen, um den Schaft und die Eier von Perry Comerford zu bedienen, während sich ihr Unterleib wie wild hin und her bewegte, um Paul Thursford noch tiefer in sich aufzunehmen. Die beiden Männer hatten ihr das Kleid aufgeknöpft und ihr das Hemdchen ausgezogen, so daß ihre Brüste hin- und herschaukelten und wippten. Der eine streckte die Hand aus, um ihre Brüste zu packen, der andere schob seine Finger tief zwischen ihre Schenkel. Rachel keuchte und stöhnte ebenso vor Lust wie die beiden Männer. Julian hatte den Eindruck, eine zum Sex Bekehrte vor sich zu haben.

Nach einer Weile fanden sie einen gemeinsamen Rhythmus, der so zwingend war wie der Schlag des Herzens und so zügig, als seien ihre Bewegungen choreografisch aufeinander abgestimmt. Die beiden Männer, die sich starr anblickten, schoben Rachel hin und her. Julian lächelte; Rachel schien in der Leidenschaft ihrer Partner aufzugehen, schien nichts anderes zu sein als ein köstlicher Körper, den man benutzte und genoß. Er hatte den Verdacht, daß sie an diese Rolle gewöhnt war.

Perry widmete sich gerade wieder ihrer Muschi, als sich Rachel plötzlich wie ein gespannter Bogen krümmte, da die ersten starken Orgasmuswellen sie durchströmten und beide Männer in den Abgrund der Lust mitrissen. Paul keuchte und zog sie wieder an sich, während seine Hüften wie ein Rammbock nach vorn stießen. Rachels Lustschreie erstickten, als Perrys zukkender Schwanz sich in ihren Mund ergoß. Und dann war auf einmal alles still. Perry zog sich aus ihrem Mund zurück, Paul aus ihrem Geschlecht. Dann standen beide Männer gleichzeitig auf.

»Bist du bereit, noch eine zur Strecke zu bringen?« fragte Perry, der gebückt dastand, die Hände auf den Knien.

»Und ob!« entgegnete Paul, nach Atem ringend. »Aber vorher könnte ich ein Schlückchen Champagner gebrauchen.«

Wie betäubt lag Rachel zusammengekrümmt auf

dem Sand, halb auf dem Rücken, mit entblößten Brüsten. Sie atmete schwer. Julian ließ sich die Böschung hinuntergleiten und ging auf die Männer zu, die grüßend die Hand hoben und dann nach oben kletterten, um sich zur Picknickstelle zu begeben.

Julian hockte sich neben Rachel und weidete sich an ihrer Nacktheit und an ihrem fügsamen, erschöpften Gesichtsausdruck. Nachdem er sie ein Weilchen betrachtet hatte, schob er sehr behutsam ihre Beine auseinander. Sie sah auf, als hätte sie Schwierigkeiten, ihren Blick zu konzentrieren. Ohne ein Wort zu sagen, beugte er sich vor und fuhr mit der Zunge über ihre Muschi. Er konnte spüren, wie sie innerlich noch vibrierte, ein leiser Nachhall ihres Orgasmus, der ihn erregte.

Sie stöhnte leise, und er wußte, daß seine Liebkosungen zu intensiv waren, als daß sie so kurz nach dem Orgasmus neue genießen konnte; deshalb drückte er ihre Schenkel vorsichtig ein bißchen weiter auseinander und fing an, die inneren Bereiche ihres Geschlechts zu erkunden. Es war so heiß und so feucht, daß er vor lauter Lust zitterte. Reflexhaft zog sich ihre Möse um seinen Finger zusammen, eine wundervolle, zarte Liebkosung. Nachdem er sich die Hose aufgeknöpft hatte, kniete er sich zwischen ihre Beine und führte seinen Schaft in ihr feuchtes Paradiesgärtlein ein. Nun endlich konzentrierte sich ihr Blick, und sie lächelte schläfrig, als erwache sie aus einem Traum.

»Das hatte ich aber nicht im Sinn, als ich vorgeschlagen habe, daß wir ganz von vorn anfangen, Julian«, flüsterte sie.

Julian Morton lächelte und küßte sie. »Ach, wirklich?« gurrte er. »Wie schade!«

Seine Hand glitt nach oben, um ihre Brüste zu liebkosen. Mit den Fingern bearbeitete er ihre kecken Brustwarzen. Sie stöhnte leise. Er lächelte und zog sie hoch, bis sie rittlings auf ihm saß und seinen Schwanz völlig verschlungen hatte. Er packte sie bei den Haaren und küßte sie leidenschaftlich.

»Vielleicht sollten wir die Bedingungen unseres sexuellen Waffenstillstands neu aushandeln«, sagte er mit belegter Stimme. »Du siehst hinreißend aus. Am liebsten würde ich nie mehr aufhören, dich zu ficken.«

Rachel warf den Kopf zurück und stöhnte, als er ihren Hals küßte und leckte. Ihre Haut schmeckte nach Meer und Sand und süßem Schweiß. »Du bist ein absoluter Schuft, Julian«, zischte sie, bevor sie ihr Geschlecht heftig gegen seinen Bauch rammte.

Julian lachte. »Und ich hab' schon gedacht, das würde dir nie auffallen. Warum streichelst du dich nicht selbst ein bißchen?« Er packte ihre Hand und führte sie zu der duftenden Stelle, an der ihre Körper sich vereinigten.

»Zeig mir, wie du's gern magst«, flüsterte er. »Zeig mir, was dich auf Touren bringt.«

Einen Augenblick lang begegneten sich ihre Blicke, und Rachels Wangen röteten sich noch mehr.

Er grinste. »Du willst mir doch nicht erzählen, daß du das noch nie gemacht hast. Ich möchte, daß du fühlst, wie naß du bist – da unten ist es einfach himmlisch.«

Sie zögerte einen Moment. Dann erlaubte sie ihm, ihre Finger zwischen ihre fleischigen äußeren Schamlippen zu schieben. Ohne daß er nachhelfen mußte, fing sie an, die kleine Knospe, die wie eine Perle zwischen den Hautfalten lag, mit rotierenden Bewegungen zu liebkosen.

»Meinst du so?« fragte sie leise. Ihre Augen leuchteten erneut vor Lust. Ihre Finger wurden schneller. Julian spürte, wie die Vibrationen durch ihren Körper gingen und sich dann auf ihn übertrugen, so daß er vor Wonne keuchte.

»O ja«, murmelte er, während er sich bemühte, seinen Schwanz tiefer hineinzuschieben, »o ja, genauso meine ich es.«

9. KAPITEL

Nachdem Anthea Rachel am Kai abgesetzt hatte, machte sie, anstatt direkt zum Albion House zurückzufahren, mit Rachels kleinem Sportwagen eine Spritztour durch das Dorf, das sich an der Küstenstraße entlangzog. Es war schön, die Gäßchen und Feldwege entlangzuflitzen. Während der Fahrt dachte sie über ihre Begegnung mit Ted Grey nach; je weniger Rachel mit dieser Familie zu tun hatte, desto besser, wie attraktiv Daniel auch sein mochte. Je länger sie über das Ganze nachdachte, desto unheimlicher wurde ihr Ted Grey. Anthea hatte den Verdacht, daß er Rachel beim geringsten Anlaß große Schwierigkeiten bereiten würde.

An der Spitze einer der Halbinseln hielt sie den Wagen an und schaute aufs Meer hinaus. In der Ferne konnte sie die Kiefern auf der Sandbank sehen – wenigstens hatte Rachel jetzt Julian, um sie zu beschützen. Sie schirmte die Augen gegen die Sonne ab und blickte angestrengt in Richtung der Sandinsel. Sie konnte gerade noch die Umrisse von Julians Schiff ausmachen, die sich gegen das graue Wasser abhoben. Anthea bedauerte es nun fast, nicht mitgefahren zu sein. Es mußte ein herrliches Ambiente für ein Sommerpicknick sein. Nachdem sie wieder ins Auto gestiegen war, machte sie sich auf den Rückweg. Petra hatte versprochen, sie gegen Mittag abzuholen, und sie wollte nicht zu spät kommen.

Es war noch recht früh, als Anthea das Auto im Schatten von Albion House abstellte. Sie hatte zwar nicht die Absicht gehabt, auf Erkundungstour zu gehen, aber wenn man allein im Haus war, schien die Zeit so langsam zu verstreichen. Sie nahm sich ein Glas

Wein mit und begab sich nach oben in Rachels Atelier. Auf der Staffelei stand ihr neuestes Werk. Anthea hob das Abdecktuch hoch und lächelte: Daniel Grey, vom Wind zerzaust und so hinreißend, wie Rachel ihn sich nur vorzustellen vermochte. Anthea streckte die Hand aus, um über die breite Brust des Bildes zu streichen, merkte aber, daß die Farbe noch feucht war. Etwas so Wunderbares durfte man nicht verderben. Außerdem wollte sie keine Spuren hinterlassen, die verrieten, daß sie herumspioniert hatte.

Mit den Strichen ihres Pinsels hatte Rachel ihren jungen Liebhaber in eine fantastische sexuelle Ikone, heidnisch und sinnlich, verwandelt – in etwas kaum Gezähmtes. Anthea erschauerte. Tief in ihrem Innern verspürte sie einen leisen Kitzel der Lust. Wenn Rachel ihn *so* sah, dann war es kein Wunder, daß sie derart in seinem Bann stand. Seine Haut schien von innen zu leuchten, und seine funkelnden blauen Augen schienen einem unmittelbar in die Seele zu blicken.

Als Anthea die Ateliertür hinter sich aufgehen hörte, nahm sie an, es sei das Dienstmädchen, und drehte sich nicht einmal um.

Ein Hüsteln ließ sie zusammenfahren. Mitten im Atelier stand Daniel, bekleidet mit einem weißen Baumwollhemd und ausgeblichenen cremefarbenen Hosen. Anthea schluckte mühsam.

Daniel wirkte verlegen. »Tut mir leid, wenn ich Sie störe, Miß Leven, aber ich habe das Auto gesehen und dachte, daß Ra... Mrs. Ingram vielleicht wieder zu Hause ist.«

Anthea warf einen Blick auf das Porträt. Dann sah sie wieder den jungen Mann an. »Sie wird den ganzen Tag fort sein. Sie ist auf Julian Mortons Schiff zu einem Picknick gefahren. Haben Sie die Angewohnheit, einfach so ins Haus einzudringen?«

Nervös trat er von einem Fuß auf den anderen.

»Nun?« fragte sie hartnäckig.

Daniel blickte zum Podest hinüber. »Solange ich für Mrs. Ingram Modell sitze, darf ich ohne weiteres hierherkommen. Jetzt bin ich nur hochgekommen, weil ich gedacht – weil ich gehofft habe, daß sie hier ist.«

Anthea musterte ihn von oben bis unten und fragte sich, ob er die Wahrheit sagte. Schließlich hatte er gesehen, wie sie mit Rachels Auto vom Kai weggefahren war. Vielleicht hatte er nicht bemerkt, daß Rachel zum Schiff hinausgefahren war; vielleicht war er aber auch ins Atelier gekommen, um ebenfalls herumzuspionieren.

Sie zeigte auf die Staffelei. »Haben Sie schon Rachels neuestes Gemälde gesehen?«

»Nein, Miß Leven, habe ich nicht.«

Anthea hob das Abdecktuch hoch. »Dann sollten Sie vielleicht einen Blick darauf werfen.«

Gespannt beobachtete sie sein Gesicht, als er herantrat, um sich das Gemälde anzusehen. Sein Unterkiefer klappte herunter, und er wurde hochrot, als er Rachels Werk betrachtete; einen Augenblick lang meinte sie, Erleichterung in seinen Augen wahrnehmen zu können.

»Was halten Sie davon?« fragte sie. Er stand so dicht neben ihr, daß sie die blonden Haarkräusel im Ausschnitt seines Hemds und die Lachfalten, die sich bereits um seine Augen herum zu bilden begannen, sehen konnte.

Er schüttelte den Kopf. »Ich weiß nicht, was ich sagen soll. Es ist wunderschön. Es ist ... Es ist ...«

Anthea wandte sich ihm zu. »Sie müssen dieser Sache ein Ende machen«, sagte sie mit gedämpfter Stimme.

Daniel starrte sie an. »Ich verstehe nicht, was Sie meinen«, antwortete er.

Anthea zog höhnisch eine Augenbraue hoch. »Tatsächlich nicht? Eine Menge anderer Leute scheint aber zu wissen, worum es geht. Wenn Sie Rachel lieben, dann müssen Sie ihr sagen, daß eure Beziehung beendet ist.« Anthea zeigte auf das Gemälde. »Ich weiß, daß sie Sie liebt, mir war bloß nicht klar, wie sehr. Sie brauchen sich das nur anzusehen, dann wissen Sie, was sie empfindet. Aber wenn Sie sie wirklich und wahrhaftig lieben, dann müssen Sie diese Affäre beenden, bevor es zu spät ist. Sie müssen sie wieder ihr eigenes Leben führen lassen.«

Daniels Gesicht verfinsterte sich. »Sie meinen, ein Leben mit Julian Morton?«

Einen Moment lang stand er wie drohend vor ihr, und Anthea stellte sich vor, wie es sein mußte, mit ihm ins Bett zu gehen, wenn seine ganze Leidenschaft geweckt war – seinen Schwanz tief in sich zu spüren, seine Hände auf ihren Brüsten, seine heißen Küsse auf ihren brennenden Lippen. Die Vorstellung war so intensiv und so lebendig, daß sie merkte, wie sie errötete. Rasch blickte sie weg.

»Ja«, sagte sie, um Fassung ringend. »Genau das meine ich. Was haben Sie ihr denn schon zu bieten?« Sie berührte das Bild wie einen Talisman. »Nichts, nur dies.«

In Daniels Augen blitzte es auf. »Dies?« flüsterte er. »Was meinen Sie mit *dies?*«

Anthea wurde rot. »Diese Leidenschaft. Diese törichte, sinnlose, alles verzehrende Leidenschaft. Bitte, Daniel, verzichten Sie auf Rachel. Seit Andrés Tod ist sie so einsam. Sie muß endlich zur Ruhe kommen, deshalb sollte sie jemand wie Julian heiraten und sich ein richtiges Leben aufbauen. Sie braucht ein geordnetes Leben, eine Familie. Dieses Gemälde ist Teil eines kunstvollen Gebildes aus purer Fantasie, das sie mit Ihnen als Mittelpunkt errichtet hat.«

Sie machte eine Pause, um festzustellen, ob ihre Worte eine Wirkung erzielten.

Daniel sah zuerst das Gemälde an und dann sie. »Sie sind eifersüchtig«, sagte er plötzlich, als hätte er es in ihren Augen gelesen.

Anthea wich zurück. Seine Worte wirkten wie ein Schlag ins Gesicht. Erschrocken kam ihr zu Bewußtsein, daß er recht hatte – irgendein Teil von ihr, ein verborgener, begehrlicher Teil ihrer Person, den sie immer verheimlicht hatte, sogar vor sich selbst, beneidete Rachel Ingram zutiefst. Erstaunt starrte sie ihn an. Wie kam es, daß jemand wie Daniel diese Sache erkannt hatte, die ihr selbst nicht bewußt gewesen war?

Daniel trat ein Stück näher, die Augen auf das Porträt geheftet. »Sie sind eifersüchtig auf ihr Talent, auf dieses Haus – eifersüchtig auf Julian und vor allem eifersüchtig darauf, daß sie mich hat.«

Plötzlich klopfte es an die Ateliertür. Wie erstarrt standen sie beide da. Anthea fand als erste die Sprache wieder und rief: »Ja, bitte?«

Molly öffnete die Tür und sah erst Daniel, dann Anthea an.

»Miß Morton ist da, um Sie abzuholen, Miß.«

Anthea nickte steif. »Danke, Molly. Ich komme gleich nach unten. Würden Sie bitte Daniel zur Tür bringen?«

Als der junge Mann weg war, starrte Anthea Rachels Gemälde an. Ihre Fäuste waren so geballt, daß die Nägel sich in die Handflächen preßten. Etwas in ihr wollte Daniels Porträt zerstören, bis kein Fetzen Leinwand mehr übrigblieb.

Sie schluckte mühsam und holte tief Luft, um sich zu beruhigen. Also, Rachel und Julian Morton. Wenn eine angemessene Zeit verstrichen war, würden sie zweifellos heiraten, und sie hätte diesen ganzen Unsinn hinter sich. Dann wäre diese törichte, selbstmörderische Leidenschaft nur noch eine schwache Erinnerung.

Anthea biß sich auf die Lippe und versuchte die Tränen zurückzuhalten, die ihr zu kommen drohten. So sehr sie Rachel auch liebte – und das tat sie –, Rachel hatte immer alles gehabt, was Anthea sich gewünscht hatte. Der Gedanke war so schockierend, daß Anthea nach Luft schnappte, als hätte ihr jemand einen Faustschlag versetzt. Sie fragte sich, wo sich diese alte Eifersucht bisher verborgen hatte. Was hatte Rachel über Daniel gesagt, als sie sich letzte Nacht in der Küche unterhalten hatten?

Niemand hat mich je das empfinden lassen, was er mich empfinden läßt. Es ist, als habe die Begegnung mit ihm mich verändert. Ich bin sicher, daß ich, wenn ich Daniel nicht begegnet wäre, letzte Nacht niemals mit Julian Morton geschlafen hätte. Es wäre mir noch nicht einmal in den Sinn gekommen. Es ist, als ob das Zusammensein mit Daniel mich frei gemacht hätte – er hat mir dazu verholfen, einen Teil meiner Person zu entdecken, von dessen Existenz ich bisher nichts gewußt habe.

Anthea zitterte. In ihrem Kopf hörte sie Rachels Stimme so klar und deutlich, als stünde sie neben ihr. Rachel war anscheinend nicht die einzige, die unter Daniels Einfluß zur Selbsterkenntnis gelangte.

Sie holte tief Luft und fuhr sich mit den Händen über die Haare und übers Kleid, als könne sie auf diese Weise ihre Gedanken ordnen und die Fassung wiedererlangen.

Im Wohnzimmer erwartete sie Petra Morton. Als Anthea die Tür öffnete, blickte sie auf und erhob sich.

»Schätzchen, du siehst aber blaß aus. Geht's dir gut?«

Anthea nickte. »Alles in Ordnung, Würde es dir etwas ausmachen, wenn wir sofort aufbrechen?«

Petra lächelte und hauchte Anthea einen Kuß auf die

Wangen. »Überhaupt nicht. Ich hab' mir gedacht, wir fahren die Küste hoch und gehen irgendwo Mittag essen, und vielleicht möchtest du danach ...« Sie hielt inne, ein schelmisches Funkeln in den Augen. »Nun, wir werden sehen, was sich ergibt. Einverstanden?«

Anthea nickte und eilte in die Halle, um ihre Jacke zu holen.

In ihrem von Kiefern und herabgefallenen Ästen geschützten Versteck auf der Sandbank stieß Rachel gerade ein Keuchen aus und legte den Kopf auf Julians Schulter. Sie merkte, wie sich unter ihren Fingerspitzen der Orgasmus zusammenbraute wie ein Sommergewitter, und drängte sich instinktiv seinem Schwanz entgegen. Er ächzte und drang noch tiefer in sie ein, wobei ihre Finger gegen ihren Körper gedrückt wurden. Dieser zusätzliche Druck reichte aus, um sie in Ekstase zu versetzen. Ein blendendes Licht erfüllte ihren ganzen Körper und verdrängte alle anderen Gedanken, so daß sie nur noch die Intensität ihrer Lust wahrnahm. Sie warf den Kopf zurück und ließ sich von den Wellen zu immer neuen Höhepunkten der Wonne tragen. Tief im Innern spürte sie Julians Schwanz, der wie ein schlagendes Herz pulsierte und immer tiefer in ihre nasse Möse eindrang. Das Wissen, daß er sie auf dieser wilden Fahrt durch das Meer der Lust begleitete, daß seine instinktiven Stöße sich mit den Empfindungen in ihrem Körper verbanden und verflochten, ließ sie vor Freude aufschreien. Schwer atmend sackte sie auf ihm zusammen. All ihre Sinne waren vom Geruch seines Schweißes und der glühenden Hitze seines Körpers erfüllt.

Er zog sie fest an sich und stieß ein letztes Mal zu, als bedaure er, daß alles vorbei war. Nach einer Weile entzog sie sich ihm. Erst jetzt spürte sie wieder den Sand, auf dem sie kniete, nahm sie wieder das Knistern der Kiefernnadeln und die leichte Brise wahr, die vom Meer wehte.

Als sie die Augen öffnete, stellte sie überrascht fest, daß Julian sie unverwandt anblickte.

»Was bist du für ein großartiger Fund, Rachel«, sagte er atemlos.

Rachel wurde rot. »Du hast mir versprochen ...«

Julian legte ihr den Finger auf die Lippen. »Pst, du willst dich doch nicht etwa beklagen, wie?«

Rachel wurde noch röter. Sie sah weg und stieg von ihm herunter. Beider Haut schien miteinander verschmolzen zu sein. Julian grinste, als sie anfing, zwischen den wirr durcheinanderliegenden Ästen nach ihrem Slip zu suchen.

»Die Mühe kannst du dir sparen, meine Liebe.«

Wütend starrte Rachel ihn an. Empörung loderte in ihr auf. »Du hast das im voraus geplant, nicht wahr?«

Julian zuckte die Achseln. »Ich bekenne mich schuldig, Euer Ehren.« Er ergriff ihre Hand. »Aber sieh mir in die Augen, und dann sag mir, daß dir das Ganze keinen Spaß gemacht hat. Die Jagd – dieser wundervolle Adrenalinstoß, als die beiden dich fanden. Hast du nicht innerlich gejubelt, als sie dich zu Boden geworfen und dich genommen haben? Ich habe deinen Gesichtsausdruck gesehen – du hast jede Sekunde genossen.«

Rachel hob ihr Hemd und ihren Slip dort auf, wo Paul und Perry sie hingeworfen hatten. Beide Kleidungsstücke waren voll Kiefernnadeln und Schmutz.

Julians Augen wurden dunkel. »Warum ziehst du nicht auch den Rest aus?«

Rachel starrte ihn an. Dann blickte sie in Richtung der Bäume, von wo das aufgeregte Kreischen und das Gelächter der anderen Ausflügler zu hören war.

»Und was passiert jetzt?« fragte sie leise und brachte, ohne auf seinen Vorschlag einzugehen, ihr Kleid in Ordnung.

Julian lächelte, nahm ihr die Unterwäsche aus der Hand und stopfte sie ohne viel Federlesens in die Tasche. »Eine kleine Orgie – der Wein wird in Strömen fließen, einige meiner Gäste werden zweifellos in der Bucht schwimmen gehen ...« Er zog sie an sich. »Außerdem möchte ich dich darauf hinweisen, daß ihr Frauen uns ausgeliefert seid, solange wir hier auf der Sandbank sind.«

Rachel lachte. »Wie bitte?«

Julian führte sie die Böschung hoch und geleitete sie durch das wirre Durcheinander herabgefallener Äste. »Das ist so Tradition. Ihr wartet uns auf, ihr bedient uns – ihr macht genau das, was ich und meine Freunde euch befehlen.«

Rachel blieb abrupt stehen. »Warum hast du mich eingeladen, heute mitzukommen?«

Julian lächelte schwach. »Ich dachte, daß es dir vielleicht gefällt, diese neue Erfahrung zu machen.« Er hielt inne und fuhr verschmitzt zwinkernd fort: »Oder ziehst du in jedem Fall jüngeres, weniger geschultes Fleisch vor?«

Rachel war so schockiert, daß es ihr die Sprache verschlug.

Julian grinste. »Nun laß doch diese Geheimniskrämerei. Deine Liaison mit dem jungen Mann ist allgemein bekannt. Was mich amüsiert, ist, daß du dich so zierst und so vornehm tust, obwohl ich zugeben muß, daß du das sehr überzeugend machst.« Er drehte sich zur Seite und sah sie an. »Aber so läßt du dein Talent brachliegen. Deshalb dachte ich, daß du zur Abwechslung einen Mann zwischen deinen Beinen spüren möchtest.«

Rachel schaute ihn wortlos an und versuchte, ihre

Gedanken zu ordnen. Wie hatte Julian bloß die Sache mit Daniel herausgefunden?

Sie gingen langsam zwischen den Bäumen weiter, um zur Picknickstelle zurückzukehren. Er drehte sich zur Seite, sah sie an und grinste. »Du kannst es mir ruhig glauben, Rachel. Du brauchst einen Herrn und Meister, keinen Sklaven.«

Sie erzitterte. »Du willst immer nur nehmen«, sagte sie mit tonloser Stimme.

Julian nickte. »Ganz recht. Das gehört zu meiner Natur, genauso wie Geben und Gehorchen zu deiner Natur gehört. Vergiß nicht, daß ich erlebt habe, wie du dich in meinem Schlafzimmer benommen hast; und gerade vorher hast du es genossen, von Perry und Paul genommen zu werden. Da ist dein eigentliches Wesen zum Vorschein gekommen. Das war reine sexuelle Magie. Ganz animalisch.« Er grinste erneut und fügte hinzu: »Und das finde ich sehr gut. Ich glaube, wir können viele schöne Dinge miteinander machen, Rachel – sehr viele schöne Dinge.«

Durch die Bäume konnte Rachel sehen, daß einige der anderen Gäste bereits zum Picknickplatz zurückgekehrt waren. In ihrer Abwesenheit hatte die Besatzung des Schiffs im Schatten der Bäume Tische und Liegestühle aufgestellt. In der Mitte befand sich ein größerer, reich mit Speisen beladener Tisch.

Rachel bemühte sich, den Blick starr auf den Boden zu richten. Von der anderen Seite der Lichtung her schleifte einer der Männer fröhlich ein Mädchen heran, das nur mit Strümpfen und Strumpfbändern bekleidet war. Ihre Handgelenke waren mit dem Gürtel ihres Kleides zusammengebunden, an dem sie derjenige, der sie gefangengenommen hatte, hinter sich herzog. Sie kicherte und tat so, als ob sie sich sträubte, was aber nicht sehr überzeugend wirkte.

Julian grinste. »Wie ich sehe, hast du eine zur Strekke gebracht, Harry.«

Der Mann winkte Julian zu. »Genau. Und wenn sie nicht macht, was ich will, übergebe ich sie der Besatzung deines Schiffs. Das habe ich ihr schon gesagt.«

Julian warf Rachel einen Blick zu. »Eine äußerst angemessene Bestrafung, auf die ich vielleicht auch zurückgreife, wenn Rachel hier nicht mitmacht.«

Die Männer hatten sich bereits auf den Liegestühlen und Decken niedergelassen. Die Frauen fingen an, den Lunch zu servieren – die meisten von ihnen waren nackt.

Julian wandte sich Rachel zu und schob ihr von unten die Hand unters Kleid. »Siehst du, was ich dir gesagt habe. Eine Schande, so bekleidet herumzulaufen. Meine Freunde werden denken, daß du etwas zu verbergen hast.« Mit einer einzigen Bewegung zog er ihr das Kleid über den Kopf.

Ihre Nacktheit wurde von den anderen Männern mit zustimmendem Gejohle begrüßt. Einer von ihnen – Tippy Smith, wie sie meinte – musterte sie anerkennend von oben bis unten.

»Sehr hübsch, Julian. Schick sie doch mit ein paar Weintrauben rüber, ja?« Zu seinen Füßen kauerte eine nackte junge Frau, den Oberkörper gegen seine Beine gelehnt.

Julian grinste. »Offenbar wird dein Typ bereits verlangt, meine Liebe. Hier, laß Tippy nicht warten.« Er nahm eine Platte mit Früchten vom Tisch und reichte sie ihr.

Langsam ging Rachel über den schattigen Sand auf Julians Freund zu. Statt die Weintrauben sofort zu nehmen, ließ er seinen Blick über ihren Körper wandern. Dann beugte er sich vor, um die Details besser betrachten zu können. Rachel wurde rot, was bei solch unverhohlener Bewunderung unvermeidlich war. Gleichzeitig jedoch erregte Tippys Interesse sie, und trotz ihrer Verlegenheit fühlte sie sich geschmeichelt. Er bückte sich und holte eine Flasche Champagner und ein Glas unter seinem Stuhl hervor.

»Verflucht, Julian, der Schampus ist ganz warm.«

Julian, der es sich gemütlich gemacht hatte und sich von Izzy bedienen ließ, stieß einen theatralischen Seufzer aus. »Was erwartest du denn bei dieser Hitze? Es ist noch welcher in dem Hummerkorb, der im Wasser liegt. Schick eins der Mädchen los, um ihn zu holen.«

Tippy winkte Rachel fort. »Du hast gehört, was er gesagt hat. Geh und hol den Champagner. Beeil dich.«

Rachel drehte sich um. Er hörte sich an wie ein nörgeliges Kind. Sie warf einen Blick in Richtung Meer, das weit entfernt zu sein schien. Zwischen den schützenden Bäumen und dem Wasser lag offenes Gelände.

Izzy, die Julian gerade etwas zu trinken einschenkte, grinste sie an. »Keine Bange, niemand wird dich sehen. Wenn du willst, komme ich mit. Dann können wir schnell ins Wasser springen, um uns ein bißchen abzukühlen. Ist das in Ordnung, Julian?«

Julian nickte und entließ sie mit einer Handbewegung. »Warum nicht? Wenn es noch heißer wird, schließe ich mich euch vielleicht an. Zieht los – und vergeßt den verdammten Schampus nicht.«

Kichernd reichte Izzy Julian sein Glas. Dann nahm sie Rachel bei der Hand und zog sie in Richtung Meer. Das kleine blonde Mädchen schien trotz seiner Nacktheit völlig unbefangen und rannte auf das blaugrüne Wasser zu.

»Warte doch«, sagte Rachel, völlig außer Atem, und versuchte, mit ihr Schritt zu halten, als Izzy ungestüm ins Wasser rannte.

Izzy drehte sich um und lächelte; ihr ganzer Körper leuchtete förmlich. Ihr weißblondes Haar und die feine Sandschicht, die ihre aufgerichteten Brüste bedeckte, ließen sie wie eine seltsame erotische Wassernixe aussehen.

»Amüsierst du dich gut?« fragte Izzy, als sie sich bäuchlings in das seichte Wasser fallen ließ.

Rachel wußte nicht recht, was sie sagen sollte.

»Manchmal sind die Männer unsere Diener – das ist auch sehr spaßig«, fuhr Izzy fort.

Rachel blickte sie erstaunt an. »Ihr habt das schon öfter gemacht? Ich meine, ihr seid bereits früher hier auf der Sandbank gewesen?«

Izzy nickte und rannte durch das seichte Wasser. »Ja. Letztes Jahr, als der Nachlaß geordnet wurde, sind wir zweimal hierhergekommen. Anscheinend hat Julians Onkel die Insel für den gleichen Zweck benutzt – wunderschön ist es hier, nicht? Manchmal machen sie ihre Spielchen auch zu Hause. Jetzt, da Julian nach Medsham Hall gezogen ist, wo es einen Garten gibt, wird alles noch besser werden. Obwohl Petra vielleicht andere Vorstellungen hat – Julian meint, in ihrer Gegenwart könne er sich nicht richtig entfalten.« Sie kicherte. »Außerdem bringt sie das zahlenmäßige Gleichgewicht durcheinander.«

»Das verstehe ich nicht.«

Izzy bückte sich und zog den Hummerkorb ein Stück näher. »Sie mag nur Frauen. Das schränkt die Möglichkeiten ein, wenn es darum geht, wer was mit wem machen kann.« Sie guckte zu Rachel hoch. »Aber ich dachte, das weißt du bereits? Du mußt sie doch mit deiner Freundin Anthea zusammen gesehen haben.«

Rachel war wie betäubt. Träge rollte sich das blonde Mädchen in die Brandung und holte die Leine ein, an der der Hummerkorb festgebunden war. Sie bespritzte

Rachel mit Wasser, das ihre Haut wie lauter kleine Nadelstiche traf.

»Komm schon herein«, sagte Izzy. »Es ist wunderbar warm.«

Rachel, die immer noch an das dachte, was Izzy über Anthea gesagt hatte, ließ sich ins Wasser gleiten.

Zwischen den Kiefern füllte Julian gerade sein Glas mit warmem Champagner nach und konzentrierte seine Aufmerksamkeit auf die beiden Frauen im Meer, die ein wunderschönes, hinreißendes Bild abgaben. Rachel war groß und dunkel, schlank, fast statuenhaft. Izzy tollte ausgelassen wie ein junger Hund in den Wellen herum. Er lächelte. Die Atmosphäre auf der Sandbank übte einen beträchtlichen Einfluß auf Izzy aus. Infolge der Sonnenhitze flimmerte die Luft verheißungsvoll. Er nippte an seinem Glas. Wie schön wäre es, wenn sein neuer Schützling Izzy in die Arme nahm und sich langsam mit ihr in die Brandung sinken ließ. Er stellte sich vor, wie er auf sie zuging und Rachel dabei überraschte, wie sie zwischen Izzys schlanken Beinen kniete, das Gesicht gegen das feucht schimmernde Geschlecht des Mädchens gepreßt. Er erbebte wollüstig und überlegte, wie er das Ganze in die Wege leiten könnte. Tippy Smith, der neben ihm saß, schirmte die Augen mit den Händen ab.

»Wo, zum Teufel, bleiben die beiden denn mit dem Champagner?«

Julian zeigte in Richtung Meer. »Unsere Freundinnen gönnen sich ein kleines Nacktbad.«

Tippy schnaubte wütend. »Die sollten lieber ihren Arsch in Bewegung setzen und den Schampus bringen.« Er stand auf, stieß das zu seinen Füßen kauernde Mädchen beiseite und trat aus dem Schatten der Kiefern heraus. »Ahoi, meine Damen, beeilt euch ein bißchen. Ich komme vor Durst fast um.«

Die beiden Frauen blickten hoch wie aufgeschreckte Rehe. Tippy grinste.

»Das scheint gewirkt zu haben. Verdammt hübsches Mädel, deine neue Freundin, Julian. Du hättest doch sicher nichts dagegen, wenn ich sie mir auch einmal vornehme, was, alter Junge?«

Julian schüttelte den Kopf. »Nur zu, altes Haus. Du kennst die Spielregeln ebenso gut wie ich. Allerdings ist mir gerade eingefallen, daß es recht hübsch sein könnte, die beiden da im Duett zu sehen.«

Tippy starrte ihn einige Sekunden lang an, dann grinste er. »Deine neue Freundin ist bi, ja? Ich muß schon sagen, du bist ein verdammter Glückspilz, daß du sie in dieser gottverlassenen Gegend gefunden hast.«

Julian schob die Hände in die Taschen. »Daß sie bi ist, möchte ich bezweifeln, aber ich glaube, wir werden es schaffen, sie zu überreden.«

Unten am Strand kamen Rachel und Izzy aus dem Wasser, jede mit einer Flasche Champagner im Arm. Das Sonnenlicht brach sich in den Wassertröpfchen auf ihren Körpern und sprenkelte ihre helle Haut mit goldenen Flecken.

Als sie die Hälfte des Weges zurückgelegt hatten, rannte Izzy, übermütig kichernd, plötzlich los. »Komm, wir laufen um die Wette!« rief sie.

Rachel warf den Kopf zurück, lachte und jagte ihr nach.

Nur wenige Sekunden schienen vergangen, als sie schwer atmend die Baumgruppe erreichten. Izzy, die immer noch die Flasche zwischen ihre kleinen Brüste drückte, warf sich auf eine Decke. Sie rollte sich auf die Seite und hielt die Flasche Julian hin, der in einem Liegestuhl saß.

»Hier bitte, Meister, kühl und naß. Gerade richtig zum Trinken. Soll ich sie aufmachen?«

Rachel, deren Augen glänzten, sah Julian an. »Ich hätte auch gern ein Glas. Ich bin schnelles Laufen nicht gewöhnt.«

Julian zog eine Augenbraue hoch. Allmählich schien sie sich zu entkrampfen. »Es ist Aufgabe der Frauen, uns zu bedienen, nicht umgekehrt. War das Wasser warm?«

Rachel nahm ein Handtuch von dem Stapel, der auf einem der Liegestühle lag, und begann sich die Haare abzutrocknen. »Es war wunderbar. Ich bin noch nie nackt geschwommen.«

»Es war sehr schön, euch zuzusehen.« Julian winkte Izzy heran. »Komm doch her, meine Liebe.«

Izzy, die so weiß wie Elfenbein war, stand auf und stellte sich vor ihn. »Was gibt's, Meister?« fragte sie grinsend.

Behutsam schob er die Hand zwischen ihre Schenkel und fing an, ihr Geschlecht zu erkunden. Izzy zitterte vor Wonne, während Rachel erstaunt zusah. Julian verzog das Gesicht.

»Du bist innen sehr trocken, meine Süße«, sagte er mit sanfter Stimme. »Vielleicht könnte Rachel dir dabei helfen, diesen Zustand zu ändern. Warum bittest du sie nicht, dafür zu sorgen, daß du wieder hübsch naß wirst? Sie hätte sicher nichts dagegen.«

Rachel, die das Handtuch noch in der Hand hatte, erstarrte.

Tippy Smith, dessen Interesse geweckt war, sah die beiden Frauen mit einem Ausdruck an, der fast hungrig wirkte.

Izzy warf einen Blick auf Rachel. Dann tänzelte sie, provokativ die Lippen spitzend, auf sie zu.

Instinktiv trat Rachel einen Schritt zurück.

Julian merkte bereits, wie sein Schwanz sich rührte.

Izzy kicherte. »Ach, komm«, sagte sie mit leiser, sinnlicher Stimme. »Wir müssen tun, was man uns befiehlt.« Sie fuhr mit dem Finger Rachels Kinn entlang. Mit der anderen Hand zog sie sachte das Handtuch weg, das sie voneinander trennte.

Rachel schaute Julian an, als hoffe sie, er werde Izzy zurückpfeifen.

Julian grinste. Es war unmöglich, Izzy zu widerstehen. Ihr Körper hatte eine unglaubliche erotische Ausstrahlung. Bevor Rachel es verhindern konnte, beugte Izzy sich vor und küßte sie zärtlich, während ihre Finger Rachels Brustwarzen liebkosten. Ihre Berührung war ganz zart und sanft, hatte aber eine erstaunliche Wirkung auf Rachel. Es sprang in die Augen, daß Rachel noch nie eine Frau geküßt hatte, und Julian wußte aus Erfahrung, daß Izzys Lippen zwar sanft waren, aber auch beharrlich.

Zunächst starrte Rachel ihre Verführerin entsetzt an. Dann stöhnte sie auf, und schließlich schlang sie, als ringe sie alles andere in sich nieder, die Arme um die Taille der jungen blonden Frau und zog sie an sich. Izzy stöhnte triumphierend, den Mund auf Rachels Lippen gepreßt, und fuhr fort, ihre Brüste zu streicheln und zu liebkosen.

Rachels Brustwarzen waren bereits hart und dunkel. Julian schloß kurz die Augen und schluckte mühsam: Es war genau so, wie er es sich vorgestellt hatte, sogar noch besser. Die Brustwarzen der Frauen streiften sich, dann preßten sie die Brüste aneinander. Izzys Lippen knabberten gierig an denen Rachels und bedeckten ihren offenen Mund mit Küssen. Rachel schnappte nach Luft, als ertrinke sie. Julian fragte sich, ob sie vielleicht einen Rückzieher machen würde, denn er merkte, wie sie innerlich mit sich kämpfte.

Tippy, der sich neben ihm befand, sah den Frauen mit stierem Blick zu. Izzy schob unterdessen behutsam ihre Hand zwischen Rachels Beine und machte die weichen feuchten Stellen ausfindig, die wie ein Schatz zwischen ihren Schenkeln leuchteten. Als Izzys Finger über den weichen Haarflaum strichen, der ihre äußeren Schamlippen umgab, stieß Rachel einen schwachen Schrei aus, ein ganz erstaunlicher Laut, der Angst, aber auch Entzücken ausdrückte. Unerbittlich machte Izzy weiter, und Julian vermochte seine Erregung kaum zu bändigen.

»Faß mich an«, murmelte Izzy. Sie sprach so undeutlich, daß Julian genau hinhören mußte. »Bitte, faß mich an. Ich will deine Finger in mir spüren. Bitte.«

Zunächst rührte Rachel sich nicht – Julian war überzeugt, daß dies der Moment war, da sie Einhalt gebieten würde –, doch dann legte sie plötzlich die Hand auf eine der kleinen Brüste des Mädchens und begann mit dem Daumen die weiche, gerötete Spitze zu liebkosen.

Izzy dankte es ihr mit einem kehligen Stöhnen. »O ja«, gurrte sie, »so ist es schön. Komm, mach mich jetzt naß.« Sie ergriff Rachels andere Hand und führte sie sich zwischen die Beine.

Rachel konnte einfach nicht glauben, was sie tat, und wäre beinahe zurückgewichen. Die Hitze und die Nässe des Körpers ihrer Partnerin erstaunten sie. Es fühlte sich fast so an, als berühre sie sich selbst; die weichen, feuchten Hautfalten und Vertiefungen kamen ihr vertraut und gleichzeitig ganz anders vor. Es war ein merkwürdiges Gefühl – eher Neugier als Lust.

Izzy hielt nach wie vor Rachels Handgelenk fest und schob ihre Finger noch tiefer in die pulsierenden Tiefen ihres Geschlechts. Zu Rachels Überraschung zogen sich Izzys Muskeln zusammen, als ihre Finger in sie eindrangen; es fühlte sich an, als sauge ein Mund an ihr. Izzy hatte inzwischen die kleine, geschwollene Lustknospe zwischen Rachels Schamlippen ausfindig gemacht und fuhr geschickt mit der Fingerspitze darüber. Die in Rachel auflodernde Lust ließ sie alle Befürchtungen vergessen und schien einen Augenblick lang ihr Denken auszuschalten. Sie merkte, wie jemand sie zu einer der Sonnenliegen führte, und begriff erst nach einigen Sekunden, daß es nicht Izzy, sondern Julian war. Sie wollte aufschreien, Einhalt gebieten, doch obwohl ihr Verstand protestierte, sehnte sich jede Faser ihres Körpers danach, daß diese zärtliche Verführung weiterging.

Nachdem Izzy sich von Rachels Fingern freigemacht hatte, warf sie sich auf sie und küßte sie überall – auf die Brüste, den Hals, den Bauch, die geschwungenen Hüften. Rachel rang nach Atem und stieß ein Keuchen aus, als Izzys Finger ihre Schamlippen auseinanderzogen und ihre Zunge über die pralle Erhebung von Rachels Klitoris fuhr.

Es war, als flamme plötzlich ein Feuer in ihr auf; wie von selbst öffneten sich Rachels Beine noch weiter. Sie merkte, wie ihre Hüften sich dem gierigen Mund des Mädchens entgegenhoben, weil sie von Izzys hypnotischen Liebkosungen einfach nicht genug bekommen konnte.

Das Mädchen drehte sich, bis sie auf Rachels Busen saß. Ohne Unterlaß bearbeitete ihre magische Zunge Rachels Geschlecht. Langsam schob Izzy sich zurück, bis sie über Rachels Gesicht kniete. Noch bevor sie etwas sah, konnte Rachel den Meeresduft riechen, den das Geschlecht des blonden Mädchens verströmte; ihre Möse sah aus wie eine Blume, scharlachrot und von cremefarbenen Tautropfen benetzt.

Rachel schloß die Augen und ließ sich von ihren Instinkten leiten; Logik und Verstand waren hier fehl am Platz. Sie spürte, wie Izzys Schenkel ihre Wange streiften, und drückte einen zaghaften Kuß auf das milchweiße Fleisch. Izzys Haut schmeckte nach Meer, als reflektiere ihre Haut den Duft und den Geschmack ihrer verborgensten Stellen. Scham und Furcht vermischten sich mit animalischer Begierde, und ohne abzuwarten, wer davon die Oberhand behalten würde, fuhr Rachel mit der Zunge über die fleischigen Falten von Izzys Möse, die sich wie die Blütenblätter einer Rose öffnete und Rachels Sinne mit ihrem schweren Moschusduft überflutete. Izzy, deren Kopf sich zwischen Rachels Beinen befand, stöhnte leise und fuhr mit ihren Liebkosungen fort.

Es war hinreißend. Jede Empfindung war so neu und gleichzeitig so vertraut, war anders und doch auf wunderbare Weise bekannt. Izzys Zunge und ihre Finger schienen im voraus alles zu ahnen, wonach es Rachel verlangte und was sie sich wünschte. Trotz ihrer Furcht sah Rachel sich außerstande, Izzys Beispiel nicht zu folgen. Ohne nachzudenken, küßte und berührte sie sie und ließ dem Körper ihrer Partnerin mit Fingern und Zunge eine Symphonie der Lust zuteil werden.

Immer wieder brachte Izzy sie an den Rand der Erlösung, bis die Spannung in Rachels Körper fast unerträglich wurde. Sie begriff, daß Izzy wartete, bis ihre eigene Wonne der ihren gleichkam. Dann ließ Izzy plötzlich ihre Zunge wie die einer Schlange über Rachels prall geschwollene Klitoris schnellen und schrie verzückt auf, als die Wogen der Lust über ihnen zusammenschlugen.

Bevor sie Zeit zum Nachdenken hatten, wurden die beiden Frauen auseinandergerissen. Mit funkelnden Augen stand Tippy vor Rachel und stieß ihr ohne weiteres Vorspiel den Schwanz in die glühende Möse. Sie bäumte sich ihm entgegen. Sein erster Stoß war derart kräftig, daß es ihr den Atem raubte. Die Art und Weise, wie er in ihren Körper eindrang, kam ihr nach Izzys zärtlichen, kundigen Küssen äußerst grob vor. Er zog sie hoch und spießte sie wie eine leblose Puppe auf seinen aufgerichteten Schwanz.

Zu ihrer Überraschung fachten seine groben Aktivitäten aber das schwelende Feuer in ihrem Geschlecht von neuem an und katapultierten sie ins Vorfeld des Orgasmus zurück. Sie fing an, sich zusammen mit ihm zu bewegen, seine Stöße leidenschaftlich erwidernd. Neben ihnen kauerte Julian und drang gerade in Izzy ein. Das blonde Mädchen kreischte vor Wonne, als er sie allmählich wieder an den Rand der Erlösung brachte.

Rachel kam es so vor, als führten sie alle vier gemeinsam einen intensiven Tanz der Begierde aus, der unablässig weiterging. In den kühlen Sand gepreßt, lagen sie aufeinander und berührten einander, bis sie sich schließlich nicht mehr beherrschen konnten.

Julian warf den Kopf zurück und stieß ein dumpfes Ächzen aus, als die Wellen der Erregung ihn mit sich fortrissen. Wenige Sekunden später schloß Tippy sich ihm an, und während die Männer zustießen und in Zuckungen gerieten, gab Rachel der unwiderstehlichen Anziehungskraft der erotischen Flutwelle nach und stürzte sich kopfüber in die schaumgekrönten Wogen der Lust.

Als sie fertig waren, vermochte Rachel einige Sekunden lang nichts anderes wahrzunehmen als die Geräusche der Leidenschaft. Als dieser Zustand nachließ, öffnete sie die Augen. In dem Moment, als Tippy aus ihr herausglitt, begannen zu ihrem Entsetzen die Zuschauer, die sich im Halbkreis um sie versammelt hatten, lautstark zu applaudieren. Rachel wurde knallrot und raffte das in den Sand gefallene Handtuch auf, um sich zu bedecken.

Paul und Perry, die Männer, die Rachel vorhin erwischt hatten, klopften Tippy auf die Schulter und reichten ihm ein Glas Champagner, das er in einem Zug hinunterstürzte. Dann grinste er, ließ sich in den Sand fallen und schloß die Augen.

»Mein Gott, war das toll«, stieß er hervor. »Heiße Weiber und kalter Champagner – mehr kann man eigentlich nicht vom Leben verlangen!«

Rachel wickelte das Handtuch um sich und bemühte sich, die Fassung wiederzuerlangen. Julian, der immer noch keuchend neben Izzy kauerte, hob sein Glas, um Tippy zuzuprosten.

»Da gebe ich dir völlig recht. Und jetzt würde ich gern einen Toast auf meine neue Freundin, Mrs. Rachel Ingram, ausbringen«, sagte er

Rachels Augen blieben starr auf den Sand gerichtet, als die Umstehenden ihr Glas hoben, um ihr zuzutrinken und ihren Namen zu murmeln.

Julian machte es sich auf der Sonnenliege gemütlich. »Nun, ich glaube, es ist Zeit, daß wir alle etwas essen«, sagte er. »Rachel, vielleicht möchtest du dich zu mir und Izzy setzen?«

Rachel nickte stumm. Dann sagte sie: »Ich glaube, erst einmal gehe ich schwimmen.«

Julian nickte. »Selbstverständlich. Aber bleib nicht zu lange weg. Vergiß nicht, daß ihr Frauen heute uns zur Verfügung stehen müßt. Aber das wirst du ganz sicher nicht vergessen, nicht wahr?« Seine Bemerkung rief allgemeine Heiterkeit hervor.

Ohne ihn einer Antwort zu würdigen, drehte Rachel sich um und eilte über den Strand zum Meer. Ihr Gesicht war glühend rot. Als sie und Izzy den Champagner geholt hatten, war sie sich ihrer Nacktheit bewußt gewesen; diesmal dachte sie gar nicht daran. Ihr lag einzig und allein daran, von Julian und den anderen wegzukommen. Sie rannte in das seichte Wasser und watete durch die Wellen, bis es zum Schwimmen tief genug war. Nach wenigen Stößen drehte sie sich langsam auf den Rücken und schloß die Augen, damit Sonne und Wasser sie vom Gefühl der Scham reinwaschen konnten.

10. KAPITEL

»Wie war der Bootsausflug? Hast du dich gut amüsiert?« fragte Anthea, während sie Rachel einen Sherry einschenkte. »Du siehst aus, als hättest du ein bißchen zuviel Sonne abbekommen. Petra und ich haben unten in Wells vorzüglich zu Mittag gegessen. Ich hoffe, du hast nichts dagegen, daß ich sie mit hergebracht habe. Du weißt ja, wie ruhig es hier manchmal ist.«

Rachel lächelte verkrampft, als Anthea ihr das Glas reichte. Petra Morton, die es sich in einem der Wohnzimmersessel gemütlich gemacht hatte, lächelte wissend. Rachel hoffte bloß, daß Anthea Petra nicht auch noch zum Abendessen eingeladen hatte.

Rachel war so erpicht darauf gewesen, nach Hause zu kommen, daß ihr erst, als Julians Auto vor dem Haus angehalten hatte, wieder eingefallen war, daß Anthea zu Besuch war.

Anthea nippte an ihrem Sherry. »Warum ist Julian denn nicht mit hereingekommen?«

»Er mußte nach Medsham Hall zurück, um sich um seine Gäste zu kümmern.«

In Petras Augen blitzte es boshaft auf. »Es überrascht mich, daß er dich nicht eingeladen hat, mit ihnen zu Abend zu essen. Tippy und seine Bande sind enorm unterhaltsam.« Mit vielsagendem Blick fügte sie hinzu: »Wenn die da sind, haben wir immer eine Menge Spaß.«

Rachel erhob sich. Ihr ganzer Körper war steif und wund. Selbst nach den Ereignissen auf der Sandbank hatte sie das, was auf der Rückfahrt passiert war, bestürzt. Julian hatte vorgeschlagen, zum Abschluß noch ein Stück die Küste hinaufzusegeln, bevor man nach Carfax-Staithe zurückkehrte. Während sie in einem großen Bogen in Richtung Hafen gesegelt waren, hatten die Passagiere Blindekuh gespielt, auf ihre eigene, perverse Weise. Wenn der, dem die Augen verbunden waren, jemand erwischte, verführte er sein Opfer in Anwesenheit der anderen. Rachel schauderte es, als ihr der freudige Ausdruck wieder einfiel, der in Tippy Smiths Gesicht getreten war, als er Perry erwischt hatte. Von den anderen angefeuert, hatten die beiden Männer sich umarmt und sich eifrig gegenseitig begrapscht. Sie versuchte mit aller Kraft, die Erinnerung daran, wie ihre muskulösen Körper, gegen die Reling gepreßt, sich harmonisch hin und her bewegt hatten, zu verdrängen. Die Umstehenden hatten sie durch Zurufe und lautes rhythmisches Klatschen angefeuert.

Rachel hatte sich abgewandt, um sich nach unten in die Kabine zurückzuziehen, doch Julian hatte ihr den Weg vertreten und sie sanft herumgedreht, so daß ihr nichts anderes übrigblieb, als alles mit anzusehen. Wie eine ansteckende Krankheit übertrug sich Tippys und Perrys Erregung auf die anderen. Gierig fielen alle übereinander her. Es war, als glaubten sie, die Welt gehe bald unter. Innerhalb von Minuten wurde das Deck zu einer wogenden Masse nackter Körper. Nur Rachel und Julian standen abseits. Julian nahm sie beim Arm.

»Warum trinken wir nicht noch ein Glas Champagner, während die Kinder spielen? Es bleibt immer noch Zeit genug, wenn wir uns später zu ihnen gesellen«, sagte er und führte sie in die kühle, schattige Kombüse hinunter.

Rachel, die froh war, von den Ereignissen auf Deck weggekommen zu sein, schloß kurz die Augen und schüttelte den Kopf. »Nein, danke«, sagte sie mit ruhiger Stimme. »Ich glaube, für heute habe ich mich genug amüsiert.«

Julian hatte gleichmütig die Achseln gezuckt und ihr ein Glas Champagner gereicht. »Wie du willst. Tippy wird noch ein paar Tage bleiben; du hast also reichlich Zeit, dich eines anderen zu besinnen.« Dabei hatten seine Augen schelmisch gefunkelt.

Rachel schüttelte den Kopf, um die Erinnerungen zu verscheuchen, und sah Petra voll ins Gesicht. Sie war sich sicher, daß ein Abendessen in Medsham Hall damit verbunden war, an zahlreichen Lieblingsspielen Julians teilzunehmen.

»Julian hat mir in der Tat vorgeschlagen mitzukommen, aber ich wollte nach Hause. Wenn ihr mich jetzt bitte entschuldigen würdet ... Ich glaube, ich werde nach oben gehen und mich fürs Dinner umziehen.«

Anthea lächelte. »Ich habe Molly gebeten, das Essen auf der Terrasse zu servieren. Ich hoffe, du hast nichts dagegen.«

Petra stand auf. »Und ich glaube, ich sollte mich auf den Heimweg machen. Julian wird sich schon fragen, wo ich abgeblieben bin.«

Rachel nickte. »War nett, dich wiederzusehen«, sagte sie. Als sie sich abwandte, um zu gehen, sah sie, wie die beiden Frauen einen Blick wechselten; sie verstand sofort, was er zu bedeuten hatte. Es war ein Blick, der auf ein dunkles Geheimnis schließen ließ, ein Blick brennender Begierde. Rachel seufzte, und während sie nach oben ging, überlegte sie, was ihr wohl sonst noch entgangen sein mochte.

Als sie im Badezimmer war, schlüpfte Rachel rasch aus ihrem Sommerkleid. Darunter war sie nackt – ihre Unterwäsche hatte Julian als Andenken an den Tag auf der Sandbank behalten –, und ihre Haut hatte Schrammen und blaue Flecken. Sie starrte ihr Spiegelbild an.

Sie hatte nicht die geringste Lust, den Abend mit Anthea zu verbringen. Wonach ihr wirklich der Sinn stand, war, ein langes heißes Bad zu nehmen und dann ins Bett zu kriechen.

Sie drehte die Hähne der Badewanne auf und goß Badeöl in das brodelnde Wasser. Sie war überzeugt, daß Anthea und Petra den Nachmittag im Gästezimmer oder an einem ähnlichen Ort verbracht hatten. Anthea glühte ja förmlich.

Rachel knüllte ihr Kleid zusammen, warf es in den Wäschekorb und kletterte in die Badewanne. Das Wasser umschmeichelte ihren Körper so zärtlich wie die Liebkosungen eines Liebhabers oder wie Izzys Liebkosungen. Rachel schloß die Augen und fühlte Röte hochsteigen, als ihr wieder einfiel, wie die Zunge der kleinen Blondine die feuchten Falten ihres Geschlechts bearbeitet und eine Flamme entfacht hatte, die zu einem Feuer der Leidenschaft aufgelodert war. Fast konnte sie den sanften Druck von Izzys Fingern wieder spüren, die ihre Brustwarzen liebkost und zärtlich zum Leben erweckt hatten.

Sie ließ sich tiefer in die Wanne sinken und gab sich ihrer Fantasie hin. Sie schloß die Augen, um die entspannende Wirkung des warmen Wassers zu genießen, dessen Berührung sie an Izzys Finger erinnerte. Sie erbebte, als ein erwartungsvolles Rieseln durch ihren Körper ging. Anthea, die lautstark an die Tür klopfte, riß sie aus ihren Träumereien.

»Rachel? Darf ich hineinkommen, Schätzchen? Ich möchte alles über deinen Ausflug mit Julian hören.«

Unverzüglich kehrte Rachel in die Wirklichkeit zurück und stöhnte unwillig. »Verschwinde. Ich bin in der Badewanne.«

Anthea kicherte. »Nun komm schon, laß mich hinein. Sei nicht so schamhaft, ich bin's doch bloß.« Die

Badezimmertür öffnete sich einen Spaltbreit. Rachel rutschte weiter nach unten, damit der Schaum sie bedeckte.

»Ich verspreche dir auch, nicht hinzusehen. Ich platze einfach vor Neugier. Hat er dir einen Heiratsantrag gemacht?«

Rachel lachte, weil ihr Julians erotische Inselspiele einfielen. Mit einem Heiratsantrag hatte das sehr wenig zu tun gehabt.

Anthea schlüpfte zur Tür herein und setzte sich auf einen Hocker, diskret zur Seite blickend, während Rachel den Duschvorhang vor die Badewanne zog.

»Hat das nicht Zeit? Ich brauche nur noch zehn Minuten.«

»Nein«, sagte Anthea mit Nachdruck. »Ich will wissen, was alles passiert ist. Ich fand das so romantisch, wie ihr zusammen der Sonne entgegengesegelt seid, und habe gedacht, daß er dir vielleicht einen Antrag macht. Er ist einfach perfekt.«

Rachel seufzte. »Du hast eine sonderbare Vorstellung von dem, was einen perfekten Mann ausmacht.«

Rachel hatte beschlossen, Anthea nicht zu erzählen, was auf der Sandbank vorgefallen war. Sie war sich noch nicht einmal sicher, ob sie überhaupt darüber nachdenken wollte. Darüber zu sprechen kam also erst recht nicht in Frage.

Anthea stöhnte ungehalten. »Bitte – du mußt es mir erzählen.«

Rachel überlegte, wie weit sie die Wahrheit reduzieren konnte, um sich aus der Affäre zu ziehen.

»Wir haben Spiele gemacht und dann gepicknickt«, sagte sie, um die erwartungsvoll schweigende Anthea zufriedenzustellen.

»Wie romantisch! Und wann wirst du ihn wiedersehen?«

Rachel schob den Vorhang beiseite und schaute Anthea an.

»Das ist doch lächerlich. Warum willst du, daß ich mich ausgerechnet mit Julian Morton zusammentue?«

Anthea nahm eine Zigarette aus ihrer Handtasche und zündete sie an. »Ich weiß auch nicht. Irgendwie fände dadurch der Sommer, den ich in dieser öden Gegend verbracht habe, ein perfektes Ende.«

Rachel schnaubte wütend und legte sich wieder in die Badewanne. »Er ist durch und durch ein Schuft«, sagte sie mit tonloser Stimme.

Anthea kicherte. »Um so besser. Du willst doch nicht etwa einen langweiligen Mann haben? Also, wann wirst du ihn denn nun wiedersehen?«

»Keine Ahnung. Ich habe gesagt, er könne mich anrufen.« Rachel machte eine Pause und überlegte, wie weit sie bei diesem Gespräch gehen durfte. Sie angelte sich ihren Morgenrock von Stuhl neben der Badewanne, hüllte sich darin ein und knotete den Gürtel fest zusammen, bevor sie den Vorhang aufzog.

»Bist du sicher, daß es überhaupt um Julian geht? Dreht es sich nicht viel eher darum, daß du mich daran hindern willst, mit Daniel zusammenzukommen?« Sie wartete darauf, daß sich im Gesicht ihrer Freundin irgendeine Reaktion zeigte. Anthea errötete ein wenig.

»Oder«, fuhr Rachel ärgerlich fort, »hat diese ganze hektische Kuppelei etwas damit zu tun, daß du dann in der Lage wärst, Petra zu sehen, wann immer du Lust hast?«

Zwei scharlachrote Flecken flammten auf Antheas Wangen auf. »Was in aller Welt meinst du denn damit?« fragte sie rasch.

Rachel nahm ein Handtuch und rieb sich energisch die Haare trocken. »Muß ich dir diese Frage wirklich beantworten?« entgegnete sie mit gedämpfter Stimme.

Anthea stand auf und zog eine Weile an ihrer Zigarette. »Wie hast du denn das herausgefunden?« fragte sie.

»Was mich viel stärker beschäftigt, ist die Frage, warum ich es nicht früher geahnt habe.« Rachel seufzte. »Du mußt mich für sehr naiv gehalten haben. Lag es daran, daß du mir nicht genug vertraust und deswegen nie etwas gesagt hast? Dieser ganze Unsinn mit all den Männern in deinem Leben. Oder magst du Frauen *und* Männer?«

Anthea grinste wölfisch. »So ungefähr. Die meisten Männer halten es für unglaublich erotisch, sich zwei Frauen beim Liebesspiel vorzustellen, und außerdem finden sie natürlich die Aufgabe, mich zu bekehren, verlockend. Sie meinen, es sei nur der richtige Mann erforderlich – wobei sie selbstverständlich an sich selbst denken –, um mich für immer vor der Anziehungskraft weiblichen Fleisches zu bewahren.« Sie machte eine Pause, als überlege sie, wieviel sie sagen sollte; dann fuhr sie fort: »Aber sie haben ja keine Ahnung. Es ist die herrlichste, reinste Form der Lust, die ich je kennengelernt habe. Da gibt es kein ungeschicktes Herumfummeln, und man weiß immer, was man berühren muß und wie man es zu machen hat. Das ist wie Selbstbefriedigung ...« Sie hielt inne und starrte Rachel an, die merkte, wie ihr die Röte in die Wangen schoß.

»Mein Gott«, stieß Anthea erstaunt hervor. »Das weißt du bereits? Hast du das draußen auf der Sandbank gemacht? Meine Güte!«

Rachel wandte sich ab. »Ich muß mich jetzt anziehen«, sagte sie rasch, um Anthea das Wort abzuschneiden. »Sag Molly bitte, daß wir in einer halben Stunde essen.«

Als Anthea gegangen war, wischte Rachel den Beschlag vom Badezimmerspiegel und betrachtete nachdenklich ihr Spiegelbild. Langsam streifte sie ihren Morgenrock ab. Ihr Haar hatte sich zu weichen feuchten Löckchen gekräuselt, die ihr kleines Gesicht einrahmten. Ihre Brüste waren hoch, ihr Bauch straff und doch unverkennbar weiblich. Anthea hatte recht. Das Liebesspiel mit Izzy war eine absolute Offenbarung gewesen. Fast konnte sie wieder den Körper der jungen Frau schmecken und riechen, die über ihr gekniet und ihr Geschlecht auf Rachels Zunge gepreßt hatte, während ihre Brüste Rachels Bauch streiften. Rachel erbebte. Sie war völlig außerstande, sich der intensiven Bilder, die sich ihr aufdrängten, zu erwehren.

Tief im Innern vermeinte sie einen Nachhall ihrer Erregung zu verspüren, und fast ohne nachzudenken, ließ sie ihre Hände über ihre Brüste und ihren Bauch gleiten, um zu der glühenden Stelle zwischen ihren Beinen zu gelangen.

Als sie die Finger tief in sich hineinsteckte, merkte sie, daß ihr Geschlecht schon von einer feinen Feuchtigkeit überzogen war. Sie schloß die Augen und stellte sich vor, wie Tippy und Julian zusahen, während sie und Izzy sich liebten.

Sie spürte, daß ihre kleine Lustknospe hart wurde. Vorsichtig berührte sie sie mit den Fingern, und sofort durchzuckte sie ein überwältigendes Lustgefühl. Sie wiederholte die Berührung, diesmal mit etwas mehr Druck, und genoß es, wie die von der Stelle unter ihren Fingerspitzen ausgehenden Wellen der Lust an Intensität zunahmen.

Ihr schoß der Gedanke durch den Kopf, was wohl passieren würde, wenn Anthea jetzt die Badezimmertür öffnete. Würde sie ihr in die Arme fallen, sie an sich ziehen, damit Antheas Finger den intensiven Bewegungen ihrer eigenen Finger folgen konnten? Sie dabei leidenschaftlich küssen? Oder würde sie die Beine spreizen und Anthea auf die Knie zwingen, ihre Lippen gegen ihr Geschlecht pressen, damit sie an ihrer Lustknospe leckte? Rachel erschauerte. Die wilden Fantasien, die in ihr aufstiegen, verblüfften sie.

Halb bewußt nahm sie im Spiegel eine Bewegung wahr und drehte sich in Richtung Schlafzimmertür, da sie annahm, Anthea würde hereinkommen. Zu ihrer Überraschung teilten sich die Vorhänge der Balkontür, und Daniel kam durch das Zimmer auf sie zu.

»Wie lange bist du schon hier?« stieß sie entsetzt hervor.

Daniel lächelte. »Lange genug. Ich habe unten am Bootshaus gewartet, bis du zurückgekommen bist.«

Er ergriff ihre Hand, die immer noch zwischen ihren Schenkeln vergraben war, hob sie an die Lippen und fuhr mit der Zunge über ihre Finger. Sie begann zu zittern, als er sie in die Arme zog und gierig jeden Finger einzeln ableckte. Dabei blickte er ihr tief in die Augen. Dann ließ er ihre Hand los und drehte sie sanft herum, so daß sie beide im kalten, verschleierten Auge des Spiegels eingefangen wurden. Seine Hände glitten nach vorn und strichen langsam über ihren Körper.

»Ich habe heute das Gemälde gesehen, während du mit dem Boot draußen warst. Es ist wunderschön. Ich hatte keine Ahnung, daß deine Gefühle ...« Seine Stimme verlor sich, als müsse er erst seine Gedanken sammeln. »Ich hatte Angst, daß Julian Morton dir vielleicht alles, was du brauchst, gibt.« Er ließ den Finger um eine ihrer kecken Brustwarzen kreisen, so daß eine neue Welle der Lust in ihr aufstieg. »Als ich das Gemälde gesehen habe, wußte ich, daß das nicht der Fall ist.«

Rachel schluckte mühsam, als er seine Lippen auf ihren Hals preßte. »Bitte, Daniel, Anthea wartet unten auf mich ...« Sie wußte, daß ihre Worte ihn nicht hindern würden; und außerdem waren die Ausflüchte, die sie machte, halbherzig. Sie wollte die Erregung, die in ihrem Körper entstanden war, mit ihm teilen. Mit seinen braungebrannten Armen, die sich leicht von ihrer bleichen Haut abhoben, drückte er sie fest an sich und ließ seinen Finger immer weiter nach unten wandern, bis er ihre Spalte erreicht hatte. Lustvoll stöhnte sie auf. Sie genoß nicht nur die Empfindung, die seine Berührung ihr verschaffte, sondern auch das Fantastische, lebende Bild der Leidenschaft, das der Spiegel wiedergab. Sie preßte sich gegen ihn und drängte ihr Gesäß gegen seine Leistengegend. Er stöhnte und schob sich ihr entgegen. Als sie spürte, wie der rauhe Stoff seiner Hose gegen ihr Fleisch rieb, loderte die Begierde in ihr auf.

Er wirbelte sie herum, küßte sie heftig und drängte seine Zunge in ihren Mund. Die Leidenschaft, die sich in ihr aufgestaut hatte, brach plötzlich hervor wie Lava aus einem Vulkan. Den Mund auf seine Lippen gepreßt, biß sie ihn in die Zunge und zerrte wild an seiner Kleidung, so daß sie beide das Gleichgewicht verloren und gegen die Badezimmerwand prallten. Als sie die kalten Kacheln auf ihrer Haut spürte, stieß sie einen Laut der Überraschung aus. Dann sanken sie langsam zu Boden. Ihr Verlangen war so groß, daß es wie Donner in ihren Ohren zu grollen schien. Sie fummelte an seinen Knöpfen herum, riß sein Hemd auf und machte sich voller Eifer an seinem Hosenschlitz zu schaffen.

Während sie hektisch damit beschäftigt war, ihn auszuziehen, küßte er sie, knetete ihr Fleisch, drückte und streichelte ihre Brüste und trieb sie auf das helle Feuer zu, das sie unwiderstehlich anlockte. Nachdem sie seine Hose bis zu den Knien heruntergezerrt hatte, packte sie seinen Schwanz und versuchte, ihn in sich einzuführen.

Doch darauf ließ er sich nicht ein. Nachdem er seine Hose noch weiter nach unten geschoben hatte, kniete er sich neben sie und führte seinen Schwanz in ihren Mund ein. Diese Geste war so voller sexueller Energie, daß sie erschauerte. Alles an seiner Körperhaltung drückte aus, daß sie ihm gehörte. Er war Herr über ihren Geist und ihren Leib, und das wollte er jetzt beweisen. Das Seltsame dabei war, daß sie sich nicht von ihm bedroht fühlte, sondern wußte, daß sie sich nichts sehnlicher wünschte, als ihm die Lust, nach der er trachtete, zu verschaffen.

Als sie zum Spiegel hochblickte, war sie wie gebannt von dem Bild, das sie dort sah. Die Künstlerin in ihr bewunderte die großartige Komposition, bewunderte die Art und Weise, in der der Spiegel ihre Leidenschaft und ihre Begierde einfing; doch dann verblaßte dieser Gedanke, und an seine Stelle trat die in Rachel brennende Gier. Eifrig leckte und saugte sie an seinem pulsierenden Schaft, während sie mit den Händen seine Eier umspannte. Etwas an der Art, in der er ihren Kopf gegen sich drückte, vermittelte ihr das Gefühl, daß sie sich seinem Verlangen und seinem Körper ganz unterworfen hatte. Ohne nachzudenken, streckte sie sich aus, so daß sie, den Kopf immer noch in seiner Leistengegend vergraben, neben ihm lag und er jeden Zentimeter ihres fiebrigen Körpers erkunden konnte.

»Donnerwetter«, murmelte er, als er seinen Finger in ihre Möse steckte.

Sie konnte sich vorstellen, in was er da faßte – in einen Hochofen, der vor Lust glühend heiß war und nach Berührung schrie. Er stöhnte auf, als sie seine Eichel leckte und kreuz und quer mit der Zunge darüber fuhr, wobei sie ihre Zungenspitze immer wieder in die Öffnung steckte. Sie konnte den salzigen Saft seiner Erregung schmecken. Sein ganzer Körper schien vor Begierde zu vibrieren. Sie fing an, mit der Hand behutsam seine Vorhaut hin und her zu schieben, im Rhythmus der

Liebkosungen ihres Mundes. Er keuchte und spannte die Muskeln an, um die steigende Flut der Lust zurückzuhalten. Sein Schwanz weinte Freudentränen, die auf ihre Zunge tropften und ihren Mund mit dem köstlichen Geschmack seines Lustsaftes füllten. Ihre Hände glitten zurück, um seine Eier zu umspannen; mit dem Daumen drückte sie von unten gegen seinen Schaft.

Er stöhnte, und sie merkte, daß er versuchte, seine Erregung im Griff zu behalten. Gerade als sie meinte, er würde ihr in den Mund spritzen, stieß er ihren Kopf weg, packte sie bei den Handgelenken und riß ihr die Arme bis über den Kopf hoch, um sie gegen den kalten nassen Fußboden zu drücken. Sie leckte sich die Lippen.

»Was möchtest du denn jetzt?« flüsterte sie.

Daniel grinste, als er auf sie kletterte. »Ich habe alles«, was ich möchte, direkt vor mir.«

Rittlings auf ihren Schenkeln sitzend, ließ er seinen feuchten Schwanz auf der Suche nach ihrer Pforte über ihren Bauch gleiten.

»Laß mich dir helfen«, murmelte sie und versuchte, ihre Handgelenke aus seinem Griff zu befreien.

Der junge Mann schüttelte den Kopf. Seine Augen waren dunkel vor Verlangen. »Der findet schon von selbst den Weg«, flüsterte er. Dann ließ er ihn ein Stück nach unten gleiten und schob die geschwollene Eichel zwischen ihre äußeren Schamlippen. Die Empfindung ließ sie vor Wonne nach Atem ringen. Er verharrte eine Zeitlang in dieser Stellung und ließ sie ein bißchen zappeln. Angestrengt versuchte sie, seinen Schwanz tiefer in sich hineinzubekommen.

»Bitte«, flüsterte sie, »bitte ... Laß mich nicht warten. Ich will dich in mir spüren. Ich will dich ...«

Daniel lachte. »Ich weiß«, sagte er. Dann drang er ganz langsam tiefer in ihre feuchte Höhle ein.

Sie stieß einen leisen Lustschrei aus, als ihr Geschlecht sich um ihn schloß und ihn festhielt. Alle ihre Nervenenden standen in Flammen. Das und nichts anderes wollte sie. Indem er Julian und sogar Izzy übertraf, brachte dieser junge Mann es fertig, ein Feuer in ihrem Gemüt und in ihrem Körper zu entfachen, das sie zu Asche zu verbrennen drohte.

Als er in sie eindrang, bäumte sie sich ihm entgegen, um sich immer wieder von seinem Schwanz aufspießen zu lassen. Ihr Körper schien Feuer zu fangen. Der überwältigende Genuß, den es ihr bereitete, ihn in sich zu spüren, verdrängte alle anderen Gedanken und Gefühle. Ihre Sinne waren ausschließlich auf ihn gerichtet. Sie konnte nur seine Küsse schmecken, nur seinen Körper riechen, nur sein Gesicht sehen, nur seinen Atem hören, nur seine Haut fühlen …

Sie wimmerte vor Entsetzen, da sie befürchtete, sich für immer in seiner Umarmung zu verlieren. Doch schon im nächsten Moment strömte die erste heftige Welle der Erlösung durch ihren Körper, der weitere folgten, jede davon so heftig, daß es ihr fast weh tat. Als die Wogen der Lust durch ihren Körper brandeten, hatte sie das Gefühl, wahnsinnig zu werden. Als sie sich zum letztenmal aufbäumte, merkte sie, wie er die Beherrschung verlor. Er warf sich auf sie, biß sie in die Schultern und packte ihre Brüste, als spüre auch er den Sog des Nichts.

Dann blieben sie reglos inmitten der feuchten Handtücher liegen, beide erhitzt und außer Atem. Mit einer matten Geste und schläfrig-erschöpftem Blick strich Daniel ihr die Haare aus dem Gesicht und küßte sie zärtlich.

»Deine Freundin Anthea hat gesagt, ich müsse unsere Beziehung abbrechen und dich Julian Morton überlassen«, sagte er leise. »Ich bin hergekommen, um dich zu fragen, ob du das auch willst.«

Rachel seufzte. »Ach, Daniel, wie kannst du mich das ausgerechnet jetzt fragen? Ich weiß nicht, was ich dir darauf antworten soll.« Sie merkte, wie der Körper des jungen Mannes sich verkrampfte. »Die ganze Zeit sage ich mir, daß das alles der reine Wahnsinn ist, doch wenn ich mit dir zusammen bin, kann ich mir ein Leben ohne dich nicht mehr vorstellen.« Sie machte eine Pause und überlegte, ob er den Widerspruch, mit dem sie zu kämpfen hatte, verstand.

Er starrte auf sie herunter. »Sag mir einfach, daß du mich liebst.«

Rachel erschauerte und fragte sich, ob Liebe allein ausreichen würde, um ihnen die nötige Kraft zu geben. Wenn sich die Situation, in der sie sich jetzt befanden, ewig so fortsetzen ließe, wäre ihre Beziehung für immer tragfähig. Sie berührte sein Gesicht und hoffte inständig, daß er das, was sie sagen wollte, verstehen würde.

»Wenn wir hierbleiben – was für ein Leben können wir einander dann bieten? Würden die Leute in Carfax dich als meinen Liebhaber akzeptieren? Oder als meinen Ehemann? Je mehr ich darüber nachdenke, desto unmöglicher scheint es mir. Und wie sieht es später aus? Ich bin vierzehn Jahre älter als du – was geschieht, wenn ich alt bin, während du noch jung bist?« Sie verstummte, weil sie es kaum ertrug, sich den Schmerz zu vergegenwärtigen, den sie empfinden würde, wenn er sie wegen einer Frau verließe, die ihm altersmäßig näherstand. »Bist du sicher, daß du eine alte Frau auf dem Hals haben möchtest?«

Sie blickte in seine dunklen, leidenschaftlichen Augen, in denen Tränen schimmerten. Als Rachel das sah, wurde ihr Schmerz noch heftiger. Sie wollte nichts anderes, als ihn in den Armen zu halten und die übrige Welt zum Teufel zu schicken, doch der vernünftige Teil ihrer Person wußte, daß das nicht möglich war. »Selbst wenn du jetzt ja sagst, woher willst du wissen, daß du in einem Jahr oder in fünf oder zehn Jahren noch genauso empfindest? Was ist, wenn dir klar wird, daß du einen furchtbaren Fehler gemacht hast?«

Daniel zeichnete die Konturen ihrer Lippen mit dem Finger nach. »Glaubst du wirklich, daß ich so oberflächlich bin?« Er war so aufgewühlt, daß seine Stimme zitterte. »Ich habe immer wieder darüber nachgedacht. Es wird den Leuten in unserer Gegend wahrscheinlich nicht gefallen, aber sie werden sich daran gewöhnen. Was den Altersunterschied angeht ...« Er lächelte unsicher. »Ich mache mir die ganze Zeit Sorgen, daß du vielleicht einen attraktiven, reichen alten Mann kennenlernst, der dich mir wegnimmt, jemand aus deiner eigenen Gesellschaftsschicht. Wir haben beide eine Menge zu verlieren und gehen beide ein großes Risiko ein. Ich weiß, daß ich im Schlafzimmer deinen Ansprüchen genüge, aber was ist mit Kultur und Bildung und Büchern und ... Ich frage mich die ganze Zeit, ob genug an mir dran ist, um dein Interesse an mir aufrechtzuerhalten.«

Rachel streckte die Arme aus und küßte ihn. »Ach, mein Liebling, ich weiß gar nicht, was ich sagen soll. Mir tut das Herz so weh ...« Sie wischte sich eine Träne ab, die sich auf ihre Wange verirrt hatte. »Jetzt muß ich aber wirklich gehen. Molly wird gleich das Abendessen servieren. Uns zwingt doch nichts, unsere Entscheidung gleich zu treffen?«

Daniel schüttelte den Kopf und erwiderte ihren Kuß auf eine Weise, die ihr durch und durch ging.

»Ich möchte, daß du ja sagst. Ich möchte, daß du sagst, du willst mich für immer, und ich möchte, daß du es jetzt sagst; aber du hast recht, Rachel. Es besteht kein Grund zur Eile. Ich kann warten.«

Langsam löste er seinen Körper von ihrem. Als sein Geschlecht lautlos aus ihr glitt, hatte sie das Gefühl, als raube er ihr etwas Kostbares. Mit einer anmutigen Bewegung nahm er seine Kleidung vom Fußboden auf.

»Ich bin froh, daß du zu mir gekommen bist«, sagte sie mit sanfter Stimme. »Ich hatte solche Angst, du würdest nicht zurückkommen.« Sie versuchte, ihrer Stimme einen sicheren Klang zu geben.

Daniel warf ihr einen Blick zu. »Ich mußte einfach kommen.«

»Sehen wir uns morgen?«

Daniel zögerte einen Moment. Dann sagte er: »Mein Stiefvater möchte, daß ich ihm ein, zwei Tage bei einem Auftrag helfe, den er im Dorf übernommen hat. Auf deinen Garten wird sich das kaum auswirken. Ich kann im Lauf der Woche die versäumte Arbeit nachholen.« Er blickte sie unverwandt an. »Ich könnte morgen abend kommen, wenn du willst, daß ich für dich Modell sitze.«

Rachel leckte sich die Lippen. Am Abend hätte sie nicht genügend Licht, um malen zu können, aber sie wußten beide, daß das Modellsitzen nur ein Vorwand war. Sie nickte. »Das wäre sehr schön. Wann bist du mit deiner Arbeit fertig?«

Daniel knöpfte sich das Hemd zu. »Ich will mich erst noch waschen und etwas essen, bevor ich zu dir komme. So um acht herum werde ich hier sein.«

Rachel nickte und ärgerte sich maßlos, daß Anthea sich zu ihr geflüchtet hatte; wenn sie nicht im Haus gewesen wäre, hätte Rachel Daniel vorgeschlagen, früher zu kommen. Dann hätten sie gemeinsam zu Abend essen, zusammen baden, eine Flasche Wein trinken können, um sich anschließend die ganze Nacht ihrer Leidenschaft hinzugeben. Sie erzitterte wollüstig, als sie sich ein Dutzend verschiedene erotische Möglichkeiten ausmalte. Daniel zog sich die Stiefel an. Wie der Prinz in *Dornröschen* beugte er sich über sie und hauchte ihr einen Kuß auf die Lippen.

»Bis morgen abend«, flüsterte er. Sie schloß die Augen, weil sie nicht sehen wollte, wie er ging. Als sie die Augen wieder öffnete, war das Badezimmer leer. Nur die leichte Bewegung, in die die Vorhänge des Schlafzimmerfensters geraten waren, ließ darauf schließen, daß jemand in diese Richtung verschwunden war.

Anthea, die bereits auf der Terrasse am Tisch saß, entfaltete ihre Serviette. »Du hast dir ganz schön Zeit gelassen, obwohl ich sagen muß, daß es dir gutgetan hat. Du siehst jetzt viel besser aus.«

Rachel lächelte und nahm Platz, während Molly die Teller brachte. Mollys Gesicht wirkte angespannt, fast mürrisch. Rachel fragte sich, ob sie gesehen hatte, wie Daniel gegangen war.

Anthea goß ihnen beiden ein Glas Wein ein. »Was Petra angeht«, sagte sie, ohne Rachel anzublicken, »muß ich dir, glaube ich, einiges erklären.«

Rachel hob die Hand, um sie zum Schweigen zu bringen. »Das ist nicht nötig. Ich komme mir bloß ziemlich dumm vor, weil ich es nicht früher geahnt habe.« Sie schaute Anthea an. »Aber sieh zu, daß deine Gefühle für Petra nicht dein Urteil über Julian beeinflussen.«

Anthea schnaubte wütend. »Sei nicht albern. Ich verstehe überhaupt nicht, warum du in puncto Julian so zurückhaltend bist. Wenn es ginge, würde ich ihn mir selbst angeln.« Sie riß ihr Brötchen in Stücke. »Er sieht gut aus und ist offensichtlich ganz scharf auf dich. Der perfekte Partner, würde ich meinen.«

Rachel seufzte und blickte über den Garten in Richtung Meer. Von ihrem Platz aus konnte sie die Sandbank zwar nicht sehen, doch die Dinge, die sie dort erlebt hatte, hafteten einem Teil ihrer Person immer noch wie eine Schmutzschicht an. Wenn sie, wie Anthea ihr dringend riet, Julian heiratete – wie in aller Welt würde ihr Leben dann aussehen? Julian war ein Mensch, der nur auf sein Vergnügen aus war und schamlos von einer Leidenschaft zur nächsten überwechselte. Wollte sie wirklich ein Teil seiner zügellosen Umgebung werden? Daniel war zwar in anderer Hinsicht ein ungeeigneter Partner, doch erfüllt von einer unkomplizierten, überwältigenden Liebe, die wie ein Leuchtturm in der Finsternis leuchtete.

»Wir werden sehen«, sagte sie in unverbindlichem Ton. »Ich glaube, es wäre besser, wenn ich die Sache mit Julian langsamer angehen würde.«

Anthea schnaubte aufgebracht. »Ach, Rachel, nun zier dich nicht so. Oder hoffst du etwa, aus der Sache mit deinem Gärtner könne etwas werden?«

Rachel erwiderte nichts, fragte sich aber, ob Anthea ihre Gedanken gelesen habe.

»Es würde mich nicht überraschen«, fuhr Anthea fort, »wenn er sich hier nie mehr blicken ließe. Ich habe den Eindruck, daß er sehr wankelmütig ist.«

Rachel lächelte. Anthea hoffte offensichtlich, daß ihr Vorschlag, Daniel möge die Beziehung beenden, auf fruchtbaren Boden gefallen war. Anthea konnte also doch keine Gedanken lesen, denn sonst hätte sie gewußt, warum Rachel nach ihrem Bad viel besser aussah.

11. KAPITEL

Ted Grey war nicht dumm. Am Montag morgen schickte er seine Männer an die Arbeit. Zunächst mußten sie die Abflußrohre und Regenrinnen freimachen, damit man in Medsham Hall mit den Instandsetzungsarbeiten beginnen konnte. Er sorgte dafür, daß Daniel dem Haus fernblieb, indem er ihm den Auftrag erteilte, Baumaterialien heranzutransportieren und abzuladen; falls es im Haus sexuell etwas zu holen gab, hatte er nicht die Absicht, mit seinem Stiefsohn zu teilen.

Nachdem er das Gebäude betreten hatte, beschloß Ted, einen Rundgang zu machen. Obwohl es noch früh am Morgen war, herrschte im Haus eine höchst eigenartige Atmosphäre, die ihn faszinierte. Als er im oberen Stockwerk, während er nach feuchtem Verputz Ausschau zu halten vorgab, lautlos eine Schlafzimmertür öffnete, stieß er auf einen jungen Mann, der gerade dabei war, einen von Julians weiblichen Gästen zu bearbeiten. Die beiden waren so bei der Sache, daß sie ihn gar nicht bemerkten. Die junge Frau saß, von einem Sonnenstrahl beschienen, rittlings auf den Hüften des Mannes, die Hände im Haar, und die heftigen Stöße ihres Liebhabers ließen ihre Brüste auf und ab wippen. Die Lustschreie, die sie ausstieß, während sie sich dem Höhepunkt näherte, hallten in Teds Ohren so laut wider, daß er in der Leistengegend ein schmerzhaftes Ziehen verspürte.

In einem abgelegenen Schlafzimmer stieß er auf einen anderen jungen Mann, der es gerade seinem Gefährten mit großer Hingabe besorgte. So etwas hatte Ted seit seiner Soldatenzeit nicht mehr gesehen. Er beobachtete ein Weilchen, wie sie sich schwitzend, mit lustvoll verzerrten Gesichtern abmühten, und fragte sich, wie er sich wohl verhalten würde, falls die Männer sich umdrehten und ihn erblickten.

Es hob sich geradezu wohltuend von all dieser brutalen, primitiven Leidenschaft ab, als Ted im ersten Stock Petra Morton entdeckte, die mit ihrer kleinen blonden Gefährtin noch im Bett lag. Frohlockend stellte er fest, daß er offenbar, indem er Julian Mortons Arbeitsangebot angenommen hatte, unversehens in ein ländliches Sodom und Gomorrha geraten war – ein Haus voll perverser Geheimnisse und zügelloser Lüste, was sich auf längere Sicht durchaus als profitabel erweisen mochte. Das einzige Problem war, daß, wenn er nicht schlau vorging, sein ganzes Herumspionieren zu nichts anderem führen würde als zu den heftigen Spannungen in der Leistengegend, die sich nicht lindern ließen.

Gegen zehn, als das Haus allmählich zum Leben erwachte, schlüpfte Ted vom Treppenabsatz aus in das Ankleidezimmer, das neben Petra Mortons Schlafzimmer lag. Dann machte er vorsichtig die Verbindungstür einen Spaltbreit auf. Er hoffte auf eine erfreuliche Schaustellung weiblichen Fleisches.

Wie aufs Stichwort stieg Petra Morton in dem Moment steif aus dem Bett, so nackt, wie die Natur sie geschaffen hatte, und streckte und reckte sich vor dem offenen Fenster. Ted mußte ein paarmal kräftig schlukken und bemühte sich, ruhig zu bleiben – man durfte ihn auf keinen Fall entdecken.

Petra Morton war schlank und hatte schwere Brüste. Ihre elegante Körperhaltung und ihr modischer Haarschnitt vermochten nicht über die Tatsache hinwegzutäuschen, daß sie ein geborenes Raubtier war; sie sah durch und durch verderbt aus. Es war jammerschade, daß ein solcher Körper nur anderen Frauen zur Verfügung stand. Sie streckte sich erneut, und als sie sich zum Bett drehte, wirkte sie auf Ted wie eine gepflegte Katze.

»War der Ausflug gestern schön, Izzy?« fragte Petra gähnend und ließ ihre Hände über den Leib des Mädchens gleiten.

Die kleine Blondine, die noch zusammengerollt zwischen dem verwühlten Bettzeug lag, öffnete langsam ein Auge. »Du weißt doch, wie Julians Bootsausflüge immer sind.«

Petra schnaubte verächtlich. »Das weiß ich in der Tat«, stieß sie gereizt hervor. »Ich habe allerdings gehofft, daß du ein bißchen mitteilsamer bist und mir Einzelheiten erzählst.«

Izzy, die ein hauchdünnes weißes Hemd trug, lachte und rollte sich auf den Bauch.

Der in seinem Versteck kauernde Ted erbebte, als er sah, wie die Brüste des Mädchens unter der fast durchsichtigen Seide wogten.

»Was ist denn los?« fragte Izzy in neckendem Ton. »Du bist doch nicht etwa eifersüchtig, Petra? Ich habe schließlich auch keinen Aufstand gemacht, als du gesagt hast, du wollest zum Albion House fahren, um den Tag mit Anthea Leven im Bett zu verbringen; war sie so gut, wie du gehofft hast?«

Petra zog einen Flunsch. »Sie war wunderbar, aber du sollst mir von Rachel Ingram erzählen.«

Izzy kicherte. »Hat Julians neue Freundin es dir wirklich so angetan? Eigentlich müßtest du dich doch freuen, schließlich hat sie eine Menge Geld. Und sie macht Julian sehr glücklich. Die beiden werden ein perfektes Paar abgeben ...«

»Hör auf herumzusülzen, Izzy«, fuhr Petra sie wütend an. »Ich will wissen, wie sie sich verhalten hat. Hat sie bei Julians Spielchen mitgemacht?«

Izzy blickte gekränkt drein. »Es ist wirklich nicht nötig, mich so anzuschreien.«

Petra seufzte. »Tut mir leid. Ich will es einfach wissen, das ist alles. Hat sie nun mitgemacht oder nicht?«

Izzy nickte. »Nachdem Julian ihr ein bißchen zugeredet hatte. Ich glaube, zunächst wollte sie überhaupt nicht, aber zum Schluß war alles bestens.«

»Was soll das heißen: *war alles bestens?* Was ist passiert?«

Izzy setzte sich im Schneidersitz im Bett auf und blickte nachdenklich drein, als fiele es ihr schwer, sich an alles zu erinnern. »Sie hat an der Jagd teilgenommen. Ich weiß zwar nicht, wer sie gefangen hat, aber jemand muß es getan haben, denn als sie mit Julian zum Picknickplatz zurückkam, war sie splitternackt. Und dann haben wir Sklavinnen und Herren gespielt ...« Izzy machte eine Pause. »Du weißt ja, wie Julian dieses Spiel liebt.«

»Und dann?« fragte Petra ungeduldig.

Izzy errötete leicht. »Dann mußte ich mich auf Befehl von Julian und Tippy mit ihr lieben.«

Der im Ankleidezimmer verborgene Ted Grey grinste triumphierend, als er sich Rachel Ingrams nackten Körper vorstellte und sich ausmalte, wie sie der entzückenden kleinen Blondine hatte zu Willen sein müssen.

Petra starrte sie ungläubig an. »Du und Rachel Ingram? Meinst du das im Ernst?«

Izzy nickte. »Wir waren zusammen baden, und dann beanstandete Julian, daß ich für weitere Liebesspiele zu trocken sei ...« Ihre Stimme verlor sich. »Tippy war ganz wild auf Rachel, so daß für mich Julian übrigblieb – obwohl ich glaube, daß sie in Wirklichkeit nur zusehen wollten, wie Rachel und ich uns lieben. Du weißt ja, wie die beiden sind.«

Petra war wie erstarrt. »Mein Gott«, zischte sie, »du und Rachel Ingram?«

Izzy nickte. »Es war wunderschön und sehr aufregend, weil ich wußte, daß es für sie das erste Mal war. Sie war zwar nervös, aber auch äußerst neugierig ...« Sie blickte Petra an, die immer noch wie versteinert dastand. »... und sie war gut.«

»Mein Gott«, murmelte Petra erneut, als hätte sie von dem, was Izzy gesagt hatte, kein Wort gehört. »Du und Rachel Ingram? Ich kann es einfach nicht fassen. Ob Anthea davon weiß?«

Izzy glitt vom Bett und schnappte sich einen Morgenmantel. »Das möchte ich bezweifeln. Rachel war auf dem Nachhauseweg sehr still. Ich kann mir nicht vorstellen, daß sie zu den Leuten gehört, die solche Sachen sofort weitererzählen. Ich glaube, sie war von sich selbst überrascht.« Sanft legte sie Petra den Morgenmantel um die Schultern. »Hier«, sagte sie leise, »sonst holst du dir noch den Tod.«

Petra schnaubte verächtlich und nahm eine Zigarette aus dem Kästchen, das auf einem Beistelltisch stand. »Ich wünschte, das hätte ich gewußt, als ich mit Anthea im Albion House zusammen war.« Sie lächelte verschmitzt. »Stell dir doch vor, wie schön wir es zu dritt hätten machen können. Ich glaube, ich fahre heute abend noch raus, um das vorzuschlagen.«

Izzy starrte sie an. »Und was ist mit mir?« Ihr Gesicht verzog sich zu einem mürrischen Schmollen.

Petra grinste sie an. »Meine Güte, nun hör aber auf, Schätzchen. Das Haus ist voller Leute, die meinen, du seist ein süßes kleines Ding. Du wirst dich ganz sicher nicht einsam fühlen.« Sie beugte sich vor und küßte Izzy auf die Stirn. »Also mach keinen Aufstand. Ich sause nur schnell nach unten, um mit Julian zu reden.«

Izzy rümpfte die Nase und setzte sich an den Toilettentisch.

Die ganzen Handwerkerarbeiten, die in Medsham Hall stattfanden, irritierten Julian Morton ein wenig. Er hoffte, daß seine Gäste Verstand genug haben würden, um sich diskret zu verhalten. Am Schreibtisch seines Arbeitszimmers überprüfte er den Stand der Familienfinanzen, was keine besonders erfreuliche Angelegenheit war. Ungeachtet der Tatsache, daß Ted Grey einen recht zivilen Preis für seine Arbeit verlangte, würde dabei der größte Teil des Bargeldes, über das Julian verfügte, draufgehen. Er legte die Rechnungen, die nicht ganz so eilig waren, in die Schublade zurück, und breitete diejenigen, die bald bezahlt werden mußten, fächerförmig vor sich aus. Dann hob er den Telefonhörer ab und wählte Rachels Nummer.

Ihr Dienstmädchen nahm den Anruf entgegen. Ein paar Sekunden später kam Rachel, die sich ein wenig atemlos anhörte, an den Apparat.

»Hallo?«

Ein warmes Lächeln ging über Julians Gesicht, als er ihre Stimme vernahm. »Ich hoffe, ich störe dich nicht, Rachel. Wie geht es dir heute morgen?«

Er hörte, wie sie tief Luft holte. »Gut, Julian, danke der Nachfrage. Und wie geht es dir?« Ihre Stimme klang förmlich und gestelzt.

Erneut lächelte er, als er daran dachte, wie sie mit nassem, klaffendem Geschlecht zwischen den Kiefern der Sandbank gelegen hatte, die Brüste, deren Warzen aufgerichtet und dunkel waren, mit Sand behaftet, während Izzy, die Lippen feucht von Rachels Saft, über ihr kniete. Eine hinreißende Vorstellung.

»Mir geht es auch gut. Ich rufe an, um zu fragen, ob du heute abend zu uns zum Dinner kommen möchtest.

Deine Freundin Anthea ist natürlich ebenfalls herzlich eingeladen.«

Eine Pause trat ein. Er stellte sich vor, wie sie den Hörer fest ans Ohr drückte, während ihre Augen vor Erregung dunkel wurden. Sie schien immer noch außer Atem zu sein; vielleicht hatten sie und Anthea bereits herausgefunden, daß sie mehr gemeinsam hatten als angenommen. Seine Fantasie ging mit ihm durch, und er stellte sich vor, daß Anthea neben ihr stand und mit einer Hand ihre herrlichen Brüste liebkoste, während die andere nach unten glitt, um ihr Geschlecht zu streicheln, das so prall und feucht war wie auf der Sandbank.

Er grinste. Vielleicht ließen sie ihn, wenn sie zum Dinner kamen, mitmachen – eine Fantasie, die immer deutlichere Konturen annahm, während am Telefon gespanntes Schweigen herrschte. Schon sah er vor seinem geistigen Auge, wie Rachel über ihm hockte und seinen Schwanz tief in sich einführte, während seine Zunge in die saftigen Falten von Antheas Möse vordrang. Die beiden Frauen würden einander gegenüberknien, ihre Körper in der Abendsonne leuchten. Fast konnte er Antheas Geschlecht schmecken, fast sehen, wie sie sich gegenseitig die Brüste streichelten und die Lippen in einem langen, gierigen Kuß aufeinanderpreßten. Er erzitterte wollüstig und merkte, wie sein Schwanz zum Leben erwachte. Julian holte tief Luft. Dann versuchte er, sich zusammenzureißen, und sagte: »Nun sag schon, daß ihr beide kommt, Rachel – es wird sehr amüsant werden.«

»Danke für die Einladung«, erwiderte sie langsam, als müsse sie sich den Weg durch die Worte bahnen. »Es ist wirklich sehr lieb von dir, daß du an uns gedacht hast, aber leider kann ich deine Einladung nicht annehmen.«

Julian stöhnte unwillig. »Ach, Rachel, das finde ich aber sehr enttäuschend.« Fieberhaft suchte er nach einem Argument, das sie dazu bringen würde, die Einladung anzunehmen. »Ich hatte gehofft, daß wir die Sache mit dem Schiff besprechen können. Vielleicht könnten wir vereinbaren, es am Albion House zu vertäuen – wo du doch jetzt selbst mit hinausgefahren bist.« Er machte eine Pause, um seine Worte wirken zu lassen. »Wenn das Schiff am Albion House liegt, könnten wir es öfter benutzen. Ich habe wirklich gedacht, unser Ausflug hätte dir gefallen.«

Er konnte fast hören, wie verlegen sie war, und lächelte. Als Rachel endlich etwas sagte, war ihr Ton eisig.

»Du wirst dich daran erinnern, Julian, daß wir abgemacht hatten, in unserer Beziehung kürzerzutreten. Was gestern passiert ist, war … War …« Sie rang nach dem richtigen Ausdruck. »… ein Verrat an unserer Abmachung.«

Julian lachte. »Ein *Verrat* an unserer Abmachung? Das ist aber ein bißchen happig. Willst du allen Ernstes behaupten, du hättest dich nicht amüsiert? Ich habe eigentlich gedacht, es sei wunderbar für dich gewesen, an einem Tag so viele neue Erfahrungen zu machen. Nun sei nicht so prüde. Sag, daß du zum Dinner kommst. Tippy würde sich sehr freuen, dich wiederzusehen. Dein Elan hat ihn stark beeindruckt.«

Rachel gab einen leisen Ton des Unbehagens von sich und sagte: »Danke für die Einladung, Julian, aber ich habe bereits andere Pläne.« Dann legte sie auf. Voll Bedauern ließ Julian den Hörer auf die Gabel fallen und warf die unbezahlten Rechnungen wieder in den Ablagekorb für Briefe. Als die Umschläge unter einem Stapel anderer Schriftstücke verschwanden, vergaß er sie sofort. Seine Sexualfantasien im Zusammenhang mit

Rachel Ingram und Anthea Leven blieben ihm wesentlich länger im Gedächtnis.

Ted Grey, der sich immer noch in seinem Versteck befand, wurde allmählich nervös; Izzy konnte jeden Moment ins Ankleidezimmer kommen und ihn entdekken. Lautlos, wenn auch widerwillig, trat er den Rückzug in Richtung Korridor an. Schließlich hatte er gehofft, eine Liebesszene mit ansehen zu können, doch das Risiko, entdeckt zu werden, war die Sache nicht wert.

Die Dinge, die Petra über Rachel gesagt hatte, hatten ihn jedoch auf einen Gedanken gebracht; ein spätabendlicher Trip zum Albion House, das wäre doch etwas. Zwischen den Dünen gab es Unmengen von Stellen, wo er sich verstecken und zusehen konnte, wie Petra Morton Rachel und diese andere Frau, Anthea, verführte. Und danach, wenn die Darbietung ihn richtig angeheizt hatte, konnte er sich ein bißchen um Molly, das Dienstmädchen, kümmern. Er strich sich mit den Händen über den Bauch und versuchte, seinen harten Schwanz zu ignorieren, der ungeduldig von innen gegen seine Arbeitshosen drückte.

Seit Petra gegangen war, saß Izzy da und starrte sich, das Kinn in die Hand gestützt, im Spiegel des Toilettentisches an. Gerade als Ted die Tür zum Korridor erreicht hatte, seufzte sie und zog sich das Hemd über den Kopf. Der Spiegel fing ihr Bild ein und bot Ted den hinreißenden Anblick ihrer winzigen, hochstehenden Brüste. Von hinten konnte er die cremefarbenen Kurven ihres Rückens und ihrer Taille sehen. Während er sie beobachtete, beugte sie sich vor und strich mit dem Finger über den pinkfarbenen Brustwarzenhof, dessen Haut sich sofort zusammenzog. Nachdenklich betrachtete sie ihren Körper. Dann nahm sie einen Lippenstift aus einer Schale, die auf dem Toilettentisch stand. Nachdem sie ihn aufgeschraubt hatte, malte sie ihre vollen Lippen scharlachrot an. Darauf wandte sie sich, verschmitzt grinsend, ihren Brüsten zu und schmierte ein bißchen Lippenstift auf ihre Brustwarzen, was einen fantastischen Kontrast zur blassen Farbe ihres Körpers darstellte. Die Augen immer noch fest auf den Spiegel geheftet, rollte sie die Spitzen ihrer Brüste behutsam zwischen Daumen und Zeigefinger hin und her und bewunderte den Effekt.

Der im Halbdunkel des Ankleidezimmers versteckte Ted Grey vermochte kaum zu atmen; vielleicht sollte er doch lieber bleiben. Lautlos schlich er in seine ursprüngliche Position zurück und wartete.

Das auf dem Hocker sitzende Mädchen strich sich mit der Hand über Rippen und Bauch. Ted schluckte mühsam und schloß die Augen. Wenn sie doch bloß aufgestanden wäre. Er wollte unbedingt sehen, wie sie die kleine, blaßfarbene, pelzbesetzte Muschi anfaßte, die er zwischen ihren langen Beinen vermutete ...

Julian war immer noch tief in Gedanken versunken, als ihn ein Klopfen an der Tür seines Arbeitszimmers in die Wirklichkeit zurückholte. Rasch zog er sein Jackett über die peinliche Wölbung im Schritt seiner Reithosen. Petra, die ein Negligé aus schimmerndem Stoff anhatte, öffnete die Tür und lächelte ihn an.

»Guten Morgen, Schätzchen. Ich dachte mir schon, daß ich dich hier finden würde. Ich nehme an, du weißt, daß es im Haus von Handwerkern nur so wimmelt? Hättest du mir das nicht vorher sagen können?«

Julian seufzte. Zu schade, daß Rachel ihm einen Korb gegeben hatte. »Entschuldige, das ist mir ganz entfallen.« Er musterte sie von oben bis unten. Dann drehte er sich wieder dem Schreibtisch zu. »Bist du enttäuscht, weil du nichts nach deinem Geschmack finden kannst?«

Petras Gesicht wurde hart. »Warum hast du denn heute morgen eine solche Laune? Ich dachte, du hättest gestern mit deiner Mrs. Ingram einen wundervollen Tag verbracht.«

Julian schnaubte wütend. »Du hast dich wohl mit Izzy unterhalten. Das Mädel ist ein richtiges Klatschmaul. Bedauerlicherweise scheint mein kleiner Ausflug mit Mrs. Ingram mir jedoch nicht viel genützt zu haben. Was willst du eigentlich hier?«

Petra machte eine Kopfbewegung in Richtung Telefon.

Julian stand auf und streckte sich. »Ist Izzy noch oben?«

Petra grinste ihn an. »Ja. Warum?«

»Ich fühle mich schrecklich einsam.«

Petra schnaubte verächtlich. »Etwas in der Art hat sie auch gerade gesagt. Warum gehst du nicht nach oben und leistest ihr Gesellschaft, während ich telefoniere?«

Es überraschte Julian, daß seine Schwester so bereitwillig ihre Zustimmung gab. Gewöhnlich mußte er erst lange mit ihr verhandeln und ihr irgendeine Gegenleistung versprechen. Insgeheim war er ihr dankbar, denn die Spannung in seiner Leistengegend war fast nicht mehr zu ertragen. Vielleicht galt ihre Zuneigung jetzt Anthea Leven: ein recht interessanter Gedanke. Er wies auf seinen Schreibtisch, wo das Telefon stand.

»Bediene dich«, sagte er mit einem Grinsen und eilte nach oben.

Ted Grey merkte, wie ihm das Wasser im Mund zusammenlief, während er Izzy beobachtete. Mit lässig-matten Bewegungen bürstete sie sich das Haar und betrachtete dabei ihr Spiegelbild, als sei auch sie von ihrer Schönheit gefesselt. Jedesmal, wenn sie die Bürste hob, hob sich auch eine ihrer Brüste, deren scharlachrote Bemalung die Bewegung akzentuierte. Wenn sie dann nach unten strich, schien die Brust zu wogen und schließlich zur Ruhe zu kommen, als sei Wasser durch sie hindurchgeströmt. Ihre andere Hand konnte er zwar nicht sehen, ahnte aber, wo sie steckte, nämlich in den warmen Falten ihrer Möse, wo sie mit dem Finger ihre Lustknospe bearbeitete.

Gebannt und mit schmerzhaft angespanntem Schwanz schaute Ted zu, wie Izzy sich erneut langsam über das Haar bürstete. Ihre Haut schien förmlich zu leuchten. Er mußte sich sehr zusammenreißen, um nicht aus seinem Versteck zu springen und sie auf der Stelle zu nehmen. Aber das war natürlich unmöglich; wenn er sich bewegte oder sich zeigte, würde sie kreischen und wie ein aufgescheuchtes Reh davonrennen. Er mußte sich damit begnügen, sie zu beobachten.

Plötzlich klopfte es an die Schlafzimmertür. Ted fuhr zusammen. Kurz darauf stolzierte Julian in den Raum, ohne auf eine Einladung zu warten. Izzy erstarrte. Ihre eine Hand schwebte über dem Kopf, die andere war nach wie vor nicht zu sehen. Ihre Finger krampften sich um den Griff der silbernen Haarbürste zusammen.

»Ei, ei, ei!« sagte er grinsend. »Was für ein hübsches Bild du abgibst!«

Izzy rührte sich nicht. »Weiß Petra, daß du hier oben bist? Sie sagte, sie wolle dich aufsuchen.«

Julian nickte. »Ich habe bereits mit ihr gesprochen«, erwiderte er, während er seine Krawatte aufzog und aufs Bett fallen ließ. »Sie hat mir *carte blanche* gegeben.«

Izzy stieß einen aufgebrachten Seufzer aus und warf

die Haarbürste auf den Toilettentisch. »Ihr zwei benutzt mich, als sei ich ein Spielzeug, das sich mal der eine, mal der andere ausborgt.«

Julian trat hinter sie und legte ihr die Hände auf die Schultern.

»Es sollte dir eigentlich schmeicheln, daß du so begehrt bist.« Er nahm die Haarbürste und drehte sie nachdenklich in der Hand hin und her. »Oder vielleicht sollte ich dich auch bestrafen, weil du so undankbar bist.«

Izzy lachte. »Undankbar? Das ist doch wohl nicht dein Ernst!«

In atemloser Spannung beobachtete Ted die beiden. Julians Augen waren dunkel geworden, und Ted konnte die zunehmende Erregung des anderen spüren; er hätte einiges darum gegeben, um an Julians Stelle zu sein.

Julian holte tief Luft. »Doch, doch. Meiner Ansicht nach bist du schrecklich undankbar. All die schönen Dinge, die wir dir gegeben haben – und nicht ein einziges Wort des Dankes. Wenn Petra und ich nicht gewesen wären, würdest du immer noch in dem gräßlichen Nachtklub mit einem Bauchladen herumlaufen und Zigaretten verkaufen und hier und da ein bißchen was unterschlagen, damit du deine Miete bezahlen kannst. Ich glaube wirklich, daß ich dir zeigen muß, wer hier der Herr ist.«

Izzy grinste. »Glaubst du, ja?« entgegnete sie, wobei sie sich langsam umdrehte und aufstand. Ihr Geschlecht war von einem feinen Haarflaum umgeben. Die dunklen, scharlachroten Blüten ihrer Brustwarzen waren jetzt hart. Julians Blick heftete sich auf ihre Brüste. Nachdenklich strich er mit dem Finger über den Griff der Bürste.

»Ich wußte gar nicht, daß du künstlerisch veranlagt

bist«, sagte er verschmitzt. Dann warf er einen Blick auf den aufgeschraubten Lippenstift, der neben dem Spiegel lag. »Gehört der auch Petra? Das wird ihr aber nicht gefallen. Sie hat mir oft gesagt, wie sehr sie es haßt, wenn andere an ihre Sachen gehen.«

Izzy kicherte. Dann schlug sie provokativ die Augen nieder. »Vielleicht verdiene ich doch eine kleine Strafe. Was schwebt dir denn so vor?«

Julian zeigte auf den Hocker und setzte sich. »Ich möchte, daß du mir von der schlimmsten Sache erzählst, die du jemals tun mußtest. Erzähl mir von einem dieser schrecklichen Männer, die dich verführt haben, bevor du von Petra und mir gerettet wurdest.«

Izzy zog eine Augenbraue hoch, doch Julian machte eine ungeduldige Handbewegung. »Laß mich nicht warten.«

Izzy lächelte. »Es war einmal …«

Julian verzog das Gesicht. »Ich meine es ernst.«

Sie holte tief Luft und faltete wie ein unartiges Schulmädchen die Hände. Der in seinen Versteck kauernde Ted war fasziniert.

»In den Klub kamen oft zwei Männer, alte Freunde des Managers. Als ich dort anfing, stellte er mich ihnen vor. Wenn der Klub noch geschlossen war, mußte ich mich auf einen der Tische legen, und die beiden haben es mit mir gemacht. Sie kamen gewöhnlich etwas früher, während ich die Tische fürs Abendessen deckte. Am liebsten mochten sie es kurz bevor wir öffneten. Manchmal waren sie gerade erst fertig, wenn die Türen aufgingen. Einer von ihnen, Giles, er war ziemlich alt, steckte sich hinterher immer mein Höschen in die Tasche, als Souvenir, und während des Abends faßte er mich dann dauernd an. Die Vorstellung, daß ich unter meinem Kleid nackt war, erregte ihn.« Sie wurde rot. »Reicht das?«

Julian schüttelte den Kopf. »Nein, nicht ganz. Haben sie dich beide gleichzeitig genommen?«

Izzy machte nervös an ihren Fingernägeln herum. »Du bist grausam, Julian«, sagte sie mit sanfter Stimme.

Julian grinste. »Haben sie?«

Ihre offenkundige Verlegenheit entzückte Ted.

Izzy holte tief Luft. »Manchmal haben sie mich gleichzeitig genommen, manchmal nacheinander.«

Julian nickte, und Izzy wand sich verlegen hin und her. In ihren Augen schimmerten Tränen, so peinlich war ihr alles.

Julian streichelte ihr sanft den Arm. Der Ton seiner Stimme klang freundlich und mitfühlend. »Gut, gut. Es heißt ja, eine Beichte tue der Seele gut. Und jetzt werde ich dir zeigen, was ich mit unartigen, undankbaren Mädchen mache.« Er drückte er sie energisch nach unten, so daß sie auf allen vieren vor ihm kniete.

»Ich bin noch nicht fertig mit dir«, sagte er mit heiserer Stimme, während er an den Knöpfen seines Hosenschlitzes herumfummelte.

Ted versuchte krampfhaft, nicht zu laut zu atmen. Der Schwanz zwischen seinen Beinen pulsierte in einem Rhythmus, der dem seines Herzschlags entsprach. Gleich würde er seine Erregung nicht mehr zügeln können.

Julians Schwanz war schmal und gebogen wie ein Krummsäbel. Izzy im Genick packend, kniete er sich hinter sie und schob seine Hand zwischen ihre Schenkel. Sie stöhnte und biß sich auf die Lippe. Triumphierend führte er seinen Schwanz ein.

Ihm schien jegliches Mitgefühl zu fehlen, als er in ihren Körper eindrang. Sie wimmerte und schob sich ihm entgegen. Ihre Brüste waren straff gespannt und vor Erregung gerötet. Julian legte die Hand auf ihre

Hüfte und zog sie näher. Mit der anderen Hand tastete er nach ihren schaukelnden Brüsten, um an ihren Brustwarzen zu ziehen und sie zwischen den Fingern hin und her zu drehen. Sie keuchte und wand sich. Ihre Augen waren geschlossen, ihr offener Mund bildete ein rotes Oval. Julians Gesicht war zu einem irren Grinsen verzerrt, als er sie immer wieder heftig an sich zog. Ächzend schob er seinen Schwanz noch tiefer, so daß Izzys Gesicht und ihre Brüste auf den Teppich gedrückt wurden. Sie rang nach Atem und begann, von Leidenschaft durchströmt, zu schluchzen, während Julian unaufhörlich zustieß.

Ted keuchte laut, als er sich vorstellte, wie er ihr seinen pulsierenden Schwanz tief in den Mund steckte. Diese Vorstellung war einfach zuviel. Während die Geräusche von Izzys und Julians wildem Liebesspiel noch in seinen Ohren widerhallten, drehte er sich von der Tür weg, riß seinen Schwanz aus der Hose und fing an, ihn wie rasend zu massieren; schon einen Augenblick später durchströmte es ihn heiß, und er geriet in heftige Zuckungen, während er sich verzweifelt bemühte, keinen Laut von sich zu geben.

Als er sich schließlich wieder der Tür zuwandte, um sich den letzten Akt von Izzys und Julians Liebesspiel anzusehen, zog sich Julian gerade erschöpft aus dem Körper des Mädchens zurück.

Izzy rollte sich auf den Rücken und blickte zu ihm hoch. Ihre Haut war nach wie vor gerötet, in der Vertiefung zwischen ihren Brüsten glitzerten Schweißperlen.

»Julian, glaubst du wirklich, daß ich undankbar bin?«

Julian schnaubte unwillig, als er seinen Schwanz in die Hose zurückstopfte. »Nein, natürlich nicht. Es überrascht mich vielmehr, daß du uns schon so lange erträgst. Übrigens, weißt du zufällig, wen Petra anrufen wollte?«

Izzy zog einen Flunsch. »Ich habe immer das Gefühl, als ob ihr zwei einen Wettkampf austragt. Sie hat gesagt, sie wolle diese Frau anrufen, die bei Rachel Ingram zu Besuch ist.«

Julian starrte sie an. »Anthea Leven? Weißt du das genau?«

Izzy nahm ihren Morgenmantel vom Bett. »Ja, natürlich weiß ich das genau. Ich glaube, deine Schwester hofft, deine Freundin Rachel verführen zu können. Du weißt doch, daß sie es nicht ertragen kann, von dir übertroffen zu werden.«

»Rachel?« fragte er leise. »Bist du sicher? Sie interessiert sich für Rachel?«

Izzy schienen seine Fragen zu ärgern. Sie zog den Gürtel ihres Morgenmantels fest. »Das habe ich doch gesagt. Wirst du langsam taub?«

Julian warf ihr einen wütenden Blick zu. »Ich will nicht, daß sie Rachel nachstellt. Sie könnte sonst kopfscheu werden. Ich habe meine eigenen Pläne mit Rachel Ingram.«

Izzy verzog das Gesicht und gähnte. »Tatsächlich? Das überrascht mich aber«, sagte sie sarkastisch. »Laß mich raten. Du hoffst, daß sie bereit ist, dich aus diesem Schlamassel zu ziehen.« Sie machte eine Geste, die das ganze Haus einschloß. »Hoffst du, daß sie dich heiratet? Bist du schon dazu gekommen, sie zu fragen?«

Julian klappte der Unterkiefer herunter, und er starrte sie verblüfft an. »Hast du mit Petra gesprochen? Hat Petra dir das erzählt?« zischte er wütend.

Izzy lachte und setzte sich wieder an den Toilettentisch. »Das brauchte sie gar nicht. Ihr haltet euch für ungemein clever, du und deine Schwester, und dabei seid ihr so leicht zu durchschauen. Würdest du jetzt bitte die Tür von draußen zumachen – falls du damit fertig bist, mich zu bestrafen.«

Julian war sprachlos. Er öffnete den Mund, als wolle er noch etwas hinzufügen, besann sich aber eines Besseren, machte kehrt und ging.

Ted Grey, der alles gehört hatte, lächelte in sich hinein; seine Arbeit in Medsham Hall erwies sich als ertragreicher, als er gehofft hatte. Lautlos stand er auf und dachte über das, was er erfahren hatte, nach. Wenn er Daniel erzählte, daß Julian Morton Rachel Ingram heiraten wollte, würde der Junge sich vielleicht zurückziehen und ihm, Ted, das Feld überlassen. Dann konnte er es noch einmal bei ihr versuchen.

Er grinste, als ihm einfiel, wie weich sich Rachel Ingrams Brüste unter ihrem Kleid angefühlt hatten. Natürlich hatte sie so tun müssen, als sei sie empört und aufgebracht; Frauen ihres Schlages mochten es nicht, wenn man sie für zu willig hielt. Er zog seine Jacke zurecht. Nach der Arbeit würde er zum Albion House hinausfahren, um zu sehen, was sich da abspielte. Wenn er Glück hatte, würde er vielleicht rechtzeitig hingelangen, um Petra Mortons Versuch, Rachel ins Bett zu bekommen, mitzuerleben; vielleicht würde er ihnen dann seine Dienste anbieten.

Während er zur Tür ging, verlor er sich in einer ausgeklügelten Fantasie, bei der es darum ging, die Frauen im Albion House zu verführen. Als die Bilder immer deutlichere Konturen annahmen, war die sexuelle Erleichterung, die er sich vor einigen Minuten verschafft hatte, bereits vergessen. Er setzte seine Mütze auf, und nachdem er sich vergewissert hatte, daß Julian weg war, schlich er in den Korridor zurück.

Als Rachel zum Lunch nach unten kam, saß Anthea auf der Fensterbank des Wohnzimmers und blätterte in einem Buch herum. Obwohl die Terrassentüren aufstanden, um die vom Meer kommende Brise hereinzulassen, war es immer noch fast unerträglich heiß. Anthea, die ein dünnes Baumwollhemd trug, hockte matt und lustlos zwischen den Kissen der Fensterbank. Als Rachel hereinkam, blickte sie auf.

»Wie kommst du mit dem Gemälde voran?« fragte sie im Plauderton.

Rachel lächelte. »Bestens. Du siehst gelangweilt aus. Du mußt nicht hierbleiben, weißt du; wenn du möchtest, kannst du die Rawlingsons anrufen und zu ihrer Wochenendparty fahren. Dieser Typ – wie heißt er? Peter? – würde dich bestimmt abholen, wenn du ihn darum bittest. Ich würde mich auch nicht gekränkt fühlen.«

Anthea schüttelte den Kopf. »Nein, ich hatte sowieso von ihm die Nase voll.«

Rachel lächelte. »Warum gehst du dann nicht ein bißchen hinaus? Wenn du willst, kannst du dir gern wieder das Auto ausborgen. Warum machst du nicht eine Fahrt entlang der Küste?«

Anthea knallte das Buch entschlossen zu. »Das ist eigentlich eine gute Idee. Vielleicht könnte ich zum Kai hinunterfahren, um zu sehen, ob sie frischen Fisch haben. Oder glaubst du, der ist jetzt schon ausverkauft?« Sie machte eine Pause und errötete ein wenig. »Ach, übrigens, ich hoffe, du hast nichts dagegen, daß ich Petra heute zum Abendessen eingeladen habe.«

Rachel blies nachdenklich die Backen auf und überlegte, wie sie mit der Situation fertig werden würde. Schließlich wußte sie jetzt, daß Anthea und Petra ein Liebespaar waren.

»Gut«, sagte sie nach einer Weile. Sie erwartete heute

Daniel, und wenn Anthea mit Petra beschäftigt war, würde es viel leichter sein, sich zu entschuldigen und sich davonzustehlen.

»Ich hatte sowieso vor, heute bis spät in den Abend zu arbeiten. Wenn du willst, könnt ihr zwei also ein intimes kleines Dinner zu zweit veranstalten.«

Anthea errötete noch stärker. »Bist du sicher?«

Rachel lachte. »Absolut sicher. Ich hasse es, den Anstandswauwau zu spielen.«

Ein Schwall heißer Luft kam durch die offenen Fenster herein. Anthea zuckte zusammen.

»Ist das heiß heute! In deinem Atelier muß es doch wie in einem Backofen sein. Warum kommst du nicht mit, wenn ich meine Spazierfahrt mache? Du siehst aus, als könntest du eine Pause gebrauchen; außerdem hast du gesagt, daß du am Abend arbeiten willst.«

Rachel nickte. »Warum nicht?«

Anthea lächelte. »Gut, dann machen wir es so. Es ist sehr schwül; glaubst du, wir bekommen ein Gewitter?«

Rachel zuckte die Achseln. »Jedenfalls habe ich den Eindruck, als sei eins im Anzug. Vielleicht sollten wir die Idee, eine Spazierfahrt zu machen, aufgeben und statt dessen Siesta halten.«

Rachel merkte, wie Antheas Blick einen Moment lang auf ihrem Körper ruhte, und erschauerte unwillkürlich. In dieser kurzen Sekunde hatte sie das Verlangen in Antheas Gesicht gesehen und gespürt, wie es in einem entlegenen, unerforschten Bereich ihrer eigenen Seele Widerhall fand.

»Ist das eine Einladung?« fragte Anthea rasch. Ihre Stimme klang ein wenig belustigt.

Rachel gab sich Mühe, ihr Lächeln beizubehalten. »Nein, Schätzchen, ist es nicht«, antwortete sie mit sanfter Stimme. »Wenn du mich jetzt bitte entschuldigen würdest – ich will Molly sagen, daß sie den Lunch servieren kann.«

Kurz nach sechs ließ Ted Grey seine Männer endlich Feierabend machen. Daniel, der geholfen hatte, den Schutt von den Mauern wegzuschaffen, streckte sich, hob sein Hemd auf und trottete zum Pferdekarren hinüber.

Ted sah ihm nach. Dann rief er: »He, mein Junge, warum hast du es denn so eilig?«

Daniel lächelte, während er sein Hemd anzog. »Ich habe Mrs. Ingram versprochen, heute abend vorbeizukommen, um ihr Modell zu sitzen.« Seine Stimme klang reserviert.

Ted unterdrückte ein triumphierendes Grinsen. Dann schüttelte er den Kopf.

»Da wird heute abend nichts draus, Jungchen. Ich habe Bob Clark zugesagt, daß jemand zur Meadow Lodge kommt, um eine Fuhre Holz abzuholen, wenn wir hier fertig sind. Das Holz stammt aus dem alten Pfarrhaus, das sie vor kurzem instand gesetzt haben; er hat es mir zu einem anständigen Preis überlassen.«

Daniel wurde bockig. »Muß ich unbedingt derjenige sein, der es abholt?« fragte er wütend.

Ted nickte und zog das Geld, das Julian Morton ihm gegeben hatte, aus der Westentasche. »Soviel Geld würde ich keinem anderen anvertrauen. Ich selbst kann es nicht machen, weil ich noch einen anderen Job zu erledigen habe.«

Er zählte das Geld Daniel in die Hand. »Ich habe alles mit Bob abgesprochen. Du mußt nur hinfahren, ihm das Geld geben, das Holz aufladen und dann zu uns bringen.«

Daniel blickte auf die Geldscheine in seiner Hand.

»Warum hast du mir das nicht früher gesagt? Ich bin

heute schon zweimal in der Stadt gewesen, um etwas zu erledigen. Da hätte ich auch ein Stück weiter fahren können, um das Holz zu holen. Auf diese Weise hätte ich mir den Weg jetzt erspart.«

Ted zuckte die Achseln. »Hab' ich wohl nicht dran gedacht. Nun ärgere dich nicht. Komm, wenn du fertig bist, zum Cutter Inn, dann spendiere ich dir ein Bier.«

Daniel seufzte und kletterte auf den Karren.

»Moment«, sagte Ted, »nicht so schnell. Du kannst mich mitnehmen und am Kai absetzen.«

Ted nahm neben Daniel Platz, der mit den Zügeln knallte. Dann setzte das Pferd sich in Richtung Carfax-Staithe in Bewegung. Ted zog eine Tabaksdose aus der Jacke und rollte sich eine Zigarette.

»Du mußt vorsichtig sein, wenn du um Mrs. Ingram herumscharwenzelst«, sagte er mit ruhiger Stimme. Bevor Daniel etwas entgegnen konnte, fuhr Ted fort: »Die Dinge werden etwas anders liegen, wenn sie erst verheiratet ist, und es geht nicht an, daß du dich zwischen Mann und Frau drängst. Ich schätze, jetzt, wo wir diesen Job in Medsham Hall haben, wäre es wohl besser, wenn du hier bei mir bleiben würdest. Ich schicke dann einen der anderen Burschen zum Albion House, um den Garten fertigzumachen.«

Daniels Gesicht war aschfahl. Er starrte Ted an. »Was meinst du mit *verheiratet?*« zischte er.

Ted schnaubte unwillig. »Weißt du, mein Junge, davon mußt du doch gehört haben. Du bist doch dauernd bei ihr. Sie und Julian Morton wollen in den Stand der Ehe treten. Ich glaube zwar nicht, daß es schon offiziell ist, aber du mußt doch geahnt haben, daß das zu erwarten war.«

»Du lügst«, flüsterte Daniel.

Ted schnaubte wütend und tat so, als sei er gekränkt.

»Red keinen Stuß. Was hätte ich denn davon, dich anzulügen? Ich habe heute morgen, als ich im Haus gearbeitet habe, gehört, wie sie davon gesprochen haben.« Er zeigte auf die Straße. »Paß auf, wo du hinfährst, sonst landen wir im Straßengraben.«

Ted bemerkte mit Freuden, wie der Junge vor Wut die Zähne zusammenbiß. Unter Daniels linkem Auge war ein zorniges Zucken zu sehen. Offenbar hatte sein Stiefsohn seinen Köder voll und ganz geschluckt. Er streckte sich genüßlich. »Ich muß allerdings zugeben, daß sie eine hübsche Frau ist«, sagte er verschmitzt.

Daniels Fäuste krampften sich zornig um die Zügel.

12. KAPITEL

Den ganzen Nachmittag wünschte Rachel, daß das Gewitter endlich losbrechen würde. Die Luft war so drükkend, daß sie Kopfschmerzen hatte. Nachdem Anthea zu einer Spazierfahrt aufgebrochen war, wanderte sie lustlos von Zimmer zu Zimmer und öffnete und schloß die Fenster, in der Hoffnung, wenigstens ein bißchen frische Luft hereinzubekommen. Kurz vor der Teestunde kam Anthea mit einer Kiste frischen Fischs zurück, den sie sofort in die Küche brachte, damit Rachels Haushälterin ihn zubereitete. Als Anthea nach oben ging, um zu baden und sich fürs Dinner zurechtzumachen, deckte Molly den Tisch im Eßzimmer für zwei Personen.

Das aufziehende Gewitter erfüllte die Luft mit knisternder Spannung, erhitzte das Blut und erweckte seltsame Vorahnungen.

Kurz nach sieben kam Petra Morton. Rachel bemerkte sofort die sexuelle Spannung, die zwischen ihr und Anthea bestand. Sie trank zusammen mit ihnen einen Aperitif, dann entschuldigte sie sich. Es erleichterte sie, sich zurückziehen zu können. Sie schloß die Tür zum Hof auf, damit Daniel hereinkonnte, und begab sich in ihr Atelier, um auf ihn zu warten.

Der Himmel war inzwischen finster geworden und hatte die Farbe nassen Schiefers angenommen. Hätte Rachel aus dem Fenster geblickt, so hätte sie gesehen, wie eine einsame Gestalt, mit gebeugtem Kopf und hochgezogenen Schultern gegen den Wind ankämpfend, den Damm entlang auf das Haus zukam – eine dunkle Silhouette, die sich gegen den bedeckten grauen Himmel abhob.

Im Eßzimmer füllte Petra Morton gerade Antheas Glas nach. Infolge des Weins glänzten ihre Augen bereits, und ihr Blick verweilte einige Sekunden auf den vollen Rundungen von Antheas Brüsten.

Anthea lachte. »Offenbar braut sich das Gewitter immer mehr zusammen.«

Petra warf einen Blick in Richtung der Fenster. »Ich liebe schlechtes Wetter. Das bringt mein Blut in Wallung.« Sie lachte. »Apropos, warum hat Rachel sich eigentlich nicht zu uns gesellt?«

Anthea lächelte matt. Dann tauchte sie ihre Finger in den Wein und berührte damit Petras Lippen. »Sie hat gesagt, sie wolle nicht den Anstandswauwau spielen.«

Petra schnaubte wütend. »Tatsächlich? Hat sie dir auch erzählt, daß sie und meine Freundin Izzy sich gestern auf der Sandbank geliebt haben?«

Anthea starrte sie erstaunt an. »Sie und deine Freundin Izzy? Nein, davon hat sie mir nichts erzählt.« Sie hielt inne, als ihr das Gespräch im Badezimmer einfiel.

Petra grinste wölfisch. »Julian zufolge kann Rachel nicht nur malen, sondern hat auch noch andere Talente.«

Anthea errötete. »Rachel? Das kann ich mir gar nicht vorstellen. Ich dachte, dein Bruder sei in sie verliebt, oder zumindest habe ich angenommen, daß er sich in sie verlieben würde.« Sie starrte in ihr Weinglas. »Ich weiß wirklich nicht, was ich dazu sagen soll.«

Petra streckte sich und fuhr sich mit den Händen über den Körper, wobei ihre Finger einen Moment lang auf den harten Spitzen ihrer Brustwarzen verweilten. »Was gibt es da auch zu sagen? Ich hatte eigentlich gehofft, daß wir sie überreden können, an unseren Liebesspielen teilzunehmen.« Sie lachte erneut.

Anthea schluckte mühsam und versuchte, ihre Gedanken zu ordnen. »Ich kann mir wirklich nicht vorstellen, daß Rachel darauf eingehen würde ...« In dem Moment zuckte ein greller Blitz über den Himmel jenseits des Eßzimmerfensters und schnitt ihr die Rede ab. Der kurz darauf erfolgende Donnerschlag brachte die Fensterscheiben zum Klirren.

Anthea stand auf. »Wir sollten zusehen, daß wir die Fenster schließen.«

Petra zog einen Flunsch. »Erledigen das nicht die Dienstboten?«

Anthea schüttelte den Kopf. »Die Haushälterin ist schon nach Hause gegangen, und ich habe keine Ahnung, wo Molly steckt. Wenn Rachel im Atelier arbeitet, denkt sie vielleicht nicht daran. Los, komm, bevor es anfängt zu regnen.«

Petra zuckte die Achseln. Dann sagte sie: »Verdammt, ich habe das Verdeck von meinem Auto aufgelassen. Können wir uns zuerst darum kümmern?« Infolge des Weins hatte sie Schwierigkeiten beim Aufstehen.

Draußen brauste der Wind vom Meer heran und fegte durch den Garten. In der Fahrrinne jenseits der Gartenmauer wurde das Wasser zu Schaum gepeitscht. Gerade als die beiden Frauen Petras Auto erreichten, öffnete der Himmel seine Schleusen.

Es goß wie aus Kübeln. Petra kreischte entsetzt auf, als das Wasser ihr Cocktailkleid durchtränkte und ihre Bubikopffrisur in eine glatt anliegende Haube verwandelte. Über ihnen ließ ein weiterer Blitz den Himmel taghell werden. Anthea packte das Leinwandverdeck des Autos und zog es ein Stück zu.

»Du siehst hinreißend aus«, stieß sie keuchend hervor, während sie wie ein Hund den Kopf schüttelte, um das Regenwasser aus den Augen zu bekommen. Der Regen war so kalt, daß Anthea kaum zu atmen vermochte. Als sie an sich hinabblickte, sah sie, daß die feine blaue Seide ihres Kleides fast durchsichtig geworden war und in kalten nassen Falten an ihrem schlanken Körper klebte.

Petra lachte verdrossen und zog das Verdeck zu. »Du sagst aber auch immer das Richtige. Meine Güte, ich bin richtig durchgefroren. Ich habe kaum noch Gefühl in den Fingern.«

»Keine Bange, wenn wir wieder im Haus sind, können wir uns sofort umziehen.« Trotz ihrer Worte verspürte Anthea das überwältigende Verlangen, ungeachtet des Gewitters draußen zu bleiben und Petra inmitten von Donner und Regen zu lieben. Sie konnte es kaum fassen, wie die Spannung in der Luft die Begierde in ihrem Körper zunehmen ließ, so als ob das eine das andere verstärkte. Sie blickte auf, sah Petra in die Augen – und wußte sofort, daß sie ihre Gefühle teilte.

Petra lachte. »Dabei würden wir ertrinken«, sagte sie mit einem Augenzwinkern. In dem eigenartigen Gewitterlicht sah sie mehr denn je wie eine Wölfin aus. Sie öffnete die Autotür und beugte sich in den Wagen. Als sie kurz darauf wieder auftauchte, sagte sie: »Ich habe einen Freund mitgebracht, den du vielleicht kennenlernen möchtest.«

Wieder blitzte es, und Anthea starrte auf den schwarzen Dildo, den Petra ihr hinhielt.

»Mein Gott«, murmelte sie überrascht. »Der sieht ja furchteinflößend aus.«

Petra fuhr mit dem Finger die dunkle Krümmung des Schaftes entlang.

»Ach, sag doch nicht so was. Den habe ich in Paris gekauft. Er wird dir sehr gefallen«, entgegnete sie und trat einen Schritt näher. Sie strich mit dem kühlen Schaft über Antheas Arm, die ein erwartungsvolles Kribbeln verspürte.

»Warum gehen wir nicht zurück ins Haus?« flüsterte Anthea.

Petra ließ den Dildo durch ihre Finger gleiten und schob ihn zwischen Antheas Brüste. Dann beugte sie sich vor und liebkoste und leckte mit ihrer langen Zunge Antheas Lippen. Ihr Kuß ließ eine weitere Flamme der Erregung in Anthea auflodern, die wollüstig keuchte.

»Bist du sicher?« fragte Petra, deren Gesicht ganz dicht vor dem Antheas war. »Wollen wir uns nicht hier lieben, auf meinem Auto, inmitten der entfesselten Elemente, während über uns das Gewitter tobt?« Ihre Hände glitten über Antheas Bauch und über ihre Schenkel, nur der nasse Stoff des Kleides hinderte sie daran, weiter vorzudringen. Anthea zitterte teils vor Lust, teils vor Kälte.

»Ja, das wäre schön, aber du hast selbst gesagt, daß wir dabei wahrscheinlich ertrinken würden – oder vielleicht auch erfrieren. Was ist, wenn uns der Blitz trifft?«

Petra kicherte. »Wie umsichtig von dir!« Ihre Augen funkelten boshaft, als sie fortfuhr: »Immerhin wäre der Bericht des Coroners eine ganz interessante Lektüre, nicht wahr?« Sie nahm Anthea bei der Hand. »Dann laß uns hineingehen, ein Bad nehmen und den Champagner trinken, den ich mitgebracht habe.«

Sobald sie die Schwelle des Hauses überschritten hatten, riß Anthea sich das Kleid vom Leib, und Petra machte es ihr sofort nach.

»Wo gehen wir hin?« fragte Petra, die immer noch den Dildo in der Hand hatte, mit klappernden Zähnen. Sie sah fantastisch aus. Ihre Haut war von cremefarbener Helligkeit, und sie hatte nur noch ihr Höschen, ihre Strümpfe und ihre Schuhe an. Ihre Brüste, deren Warzen so hart und dunkel wie Kirschen waren, standen vor und verlangten nach Liebkosung.

Anthea blickte umher; offenbar war Rachel trotz des Gewitters nicht wieder aufgetaucht.

»In Rachels Schlafzimmer. Ich weiß, daß es in ihrem Badezimmer heißes Wasser gibt. Komm.«

In Rachels Schlafzimmer standen noch die Balkontüren auf. Anthea eilte hinein. Der Wind peitschte die Vorhänge hin und her und brauste durch den elegant eingerichteten Raum. Auf den Holzdielen bildeten sich bereits Wasserlachen.

Anthea knipste die Nachttischlampe an und knallte die Balkontüren zu. Als der Wind ihren nassen, fast nackten Körper traf, zitterte sie wie Espenlaub. Nachdem die Türen geschlossen worden waren, wirkte das Zimmer unnatürlich still und ruhig. Als sie sich umdrehte, sah sie Petras Silhouette im Türrahmen. Ihre Augen glitzerten im Halbdunkel, das ihrer Haut eine eigentümliche Elfenbeintönung verlieh. Sie lächelte und lehnte sich in aufreizender Pose gegen den Türrahmen. Langsam drehte sie den Dildo in der Hand hin und her und kam auf Anthea zu.

Petras Gesichtsausdruck ließ Anthea wie angewurzelt stehenbleiben. Als sie nur noch einen Herzschlag voneinander entfernt waren, packte Petra Anthea bei den Haaren und zog sie an sich. Ihre Lippen waren brennend heiß. Ihre Begierde schien so ungezähmt zu sein wie das Gewitter draußen.

Anthea rang nach Atem, während Petras Hände, die wie Klauen wirkten, überall zu sein schienen, um sie zu berühren und zu liebkosen, zu kneifen und zu streicheln, so daß Anthea vor Lust und Schmerz in Ekstase geriet. Gleichzeitig spürte Anthea, wie der kalte Dildo immer wieder sachte über ihre Haut strich.

Keuchend versuchte sie, einen Teil ihrer Selbstbeherrschung zurückzugewinnen; sie wollte ihre Empfindungen nicht aus sich herauskitzeln lassen, sondern sie mit ihrer Partnerin teilen. Sie erwiderte Petras Küsse und genoß es, als ihre Brüste sich aneinanderpreßten.

Als draußen ein Blitz über den Himmel zuckte, fuhr Anthea erschrocken zusammen. Sie verloren beide das Gleichgewicht und fielen rückwärts auf das Bett. Anthea legte sich auf Petra und ergriff den Dildo. Wild grinsend schob sie ihn sich in den Mund, um ihn mit der Zunge anzufeuchten. Dann ließ sie die Hand zwischen Petras Beine gleiten. Sogar durch das Höschen hindurch fühlte Anthea, daß ihre blonde Freundin bereits feucht war. Die Hitze, die ihr Geschlecht ausströmte, hob sich überdeutlich von der eisigen Kälte ihrer Schenkel ab.

Anthea beugte sich vor und küßte Petra auf den Mund. Dann drückte sie Küsse auf ihr Schlüsselbein und ihre Brustwarzen. Petra, die zwischen dem zerwühlten weißen Bettzeug lag, lächelte matt. Anthea bedeckte ihren ganzen Körper mit Küssen, die in der Dunkelheit wie Funken zu sprühen schienen; nachdem sie ihre Lippen, ihren Bauch und ihre weichen runden Hüften geküßt hatte, drückte sie schließlich einen Kuß auf den dünnen Stoff, der sie von dem Haarflaum auf Petras Venushügel trennte.

Petra schnaufte und bäumte sich ihr entgegen, um sich Antheas weicher Zunge anzubieten. Anthea nahm das Gummiband des Höschens zwischen die Finger und zog es herunter. Dann schob sie ihre Hände unter Petras feste Gesäßbacken, um sie noch ein Stück höher zu heben. Während sie ihre Zunge behutsam in Petras Möse steckte, schob sie den Dildo vorsichtig in die feuchten, duftenden Tiefen. Petra stieß einen kehligen Lustschrei aus, packte ihre Gesäßbacken und bewegte die Hüften hin und her, damit der schwarze Schaft noch tiefer in sie eindringen konnte.

Eifrig leckte Anthea ihre Lustknospe und fing an, den Dildo hin und her zu schieben, wobei ihre Zunge den gleichen Rhythmus annahm. Petra wimmerte und bäumte sich immer wieder auf, sich gänzlich der leidenschaftlichen Erregung hingebend, die in ihnen beiden brannte.

»Laß mich dich anfassen«, keuchte sie. »Komm näher, ich muß dich küssen.«

Langsam – und ohne den Dildo loszulassen – rollte sich Anthea neben Petra. Einen Augenblick lang lagen ihre Lippen aufeinander, doch dann wand sich Petra wie eine Schlange, bis ihr Mund auf gleicher Höhe mit Antheas Geschlecht war. Ihre Zunge schoß hervor, der unmittelbar darauf Zähne und Lippen folgten. Anthea stieß ein Keuchen aus, während in den dunklen Bereichen zwischen ihren Schenkeln Flämmchen der Lust aufloderten und glühend heiß brannten.

Ein weiterer greller Blitz erleuchtete den Himmel, und Anthea steckte ihre Zunge wieder in Petras Möse, als habe der Blitz das Startzeichen gegeben.

Der Geruch und der Geschmack von Petras Lustsaft schienen mit dem Krachen des Donners und dem Brausen des Windes zu verschmelzen, so daß Anthea sich in eine wildromantische Landschaft der Leidenschaft und der Lust versetzt fühlte. Ihre Finger und ihre Zunge waren ebenso bestrebt wie der Dildo, Petras Körper seine aromatischen Säfte zu entlocken, während ihre blonde Freundin ihre intimen, elektrisierenden Liebkosungen fortsetzte, so daß für Anthea der Moment der Erlösung immer näher rückte. Ihr Geschlecht glühte wie ein Hochofen, ihre inneren Muskeln schlossen sich immer fester um Petras sondierende Finger.

Anthea reckte sich ihrer Freundin entgegen. Sie hatte das Gefühl, als würde ihr Körper gleich explodieren und sich in unzählige leuchtende Teilchen auflösen. Plötzlich, als der Donner gerade in ihren Ohren widerhallte, brannte die Sicherung endlich durch, und sie hatte den Eindruck, als schwebe sie nach oben und steige immer weiter in den finsteren Nachthimmel auf, um dann, als der Höhepunkt der Lust erreicht war, unvermittelt in das wogende Meer gesogen zu werden.

Nach Atem ringend, drehte Anthea sich ein Stück zur Seite und blickte in die Finsternis hinaus, die gerade von einem weiteren Blitz zerrissen wurde. Einen Augenblick meinte sie ein Gesicht zu sehen, das durch die Balkontür zu ihnen hereinstarrte. Doch sicher war es nur eine Sinnestäuschung, denn als sie noch einmal hinsah, war das Gesicht verschwunden.

Rachel, die inzwischen nach unten gegangen war, begriff nicht, warum das Haus leer zu sein schien. Sie trocknete sich die Hände an dem Lappen ab, den sie immer in der Tasche ihrer Schürze hatte, und wischte sich die restliche Farbe ab. Als das Gewitter losgebrochen war, hatte sie sich darangemacht, die Fenster zu schließen. Wo waren Anthea und Petra? Sie warf einen Blick hinaus. Wo war Daniel? Sie hoffte inständig, daß das Unwetter ihn nicht unterwegs überrascht hatte.

Jenseits des Gartens konnte sie die tosenden Wellen der sich zurückziehenden Flut sehen, die gegen den vom Meer kommenden Wind ankämpften. Sollte der Damm je überflutet werden, dann in einer Nacht wie dieser.

Sie eilte in die Halle und stellte überrascht fest, daß die Eingangstür aufstand. Am Fuß der Treppe lagen zwei Kleider; offenbar waren Anthea und Petra in das Unwetter geraten. Sie hob die Kleider auf, knallte die Tür zu und rannte nach oben, um nach ihnen zu suchen.

Als sie den Treppenabsatz erreichte, bemerkte sie, daß die Tür zu ihrem Schlafzimmer auf war. Verwundert trat sie näher und spähte hinein, doch was sie sah, verschlug ihr den Atem.

Petra Morton und Anthea lagen auf ihrem Bett und liebten sich. Anthea rammte etwas Dunkles zwischen Petras gespreizte Schenkel. Der krumme Schaft war bereits mit Petras Saft bedeckt und schimmerte feucht. Antheas Freundin wand sich keuchend hin und her. Ihre Brüste waren gerötet, die Warzen, auf die das goldgelbe Licht der Nachttischlampe fiel, hart und dunkel. Die Szene war so faszinierend, daß Rachel es trotz ihres Abscheus nicht fertigbrachte, den Blick abzuwenden.

Die beiden Frauen sahen so geschmeidig aus wie zwei umeinandergeschlungene Schlangen. Wenn Anthea sich bewegte, wogten ihre Brüste wie Seide. Sie zog kurz den Kopf zurück. Dann öffnete sich ihr Mund ein Stück, um sich auf Petras klaffendes Geschlecht zu pressen.

Rachel war wie betäubt. Eine Welle der Erregung, die irgendwo in ihrem Bauch einsetzte, durchlief sie. Wie eine Springflut stieg Hitze in ihr auf. Das ganze Zimmer war von Leidenschaft erfüllt, die wie ein feiner, unsichtbarer Dunst von dem zerwühlten Bett auszugehen schien.

Rachel merkte, wie ihr Puls sich beschleunigte, und hielt sich am Türrahmen fest, da ihr die Knie zitterten. Sie hatte die ganze Zeit im Atelier auf Daniel gewartet, so daß ihre Fantasie bereits von Bildern glühender Leidenschaft erfüllt war. Die Erregung der beiden Frauen verstärkte ihr eigenes Verlangen.

Anthea stöhnte, als Petras Zunge über ihre Klitoris schnellte. Rachel schloß die Augen. Sie hatte das Gefühl, als dringe die sich schlängelnde, sich windende Zunge der Frau tief in ihren eigenen Körper ein. Ihre Begierde nahm derart zu, daß sie sich einer Ohnmacht nahe fühlte.

Rachel fragte sich, was passieren würde, wenn die beiden Frauen aufblickten und sie dort stehen sahen;

würde sie rot werden oder weglaufen oder sich zu ihnen gesellen? Sie errötete noch mehr. Gab es nicht einen Teil von ihr, der sich danach sehnte, sich zu ihnen aufs Bett zu legen, ihre weichen Körper zu spüren, ihre zärtlichen Liebkosungen zu genießen, die instinktiv auf das in ihr brennende Verlangen eingehen würden?

Sie biß sich auf die Lippe und stellte sich vor, wie die Hände der beiden anderen ihre Brüste kneteten, die weiche Fläche ihres Bauches erkundeten sowie die zarten, duftenden Hautfalten, die nach Liebkosung lechzten. Die Vertiefung zwischen ihren Brüsten bedeckte sich mit Schweißperlen. Ihre ganze Aufmerksamkeit war auf die sich hin und her windenden Körper gerichtet, deren leidenschaftliche Lust sie magnetisch anzog.

Wieder blitzte es, so daß Rachel einen Augenblick lang abgelenkt wurde; das Zimmer wurde plötzlich taghell, und sie meinte eine Gestalt zu sehen, die draußen hinter der Balkontür kauerte.

Sie erstarrte; das mußte Daniel sein. Ihr Puls wurde schneller; wenn er die beiden sich liebenden Frauen sah, würde er dann annehmen, daß eine von ihnen sie war? Sie hatte die Balkontür aufgelassen, damit er hereinkonnte, doch jetzt war sie geschlossen. Sie stellte sich vor, wie er bis auf die Haut durchnäßt von draußen zusah und sich fragte, ob das ein grausamer Scherz sei, mit dem sie ihn quälen wollte. Rasch drehte sie sich um und eilte nach unten. Petra und Anthea waren vergessen.

Sie holte eine Öltuchjacke aus dem Schrank in der Halle und riß die Eingangstür auf. Der Wind traf sie wie ein Faustschlag, der ihr den Atem benahm. Es war der nackte Wahnsinn, in einer solchen Nacht draußen zu sein.

Als sie in den Garten trat, hatte sie das Gefühl, daß Regen und Kälte ihr bis unter die Haut drangen. Heftige Windstöße zerrten wie Klauen an ihrem Haar und ihrer Kleidung. Verzweifelt blickte sie umher und rief Daniels Namen. Doch gegen das Tosen des Sturms, der ihre Worte wie Spreu davontrug, kam sie nicht an.

»Daniel!« rief sie noch einmal und spähte in die Finsternis. Jenseits der Gartenmauer, zwischen den Dünen, meinte sie jemand zu sehen, war sich aber nicht sicher. Warum sollte Daniel dort unten sein, da er doch wußte, daß er ins Atelier kommen konnte? Neben der Anlegestelle stand das alte Bootshaus, das kaum mehr als ein Schuppen war. Hatte er beschlossen, zum Bootshaus zu gehen, um dem Regen zu entkommen, weil er Anthea und Petra zusammen im Bett gesehen und angenommen hatte, eine der Frauen sei sie? Sie zögerte einen Moment und versuchte, die windgepeitschten Dünen deutlicher zu erkennen. Nun war sie sicher, daß dort draußen jemand war.

Sie hielt die Öljacke noch fester am Kragen zusammen und eilte an den vom Wind zerzausten Bäumen vorbei in Richtung Anlegestelle. »Daniel?« rief sie noch einmal. Jeder Schritt war ein Kampf mit dem Sturm. Sie hatte Mühe, das Gartentor aufzubekommen. Weiter draußen wallte und brodelte das Meer. Die armen Seeleute, die heute nacht draußen waren.

Den Blick auf das Bootshaus gerichtet, hastete Rachel weiter, um die schützenden Dünen zu erreichen, wo es seltsam windstill war. Sie blieb stehen, um wieder zu Atem zu kommen, bevor sie ihren Weg fortsetzte. Sie beugte sich vor, um ihr Gesicht mit den Händen trokkenzureiben, und als sie sich wieder aufrichtete, spürte sie, daß sie nicht mehr allein war. In der Erwartung, Daniel zu sehen, drehte sie sich rasch herum.

Sie erblickte Ted Grey, der mit einem irren Grinsen im Gesicht vor ihr stand. Die nasse Kleidung klebte ihm am Körper.

»Eine ekelhafte Nacht, Mrs. Ingram«, sagte er feixend. »Bei dem Wetter sollten Sie nicht draußen sein.«

Jede Faser ihres Körpers bebte vor Angst. Sie trat einen Schritt zurück.

»Was haben Sie hier zu suchen?« zischte sie.

Ted grinste. »Ich bin hergekommen, um mir die Show anzusehen.« Er machte eine Kopfbewegung in Richtung Haus. »Hätte gar nicht gedacht, daß es dabei so wild zugehen würde. Aber es hat sich gelohnt – Ihre Freundin und die Morton, das geile Stück, verstehen es zweifellos, sich zu amüsieren.«

Entsetzt starrte Rachel ihn an, als ihr klar wurde, daß die Gestalt, die sie auf dem Balkon gesehen hatte, nicht Daniel, sondern Ted Grey gewesen war.

»Wo ist Daniel?« fragte sie.

»Ihr kleiner Prolet? Den haben Sie wohl heute abend erwartet, wie? Aber leider kommt er nicht«, sagte er lachend. »Ich war schon immer der Ansicht, daß es falsch ist, einen Jungen Männerarbeit machen zu lassen. Er wird auch nicht mehr kommen. Ich habe ihm erzählt, daß Sie und Julian heiraten wollen; ich glaube, jetzt denkt er, daß Sie mit ihm gespielt haben. Als ich es ihm erzählt habe, sah er sehr beleidigt aus.«

Rachel, der es die Sprache verschlagen hatte, starrte den Mann an.

Ted grinste und schob sich die Ärmel hoch. »Es sieht also so aus, als könnten Sie ein bißchen Gesellschaft gebrauchen. In solch einer unwirtlichen Nacht schläft man nicht gern allein.« Er trat auf sie zu. Seine Augen funkelten teils lüstern, teils belustigt. Sie drehte sich um, um wegzurennen, doch er stürzte sich auf sie und packte sie, als sie die Hände hob, um sich zu verteidigen, bei den Handgelenken. Er ging mit solcher Wucht auf sie los, daß sie beide zu Boden stürzten.

Rachel blieb die Luft weg, als Ted auf sie fiel. Einen

Moment lang wurde ihr schwarz vor Augen. Teds Gesicht war so dicht vor ihr, daß sie seine Alkoholfahne riechen konnte. Er schob seinen Schenkel zwischen ihre Beine. Mit der einen Hand drückte er sie zu Boden, mit der anderen zerrte er an ihrer Jacke.

»Lassen Sie mich sehen, was Sie unter der Jacke haben, Mrs. Ingram«, keuchte er. »Ich will wissen, warum mein Junge Ihnen so an den Rockschößen hängt.«

Alles in Rachel schrie protestierend auf. Doch selbst wenn sie laut geschrien hätte, hätte es nichts genützt, denn es war niemand da, der sie hören konnte. Verzweifelt versuchte sie, ihren Peiniger abzuwerfen. Zu ihrem Schrecken grinste er bloß und zerrte heftig an ihrem Kleid. Der nasse Stoff zerriß wie Seidenpapier. Er lachte und packte mit einer Hand ihre nackte Brust. Entsetzt schrie sie auf, als er sie hochzog und ihre Brustwarze zwischen die Zähne nahm. Ihre Wehrlosigkeit schien seine Begierde anzuheizen. Während sein Mund ihre Brüste bearbeitete, glitt seine Hand nach unten und zog ihr den Rock hoch, um ihren Bauch zu entblößen. Suchend strich er über ihren Bauch, bis er ihren Venushügel erreicht hatte. Rachel stieß ein Keuchen aus und versuchte, sich unter ihm hervorzuwinden. Teds Finger packten das Gummiband ihres Höschens und ballten sich zur Faust. Rachel wimmerte vor Entsetzen und versuchte erneut, ihn abzuwerfen.

»Bitte lassen Sie mich los«, schluchzte sie, während sie sich bemühte, mit den Fäusten gegen seine Brust zu schlagen.

»Ich mag es, wenn eine Frau sich ein bißchen wehrt«, stieß er hervor, indem er ihr das Höschen herunterriß. »Dann macht es noch mehr Spaß.«

Er rieb seinen Unterleib an ihr, und sie spürte den starken Druck seines erigierten Schwanzes.

»Ich werde es dir besser besorgen als dieser Junge«,

flüsterte er mit heiserer Stimme. Er zog ihr Höschen noch weiter herunter, so daß ihr Geschlecht völlig entblößt war. Das dunkle Haardreieck, das sich von ihrer blassen Haut abhob, wirkte wie eine Einladung. Sie mußte schnellstens etwas unternehmen. Sie spürte, daß seine Erregung zunahm wie eine Besessenheit. In ein paar Sekunden würde sie verloren sein.

»Ich weiß, was ihr Frauen wollt«, flüsterte er, während er auf ihren nackten Körper starrte. Sein Mund war feucht und schlaff. Sein ganzes Denken konzentrierte sich auf das, was zwischen ihren Schenkeln lag.

Rachel überlegte kurz, ob es nicht einfacher wäre, ihm zu Willen zu sein; er hatte die Kraft eines Stiers, und der Alkohol und sein Verlangen machten ihn noch stärker. Sie blickte ihm in die Augen und zwang sich zu einem Lächeln. Die Gedanken wirbelten ihr durch den Kopf; solange er auf ihr lag und sie zu Boden drückte, hatte sie keine Chance zu fliehen.

»Du hast völlig recht«, sagte sie mit brüchiger, unnatürlich klingender Stimme.

Er grinste. An seinem Blick sah man, wie verwirrt er war.

Rachel schob ihm ihre Hüften entgegen. »Das wußte ich schon, als du mich neulich aufgesucht hast«, sagte sie mit unsicherer Stimme. »Aber du mußt wissen, daß es mir sehr schwerfällt, so einfach aus mir herauszugehen.« Sie merkte, wie sich der Griff um ihre Handgelenke ein wenig lockerte. »Ich muß den Schein wahren.« Sie hob den Oberleib und rieb ihre Brüste an seinem durchnäßten Hemd. Sie spürte, wie er wollüstig erbebte. Da wußte sie, daß sie ihn fast überzeugt hatte.

»Ich will dich, das muß dir doch klar sein. Es besteht also kein Grund, Gewalt anzuwenden. Warum gehen wir nicht ins Bootshaus? Hier draußen erfrieren wir ja.« Sie machte eine Pause, um abzuwarten, wie er reagierte.

»Im Bootshaus ist Segeltuch, damit könnten wir uns ein Lager machen ...« Ihre Stimme erstarb. Rasch wandte sie den Blick von ihm ab, weil sie befürchtete, ihre wahren Absichten seien in ihren Augen zu lesen.

Mit triumphierendem Gesichtsausdruck stemmte Ted sich hoch, bis er über ihr kniete.

»Ich wußte die ganze Zeit, daß ich dich richtig eingeschätzt habe«, sagte er grinsend.

Er beugte sich vor und preßte ihr die Lippen auf den Mund. Mit Mühe gelang es Rachel, ihren Abscheu zu unterdrücken. Sie erwiderte seinen Kuß und ließ sich seine Zunge zwischen die Lippen schieben. Er grunzte und packte ihre Brüste, um mit seinen rauhen Fingern an ihren kalten, nassen Warzen herumzuspielen.

Ein neuer, heftiger Regenguß ging auf sie nieder, der Ted zu überzeugen schien, daß Rachel recht hatte. Er wich zurück, ergriff ihre Hand und zog sie hoch.

Langsam stand Rachel auf und brachte ihre Kleidung in Ordnung, wobei sie versuchte, nicht so zu wirken, als widerstrebe ihr das Ganze. Gleichzeitig bereitete sie sich jedoch auf einen Kampf mit Ted Grey vor.

Sie duckte sich, und als er sie ungeduldig fortziehen wollte, wirbelte sie herum und zerkratzte ihm mit den Fingernägeln das Gesicht. Er schrie auf und griff nach seiner Wange. Rachel, die immer noch seine Hand festhielt, zog ihn näher und stieß ihm mit aller Kraft das Knie in die Weichteile. Vor Schmerz brüllend, brach er zusammen und fiel zu Boden, als hätte sie ihn erschossen.

Für den Bruchteil einer Sekunde packte seine Hand fester zu, so daß sie schon glaubte, ihr Plan sei gescheitert. Doch dann ließ er sie los und umklammerte mit beiden Händen seine Weichteile.

Nachdem sie tief Luft geholt hatte, rannte Rachel mit gesenktem Kopf und rudernden Armen los, auf die

Lichter von Albion House zu. Sie mußte ins Haus gelangen, bevor Ted sich erholte. Wenn er sie erwischte, würde er sich an ihr rächen. Es kam ihr so vor, als sei das Haus meilenweit entfernt, und je schneller sie rannte, in desto weitere Ferne schien es zu rücken. Über ihr tobte nach wie vor das Unwetter, dessen wilder Rhythmus dem ihres Herzens entsprach. Sie warf das Gartentor hinter sich zu und blickte über die Schulter zurück – Ted Grey war nirgends zu sehen, doch zwischen den Dünen gab es genug Stellen, wo man sich verstecken konnte. Vielleicht befand er sich noch da, wo er zu Boden gegangen war, vielleicht aber auch nur wenige Meter hinter ihr.

Bei jedem Atemzug hatte sie das Gefühl, als stünden ihre Lungen in Flammen. Sie stolperte durch das struppige Gras, rannte an den Bäumen vorbei und taumelte auf die Terrasse. Als sie den Türgriff packte, hörte sie, wie der Wind Ted Greys Stimme herantrug. Sie drückte die Klinke nach unten – und stellte entsetzt fest, daß die Tür nicht aufging. Anthea mußte sie abgeschlossen haben, als das Gewitter losgebrochen war. Schluchzend drehte sie sich um und hastete zur Eingangstür, die, wie sie wußte, offen war. Aus den Augenwinkeln sah sie Ted Grey durch den Garten torkeln und beschleunigte ihren Schritt. Endlich erreichte sie die Tür, stieß sie auf und knallte sie hinter sich zu. Dann schob sie den Riegel vor. Keuchend drehte Rachel sich um und lehnte sich mit dem Rücken gegen das kalte Holz, während sie versuchte, wieder zu sich zu kommen.

Nur wenige Sekunden schienen vergangen, als wild an die Tür geklopft wurde. Rachel wich zurück und starrte die Tür an, als könne sie durch sie hindurchsehen.

»Anthea!« rief sie verzweifelt die Treppe hoch. »Anthea! Bitte hilf mir!«

Sie hörte zwar, wie ihre Freundin von oben antwortete, doch was sie vor allem vernahm, war Teds Stimme.

»Du kleines Miststück!« brüllte er durch die Tür. »Mich legst du nicht noch mal rein. Ich komme wieder, und dann werde ich dich ficken, und die beiden perversen Huren auch.«

Oberhalb des Treppenschachtes tauchten die Gesichter von Anthea und Petra auf. Anthea zog gerade hastig einen Morgenmantel an. »Was ist denn los?« fragte sie ängstlich.

Rachel stieß nur ein leises Wimmern aus. Ted Grey klopfte immer noch wie ein Verrückter gegen die Tür. Mit sorgenvoller Miene eilte Anthea nach unten, während Rachel schluchzend neben dem Hutständer zusammenbrach.

Dicht hinter ihr kam Petra Morton die Treppe herunter und durchquerte die Halle, als wolle sie die Tür öffnen.

Rachel streckte die Hand aus, um sie davon abzuhalten. »Nein«, stieß sie hervor, als sie endlich die Sprache wiedererlangte. »Laß ihn um Gottes willen nicht herein.« Nach einigen Sekunden hörte das Klopfen auf.

»Wer ist denn das?« fragte Petra, die Augen fest auf die Tür gerichtet.

»Ted Grey. Er hat versucht, er hat versucht ...« Rachel schloß die Augen. Es fiel ihr schwer, die Worte laut auszusprechen. »Er hat versucht, mich zu vergewaltigen.«

»O mein Gott«, flüsterte Anthea, als sie den Arm um Rachel legte.

Petra spähte aus dem Fenster und seufzte. »Alles in Ordnung. Er scheint weg zu sein. Bleibt hier, ich rufe die Polizei an.«

Rachel schüttelte den Kopf. »Nein, bitte nicht, laß die Sache auf sich beruhen.«

Anthea half ihr hoch. »Komm ins Wohnzimmer. Ich glaube, wir können alle einen Brandy vertragen.«

Zitternd ließ Rachel sich ins Warme führen.

Petra nahm den Telefonhörer ab. »Ich werde Julian anrufen.«

13. KAPITEL

Daniel Grey drückte Molly ins Heu. Die Geräusche des Unwetters, die von draußen in den Schuppen drangen, schienen seine Leidenschaft noch zu steigern. Das unter ihm liegende Mädchen kicherte herausfordernd und streifte sich die Bluse von den Schultern. Darunter war sie nackt. Ihre reifen vollen Brüste hüpften hin und her wie verspielte junge Hunde.

Ihre Augen wurden dunkel. »Ich hätte nie gedacht, daß es mit dir klappen würde, Dan Grey. Aber du willst mich doch? Ich habe bemerkt, wie du mich angesehen hast, wenn du im Garten von Albion House gearbeitet hast.« Sie hob die schweren Kugeln ihrer Brüste mit den Händen an und hielt sie ihm hin. Er erschauerte, verspürte jedoch einen leichten Widerwillen. Mit geschlossenen Augen sog er eine ihrer prallen Brustwarzen in den Mund. Er merkte, wie sie vor Wonne erzitterte, und ließ die Zunge über die straffe Haut des Warzenrings kreisen.

Mollys Hand wanderte zu seinem Schoß, um keck seinen Schwanz zu betasten.

»Meine Güte, was haben wir denn da?« murmelte sie mit belegter Stimme. »Du bist aber ein großer Junge!«

Ihre Finger machten sich an seinem Hosenschlitz zu schaffen. Als sie seinen Schwanz endlich herausgeholt hatte, beugte sie sich vor, um mit ihren Brustwarzen darüberzustreichen. Dann steckte sie ihn sich in den Mund. Ihre Zunge war wie Quecksilber. Sie zog kurz den Kopf zurück, um sich genüßlich die Lippen zu lekken. Dabei schaute sie ihn mit einem belustigten Funkeln in den Augen an. Ihr Körper schien zu verschwimmen, und Daniel fuhr sich mit der Hand über die Augen, um ihre erwartungsvollen Gesichtszüge wieder deutlich erkennen zu können.

»Du weißt einfach nicht, was dir entgangen ist, Dan«, sagte sie lachend. »Wir hätten schon den ganzen Sommer zusammensein können. Wirklich jammerschade. Wenigstens hat es jetzt geklappt. Komm ein bißchen näher und laß mich noch weiter an diesem Riesending lutschen.« Ein schelmischer Ausdruck trat in ihre Augen, ihre Stimme wurde zu einem heiseren Schnurren. »Ich werd's dir besser besorgen als diese schmallippige Zicke.«

Während ihre Hände sich um ihn schlossen, bemühte er sich, ihr neckisches Geplapper zu ignorieren.

Eigentlich hatte er nicht die Absicht gehabt, mit Molly in den Schuppen hinter den Cutters Arms zu gehen, und war selbst ein wenig überrascht, daß er sich jetzt hier mit ihr verlustierte. Seit er Medsham Hall verlassen hatte, um das Holz abzuholen, war sein ganzes Denken nur um das gekreist, was Ted ihm über Rachel erzählt hatte. Er konnte sich einfach nicht vorstellen, daß sie ihn angelogen oder ihm etwas vorgemacht hätte, wenn sie die ganze Zeit die Absicht gehabt hatte, Julian Morton zu heiraten. Diese Gedanken waren wie Pfeile und taten so weh, daß er sich große Mühe geben mußte, nicht in Tränen auszubrechen, während das Pferd nach Carfax zurückgetrottet war. Als er am Pub anlangte, hatte sich sein Schmerz in Wut verwandelt.

Obwohl er keine große Lust hatte, in die Stadt zu gehen, wollte er auch nicht allein zu Hause sitzen. Deshalb war er, nachdem er das Pferd in den Stall gestellt hatte, zum Kai hinuntergelaufen.

Ted war nirgends zu sehen. Er hatte sich ein Bier bestellt und auf seinen Stiefvater gewartet – und dann hatte er noch ein Bier getrunken und noch eins, um den wütenden Schmerz in seiner Brust zu betäuben; das Wetter wurde unterdessen immer schlechter.

Gerade als er daran dachte, nach Hause zu gehen, war Molly, Rachels Dienstmädchen, gekommen, fest in ein Umhängetuch gewickelt, mit vor Kälte gerötetem Gesicht und vom Wind zerzaust. Als sie ihn an der Bar sitzen sah, lächelte sie ihn an.

»Hallo, Danny, was machst du denn hier? Ich will nur schnell Bier für meinen Paps holen, bevor ich nach Hause gehe. Ich hätte nicht gedacht, daß du in einer solchen Nacht rausgehst«, sagte sie mit einem verschmitzten, wissenden Grienen. Sie blickte sich in der halbleeren Gaststube um. »Nicht viel los heute abend. Willst du mir nicht etwas zu trinken spendieren? Ich sterbe vor Durst.«

Daniel nickte dem Barkeeper zu, der Molly daraufhin ein Glas Bier einschenkte. Das Mädchen setzte sich rasch auf den Hocker neben Daniel.

»Du siehst ziemlich deprimiert aus«, sagte sie, während sie ihm die Hand auf den Schenkel legte.

Daniel hatte sein Bier ausgetrunken und schob den Krug neben ihr volles Glas auf die Theke. Ohne ein Wort zu sagen, füllte der Barkeeper ihn nach.

Molly lehnte sich ein Stück näher. »Warum gehen wir nicht nach nebenan, um uns zu unterhalten? Bei dem schlechten Wetter kann ich sowieso noch nicht nach Hause. Ich bin fast bis auf die Haut naß geworden. Ich warte lieber ab, bis das Unwetter sich ausgetobt hat.«

Und so waren sie in das Nebenzimmer der Gaststube gegangen, wo es still und warm war, und Molly hatte so dicht neben ihm gesessen, daß er nichts anderes sehen konnte als den Puls in ihrem Hals und die Wölbung ihrer schweren Brüste, und sie hatte mit ihrer hohen Stimme in einem fort geredet, und Daniel hatte zugehört und Bier getrunken, und noch mehr Bier getrunken und weiter zugehört.

Während der Abend voranschritt, schien sie immer näher zu rücken. Bilder von ihrem üppigen Körper gingen ihm durch den Kopf und beschäftigten ihn nachhaltiger als der Unsinn, den sie von sich gab. Sie war ihm so nahe, daß er den Duft ihrer Haut riechen und fast ihre Lippen schmecken konnte. Jedesmal, wenn sie sich bewegte, streifte sie ihn mit einem Teil ihres Körpers, so daß es ihn heiß durchrieselte. Und irgendwann – wann genau, war ihm entfallen – hatte entweder er oder sie vorgeschlagen, in den Schuppen zu gehen, der an den Pub angrenzte.

Während sie jetzt mit dem Mund seinen Schwanz bearbeitete wie ein hungriger Hund, der an einem Knochen nagt, versuchte er, nicht ganz die Selbstbeherrschung zu verlieren. Ihr Kopf ging hin und her, auf und ab, und ihre eifrigen Lippen brachten ihn dem Höhepunkt immer näher.

Als spürte sie, daß er gleich kommen würde, richtete sie sich auf und leckte sich gierig die Lippen. Ihre Brüste waren vor Erregung gerötet, ihre Augen dunkel vor Verlangen. Ohne den Blick von ihm zu wenden, legte sie sich ins Heu zurück und strich sich langsam mit dem Finger über die Brustwarzen.

Ihre andere Hand stahl sich nach unten, glitt über ihre Schenkel und zog ihren Rock hoch. Darunter war sie nackt. Das unter ihrem weißen runden Bauch liegende Geschlecht war so prall wie ein reifer Pfirsich.

»Worauf wartest du denn?« flüsterte sie. »Du weißt doch, daß du es willst.«

Daniel, dem sich alles drehte, zögerte.

Molly leckte sich mit der Zungenspitze über die Lippen. »Ach, komm schon, Danny, sei nicht so egoistisch. Ich will auch was haben«, gurrte sie. Als sie die Beine ein wenig spreizte, schimmerte zwischen ihren Schamlippen ein Stückchen feuchten, rosigen Fleisches auf. Er roch den Duft ihres Körpers und merkte, wie ihm das Wasser im Mund zusammenlief. Sie steckte sich einen Finger in die Möse, mit dem sie sich dann, eine feine Spur hinterlassend, über Bauch und Brüste bis zum Mund fuhr. Die Gebärde ließ ihn wollüstig erschauern.

Warum, zum Teufel, sollte er nicht? Rachel Ingram hatte ihn verraten, was hatte er jetzt noch zu verlieren? Molly bot sich ihm an wie auf einem Servierteller; in ihrer derb-sinnlichen Art sah sie sehr sexy aus. Sie stöhnte leise und streckte die Hand aus, um seinen vor Verlangen pulsierenden Schwanz zu liebkosen. Er erbebte, immer noch mit seinem Gewissen ringend. Sie beugte sich ein Stück vor und strich ihm mit dem Finger über den Mund; der Geruch ihres Geschlechts zog ihn an wie eine mit Honig bestrichene Falle. Warum sollte er sich zurückhalten?

Molly strich sich erneut über ihr Geschlecht. Diesmal zog sie mit den Fingern ihre Schamlippen auseinander, um ihre kleine Lustknospe zu liebkosen.

»Nun komm schon, Danny«, murmelte sie. »Laß mich nicht warten, sonst muß ich es mir selber machen. Möchtest du das?«

Stöhnend beugte er sich vor und küßte die auf ihrer Möse liegenden Finger. Dann schob er sie beiseite, um die feuchten Hautfalten belecken zu können. Sie stieß ein lustvolles Keuchen aus und machte die Beine breit, um sich ihm ganz hinzugeben.

Ihre Begierde verscheuchte schließlich alle Bedenken, die er noch hatte, und er fing an, mit einer fast wütenden Gier ihr Geschlecht zu lecken, wobei er sie noch weiter ins Heu drückte. Seine Finger wanderten über ihren willigen Körper, kneifend und streichelnd, neckend und liebkosend, bis sie in Ekstase geriet. Keuchend und stöhnend warf Molly sich hin und her, die Hände in seine Haare verkrallt, während er sie an den Rand der Bewußtlosigkeit brachte. Ihr Saft floß über sein Gesicht wie ein Sturzbach der Leidenschaft. Alle seine Sinne waren von ihrem schweren, animalischen Duft und ihrem triebhaften Verlangen erfüllt, das er fast in ihrem Bauch tosen hören konnte.

»Oh, mein Gott«, wimmerte sie. »Ja, ja, Danny, so ist es gut. Gleich bin ich soweit, gleich kommt's mir.«

Immer wieder bäumte sie sich ihm entgegen, so daß er in Schweiß geriet und vor Lust aufbrüllte.

Als er schließlich merkte, daß es bei ihr gleich soweit sein würde, richtete er sich auf und hob sie an, um seinen Schwanz in ihre brennende Möse zu rammen. Aufschreiend schob sie ihm den Unterleib entgegen. Hektisch machten ihre Finger das Juwel zwischen ihren Schenkeln ausfindig, weil sie es kaum erwarten konnte, sich endlich in den Mahlstrom der Lust zu stürzen.

Er drang noch tiefer in sie ein und schob ihre Hand beiseite, um sie selbst dort anzufassen. Molly schrie vor Wonne und warf sich erregt hin und her, als er anfing, ihre pralle Lustknospe zu reiben. Mit wilden, animalischen Lustschreien feuerte sie ihn an, und plötzlich schoß in seinem tiefsten Innern eine Welle der Leidenschaft hoch und riß ihn in den Abgrund, so daß er einen Moment lang das Gefühl hatte, kopfüber ins Verderben zu stürzen. Keuchend und schluchzend fiel er auf sie, während ihm der Schweiß von der Stirn rann und auf ihre Brüste tropfte.

Dann sah er Molly an, die zu ihm hochlächelte.

»Das war schön«, sagte sie augenzwinkernd, als sie

die Knöpfe ihrer Bluse wieder zumachte. »Ich wußte, daß es das sein würde. Jetzt bin ich sehr froh, daß ich hergekommen bin. Dein Paps hat gesagt, der Umweg würde sich lohnen.«

Daniel lief es kalt den Rücken herunter. »Was sagst du da?« fragte er und bemühte sich, seine Stimme beherrscht klingen zu lassen.

Molly schlängelte sich unter ihm hervor und zog sich den Rock zurecht. »Dein Paps hat mir erzählt, daß du hier sein und ein bißchen Unterhaltung brauchen würdest.«

»Wo hast du ihn denn getroffen?« fragte Daniel vorsichtig.

Molly, die sich immer noch die Kleidung ordnete, zuckte die Achseln. »Er ist heute abend zum Albion House gekommen, um etwas mit Mrs. Ingram zu besprechen. Er hat mir auch erzählt, daß zwischen euch beiden alles aus ist.« Ihre Augen blitzten verschmitzt auf. »Er hat gesagt, Mrs. Ingram würde heute nacht zu beschäftigt sein, um sich darum zu kümmern, was ich anstelle. Von wegen der beiden anderen im Haus.« Sie machte eine Pause. »Du weißt schon, wen ich meine, diese beiden Frauen – da geht etwas Merkwürdiges vor sich, etwas Unnatürliches.«

Daniel warf einen Blick nach draußen, wo immer noch das Unwetter tobte. »Wie lange ist es her, daß Ted im Albion House aufgekreuzt ist?«

Molly zuckte erneut die Achseln. »Keine Ahnung. Du bist doch nicht etwa eifersüchtig? Er hat mir erzählt, sie stehe darauf, sich von Proleten durchvögeln zu lassen, und hat gesagt, du hättest nichts dagegen und sie auch nicht.« Sie rümpfte die Nase. »Jedem das Seine.«

Daniel war bereits aufgesprungen und knöpfte sich hastig Hemd und Hosenschlitz zu. Dann drehte er sich um und hob seine Jacke auf.

Molly starrte ihn an. »Wo, zum Teufel, willst du denn hin?« fuhr sie ihn an. »Willst du mir nicht wenigstens noch etwas zu trinken spendieren? Ich hab' gedacht, wenn dein Paps heute nacht nicht da ist, können wir vielleicht zu dir nach Hause gehen.«

Aber Daniel war bereits dabei, die Leiter, die zum Heuboden führte, hinunterzuklettern. Mollys hohe Stimme schallte ihm hinterher, als er in die nächtliche Dunkelheit trat. Der Hof des Pubs und der dahinterliegende Kai waren menschenleer. Der Regen, den der Sturm vom Meer hereintrieb, ging wie ein Messer durch Daniels Jacke hindurch. Er hatte keine Ahnung, was er unternehmen sollte. Er wußte bloß, daß er unbedingt zum Albion House mußte. Immer wieder stellte er sich vor, wie Rachel plötzlich seinem Stiefvater gegenüberstand. Wenn Ted ihn angelogen hatte, als er sagte, er habe noch einen anderen Job zu erledigen, hatte er dann auch in puncto Rachel und Julian gelogen? Hatte er gehofft, Rachel für sich zu gewinnen, indem er Daniel ausschaltete?

Am Ende des Kais befand sich die Hafenmauer, die dem Dünenstrand ein wenig Schutz gewährte, und daneben verlief der Pfad, der längs der Küste zum Albion House führte. Bei gutem Wetter gelangte man in etwa fünfzehn Minuten hin, wenn man energisch ausschritt, doch jetzt wirkte das Ganze wie der Torweg zur Hölle. Richtige Klauen aus Wasser griffen über die Hafenmauer, der Wind heulte wie die Wetterhexe persönlich. Daniel zögerte einen Moment. Vielleicht war der Damm überflutet. Dann stellte er sich vor, daß Rachel vielleicht zusammen mit seinem Stiefvater im Albion House festsaß. Nachdem er sich noch fester in seine Jacke gehüllt hatte, steuerte er auf den Pfad zu, während um ihn herum weiterhin die Elemente tobten.

Er war froh, als er endlich den Pfad hinter der Hafenmauer erreichte; die Dünen und die Mauer boten ein wenig Schutz vor den heftigen Windstößen. Als er knapp die Hälfte des Weges zurückgelegt hatte, sah er eine gebückte Gestalt auf sich zukommen, in der er sofort seinen Stiefvater erkannte. Er rannte auf ihn zu. Die Wut beflügelte seine Schritte. Als sie sich gegenüberstanden, blickte Ted überrascht auf. Über sein Gesicht zogen sich fünf lange Kratzer, die vom Ohr bis zur Lippe reichten. Ohne auf den grollenden Donner zu achten, pflanzte Daniel sich vor ihm auf.

»Was, zum Teufel, hast du mit Rachel gemacht?«

Belustigt sah Ted ihn an. »Na, was meinst du wohl?« entgegnete er, während er sich die schmerzende Wange rieb. »Jedenfalls verstehe ich jetzt, warum du sie so magst.«

Daniel stürzte sich auf seinen Stiefvater und packte ihn beim Hals.

»Du Dreckskerl«, knurrte er, während er den anderen in Richtung der Dünen drängte. Ted grinste immer noch. Aus der Ferne durchschnitten die Scheinwerfer eines Autos das nächtliche Dunkel und ließen die Gestalten der beiden Männer deutlich hervortreten. Daniel stieß Ted zwischen die Dünen, wo man sie nicht mehr sehen konnte.

»Sie war wirklich gut«, sagte Ted mit lüsternem Ton, während sie weitertaumelten. »Wunderbare Titten hat sie. Sie war so dankbar, daß ihr zur Abwechslung ein richtiger Mann zu Diensten stand.«

Daniel holte mit der Faust aus. »Den Schädel sollte ich dir einschlagen«, knurrte er.

»Kannst es ja versuchen«, erwiderte Ted und befreite sich aus dem Griff des jungen Mannes. »Natürlich mußte ich ihr erst ein bißchen zureden, aber ich glaube, das mochte sie auch. Ein geiles kleines Ding, nicht?«

Daniel schlug kräftig zu, traf aber nur die Luft. Das Auto, das den Pfad entlangfuhr, kam immer näher.

Ted duckte sich, um den Angriff des jungen Mannes zu erwarten. »Und ihre beiden Freundinnen solltest du erst sehen – die hab' ich vielleicht aus dem Nest aufgescheucht. Dieses Flittchen aus London hat gerade der Morton die Zunge reingesteckt – würde mich gar nicht überraschen, wenn deine Freundin sich inzwischen zu ihnen gesellt hätte.«

Daniel schlug erneut zu, doch Ted war zu schnell für ihn.

»Du lügst«, sagte der junge Mann.

Ted zuckte die Achseln. »Tatsächlich? War's schön, Molly zu ficken?« Daniel erstarrte. Immer noch grinsend kam Ted auf ihn zu. »Dachte ich's mir doch. Das ist auch so ein geiles Stück, ein ganz geiles. Ich hoffe, du hast noch was von ihr übriggelassen, damit ich auch noch was von ihr habe.«

Daniel warf sich mit voller Kraft auf Ted. Die Wucht des Angriffs kam so überraschend, daß Ted nach hinten fiel und in den Sand plumpste, wo er nach Atem ringend liegenblieb. Sein Bein war umgeknickt. Bevor er sich von dem Sturz erholen konnte, war Daniel über ihm und versetzte ihm einen kräftigen Schlag. Ted ächzte und schüttelte den Kopf. Blut schoß ihm aus der Nase.

»Du kleiner Mistkerl«, zischte er und versuchte aufzustehen. Er verzog das Gesicht. »Ich glaube, ich habe mir den Knöchel gebrochen.«

Schwer atmend und vor Erregung zitternd, ballte Daniel die Fäuste und schickte sich an, seinen Stiefvater noch einmal zu schlagen. Die unzähligen Ungerechtigkeiten und Gemeinheiten, die Ted ihm im Lauf der Jahre zugefügt hatte, heizten seinen Zorn an. »Das ist mir egal, und ich schwöre dir, Ted Grey, wenn du Rachel etwas zuleide getan hast, bringe ich dich um.«

Als würde ihm endlich klar, daß der junge Mann es ernst meinte, schüttelte Ted den Kopf und hob beschwichtigend die Hände. »Spar dir deine Worte, Junge. Ich hab' sie gar nicht gehabt. Ich hab's versucht, aber sie ist mir entwischt.«

Mühsam rappelte er sich auf. Sein Gesicht verzog sich vor Schmerz, als er versuchte, mit dem rechten Fuß aufzutreten.

»Das ist die Wahrheit«, beteuerte er, als Daniel auf ihn zukam.

Daniel wußte nicht, ob er ihm glauben sollte, und stand mit angespannten Muskeln da, um sich erneut auf ihn zu stürzen. »Was ist mit Julian Morton?« fragte er mit eisiger Stimme. »Stimmt es, daß Rachel ihn heiraten will?«

Ted schnaubte wütend. »Keine Ahnung. Ich habe heute morgen in Medsham Hall ein Gespräch belauscht und gehört, wie eine Frau – Izzy oder so heißt sie – gesagt hat, Morton wolle Rachel heiraten, um seine Schulden loszuwerden; ob aber sie das will, weiß ich nicht. Aber eins ist sicher, der Dreckskerl ist auf ihr Geld aus.«

Daniel ließ die Schultern sinken. Ted verzog das Gesicht. »Sieh doch zu, ob du einen Stock oder so was findest. Mein Knöchel tut höllisch weh.«

Hinter ihnen fuhr das Auto, das sie in der Ferne gesehen hatten, langsam den Pfad entlang und an den Dünen vorbei, wo sie sich gerauft hatten. Daniel drehte sich um, um einen Blick auf die Insassen zu werfen; Julian Morton saß am Steuer. Er zog seine Jacke zurecht und machte sich auf den Weg.

»Ich gehe zum Albion House. Bin bald wieder da!« rief er über die Schulter.

»Du kannst mich doch nicht hierlassen«, protestierte Ted und machte zwei Schritte vorwärts, weil er versuchen wollte, ihn aufzuhalten, kam aber vor Schmerzen nicht weiter und fiel in den Sand. Ein brennend heißer Schmerz schoß ihm durchs Bein und machte ihn schwindlig. Er packte einen Ast, der zwischen allerlei Treibgut lag. Immer noch auf Händen und Knien, rief er der in die Dunkelheit verschwindenden Gestalt seines Stiefsohns nach: »Laß das, Junge, du kommst nicht rüber. Der Damm war vorhin schon fast überflutet. Daniel! Komm zurück, komm zurück!«

Es fiel Julian Morton schwer, sich auf den holprigen Weg, der vor ihm lag, zu konzentrieren. Weiter vorn funkelten die Lichter von Albion House durch den Regen. Wie es so zwischen den Dünen aufragte, auf drei Seiten vom tobenden Meer eingeschlossen, sah das Gebäude mehr denn je wie ein Schiff aus.

Er lächelte in sich hinein. Petras Anruf war zur richtigen Zeit gekommen; Ted Greys Vergewaltigungsversuch war genau der Vorwand, den er brauchte. Der Überfall mußte sie für seinen Heiratsantrag äußerst empfänglich machen; schließlich hatte das Ganze gezeigt, wie schutzlos sie allein im Albion House war. Wenn Anthea und Petra nicht dagewesen wären, wäre Ted vielleicht ins Haus eingedrungen und hätte ihr Gewalt angetan. Er ging alles nochmals im Geiste durch, denn er wollte nichts überstürzen; er mußte sich verständnisvoll und hilfsbereit geben und immer wieder geschickt auf die Gefahren hinweisen, die die einsame Lage von Albion House mit sich brachte. In ein paar Tagen, wenn Rachel die Möglichkeit gehabt hatte, darüber nachzudenken, wie gütig und freundlich er gewesen war, konnte er dann vorschlagen, die Art ihrer Beziehung zu ändern. Jedenfalls mußte er behutsam vorgehen. Er trommelte mit den Fingern auf das Lenkrad und spähte in die Finsternis hinaus. Zu seiner Linken tosten die Wogen über die Wellenbrecher. Es war wirklich eine schlimme Nacht, doch das würde seine Fahrt noch selbstloser aussehen lassen. Er grinste und schaltete den Motor einen Gang herunter.

Im Scheinwerferlicht konnte er sehen, daß der Steindamm hier und da überflutet war. Besonders hohe Wellen ergossen sich über seine naß glänzenden Steinplatten. Er mußte vorsichtig sein, wenn er hinüberfuhr; eigentlich müßte doch schon der Gezeitenwechsel eingesetzt haben? Wenn er jetzt hinübergelangte, würde der Wasserstand viel niedriger sein, wenn er zurückfahren mußte. Er grinste erneut – vorausgesetzt, Rachel *wollte*, daß er zurückfuhr. Vielleicht würde er ihr auch vorschlagen, über Nacht zu bleiben, um sie zu beschützen, falls Ted Grey zurückkehren sollte.

Als eine kurze Windstille eintrat, fuhr er langsam auf den Damm. Mit angehaltenem Atem sah er die Wellen rings um das Auto auf die Steine klatschen. Die Windstille war eine Illusion gewesen, denn als er im Schneckentempo auf das Haus zufuhr, schien der Sturm sich um ihn zusammenzuziehen. Über ihm zerschnitt ein Blitz den Himmel, gefolgt von einem krachenden Donnerschlag. Julian stieß ein Keuchen aus. Ihm wurde plötzlich flau im Magen. Vielleicht war es doch keine so gute Idee gewesen, Rachel zu Hilfe zu eilen. Als er sich in der Mitte des Damms befand, konnte er ringsum meilenweit nichts als das Meer sehen, das so grau und aggressiv war wie eine Invasionsarmee. Automatisch klammerten sich seine Hände ans Lenkrad.

»Jetzt ist es nicht mehr weit«, murmelte er leise und bremste vorsichtig. Langsam fuhr er weiter, während ihm das Herz bis zum Hals schlug, und raffte all seinen Mut zusammen, wenn die Gischt auf die Windschutzscheibe spritzte. Endlich nahm er die letzte Kurve und sah nur wenige Meter vor sich Albion House wie einen Schoner zwischen den Dünen aufragen. Erleichtert gab er vorsichtig Gas, um den Abhang hochzufahren. Dann gelangte er auf den festen Kies. Als er die Autoscheinwerfer abschaltete, blickte er aufs Meer zurück. Er kam zu dem Schluß, daß seine Angst völlig unbegründet gewesen war und das Licht ihm einen Streich gespielt hatte. Der Damm mußte weiter aus dem Wasser ragen, als man meinte, denn sonst bestünde die Gefahr, daß das Haus überschwemmt wurde; das war ganz offenkundig nicht der Fall. Es befand sich etwa drei Meter über der Wasserstandslinie. Er nahm seine Jacke vom Beifahrersitz und zog sie an. Schließlich wartete Rachel auf ihn.

Petra ließ ihn herein. In ihrem durchsichtigen Morgenrock aus Seide, der kaum die Brüste bedeckte, sah sie entzückend aus. Sie hatte ein Glas mit Brandy in der Hand. Ihre Augen funkelten, als sie ihn ansah. Dann lächelte sie. »Die Kavallerie, nehme ich an?« sagte sie grienend. Er fragte sich, wieviel sie schon getrunken hatte.

Julian zog seine Jacke aus. Auf dem kurzen Weg vom Auto zum Haus war sie völlig naß geworden.

»Du hast zuviel getrunken«, sagte er mit gedämpfter Stimme.

Petra schnaubte wütend. »Das würdest du auch machen, wenn du auf diesem Felsen festsitzt, während draußen ein Orkan tobt und ein Vergewaltiger ums Haus schleicht. Ich hol' dir auch einen Drink.«

Als er ins Wohnzimmer kam, sah er, daß Anthea Leven und Rachel ebenfalls ihre Nachtgewänder trugen. Anthea hatte einen blaßgrünen Bademantel an, Rachel ein Negligé aus grauer Seide. Außerdem war eine dikke Decke fest um ihre Schultern gewickelt. Anthea und Rachel saßen nebeneinander auf der Bank am Kamin. Anthea war eifrig damit beschäftigt, ein lodерndes Feuer aus Treibholz zu schüren. Das Licht des Feuers schien durch ihre Kleidung und ließ die Rundungen ihrer hochstehenden Brüste erkennen. Rasch blickte Julian weg und hing seine Jacke auf. Die drei Frauen gaben ein perfektes erotisches Bild ab, und unwillkürlich fragte er sich, was hier vor sich gegangen war, bevor Ted Grey aufgekreuzt war.

Petra zeigte auf eine Flasche mit Brandy, die auf einem der Beistelltische stand. »Da, Julian, ich hole dir ein Glas«, sagte sie. Als sie das Zimmer durchquerte, konnte man erkennen, daß sie bereits einiges intus hatte.

Rachel blickte hoch. Ihre Augen waren dunkel, der Blick ein wenig unkonzentriert. Ihre Lippen sahen geschwollen aus. Julian setzte ein mitfühlendes Gesicht auf.

»Ich bin so schnell, wie ich konnte, hergekommen. Wie geht es dir?«

Rachel zog sich die Decke wieder über die Schultern und zitterte heftig. »Es ist nett von dir, so schnell zu kommen, Julian, aber ich weiß eigentlich nicht, was du hier willst.«

Julian lächelte und kniete sich neben sie. »Aber, Liebling, sei bitte nicht albern. Ich wollte einfach hier bei dir sein. Ich konnte es nicht ertragen, mir vorzustellen, daß du allein hier draußen bist, während dieser Grey in der Gegend umherschleicht. Da könnte ja sonst etwas passieren.«

Rachels Blick konzentrierte sich. »Du glaubst, er könnte zurückkommen?«

Die dunklen kleinen Spitzen ihrer Brustwarzen, die

oberhalb der groben Decke durch die Seide zu sehen waren, lenkten Julians Aufmerksamkeit ab.

»Wer weiß?« entgegnete er, während er sich näher an den Kamin schob. »Ich habe ihn auf dem Weg hierher zwar nicht gesehen, aber er könnte sich leicht irgendwo in den Dünen verstecken.«

Anthea erhob sich wortlos von der Bank und setzte sich auf den Stuhl, der ihnen gegenüberstand. Julian legte den Arm um Rachel und stellte entzückt fest, daß sie immer noch leicht zitterte. Er schaute Anthea an.

»Warum gehst du nicht in die Küche und machst Kaffee? Ich glaube, Petra könnte welchen gebrauchen.«

Sie nickte und gab Petra ein Zeichen. »Komm, ich zeige dir, wo alles ist.«

Als sie allein waren, zog Julian Rachel sanft an sich, so daß ihr Kopf an seiner Brust ruhte. Sie roch ganz frisch gewaschen, nach Seife und warmem Wasser. Als seine Hand zufällig ihre Brüste streifte, lief ihm das Wasser im Mund zusammen.

»Ist ja alles wieder gut, meine Süße«, gurrte er und strich ihr zärtlich übers Haar. »Ich habe mir große Sorgen um dich gemacht.« Er schob Daumen und Zeigefinger unter ihr Kinn und hob ihr Gesicht an. Zunächst sträubte sie sich. Angst und Überraschung malten sich in ihren Augen. Ihr Atem roch nach Brandy, und er hoffte, daß der Alkohol sich günstig für ihn auswirken würde.

»Ist ja alles in Ordnung«, murmelte er. »Warum läßt du mich nicht einfach alles Ungemach wegküssen?« Er hauchte ihr einen Kuß auf die Lippen. Sie zitterte. Er zog ihr die Decke weg. Dann stahl sich seine Hand zu ihren Brüsten, um durch die dünne Seide ihre kecken Brustwarzen zu liebkosen. Sie stöhnte auf und überließ sich einige Sekunden lang seiner Berührung, doch dann erstarrte sie und wich zurück.

»Julian? Was soll denn das?« Aus ihrer Stimme klang Erstaunen.

Er lächelte matt. »Beruhige dich, mein Lämmchen. Das ist die beste Heilmethode, die ich kenne.« Sein Finger strich ganz sacht über ihren dunklen Brustwarzenring. »Du siehst wunderschön aus. Ich finde es wirklich unerträglich, daß Grey, dieses Scheusal, dich angefaßt hat. Hat er dir weh getan? Wenn du meine Einladung zum Dinner angenommen hättest, wäre das alles nicht passiert. Vielleicht würdest du dich besser fühlen, wenn du mir erzählst, was er mit dir gemacht hat?«

Ihre Wangen wurden rot. Bevor sie etwas sagen konnte, beugte Julian sich vor und sog eine ihrer Brustwarzen zusammen mit der Seide in den Mund. Rachel keuchte und wimmerte leise, als seine Lippen sich um die Warze schlossen. Unwillkürlich fragte sich Julian, wie weit Ted Grey bei seinem Annäherungsversuch gekommen war; die Vorstellung, wie er mit seinen schmutzigen großen Pfoten Rachels fragilen Körper begrapschte, war zutiefst erregend.

Er spürte, daß Rachels Körper trotz ihres Sträubens auf seine Liebkosungen reagierte. Wie viele Gläser Brandy hatte sie vor seiner Ankunft wohl getrunken?

»Julian«, flüsterte sie, »das ist wirklich nicht der richtige Zeitpunkt, um ...«

Er sah sie an. Als er sie so fixierte, schienen ihr die Worte in der Kehle steckenzubleiben.

»Pst, sag jetzt nichts. Laß mich dich anfassen, das ist das perfekte Gegenmittel gegen Ted Grey. Laß mich dich zurückerobern. Laß mich dir dabei helfen, all die gräßlichen Dinge, die er dir angetan hat, zu vergessen.«

Rachel stöhnte und schloß die Augen.

»Nein«, flüsterte sie, »das geht nicht. Das will ich nicht.«

Julian unterdrückte ein Grinsen und nahm zärtlich

ihre Brüste in die Hand. Mochte sie auch sagen, daß sie nicht angefaßt werden wollte – ihr Körper verriet ihm etwas anderes. Dieses seltsame, elementare Verlangen war das letzte, was er erwartet hätte. Er hatte sich vorgestellt, Rachel würde den größten Teil des Abends untröstlich an seiner Schulter weinen und dann vielleicht erschöpft in seinen Armen einschlafen. Statt dessen spürte er, daß sie von einer ungeheuren Spannung erfüllt war und nach Erleichterung verlangte, so daß er sich erneut fragte, was die drei Frauen gemacht hatten, bevor Ted Grey aufgetaucht war. Er lächelte und ließ seiner Fantasie die Zügel schießen, während seine geschickten Finger ihre Brustwarzen bearbeiteten

Rachel versuchte mit aller Kraft, nicht ganz die Selbstbeherrschung zu verlieren. Es hatte ihre Sinne aufgepeitscht und sie zutiefst erregt, auf Daniel zu warten und dann Anthea und Petra zusammen im Bett zu beobachten. Obwohl Ted Greys brutale Berührungen sie kaltgelassen hatten, schien sich die davorliegende Erregung jetzt wieder einzustellen, ohne daß sie es wollte. Sie konnte die Dinge, die sie empfand, kaum glauben und fragte sich, ob vielleicht die Kombination von Adrenalin und Brandy das Bedürfnis, das in ihrem Körper brannte, entfesselt hatte. Nach Atem ringend, entzog sie sich Julian und stand schwankend auf. Ihr war klar, wie wehrlos sie in ihrem Nachthemd war. Es war so durchsichtig, daß es kaum ihre Nacktheit verhüllte. Sie raffte die Decke von der Bank und zog sie sich fest um die Schultern.

»Nein«, sagte sie mit mehr Gewißheit, als sie empfand. »Bitte nicht, Julian. Es geht nicht.«

Julian lächelte. »Ist schon in Ordnung, Rachel«, flüsterte er. »Es besteht kein Grund zur Eile. Ich kann warten. Ich wollte dich nur trösten, und ich dachte …« Seine Stimme erstarb. In seinen Augen lag ein Ausdruck, der sie beunruhigte. »Ich dachte, daß ich dir vielleicht helfen könnte, Ted Grey zu vergessen.« Er erhob sich und trat auf sie zu. »Ich würde auch ganz zärtlich sein.«

Rachel wich einen Schritt zurück und hoffte inständig, daß Anthea und Petra bald aus der Küche kommen würden. Plötzlich hörte sie, wie jemand an die Eingangstür klopfte. Dann waren aus der Halle laute Stimmen zu vernehmen. Gewandt wich sie Julian aus, der entschlossen auf sie zukam.

Die Eingangstür stand auf, und Anthea, die sich in einen Mantel gehüllt hatte, blickte hinaus. Der Wind zerrte an ihr – und dann trat plötzlich Daniel in die Halle. Er war völlig durchnäßt, seine Kleider und seine Haare klebten wie Seetang an seinem Körper. Mit funkelnden Augen schaute er wild um sich, wie ein erzürnter Naturgeist, bis sein Blick schließlich auf Rachel fiel.

»Ich mußte einfach kommen, um dich zu sehen«, sagte er mit unsicherer Stimme. »Bist du in Ordnung?«

Ohne nachzudenken, warf Rachel sich ihm in die Arme. »O mein Gott, Daniel«, flüsterte sie. »Ich bin so froh, daß du da bist. Ich habe auf dich gewartet – und dann hat Ted – Ted hat ...« Sie verstummte. Heiße Tränen der Erleichterung liefen ihr übers Gesicht, als sie sich an ihn preßte.

Julian Morton trat in die Halle und musterte sie von oben bis unten.

»Was für eine rührende Szene«, sagte er mit ruhiger Stimme.

Daniel, der Rachel immer noch fest im Arm hielt, drehte sich um und sah ihn an.

»Gut, daß Sie hier sind«, sagte Daniel mit drohender Stimme.

Rachel blickte zu ihm hoch. Sein harscher Ton überraschte sie.

»Haben Sie Rachel schon gefragt, ob sie Sie heiraten will?« fuhr Daniel fort.

Julian nahm einen Schluck Brandy aus dem Glas, das er in der Hand hielt.

»Nein, alter Junge, noch nicht. Ich war gerade im Begriff, es zu tun, aber Ihr ziemlich unpassendes Auftauchen hat mich daran gehindert.«

14. KAPITEL

In der Halle herrschte gespanntes Schweigen. Rachel sah erst Daniel, dann Julian an.

»Wovon redet ihr eigentlich?« fragte sie mit gedämpfter Stimme.

Julian lächelte. »Dein junger Freund hier hat mich anscheinend heimlich belauscht.« Er errötete ein wenig. »Aber er hat recht. Ich hatte in der Tat die Absicht, dich zu fragen, ob du mich heiraten willst, Rachel, obwohl ich gehofft hatte, daß es unter wesentlich romantischeren Umständen dazu kommen würde.« Er musterte Daniel mit kaum verhohlenem Abscheu. »Dein junger Mann hier zwingt mich jedoch zum Handeln.« Dann sah er Rachel mit einem warmen, zärtlichen Lächeln an. »Aber vielleicht ist das gar nicht so schlecht.« Sein Ton wurde ernst. »Rachel, ich würde mich sehr geehrt fühlen, wenn du meinen Heiratsantrag in Erwägung ziehen würdest. Ich möchte, daß du meine Frau wirst, und ich bin sogar bereit, über deinen Fehltritt mit dem Gärtner hinwegzusehen.«

Ein seltsames Unbehagen befiel Rachel, und sie merkte, wie Daniel seine Muskeln anspannte.

»Ich soll dich heiraten?« flüsterte sie. »Aber ich kenne dich doch kaum, Julian. Ich kann das alles gar nicht fassen.« Sie blickte zwischen den beiden Männern hin und her, die sich wie Kampfhähne fixierten.

Daniel schloß sie noch fester in den Arm, ohne jedoch den Blick von Julian zu wenden. »Mein Stiefvater hat ihn heute in Medsham Hall belauscht. Frag ihn, warum er dich heiraten will. Ted hat gesagt ...«

»Ihr Stiefvater?« warf Julian hohnlächelnd ein. »Und

Sie haben ihm geglaubt? Dem Mann, der heute abend versucht hat, Rachel zu vergewaltigen? Seien Sie vorsichtig mit dem, was Sie sagen, junger Mann.«

Aber Daniel ließ sich nicht beirren. »Keine Bange, Mr. Morton. Warum erzählen Sie Rachel nicht, warum Sie es so eilig haben, sie zu heiraten?«

Julian wurde puterrot. »Sie unverschämter kleiner ...« Er hielt inne und wandte sich Rachel zu. »Ich habe bereits gesagt, daß ich dich bitten wollte, meine Frau zu werden. Was soll ich sonst noch sagen? In der kurzen Zeit, die ich dich kenne, bist du mir sehr ans Herz gewachsen. Das weißt du doch. Ich bin davon ausgegangen, daß es dir nach einiger Zeit möglich ist, meine Gefühle zu erwidern. Machen wir uns nichts vor, Rachel, wir sind beide nicht mehr jung. Wir würden perfekt zueinander passen ...« Er warf einen flüchtigen Blick auf Daniel, und irgend etwas am Verhalten des jungen Mannes schien ihn zum Schweigen zu bringen.

Daniel stieß ein heiseres Knurren aus. »Sie sind also nicht bloß an ihrem Geld interessiert?«

Julian hob die Hände auf eine Weise, die Verwunderung ausdrücken sollte. »Ich weiß wirklich nicht, wovon Sie reden. Wenn es hier jemand gibt, der nur hinter Rachels Geld her ist, dann sind wohl eher Sie das, junger Mann.« Er starrte Daniel unverwandt an, vielleicht weil er hoffte, ihn aus der Fassung zu bringen; der junge Mann erwiderte jedoch gelassen seinen Blick.

Die Augen aller Anwesenden waren auf Julian gerichtet. Daniels Selbstbewußtsein schien ihn zu verunsichern, und er verlor die Contenance. »Warum, zum Teufel, sollte ich Rachel wegen ihres Geldes heiraten wollen? Herrgott noch mal, das ist absolut lächerlich. Ich habe Medsham Hall, den Landsitz, ein ansehnliches Treuhandvermögen, ein riesiges Haus in London ...«

Petra, die ziemlich betrunken war, kam mit unsicheren Schritten aus der Küche.

»... und nicht das kleinste bißchen Bargeld, Julian. Du kannst ihnen ruhig die Wahrheit sagen.« Sie hickste und grinste Rachel an. »Was er nicht erwähnt hat, ist, daß das ganze Geld unserer Familie so fest in einem Treuhandvermögen angelegt ist, daß unser verfügbares Einkommen null Komma null beträgt. Und wie du weißt, hat der liebe Julian sehr kostspielige Neigungen.« Sie lächelte ihren Bruder an, der über ihre Offenheit so entsetzt war, daß ihm der Mund offenstand.

»Tja, Julian«, sagte sie mit einem schiefen Grinsen, »er ist dir auf die Schliche gekommen. Jetzt kannst du ruhig alles gestehen. Ich habe die vielen Rechnungen auf deinem Schreibtisch gesehen, Schätzchen. In spätestens einem Monat klopfen in Medsham Hall die Gerichtsvollzieher an die Tür. Sicher nehmen sie deinen neuen Roadster mit, und wahrscheinlich auch die halbe Einrichtung des Hauses.« Sie machte eine Pause und schwankte nach vorn. »Aber das würde Rachel sicher nicht zulassen, nicht wahr, meine Liebe?« Sie kicherte und hickste gleichzeitig, wobei sie versuchte, das Geräusch mit der Hand zu dämpfen.

Rachels Unbehagen wurde immer größer. Sie sah Julian an.

»Stimmt das alles?« flüsterte sie. »Wie lange planst du das schon?«

Julians Aufmerksamkeit war jedoch auf Petra konzentriert, die langsam zu Boden rutschte. »Petra«, fuhr er sie wütend an, »wie kannst du es wagen, in Gegenwart anderer über unsere finanzielle Situation zu sprechen?«

Petra warf ihm einen finsteren Blick zu. »Das hast du dir selbst zuzuschreiben. Was bist du auch so verdammt geizig? Ich muß dich um jeden Penny anbetteln, während du dir Autos kaufst und Geld für dein verfluchtes Schiff verschwendest.«

Julian schüttelte den Kopf. Verkrampft lächelnd sah er Rachel an.

»Achte bitte nicht auf das, was sie sagt. Das ist nur ein Mißverständnis, Rachel, weiter nichts. Es stimmt, daß unsere Finanzlage im Moment ein wenig angespannt ist, aber wenn ich erst mit den Vermögensverwaltern gesprochen habe, kommt alles wieder ins Lot. Kein Grund zur Beunruhigung.«

Er blickte sie fest an und machte einen Schritt auf sie zu. Sie wußte, daß sich ihr ungläubiges Staunen in ihrem Gesicht widerspiegelte. Sie klammerte sich noch fester an Daniels Arm.

Julian schnaubte wütend. »Wie, um Himmels willen, kannst du bloß annehmen, daß ich dir gegenüber so herzlos sein würde? Wofür hältst du mich denn?«

Petra schnaufte verächtlich. »Für einen ausgemachten Schuft«, sagte sie kichernd.

Julian verlor die Beherrschung. Er sprang vor, packte Petra und zog sie, obwohl sie protestierte, hoch.

»Jetzt reicht's, du besoffenes Miststück«, zischte er wütend. »Zieh dich an, wir fahren nach Hause.«

Doch Petra war nicht der Ansicht, daß es reichte. Sie entwand sich Julians Griff. »Nein, das werde ich nicht tun. Ich habe es absolut satt, mich von dir herumkommandieren zu lassen«, knurrte sie zornig. »Du erwartest, daß ich mit ein paar Groschen den Haushalt führe, du benutzt Izzy als unbezahlte Hure und Haushälterin, aber wenn ich dich um Geld bitte ...« Bevor sie den Satz beenden konnte, hatte Julian ihren Mantel vom Garderobenständer gerissen und ihr um die Schultern geworfen.

Rachel starrte sie an. Sie fühlte sich verletzt und empfand zugleich Bedauern.

Julian zwang sich zu einem weiteren Lächeln. »Sie hat zuviel getrunken und weiß nicht, was sie sagt. Morgen, wenn es ihr wieder bessergeht, wird ihr das alles sehr peinlich sein – ich bringe sie am besten nach Hause.«

Rachel löste sich von Daniel und nahm Julian beim Arm.

»Ich kann einfach nicht glauben, daß du mich so behandeln würdest – aber draußen ist scheußliches Wetter. Warum bleibst du nicht hier, bis das Unwetter sich ausgetobt hat?« Ihre Einladung schien sie ebenso zu überraschen wie Julian.

Er errötete ein wenig. »Nein. Nein, ich glaube, wir haben heute abend deine Gastfreundschaft lange genug in Anspruch genommen – ich möchte nicht länger bleiben, als dir genehm ist.« Er machte eine Pause. Rachel fragte sich, ob ihm bewußt war, wie lächerlich seine Worte klangen.

Petra sackte in seinen Armen zusammen. Julians Gesicht nahm einen bittenden Ausdruck an.

»Ich bin nur gekommen, um festzustellen, ob du unversehrt bist.« Seine Stimme hatte einen versöhnlichen Ton.

Rachel schaute ihm in die Augen, in denen sie keine Spur von Zuneigung oder Reue erkennen konnte. Er blickte lediglich ein wenig kummervoll drein und schien es zu bedauern, daß er die Gelegenheit nicht hatte nutzen können. Schlagartig kam ihr zu Bewußtsein, daß Julian sich ärgerte, weil man ihn durchschaut hatte. Sie zog ihre Hand weg, als hätte sie sich an seinem Arm verbrannt.

»Petra hat recht, nicht wahr?« stieß sie hervor. »Du willst mich nur wegen meines Geldes.«

Julian grinste. »Ach, Rachel, du bist so herrlich naiv. Es gibt so viele Gründe, um jemand zu heiraten. Ich dachte, daß du mich im Lauf der Zeit lieben lernen würdest.«

»Während du von meiner Erbschaft lebst und mich deinen zügellosen Freunden vorstellst?«

Julian versuchte, eine gewisse Würde wiederzuerlangen. »Ach, nun komm, Rachel. Sei nicht so prüde. Ich bin sicher, es hätte dir gefallen. Mir hätte es gefallen, das weiß ich.«

Er schleppte Petra zur Tür. »Du brauchst uns nicht hinauszubegleiten. Ich schicke morgen vormittag jemand her, um das andere Auto abzuholen. Ich fahre mit dem Roadster nach Hause.«

Als er die Eingangstür öffnete, fiel das grelle Licht eines Blitzes auf ihn und seine Schwester. »Vielleicht hätte ich auf deinen Vorschlag eingehen sollen, Rachel. Wenn wir ganz von vorn angefangen hätten, wäre vielleicht nichts von alldem passiert. Obwohl ich es, ehrlich gesagt, immer vorgezogen habe, frischeres Fleisch im Bett zu haben. Du bist für meinen Geschmack schon ein bißchen zu alt. Trotzdem hättest du mir genügt.«

Rachel wurde scharlachrot. Seine Worte wirkten wie ein Schlag ins Gesicht. Sie brachte es kaum über sich, ihn anzusehen.

»Verschwinde, Julian«, sagte sie mit gepreßter Stimme. »Und zwar sofort.«

Julian machte eine Kopfbewegung in Daniels Richtung. »Wie lange, meinst du, wird er bei dir bleiben? Er wird dir das Herz brechen, Rachel. Du wirst es noch bedauern, mich nicht geheiratet zu haben – ich hätte dir soviel beibringen können.«

Anthea, die bisher nichts gesagt hatte, trat mit geballter Faust auf ihn zu.

»Verschwinde!« zischte sie und knallte ihm die Tür vor der Nase zu.

Nach Atem ringend, ließ Rachel sich auf die unterste

Stufe der Treppe rutschen. Daniel, um dessen Füße sich eine Wasserlache gebildet hatte, stand da und starrte zur Tür. Nur Anthea schien noch imstande, vernünftig zu denken.

»Komm«, sagte sie zu Daniel, als sie Rachel hochhalf. »Du solltest lieber deine Jacke ausziehen; du siehst völlig durchgefroren aus. Im Wohnzimmer brennt ein Feuer, und ich habe gerade eine Kanne Kaffee gemacht. Ich glaube, wir können jetzt alle einen heißen Kaffee gebrauchen.«

Das Unwetter schien nachzulassen, doch Rachel hatte den Verdacht, daß sie sich das nur einbildete, weil es in ihrem Inneren auf andere Weise tobte und stürmte. Es tat ihr wohl, Antheas und Daniels Arme um sich zu spüren, als sie sie zu einem Sessel vor dem Kamin führten. Einige Augenblicke lang saß sie da und starrte in die Flammen. Als Daniel anfing, Rachels Haare zu streicheln, zog Anthea sich diskret in die Küche zurück.

Er warf einen Stapel Treibholz auf die Glutasche im Kamin, dann hockte er sich vor sie. Nachdem er ihre Hände ergriffen hatte, sagte er mit bewegter Stimme: »Er irrt sich. Ich werde dich nie satt haben.«

Sie sah ihm ins Gesicht und wünschte, genauso sicher sein zu können.

Als könne er ihre Gedanken lesen, legte Daniel die Hände um ihre Schultern und zog sie näher. Der Kuß, den er ihr auf den Mund hauchte, erweckte das schwelende Feuer in ihrem Bauch zum Leben. Er roch nach dem Meer und dem wilden Sturmwind, und sie ließ es sich gefallen, als er sie fest an sich zog. Es tat ihr so wohl, seine Wärme und seinen sanften Herzschlag zu spüren, als er sie in die Arme schloß.

»Wie hast du das mit Julian herausgefunden?« fragte sie mit erstickter Stimme.

Daniels Hände stahlen sich unter die Decke und strichen ihr über die Haut. »Ted hat gehört, wie er und Izzy sich heute morgen unterhalten haben. Ich glaube, er hat das Ganze von Anfang an geplant, seit eurer ersten Begegnung.«

Rachel erzitterte. »Ich komme mir ziemlich dumm vor.«

Daniel schüttelte den Kopf.

Unter der Decke strichen Daniels Finger über die weichen Spitzen ihrer Brüste, die sofort hart wurden. Es erstaunte sie, daß dieser junge Mann es vermochte, solch ein intensives Begehren in ihr zu wecken. Sie erkannte, daß sie sich danach sehnte, getröstet zu werden – so als könnten Daniels Berührungen ihren Schmerz und das Gefühl, verraten worden zu sein, verscheuchen.

»Ich will dich jetzt«, flüsterte er, »und ich werde dich immer wollen.«

Seine Hände umspannten ihre Brüste, während er mit den Daumen über die empfindliche Haut um ihre Brustwarzen strich. Sie merkte, wie ihre Lust anwuchs und von seinen Fingerspitzen aus ihren ganzen Körper durchrieselte. Leise stöhnend lehnte sie sich zurück und gestattete ihm, die Decke wegzuziehen. Ihr Nachthemd, das sie angezogen hatte, nachdem Ted Grey sie in den Dünen überfallen hatte, war hauchdünn. Es bestand aus Seide, die so fein war wie ein Brautschleier, und vermochte sie nicht zu verhüllen. Das Ganze wirkte eher so, als sei ihr Körper eigens für Daniel in Geschenkpapier eingewickelt worden. Er beugte sich vor, liebevolle, zärtliche Worte murmelnd, und drückte einen Kuß auf jede ihrer Brustwarzen. Sein Atem erwärmte ihre Haut, als er heftig an den geröteten Spitzen sog. Sie erbebte.

Das war Liebe, so unkompliziert und rein wie der

Sturmwind. Sie spreizte die Beine und genoß es, das Gewicht seines Körpers auf sich zu spüren. Er verstand es, sie alles, was geschehen war, vergessen zu lassen, so daß sie sich ausschließlich seiner körperlichen Gegenwart bewußt war. Er küßte ihren Nacken, ihre Schultern, ihren Hals. Zwischen ihren Schenkeln war es heiß und feucht. Ihr Geschlecht schien sich in geschmolzenes Gold verwandelt zu haben und sehnte sich danach, ihn tief in sich zu spüren. Stöhnend ließ er seine Finger über ihre Schenkel gleiten, um über ihre nassen äußeren Schamlippen zu streichen. Keuchend bäumte sie sich auf, um sich seiner Liebkosung entgegenzudrängen. Als er den Finger in sie steckte, wußte sie sich vor Wonne kaum zu halten. Ihr Körper schloß sich um ihn und zog ihn tiefer.

Sie wollte ihn mehr als alles auf der Welt, und als ahne er das dringende Verlangen, das lichterloh in ihr brannte, kniete er sich aufrecht hin, knöpfte sich die Hose auf und führte seinen Schwanz ganz behutsam in ihre Möse ein. Keuchend warf sie den Kopf zurück, als ihr Geschlecht sich zusammenzog, ihn festhielt, ihn willkommen hieß. Sie blickte ihm in die Augen und merkte, wie seine Seele sie unwiderstehlich an sich zog. Sie fingen an, sich hin und her zu bewegen, ganz sachte zunächst, während er mit seinen magischen Fingern das weiche Häutchen bearbeitete, das ihre Lustknospe bedeckte.

Sie schlang ihm die Beine um die Taille, wobei ihr ganz vage bewußt wurde, daß seine Kleidung tropfnaß war und wie Tang an seinem muskulösen Körper klebte. In ihrer Einbildung kam es ihr so vor, als sei er aus dem Meer gekommen, um sie zu holen – ein Wassergeist. Sie lächelte. Keine Fantasie war so hinreißend wie die Wirklichkeit. Ohne Scham blickten sie einander an, um die Wonne, die sich im Gesicht des anderen spiegelte, begierig in sich aufzunehmen. Er biß sich auf die Lippe, als es ihn wollüstig durchrieselte. Dann lächelte er und beugte sich vor, um sie erneut zu küssen.

Als ihre Lippen sich trafen, begann er, mit kreisenden Bewegungen über ihre Klitoris zu streichen. Sie bäumte sich ihm entgegen und öffnete seiner Zunge den Mund. Sie kam seinem Verlangen mit einer Gier und Erregung entgegen, wie sie sie noch nie empfunden hatte. Als sie die erste Lustwelle, die sie in den Ozean der Ekstase tragen würde, kommen spürte, schloß sie die Augen, obwohl sie tief im Innern sein Gesicht weiterhin vor sich sah.

In diesem Moment gab es keine Vergangenheit, keine Gegenwart, keine Zukunft. Sie spürte nur Daniels Schwanz, der tief in ihr hin und her ging, und den Sog eines uralten Stroms, der sie beide mit sich fortriß ins Meer der Erlösung. Es schien, als hätte der draußen wütende Sturm sie erfaßt und trüge sie zu den Sternen. Es war ein atemberaubendes Gefühl.

Seine Finger und sein Körper bewegten sich unablässig, wurden immer heftiger, immer drängender, bis schließlich die Grenzen zwischen ihnen zu verschwimmen begannen und sie ein einziges Wesen zu sein schienen, ein Körper und eine Seele. Dann spürte sie, wie er den Höhepunkt der Lust erreichte, und als er in den Abgrund stürzte, riß er sie mit sich.

Als sie danach in seinen Armen lag, war Rachel von einer tiefen inneren Ruhe erfüllt und fühlte sich glücklich. Julian Mortons Verrat schien weit weg, als habe sich das Ganze in einem anderen Leben abgespielt. Mit zärtlich leuchtenden Augen richtete Daniel sich auf und stützte sich auf die Ellbogen.

»Ich liebe dich«, flüsterte er. Dann küßte er sie so sanft, daß ihr fast die Tränen kamen. Plötzlich meinte sie, erregte Stimmen zu hören, versuchte aber, sie zu ignorieren, weil sie befürchtete, sonst das Gefühl des Einsseins zu verlieren, das ihr Herz erfüllte.

»Rachel, Daniel!« Mit aschfahlem Gesicht riß Anthea die Tür auf und stürzte ins Wohnzimmer, ohne darauf zu achten, daß Daniel noch auf Rachel lag. »Du mußt dich sofort anziehen. Petras und Julians Auto ist gerade vom Damm gespült worden.«

Ohne daran zu denken, daß sie nackt war, sprang Rachel auf. Auch Daniel erhob sich rasch. »Was?«

Anthea führte sie in die Halle, wo Petra, bis auf die Haut durchnäßt, mitten in einer Wasserlache stand. Sie war stocknüchtern.

»Ihr müßt sofort kommen«, sagte sie atemlos. Ihre Augen waren vor Entsetzen weit aufgerissen. »Das Auto – das Auto ist ins Meer gefallen. Ich habe es geschafft herauszukommen, aber Julian ist noch drin. Bitte, beeilt euch.«

Anthea wickelte ihr eine Decke um die Schultern, während sich Daniel mit fliegendem Haar seine Jacke schnappte, die auf der untersten Treppenstufe lag.

»Führen Sie mich hin«, sagte er und packte Petra beim Arm. »Ruft die Polizei an und den Cutter Inn – die werden Hilfe schicken«, fügte er, zu Anthea und Rachel gewandt, hinzu. »Ich brauche ein Seil ...«

In den nächsten Minuten ging alles wild durcheinander. Anthea stürzte zum Telefon, Rachel rannte nach oben und zog die erstbesten Sachen an, die ihr in die Hände fielen. Aus dem Anrichteraum holte sie zwei Sturmlaternen und zündete sie an. Nur wenige Augenblicke schienen verstrichen, als sie in das Unwetter hinaustrat. Dicht hinter ihr kam Anthea.

»Ich bekomme keinen Anschluß, die Leitung muß gestört sein. Hast du ein Seil?« sagte sie, während sie sich den Mantel zuknöpfte.

Rachel zeigte in Richtung Garten und gab ihr eine

der Laternen. »Im Gartenschuppen ist eins, hinter der Tür.« Sie drehte sich um und blickte zur Küste. Der Wind benahm ihr den Atem. In der Finsternis konnte sie zwei Gestalten erkennen, die dort, wo früher der Damm begonnen hatte, standen – jetzt war dort nur Wasser, das tosend und brodelnd gegen die Insel brandete, zu der Rachels Anwesen geworden war.

Als sie losgehen wollte, packte Anthea sie beim Arm. »Sei vorsichtig«, stieß sie hervor.

Rachel nickte. Dann eilte sie mit geducktem Kopf zu Daniel und Petra hinüber.

Petra klammerte sich an Daniel, während sie beide in die brodelnden Fluten spähten.

»Ich kann das Auto nicht sehen«, schluchzte sie. »Ich kann es nicht sehen …«

Wie um ihre Worte auf grausame Weise zu widerlegen, peitschte der Wind das Meer plötzlich hoch und ließ es aufschäumen. Als die See sich für einige Sekunden teilte, hob Rachel ihre Laterne und sah zu ihrem Entsetzen die hintere Stoßstange von Julians Roadster aus dem Wasser ragen. Daniel zog sich die Jacke aus. Rachel packte ihn beim Arm.

»Da kannst du nicht hinein«, schrie sie, als er ihre Hand wegschob. »Daniel, bitte hör auf mich. Das geht nicht. Du würdest ertrinken. Du kannst nicht hinein – das ist Wahnsinn.«

Daniel streifte sich die Stiefel ab und nickte mit grimmigem Gesichtsausdruck zum anderen Ufer hin.

»Mein Paps hat es offenbar gekonnt. Petra sagt, Ted sei drüben auf der anderen Seite gewesen. Er muß gesehen haben, wie das Auto ins Wasser fiel. So ist Petra herausgekommen – er ist ihr nach und ins Wasser gesprungen, um die beiden zu retten. Petra sagt, sie habe gesehen, wie er wieder ins Wasser gesprungen ist, um Julian herauszuholen.«

Rachel starrte in die vom Sturm zerrissene Finsternis. Auf der anderen Seite war niemand zu sehen. Die Gischt ging inzwischen so hoch, daß man den Strand kaum noch erkennen konnte. Vielleicht hatte Ted Grey Julian bereits aus dem Wasser gezogen, und beide kauerten jetzt völlig erschöpft zwischen den Dünen. Anthea kam mit einem dicken Seil angerannt. Ohne Rachel anzusehen, band Daniel sich das Seil fest um die Taille und reichte Anthea das andere Ende.

Er wies mit dem Kopf auf einen der Pfähle des Zauns, der den Garten von Albion House umgab. »Binde es gut da fest. Die Strömung wird mich nach unten ziehen. Ich werde eure Hilfe brauchen, um wieder herauszugelangen.«

Er drehte sich zur Seite, grinste Rachel an und küßte sie rasch. Bevor sie ihn daran hindern konnte, sprang er in die tobenden Wellen. Sie schrie auf, doch es war bereits zu spät. Sie hob die Laterne in die Höhe. Sie wagte kaum hinzusehen, weil sie befürchtete, etwas Schlimmes zu erblicken. Als ein Blitz das Meer beleuchtete, sah sie inmitten des tosenden Wassers und der Gischt Daniels Kopf, der so glatt war wie der eines Seehunds und sich verbissen durch die Wellen kämpfte.

»Sag Petra, sie soll eines der anderen Autos holen«, rief Anthea ihr zu. »Wir brauchen mehr Licht.«

Rachel nickte, doch Petra stand wie angewurzelt am Rand des Wassers und starrte mit irrem Blick auf die wütende See.

Anthea übergab Rachel das Seil. »Dann werde ich selbst gehen.«

Rachel nickte erneut, doch ihre Gedanken konzentrierten sich auf Daniel und die Rettungsleine, die sie zwischen den Fingern hielt. Sie sah, wie er tauchte, als er die Stelle erreichte, wo sie das Auto gesehen hatten.

Mit wild pochenden Herzen stand sie da und wartete. Als sein Kopf einige Sekunden später wieder über dem tintenschwarzen Wasser auftauchte, stieß sie einen Seufzer der Erleichterung aus. Das Motorengeräusch des Autos lenkte sie für einen Moment ab, und als sie wieder aufs Wasser blickte, war Daniel nirgends zu sehen. Sie spähte in die pechschwarze Finsternis. Das Auto hielt neben ihr an, und das Licht seiner Schweinwerfer strahlte wie ein Leuchtfeuer übers Wasser. Erschrocken fuhr Rachel zusammen, als Anthea ihren Arm berührte.

»Schau, da drüben«, sagte sie und zeigte in Richtung der Küste auf einen Punkt, der weit von der Stelle, wo sie das Auto gesehen hatten, entfernt war. Voll Erleichterung nahm Rachel Daniels Kopf wahr, der sich zwischen den Wellen auf und ab bewegte.

Unwillkürlich packte Rachel das Seil fester an und begann, mit einer Kraft, die sie sich nie zugetraut hätte, daran zu ziehen. Einen Augenblick lang schien es nicht nachgeben zu wollen, doch dann sah sie, wie Daniel, dessen Gesicht so bleich war wie der Vollmond am finsteren Himmel, ruckartig aus dem Wasser schnellte. Ohne darauf zu achten, ob er wieder untertauchte, zog sie noch kräftiger am Seil. Es kam ihr so vor, als ob er sich auf dem Wasser zurücklegte und sich an Land ziehen ließ. Anthea packte ebenfalls das Seil, und Petra eilte, als sei sie plötzlich aufgewacht, herbei, um mitzuhelfen. Rachels übermenschlicher Kraftausbruch hielt nicht lange an; die drei Frauen mußten ihre ganze Kraft aufbieten, um Daniel durch die Wellen ans Ufer zu ziehen.

Es war, als wolle das Meer ihn behalten und klammere sich fest an ihn, um ihn in die Hauptfahrrinne hinauszuziehen. Es schien eine Ewigkeit zu dauern, bis er endlich nur noch ein paar Meter vom Ufer entfernt war. Rachel und Anthea wateten ins Wasser, ohne darauf zu achten, wie kalt es war, und hievten ihn aufs trockene Land. Donnernd rollte eine Welle über sie hinweg, und es war, als entschlösse sich das Meer erst jetzt, ihn loszulassen. Hustend und würgend klammerte sich Daniel an sie. Dann rappelte er sich mühsam auf die Knie hoch.

Rachel zog ihren Mantel aus und wickelte ihn Daniel, der immer noch nach Atem rang, um die Schultern. Als er endlich zu ihr hochsah, waren seine Augen glasig und glänzten wie im Fieber.

»Das Auto ist leer«, stieß er hervor. »Es ist niemand mehr drin.«

Petra gab ein leises Wimmern von sich, das weder Schmerz noch Erleichterung ausdrückte.

»Vielleicht sind sie zum anderen Ufer geschwommen«, sagte sie mit brüchiger Stimme, »möglich wäre es. Julian war ein guter Schwimmer.«

Anthea legte den Arm um sie. »Du hast recht, aber feststellen läßt sich das erst, wenn das Unwetter sich ausgetobt hat. Komm, ich bringe dich ins Haus zurück.«

Rachel sah Daniel in die Augen. Er warf einen Blick aufs Meer, und da wußte Rachel, daß er davon überzeugt war, daß keiner der beiden Männer das andere Ufer erreicht hatte. Es war noch nicht einmal möglich, das andere Ufer deutlich zu erkennen. Trotzdem fragte sie sich, ob Daniel sich vielleicht irrte.

Rachel, die sich plötzlich verloren und hilflos vorkam, kauerte sich an den Rand des Wassers und ließ sich bereitwillig von Daniel in die Arme nehmen. Einige Minuten später tauchte hinter ihnen Anthea wieder auf.

»Ihr müßt ins Haus zurück«, sagte sie in einem Ton, der keinen Widerspruch zuließ. »Daniel, du mußt die nassen Sachen ausziehen. Und zwar sofort! Hier draußen holst du dir den Tod.«

Aneinandergeklammert gingen sie zum Haus zurück. Ein Schweigen senkte sich auf sie herab, gegen das selbst das Heulen des Sturms nicht ankam.

15. KAPITEL

Tiefer innerer Frieden erfüllte Rachel, als sie am nächsten Morgen erwachte. Der Himmel vor dem Schlafzimmerfenster war blau, das weiche Licht des neuen Tages drang durch die Vorhänge und warf seinen Schein auf die Dielenbretter. Langsam drehte sie sich auf die andere Seite und stellte überrascht fest, daß Daniel zusammengerollt neben ihr lag. Die Bettdecke war nach unten gerutscht, so daß sein Oberkörper nackt war. Das Sonnenlicht hob die Haare auf seiner Brust deutlich hervor und verlieh seiner Haut einen goldenen Schimmer. Als sie ihn dort liegen sah, empfand sie ein Verlangen und eine Zärtlichkeit, die sich nicht in Worte kleiden ließen; er sah aus wie ein Engel.

Allmählich fielen ihr die Ereignisse der vergangenen Nacht wieder ein, doch das Ganze hatte etwas Abstraktes, Traumartiges, so daß sie sich einen Moment lang fragte, ob sie sich alles nur eingebildet hatte.

Sie fuhr mit der Hand über Daniels Bauch. Unter ihren Fingerspitzen spürte sie seinen Puls und seine Körperwärme. Er bewegte sich und drehte sich ihr zu. Obwohl er noch schlief, reagierte er instinktiv auf ihre Liebkosung. Als er sie in die Arme schloß, versuchte sie, die Erinnerung an Julian Morton, Petra und das Unwetter zu verdrängen.

Es war bestimmt nichts dagegen einzuwenden, daß sie das Glück des Augenblicks noch ein bißchen länger genossen. An der Sachlage ließ sich ohnehin nichts mehr ändern. Als Daniel sie an sich zog, spürte sie, wie sein harter Schwanz gegen ihren Bauch drückte. Sie nahm ihn in die Hand, was Daniel ihr mit einem schläfrigen, lustvollen Stöhnen dankte. Rachel merkte, daß er allmählich ganz wach wurde. Sie küßte seine Schultern und seinen Hals und führte seine Hand zwischen ihre Schenkel. Was immer ihren Geist beschäftigen mochte – in diesem halbwachen Zustand, in der Wärme des Bettes, war es ihr Körper, der sein Recht verlangte. Als seine Finger über ihre äußeren Schamlippen strichen, erbebte sie. Langsam öffnete Daniel die Augen.

»Rachel?« flüsterte er, als könne er kaum glauben, daß sie neben ihm lag.

Sie lächelte. Wenn er gesagt hätte, sie müßten aufstehen, wenn er sie losgelassen hätte und aus dem Bett gesprungen wäre, um sich anzuziehen, wäre sie seinem Beispiel gefolgt, ohne sich gekränkt oder verletzt zu fühlen. Sie vermutete, daß es ihm ebenso gehen würde wie ihr und daß ihm, kaum daß er erwacht war, das Unwetter und alles, was damit zusammenhing, wieder einfallen würde.

Doch er machte keine Anstalten aufzustehen, sondern zog sie, von Verlangen erfüllt, noch fester an sich. Dabei spürte sie, daß ihn auch noch etwas anderes erfüllte – Erleichterung. Sie waren noch am Leben; daß ihre warmen Körper einander berührten, war eine Bestätigung der Tatsache, daß sie das Unwetter überlebt hatten.

Seine Finger berührten die weichen Lippen ihres Geschlechts, die sich wie eine in Blüte stehende Blume öffneten. Sie wußte, daß sie bereits feucht war. Mühelos drangen seine Finger in sie ein, als hätte ihr Körper die ganze Nacht nur auf diesen Moment gewartet. Als sein Daumen über ihre Klitoris strich, stieß sie ein Keuchen aus und packte seinen Schaft noch fester.

Während sie anfing, seinen Schwanz zu massieren, drehte er sie sanft auf den Rücken und blickte sie mit seinen blauen Augen an. Sie vermied es, etwas zu sagen, um den Zauber nicht zu brechen. Er beugte sich über sie, so daß sein Körper das Licht der Sonne wegnahm, und küßte ihre Augen, ihre Nase, ihre Lippen; es waren sanfte, zärtliche Küsse der Liebe und des Trostes. Sein Mund wanderte über ihre Schultern, ihr Schlüsselbein, ihre Brüste, ihre Brustwarzen, die sanfte Kurve ihrer Rippen; jeder zarte Kuß schien einen weiteren Edelstein in einer funkelnden Kette aus Diamanten aufleuchten zu lassen. Als er mit der Zunge über ihren Bauch fuhr, stöhnte sie auf. Sie streckte die Hand aus und streichelte sein Gesicht. Es bereitete ihr Genuß, die rauhen Stoppeln, die sein Kinn bedeckten, zu spüren. Sie streichelte seine Haare und fuhr ihm mit den Fingern durch die Locken. Als seine Finger das Juwel freilegten, nach dem er suchte, schob sie sich langsam seiner Zunge entgegen. Die erste Liebkosung, die seine Zunge ihrer Klitoris zuteil werden ließ, war fast zu intensiv und ließ alle ihre Nervenenden aufflammen, als hätte man ein glühendes Eisen in ihr zartes Fleisch gepreßt. Überrascht stieß sie ein Keuchen aus.

Er leckte sie erneut, ging diesmal jedoch behutsamer vor, indem er nur mit der Zungenspitze über ihre empfindliche Lustknospe fuhr. Es war eine zaghafte, zögernde Liebkosung. Sie begriff, daß Daniel geradezu um Erlaubnis bat, weitermachen zu dürfen. Aber so stellte sie sich das nicht vor. Sie wollte ihm alles geben, alles mit ihm teilen. Sie machte die Beine noch breiter und bot sich ihm an. Als sie merkte, daß er sich entkrampfte, drehte sie sich herum und zog ihn mit, so daß sich ihr Geschlecht über ihm befand, offen und einsatzbereit – eine Gabe, die sie seinem Verlangen darbrachte. Sie drehte sich so lange, bis sein Schwanz nur wenige Zentimeter von ihrem Gesicht entfernt war. Schimmernde goldene Locken umkränzten ihn, an seiner Spitze haftete ein Tröpfchen Flüssigkeit.

Von dem verzehrenden Verlangen, ihn zu besitzen, erfüllt, schloß sie die Augen und nahm ihn in den Mund. Die Härte seines Schwanzes stand in verblüffendem Kontrast zur Weichheit ihrer Lippen und zur Feuchtigkeit ihrer Zunge. Er zitterte und bäumte sich ihr entgegen. Mit einer Hand umspannte sie seine prallen Hoden, während sie mit der anderen seine Vorhaut hin und her schob. Immer weiter sog sie ihn in den Mund. Einen Moment lang schien er wie erstarrt, dann packte er sie bei den Hüften und zog sie herunter, bis ihr Geschlecht seine Lippen berührte. Seine Zunge drang in sie ein, um die Tiefen ihrer Möse zu erkunden. Sie merkte, wie seine Zunge und seine Fingerspitzen die feinen Fleischfalten zum Pulsieren brachten und anschwellen ließen.

Sie wand sich hin und her und bäumte sich auf, während ihr Mund und ihre Hände ihn immer weiter dem Höhepunkt zuführten. Seine Liebkosungen spiegelten die ihren wider, die Bewegungen seiner Finger und seiner Zunge schienen mit denen ihrer Hände und ihrer Zunge im Einklang zu stehen.

Selbst als die ersten Orgasmuswellen ihren Körper durchbrausten, gab sie ihn nicht frei; sie überließ sich dem Sturm ihrer Leidenschaft, der sie zu ungeahnten Höhen der Lust und schließlich bis an die Grenzen des Schmerzes trug. Wie an einen Talisman klammerte sie sich an seinen Schwanz, während die Wellen der Lust unaufhörlich über ihr zusammenschlugen. Sie wußte, daß er dem Höhepunkt nahe war, und spürte, wie er versuchte, die Spannung und die Kraft unter Kontrolle zu halten. Im letzten Moment, als sie das Gefühl hatte, gleich das Bewußtsein zu verlieren, entzog er sich ihr. Frustriert schrie sie auf, stieß aber gleich darauf ein Keuchen aus, als er sie von hinten bei den Hüften packte und an sich zog. Seine Finger waren immer noch in den triefend nassen Tiefen ihrer Möse vergraben. Die heißen Küsse, die er ihr auf den Rücken preßte, ließen sie erwartungsvoll erschauern. Sie spürte, wie die Spitze seines Schwanzes ungeduldig gegen ihre äußeren Schamlippen stieß, dann öffnete sich ihr Körper, und er drang von hinten in sie ein, um seinen Schwanz tief in ihre pulsierende Möse zu schieben.

Nie zuvor hatte sie ein größeres Verlangen verspürt, nie zuvor war ihre Bereitschaft größer gewesen. Die Wände des Tunnels, in den sein Schwanz vordrang, waren weich wie Watte und umspannten ihn trotzdem so fest wie eine geballte Faust. Es war, als ob ihr Körper, nachdem er in sie eingedrungen war, sich um ihn schlösse und ihn festhielte.

Als er anfing, sich hin und her zu bewegen, stahl seine eine Hand sich nach vorn, um an ihren kecken, geröteten Brustwarzen zu ziehen. Mit der anderen Hand packte er ihre Haare und riß sie zurück wie einen gespannten Bogen. Überrascht schrie sie lustvoll auf. Als er seinen Schwanz immer wieder in sie rammte, spürte sie, wie seine Eier gegen ihre Schenkel klatschten – das reichte, um sie beide über den Rand des Abgrunds zu katapultieren.

Tief in ihrem Innern fühlte sie das heftige Pulsieren seines Schwanzes, einmal, zweimal, dann immer wieder, ein wilder, uralter Rhythmus, der mit den aufeinanderfolgenden Wellen ihres eigenen Orgasmus harmonierte und ihre Intensität steigerte.

Das Ganze schien eine Ewigkeit zu dauern, doch schließlich sank er erschöpft auf ihr zusammen. Sein Schweiß rann zwischen ihren Schulterblättern herab. Er ließ die Hand, mit der er sie bei den Haaren gepackt hatte, auf ihre Schulter fallen und preßte sie fest an sich.

Das Gefühl des Einsseins, das sie in diesem Moment verspürte, ließ sich nicht mit Worten beschreiben. Sie waren miteinander verschmolzen, waren ein einziges Wesen. Sie brachte es nicht fertig, etwas zu sagen. Nur zu bald würde sich die Wirklichkeit wieder geltend machen: das Unwetter, der Damm ... Während sie zwischen dem zerwühlten Bettzeug lagen, fielen Rachel all die Dinge ein, mit denen sie sich in Kürze befassen mußten.

Behutsam glitt Daniel aus ihrem Körper und legte sich neben sie.

»Wir müssen aufstehen«, murmelte er mit gedämpfter Stimme. Sie wußte, daß er das nur ungern sagte.

Sie nickte und kletterte langsam aus dem Bett. Auf dem Fußboden lagen die noch feuchten und mit Salz verkrusteten Sachen, die sie in der vergangenen Nacht getragen hatten. Neben der Badezimmertür befand sich das Nachtgewand, das sie in aller Eile abgelegt hatte, um sich anzuziehen und Julian zu Hilfe zu eilen. Sie hob ihren Mantel auf und warf ihn über eine Stuhllehne. Sie vermied es geflissentlich, die Gedanken, die in ihr aufstiegen, in Worte zu fassen.

Bedrückt und wie betäubt waren sie zum Albion House zurückgegangen. Anthea hatte Petra zu Bett gebracht, während Rachel unten geblieben war und sich und Daniel einen Brandy eingeschenkt hatte. In eine Decke gewickelt, kauerte sie vor dem Feuer. Als sie Daniels bleiches, unglückliches Gesicht betrachtete, war sie froh, daß Anthea und Petra ein Liebespaar waren.

Sie stellte sich vor, wie ihre Freundin Petra zärtlich in die Arme nahm, sie liebevoll küßte und leise tröstete, während in der Finsternis draußen der Sturm wütete. Der neben ihr kauernde Daniel sah völlig erschöpft aus. Er drehte das Brandyglas zwischen den Fingern hin und her und starrte ins Feuer.

»Ted und ich mochten uns eigentlich nie«, sagte er mit unsicherer Stimme. »Er hat meine Mutter geheiratet, als ich noch ein kleiner Junge war, fünf oder sechs. Meinen richtigen Vater habe ich nie kennengelernt, und Ted bestand darauf, daß ich seinen Namen annahm.« Rachel sah, wie Daniel die Tränen in die Augen traten. »Ich habe ihn nie gemocht. Ich dachte immer, daß er mir meine Mutter weggenommen habe.« Er blickte Rachel an, während ihm eine Träne über die Wange rollte. »Als sie dann starb, habe ich ihm die Schuld gegeben – ich habe ihm immer die Schuld gegeben. Aber heute abend ist er meinetwegen umgekehrt, um sich davon zu überzeugen, daß ich in Sicherheit bin.«

Rachel wußte, daß es nichts gab, was sie hätte sagen können, um seinen Schmerz zu lindern. Daniel zog die Nase hoch und fuhr sich mit dem Handrücken übers Gesicht. »Trotz allen Unheils, das er angerichtet hat – als es darauf ankam, hielt er es für seine Pflicht, sich um mich zu kümmern.«

Rachel ergriff seine Hand. »Vielleicht ist ihm nichts passiert.«

Daniel seufzte und schloß sie in die Arme. Sie spürte seine Tränen auf ihrer Haut und wurde von einer Welle der Zärtlichkeit erfaßt, die sie innerlich zum Glühen brachte.

»Ich liebe dich«, flüsterte sie in sein feuchtes Haar.

Er zog den Kopf weg und starrte sie an. »Du liebst mich?«

Rachel nickte. »Was auch immer geschehen sein mag, ich hätte Julian nie geheiratet; ich hätte es nicht fertiggebracht, dich seinetwegen zu verlassen.«

Er lächelte und zog ihr die Decke von den Schultern, um seinen Blick über ihren Körper wandern zu lassen. »Wirst du immer bei mir bleiben?« flüsterte er.

Sie nickte. Dann sagte sie: »Ja, Daniel, das werde ich.«

Diese Erinnerungen an die vergangene Nacht ließen

Rachel erbeben. Sie nahm ein Kleid vom Stuhl neben dem Bett. Dann drehte sie sich wieder Daniel zu, der sich gerade anzog. »Wir müssen zum Damm hinunter.«

Er nickte, ohne sie anzusehen. Als er aufschaute, war sein Gesicht völlig ausdruckslos, sein Blick unergründlich. »Vielleicht sind sie gar nicht umgekommen«, sagte er leise. »Vielleicht sind sie ans andere Ufer gelangt.«

Rachel merkte, wie ihr die Tränen aufstiegen.

Während er sich den Gürtel zuschnallte, fragte er: »Erinnerst du dich noch an das, was du letzte Nacht zu mir gesagt hast?«

Sie nickte. »Wie könnte ich das je vergessen?« erwiderte sie mit sicherer Stimme.

Daniel sprang auf und hielt sie bereits in den Armen, als ihr die ersten Tränen übers Gesicht rannen.

»Ich habe solche Angst«, flüsterte sie. »Wenn Julian und Ted nun ertrunken sind?«

Daniel zog sie noch fester an sich. »Wir haben getan, was wir konnten. Mehr hätte niemand tun können.«

Sie standen nebeneinander auf dem Damm. Das Auto, das nur wenige Meter von den Stützpfeilern entfernt mit dem Heck aus den Sandanschwemmungen und Wasserlachen ragte, die die sich zurückziehende Flut hinterlassen hatte, bot einen lächerlichen Anblick. In der Nähe des Gartentors zeugte ein verknotetes Seil, dessen eines Ende noch am Zaun befestigt war, von ihrem nächtlichen Rettungsversuch. Rachel schlang die Arme um sich; beim Anblick des Seils überlief sie ein unangenehmes Frösteln.

Anthea, die gehört hatte, wie sie nach draußen gegangen waren, stand im Morgenmantel neben ihnen und blickte auf den Roadster hinunter. »Ich werde mich anziehen und in die Stadt fahren«, sagte sie mit tonloser Stimme. »Kommst du mit, Daniel?«

Der junge Mann nickte. »Ja, aber bevor wir aufbrechen, werfe ich lieber nochmals einen Blick in das Auto.« Er zögerte einen Augenblick, dann kletterte er nach unten in das seichte Wasser. »Wenn Ted nichts passiert ist, dann ist er wahrscheinlich nach Hause gegangen, um seinen Rausch auszuschlafen. Er hatte ja einiges intus ...« Er schaute zum Himmel hoch. »Außerdem ist es noch früh am Tag.« Seine Stimme klang unsicher und gepreßt.

Rachel sah ihn verstohlen an. Ihr war beklommen zumute. Sie wußte, daß er das, was er sagte, nicht glaubte. Sie blickte weg und schluckte die Tränen herunter, die wieder in ihr aufzusteigen drohten. »Was ist mit Petra?«

Anthea seufzte. »Die hat noch geschlafen, als ich aus dem Zimmer ging. Sieh bitte zu, daß sie hier bleibt, bis wir etwas Neues wissen. Sie darf jetzt nicht allein sein. Komm, Daniel.«

Rachel packte ihre Freundin beim Arm. »Was ist, wenn beide ertrunken sind, Anthea, was sollen wir dann sagen?« Sie warf erneut einen Blick auf das Auto und hoffte inständig, daß ihre schreckliche Vorahnung sie trog.

Daniel spähte ins Innere des Autos. In der Nacht war es ihnen so vorgekommen, als sei es sehr weit weg, doch jetzt, bei Tageslicht, sahen sie, daß es nicht mehr als wenige Meter von der Gartenmauer entfernt im Wasser lag.

Anthea lächelte grimmig. »Wir werden die Wahrheit sagen. Daniel ist herübergekommen, um festzustellen, ob es dir gutgeht. Julian und Petra wollten nach Hause fahren ...« Sie machte eine Pause und sah zu Daniel hin, der immer noch in den Roadster starrte. »Ted muß herübergekommen sein, um sich davon zu überzeugen, daß Daniel in Sicherheit ist. Was immer hier passiert sein mag, Rachel, es ist nicht unsere Schuld. Du hast Julian nach dieser ganzen Auseinandersetzung sogar gefragt, ob er nicht lieber hierbleiben will, bis das Unwetter sich ausgetobt hat. Außerdem wissen wir nicht mit Sicherheit, daß sie tot sind. Komm, laß uns ins Haus zurückgehen, damit ich mich anziehen kann.«

Als Anthea gerade in Rachels Wagen einsteigen wollte, sahen sie ein Fahrzeug den Pfad entlangkommen und auf den Damm zuhalten. Daniel entdeckte es als erster und schirmte mit der Hand die Augen ab, um herauszufinden, wer das sein mochte.

»Die Polizei«, sagte Anthea und zog ihre Jacke fester um sich. Rachels Magen krampfte sich heftig zusammen, als das Auto seine Geschwindigkeit verringerte, um den Steindamm zu überqueren. Ihr erster Impuls war, sich an Daniel zu klammern, doch sie widerstand der Versuchung und erwartete stumm das Auto, das langsam auf sie zufuhr.

Vor dem Haus hielt der Wagen an, und ein Polizist in Uniform stieg aus. Er musterte ihre erwartungsvollen Gesichter. »Mrs. Ingram?«

Rachel nickte. »Das bin ich.«

Bevor sie fortfahren konnte, warf Anthea ein: »Wir wollten uns gerade auf den Weg nach Carfax machen, um Sie aufzusuchen.« Sie zeigte auf Julians Roadster. »Während des Unwetters in der letzten Nacht hat es hier einen Unfall gegeben. Der Damm war überflutet, Mr. Morton ...«

Der Polizist hob die Hand, um sie zum Schweigen zu bringen. »Wir haben Mr. Morton heute morgen gefunden«, sagte er. Rachel fühlte sich einer Ohnmacht nahe und war erleichtert, als Daniel ihren Arm nahm.

»Ein Mann, der seinen Hund ausgeführt hat, hat ihn

dort drüben bei den Dünen gefunden.« Er zeigte auf das andere Ufer. Dann sah er Daniel an. »Und Mr. Grey ebenfalls.«

Daniel gab einen seltsamen, erstickten Laut von sich. Rachel merkte, wie seine Finger sich in ihren Arm krallten.

Der Polizist zog die Nase hoch. »War eine schlimme Nacht. Der Sturm hat an der ganzen Küste große Schäden angerichtet.«

Rachel holte tief Luft. Dann sagte sie mit dünner Stimme: »Sind sie ... sind sie ...« Die Worte wollten ihr einfach nicht von der Zunge.

Der Polizist blickte sie an. Dann grinste er plötzlich. »Ertrunken? Aber nein, Mrs. Ingram. Das hätte ich gleich zu Anfang sagen sollen. Nein, sie sind zur Zeit im Krankenhaus. Mr. Morton hat ein paar Prellungen abbekommen, und der Arzt meint, Ted habe sich möglicherweise den Knöchel gebrochen, aber ansonsten geht es ihnen gut. Nein, nein, sie sind ganz gut beisammen, und ich muß sagen, sie haben großes Glück gehabt. Ich habe gerade das Auto in der Fahrrinne dort gesehen. Mr. Morton hat wirklich Schwein gehabt, daß er da lebend rausgekommen ist.«

Er machte eine Pause und wandte sich an Daniel. »Ihr Vater hat gesagt, daß er wußte, daß Sie hierherkommen wollten, um nach Mrs. Ingram zu sehen, und wegen des Wetters hat er befürchtet, Sie könnten in Schwierigkeiten geraten. Ein Glück für Mr. Morton, daß er so besorgt war, was, mein Junge?« Mit einer Miene, die ausdrückte, daß er die Angelegenheit für erledigt hielt, zog er sich die Uniformjacke zurecht. »Nun, wenn hier alles in Ordnung ist, werde ich wieder zurückfahren. Auf Wiedersehn.«

Rachel starrte ihn verdattert an. »Möchten Sie vielleicht einen Tee, Sergeant?« hörte sie sich selbst sagen.

Der Mann schüttelte den Kopf. »Nein, danke, gnädige Frau, sehr freundlich von Ihnen, aber ich muß zurück. Nach dem Sturm letzte Nacht haben wir eine Menge Arbeit zu erledigen. Sie sind hier draußen glimpflich davongekommen.«

Sie sahen zu, wie er wegfuhr. Niemand sprach oder rührte sich, bis das Auto fast nicht mehr zu sehen war. Dann sagte Anthea: »Ich muß Petra wecken und ihr die Neuigkeiten mitteilen.«

Der Klang ihrer Stimme brach den Bann.

Rachel sah Daniel an. »Sie sind noch am Leben«, flüsterte sie. Fast vermochte sie das, was sie sagte, nicht zu glauben. Daniel drehte sich zur Seite und nahm sie in die Arme. Er grinste.

»Ich habe immer gewußt, daß der Alte zäh wie ein Paar alte Stiefel ist«, sagte er, doch dann verstummte er, und sein Grinsen gefror plötzlich. »Damit sind wir wieder genau da, wo wir waren. Als ich eben annahm, Ted und Julian Morton seien tot, habe ich mich erleichtert gefühlt. Ich dachte, daß wir ungestört zusammen leben können, wenn sie nicht mehr da sind.«

Rachel wurde rot. Ähnliche Gedanken hatte sie auch gehabt, sich aber nicht getraut, sie in Worte zu fassen. Sie legte ihm die Hand auf den Mund. »Das spielt keine Rolle. Wir können zusammen leben, ob es Julian und Ted nun gibt oder nicht. Wir werden einen Weg finden.«

Anthea Leven wischte sich die Haare aus dem Gesicht und trat einen Schritt zurück, um einen Blick auf die Fensterläden zu werfen. Draußen brauste und pfiff der kühle Herbstwind ums Haus. Hinter ihr breitete Rachel den letzten Schutzbezug über das Sofa.

»Ich habe wirklich angenommen, du würdest für immer hier im Albion House bleiben«, sagte Anthea. »Ich dachte, du hättest hier den Himmel auf Erden gefunden.«

Rachel lächelte. »Das dachte ich auch. Andererseits kann man sich den Himmel auf Erden überall schaffen.«

Anthea schnaubte unwillig. »Ach, Rachel, was bist du doch für eine Romantikerin!«

Rachel lachte. »Tatsächlich? Übrigens, ich habe einen Brief von Julian bekommen. Er hat beschlossen, Medsham Hall an seinen Freund Tippy zu vermieten und wieder nach London zu ziehen. Er sagt, das Leben auf dem Land sei nichts für ihn und daß nur ein Idiot es fertigbringen würde, im Teich des Hyde Parks zu ertrinken.«

»Na, dann sollte er lieber vorsichtig sein«, sagte Anthea mit boshaftem Grinsen.

Rachel blies nachdenklich die Backen auf und trat zurück, um ihr Werk zu begutachten. Die Läden aller Fenster waren geschlossen, so daß kein Sonnenlicht mehr hereinkam, die Möbel waren alle unter Schutzbezügen verschwunden.

»Hat Julian denn schon eine reiche Erbin gefunden, die ihm aus dem Schlamassel hilft?«

Rachel nahm ihre Schürze ab. »Nein, und ich habe den leisen Verdacht, daß er zu guter Letzt Izzy heiratet. Nach dem Unfall war sie sehr nett zu ihm, und zumindest weiß sie genau, was für eine Art Mann er ist.«

Aus der Eingangshalle kam eine vertraute Gestalt ins Zimmer. Petra Morton, die ein neues Herbstkostüm trug, umarmte Anthea und küßte sie auf den Mund.

»Ihr tratscht doch nicht etwa schon wieder über meinen verdammten Bruder?« fragte sie.

Rachel lächelte. »Du siehst wundervoll aus.«

Petra drehte sich ganz langsam um die eigene Achse. »Gefällt es dir? Auf Julians Vorschlag hin haben die

Vermögensverwalter sich endlich bereit erklärt, mir regelmäßig eine angemessene Geldsumme auszuzahlen, was bedeutet, daß ich mir endlich anständige Garderobe kaufen kann.« Sie drehte sich erneut um, den Blick fest auf Anthea gerichtet. »Deine liebe Freundin Anthea wird sich also doch nicht mit jemand belasten, der arm wie eine Kirchenmaus ist. Ich bin fast versucht, dir vorzuschlagen, daß du noch einmal über Julians Heiratsantrag nachdenkst – du wirst feststellen, daß er sich sehr gebessert hat. Seit er dem Tod ins Gesicht geblickt hat, ist er ein völlig anderer Mensch.«

Daniel, der gerade eine große Teekiste aus der Halle hereinschleppte, schnaubte unwillig. »Das war nicht der Tod, den er gesehen hat, sondern mein Stiefvater. Wo soll ich die Kiste hinstellen, Rachel?«

Sie zeigte auf das Sideboard. »Dort drüben hin. Ich möchte noch ein paar Dinge einpacken.« Sie lächelte Anthea an. »Du solltest gehen. Ich weiß, daß Petra darauf brennt aufzubrechen – es schickt sich nicht, eine Dame warten zu lassen. Danke für deine Hilfe.«

Anthea küßte sie zärtlich. »Gern geschehen. Du läßt doch wieder von dir hören? Petra und ich sind unter meiner alten Adresse zu erreichen.«

Rachel hatte einen Kloß im Hals. »Natürlich. Laß es dir gutgehen. Und paß auf dich auf, ja?«

Anthea zog Rachel an sich und schloß sie fest in die Arme. »Aber sicher. Außerdem habe ich jetzt ja Petra, um auf mich achtzugeben. Wilde Wochenenden mit unpassenden Männern sind nicht mehr drin.«

Petra schnaubte unwillig. »Es sei denn, wir werden beide eingeladen.«

Als sie fort waren, schien es im Albion House unnatürlich still zu sein. Die geschlossenen und verriegelten Fensterläden vermittelten den Eindruck, als hätte das

Haus die Augen zugemacht. Rachel zog ihre Strickjakke fester um sich und blickte in Richtung Küste. Wenn Daniel sich nicht mehr um den Garten kümmerte, würde er sich bald wieder in eine Wildnis verwandeln, die aus Strandhafer und windschiefen Büschen bestand. Daniel legte den Arm um sie, während sie Petras Auto hinterhersahen, das langsam über den Damm fuhr.

»Ich habe meiner Haushälterin, Mrs. Weirs, den Schlüssel gegeben«, sagte Rachel. »Sie hat versprochen, sich um das Haus zu kümmern, solange wir weg sind.«

Daniel grinste. Dann hob er ihr Gesicht an und küßte sie sanft. »Du bereust nichts?«

Rachel schüttelte den Kopf. »Nein, überhaupt nichts.«

Er nahm den Picknickkorb auf, der auf der Stufe vor der Eingangstür stand. »Wollen wir jetzt essen, oder willst du die Sachen für unterwegs aufheben?«

Rachel schüttelte den Kopf. »Ich dachte, wir könnten unten in den Dünen essen. Bevor wir aufbrechen, möchte ich noch einen Rundgang machen. Es kann Jahre dauern, bis wir zurückkommen.«

Er nickte und nahm ihre Hand. Stumm folgte Rachel ihm durch den Garten zu den Dünen. Um dem Dorfklatsch zu entgehen, würden sie sich einige Jahre auf Reisen begeben, um dann, wenn sie die Zeit für gekommen hielten, nach Carfax-Staithe zurückzukehren. Es gab so viele Plätze in der Welt, wo sie hinreisen konnten – quer durch Europa nach Afrika und dann vielleicht nach Amerika, Kanada oder Australien. Es gab soviel zu sehen und zu erleben. Sie warf einen Seitenblick auf Daniel und lächelte; das Reisen würde seinen Horizont erweitern und ihm die Reife und Tiefe verleihen, die ihm seiner eigenen Ansicht nach fehlten.

Sie hoffte immer noch, daß Daniel eines Tages unterrichten würde. Sie wußte, daß sie stets malen würde, wohin sie sich auch begeben mochten. Solange er bei ihr war, würde sich alles andere von selbst ergeben.

Als sie die Dünen erreichten, brach die Sonne durch die Wolken, und wie aufs Stichwort ließ der Wind nach und legte sich schließlich ganz. Daniel wandte sich ihr zu und küßte sie erneut. Diesmal war sein Kuß heiß und leidenschaftlich, eine hungrige Bitte um mehr.

»Ich liebe dich«, murmelte er, während seine Finger sich zu den Knöpfen ihrer Bluse stahlen. Sie stand völlig reglos da und genoß die Zärtlichkeit und das Verlangen, die sich in seinem Gesicht ausdrückten. Unter dem weichen Stoff war sie nackt. In der herbstlichkühlen Luft wurden ihre Brustwarzen sofort steif und schwollen zu prallen, rosafarbenen Knospen an. Daniel stöhnte leise. Dann beugte er sich vor, um die Brustwarzen zu küssen. Seine Zunge entfachte in ihrem Bauch kleine Flammen der Lust. Behutsam knöpfte er ihren Rock auf und ließ ihn in den Sand fallen. Sie spürte seine kühlen, kräftigen Hände auf ihrer Haut. Er kniete sich hin und drückte einen feuchten Kuß auf ihren Nabel, während er ihr sachte das Höschen herunterzog.

»Ich kann einfach nicht glauben, daß das alles wirklich passiert«, sagte er und sah mit verschleiertem Blick zu ihr hoch. »Ich denke die ganze Zeit, daß ich gleich aufwachen und feststellen werde, daß ich nur geträumt habe. Wie lange kann etwas so Schönes dauern?«

Sie lächelte und fuhr ihm mit den Fingern durch das zerzauste blonde Haar. »Ewig«, flüsterte sie. »Ewig.«

Er stieß einen leisen Wonnelaut aus, der wie ein Echo von ihrer Haut zurückgeworfen wurde. Seine Lippen wanderten über die Wölbung ihres Bauches und bewegten sich auf den Haarkranz zu, der ihr Geschlecht umgab. Sie erbebte und wölbte den Rücken, um sich dann seiner Zunge entgegenzudrängen. Die erste, zaghafte Liebkosung ihrer Klitoris wirkte wie ein Blitz, der sie durchzuckte, und machte sie schwindlig. Lächelnd zog er den Kopf zurück und streckte ihr einladend die Hand entgegen. Seine Lippen waren bereits feucht von ihrem Saft.

Sie sank neben ihm in den Sand und gab sich seinen Liebkosungen hin. Ohne zu zögern, glitt sein Mund über ihren Hals, ihre Brüste, ihren Bauch. Sie erschauerte wollüstig. Es gab keinen Teil ihres Körpers, den sie seiner eifrigen Zunge und seinen Fingern vorenthielt. Als er so über ihr kauerte, die Sonne im Rücken, deren Strahlen seine Haare zu einem Glorienschein werden ließen, sah Daniel mehr denn je wie das götterähnliche Wesen aus, das sie auf ihrem Porträt dargestellt hatte.

Als er behutsam seinen Schwanz in die weichen Falten ihres Körpers steckte, krampfte ihr Herz sich vor Liebe und unbändigem Verlangen zusammen.

»Oh, wie ich dich liebe, Mrs. Grey«, flüsterte er.

Der neue Ehering, der an ihrem Finger steckte, glitzerte in der Sonne, als Rachel ihn an sich zog. Dann nahm sie nur noch das Geräusch seines Atems, die Hitze seines Körpers, der sich im gleichen Rhythmus wie der ihre bewegte, und das leise Klatschen der Meereswellen wahr.

Nach einer sternhellen Nacht in den östlichen Fischgründen kehrte mit der steigenden Flut ein Fischerboot zum Hafen zurück. Als es langsam durch das Labyrinth der Salzmarschen segelte, fiel der Schatten von Albion House auf das kleine Boot – ein sicherer Anhaltspunkt, daß man nicht mehr als ungefähr eine Meile von zu Hause entfernt war.

[illegible] mit [illegible]

[illegible] vorwiegend [illegible]

[illegible] den Band und [illegible]

[illegible] zu zögern [illegible]

[illegible] Räume [illegible]

[illegible] Kombinationen [illegible]

[illegible]

[illegible] Combination [illegible]

[illegible] zugleich [illegible]

[illegible] dass unser Kult [illegible]

[illegible]

PAVILLON

Kathryn Kramer
Herrin der Geächteten
02/144 · nur DM 6,-
öS 44,-/sFr 6,-

Der vermeintliche Prinz John-Anhänger Kendrick de Baron erweckt ungeahnte Leidenschaften in Rowena. Allein sein Anblick erfüllt sie mit Verlangen, doch seine Ehrlosigkeit bringt das Blut der Königstreuen zum Kochen. Bis sie sein Geheimnis entdeckt ...

Doris Jannausch
Alles wegen Hannibal
02/141 · nur DM 6,-
öS 44,-/sFr 6,-

Utta Danella
Eine Heimat hat der Mensch
02/139 · nur DM 6,-
öS 44,-/sFr 6,-

Sandra Paretti
Lerche und Löwe
02/142 · nur DM 6,-
öS 44,-/sFr 6,-

Desmond Bagley
Der Transport
02/140 · nur DM 8,-
öS 58,-/sFr 8,-

Carol Anderson
Der Gärtner
02/124 · nur DM 6,-
öS 44,-/sFr 6,-

Pavillon
Die neuen Taschenbücher